Thomas G. Krage

Der Schlüssel der Tredici

Bibliografische Information der Deutschen Nationalbibliothek
Die Deutsche Nationalbibliothek verzeichnet diese Publikation in der Deutschen Nationalbibliografie; detaillierte bibliografische Daten sind im Internet abrufbar über http://dnb.ddb.de

www.niemeyer-buch.de

Druck und Bindung: Nørhaven, Viborg
Printed in Denmark
ISBN 978-3-8271-9433-6

Thomas G. Krage

Der Schlüssel der Tredici

CW Niemeyer

Alle Personen, außer den historisch gesicherten, sind frei erfunden. Jegliche Ähnlichkeit mit Lebenden oder Verstorbenen ist nicht beabsichtigt und daher rein zufällig. Das gilt auch für Namen oder Orte.

Über den Autor:
Thomas G. Krage wurde 1954 in Emden geboren und studierte nach dem Abitur evangelische Theologie in Wuppertal, Zürich und Göttingen. Seine erste Pfarrstelle übernahm er 1982 in Brandlecht in der Grafschaft Bentheim. Seit 1993 wirkt er als Hofprediger und evangelisch-reformierter Pfarrer an der Schlosskirche zu Bückeburg. Nach einer theologischen und einer geschichtlichen Schrift liegt nun sein erster Roman vor.

Dieses Buch ist all denen gewidmet,
die Freude an der Sprache haben.
Die im Wort die Tiefe und Schönheit
des Lebens entdecken.
Das Wort, das den Menschen sprachfähig macht,
und manchmal über sich hinaus weist.
Dorthin, wo uns die Worte fehlen.

Kapitel 1

Der Schlüssel zum Feuer

Am Anfang war die Zahl. Sie ist der Schlüssel zum Drama der ganzen Geschichte. Ein eisiger Nordwind jagte finstere Wolkenfetzen über den Himmel – und irgendwo krähte ein Hahn. Auf den ersten Blick schien alles zufällig zu sein. Doch das war es nicht.

„Halt, hier kommen Sie nicht durch!" Der Mann rückte seine Mütze zurecht und blickte die Touristengruppe finster an. Unmerklich presste er unter dem dunklen, langen Mantel seine Waffe an sich.

„Keinen Schritt weiter! Das gesamte Areal wird abgesperrt." Er sprach mit Nachdruck und musterte die Fremden feindselig.

In diesem Augenblick näherte sich ein Kleinbus. Bremsen quietschten. Die Schiebetür wurde aufgerissen, Polizisten sprangen heraus. Sie rollten rot-weiß flatterndes Markierungsband aus und spannten es quer über die Brücke.

Das fürstliche Schloss wurde systematisch abgeriegelt. Noch am Tag zuvor waren zahlreiche Besucher durch die festlichen Räume spaziert und hatten die unzähligen Kostbarkeiten bestaunt. Doch jetzt lag das Gebäude verwaist da. Die sonst in warmem Gelb leuchtende Fassade wirkte blass und kalt. Alle Fenster und Türen waren geschlossen. Der leere Fahnenmast auf dem hohen Schlossturm wies wie ein warnender Zeigefinger gen Himmel. Schlauchboote wurden in die Graft gelassen, ein Hubschrauber kreiste mit Ortungsgeräten über dem Park. So etwas hatte die beschauliche Residenzstadt Bückeburg noch nicht erlebt.

In den Morgenstunden war Alarm ausgelöst worden. Ein Bediensteter hatte einen grausigen Fund gemacht. Mitten im Innenhof, direkt vor dem Portal der ehrwürdigen Schlosskirche, lag eine Leiche. Grausam zugerichtet. Die Kleidung zerfetzt und blutverschmiert, das Gesicht nach unten gedrückt. Der rechte Arm war ausgestreckt, die Hand leicht geöffnet. Als wollte sie etwas Wertvolles festhalten, was nicht mehr zu halten war.

Jetzt war die Spurensicherung bei der Arbeit. Akribisch wurde fotografiert, untersucht. Und verhört.

Die Identifizierung der Leiche gelang anhand gefundener Ausweise schnell. Doch genau das machte die Sache verworrener. Fragen über Fragen türmten sich auf. Was wollte der Tote hier? Wie gelangte er unbemerkt in den Schlosshof? Wer steckte hinter dem Mord? Nichts Großartiges im Schloss schien gestohlen worden zu sein. Alle wertvollen Gegenstände waren unversehrt an ihren Plätzen: die berühmten Gemälde, das einzigartige Porzellan, die funkelnden Gold- und Silbermünzen. Nur der uralte Schlüssel zur Schlosskirche fehlte. Die Tür war entschlossen.

„Thirteen ...
twelve ...
eleven ...
ten ...“

Cape Kennedy, Florida. Es ist der 11. April 1970. Wie gebannt starren unzählige Augen auf die gewaltige Saturn-V-Rakete, die majestätisch an der Startrampe wartet, um in wenigen Sekunden mit einer Apollo-

Kapsel abzuheben. Eine seltsame Spannung liegt in der Luft. Es scheint, als ob sich der Countdown mehr und mehr in die Länge zieht, als krieche die Zeit dahin und verliere ihren unbestechlichen Rhythmus. Die Nervosität bei allen Beteiligten steigt ins Unermessliche, auch wenn offiziell Gelassenheit demonstriert wird. Im Kontrollzentrum in Houston laufen die allerletzten Vorbereitungen in routiniertem Umfang. Man gibt sich sicher, dass dieser Flug an die erfolgreichen Vorgängermissionen anknüpfen wird.

Anknüpfen muss.

Und dennoch. Allen Beteuerungen zum Trotz, mit dieser Rakete startet nicht irgendein Weltraumflug, sondern ein ganz besonderer. Es ist allein die Zahl, eine simple Nummerierung, die höchste Brisanz verleiht.

Es ist Apollo 13.

Oben in der Kapsel hocken voller Anspannung die drei Astronauten Jim Lovell, Jack Swigert und Fred Haise. Monatelang haben sie sich auf diesen Flug vorbereitet, unermüdlich trainiert und alle Eventualitäten geprobt. Gleich ist es soweit, gleich wird es endlich losgehen. Die Anzeigegeräte im Cockpit signalisieren, dass alle Systeme normal arbeiten. Nichts kann sie mehr aufhalten, gar nichts auf der Welt. Ihr Ziel ist der Mond, genauer das Fra-Mauro-Gebiet. Jenes geheimnisvolle Areal, das in der Nähe der gewaltigen Krater Kopernikus und Kepler liegt.

Die Kameras surren, die Teleobjektive der Fotografen sind längst scharf gestellt. Auf der Tribüne, von der aus der Start in sicherem Abstand verfolgt werden kann, hält es die Zuschauer nicht mehr auf ihren Plätzen. Auch Prominente sind angereist. Stolz erklärt Präsident Nixon dem deutschen Bundeskanzler, der gerade zu Beratungen in den USA weilt, den Aufbau der Rakete mit ihren verschiedenen Stufen. Interessiert folgt Willy Brandt den Ausführungen, hat er doch noch nie einen Apollostart unmittelbar miterleben können. Der Funke der Faszination für das, was Menschen erdacht und erbaut haben, erfasst auch ihn. Ohne Zweifel ist die riesige Rakete mit der Kapsel an der Spitze ein eindrucksvolles Symbol für die Schaffenskraft des Homo sapiens, der im Begriff steht, die Erde zu verlassen und sich den Weltraum untertan zu machen.

Alle starren voller Spannung auf die gewaltigen Triebwerke, die gleich gezündet werden, um die Saturn-V wie auf einem Feuerstrahl davonstürmen zu lassen. Der Countdown läuft.

„Nine ...
eight ...
seven ...
six ..."

Plötzlich werden die Blicke von der Rakete abgelenkt. Eine junge Frau rennt über das Gelände, als würde sie um ihr Leben laufen. Ihre blonden Haare sind zerzaust, ihr buntes Kleid flattert unstet im Wind. Sie schreit, reißt die Arme hoch und steuert direkt auf die startbereite Saturn-V zu.

Die Zuschauer halten die Luft an. Wo kommt diese Person auf einmal her - und was will sie? Kaum jemand hat bemerkt, wie sie sich aus der Menge gelöst und unauffällig alle Sicherheitsabsperrungen überwunden hat. Erst als deutlich wird, dass sie schnurstracks zur Rakete stürmt und immer mehr ins Bild der Kameraleute hineinläuft, werden die Verantwortlichen nervös. Dieser Zwischenfall ist nicht eingeplant, er steht nicht im Drehbuch zu einem Bilderbuchstart.

Jene Unbekannte lenkt in ungebührlicher Weise just in diesem entscheidenden Augenblick die Aufmerksamkeit auf sich. Das kann unter keinen Umständen geduldet werden. Deshalb ist keine Zeit zu verlieren, es muss sofort gehandelt werden!

Mit quietschenden Reifen braust der graue Geländewagen des Security Service los, um die Frau einzufangen und von ihrem Kurs abzubringen. Allen Beobachtern stockt der Atem.

„Five ...
four ...
three ...
two ...
one ...
zero – lift off!"

Gelassen schaut der Direktor der NASA in Houston auf seine goldene Armbanduhr. Er ist stolz auf das perfekte Timing. Es ist exakt 13.13 Uhr. Mit ohrenbetäubendem Lärm zünden die Triebwerke und tauchen das Areal in eine riesige Dampfwolke. Es sieht für einen Augenblick so aus, als würde Apollo 13 zögern, den sicheren Erdboden zu verlassen. Als würden unsichtbare Bande die Rakete zurückhalten. Aber dann reißt sie sich los und schießt mit voller Kraft in den Himmel. Jetzt scheint sie nichts mehr aufzuhalten. Der Weg zum Mond ist frei.

Die junge Frau reckt ihre entblößten Arme nach oben. Als hätte sie die Rakete noch festhalten wollen, als stände es ihr zu, über Himmel und Erde zu herrschen. Irgendetwas schreit sie mit letzter Kraft aus ihrer Seele heraus – aber niemand hört sie. Das Donnern der Triebwerke übertönt jeden menschlichen Laut. Jetzt hat allein die Technik das Sagen.

Die Zuschauer wischen sich den kalten Schweiß von der Stirn. Stumm schauen sie auf den Platz, wo gerade noch die Saturn-V stand. Dichter Rauch verleiht dem Gelände eine gespenstische Atmosphäre. Noch können sie nichts sehen. Nur zögernd lichtet sich der Schleier.

Plötzlich ein Aufflackern. Das Kleid der Frau hat Feuer gefangen. In Sekundenschnelle breitet es sich aus. Unaufhaltsam. Wie eine lodernde Fackel bewegt sich die Unbekannte, schlägt um sich, kämpft um ihr Leben. Bis sie schließlich zusammensackt.

Blankes Entsetzen packt die Zuschauer. Völlig hilflos starren sie nach vorne.

Endlich ist der Wagen zur Stelle. Zwei Männer springen heraus, einer hat einen Feuerlöscher zur Hand. Der Schaum sprüht und umhüllt den Körper wie Schnee. Doch die Hilfe kommt zu spät. Bei lebendigem Leib ist die junge Frau verbrannt.

Eine Zeit lang stehen die Männer regungslos da. Sie blicken in das verzerrte Gesicht der Toten. Wie in einem Spiegel entdecken sie Erwartungen und Enttäuschungen, Lebensfreude und Todesangst eng beieinander, während Apollo 13 sich immer weiter von diesem Schauplatz entfernt. Das Glück des Himmels und das Leiden der Welt kristallisieren sich auf jenem Stückchen Erde, auf das in diesem Augenblick durch den Dunst des Rauchs ein schmaler Sonnenstrahl fällt.

Schließlich bückt sich einer der Männer, um den verkohlten Leib zu bergen. Mit kräftigen Händen hebt er die Leiche vom Asphalt und trägt sie zum Wagen. Der andere ist ihm behilflich. Dabei fällt ihm eine Kette auf, die die Tote um den Hals trägt und die das Feuer unbeschadet überstanden hat. An ihr hängt ein rußgeschwärztes Medaillon. Vorsichtig nimmt er es zwischen seine rauen Finger und reibt es blank. Er dreht den Anhänger zur Sonne. Kein Name ist eingraviert, nur ein Symbol: Ein geheimnisvoller Schlüssel.

Mit hoher Geschwindigkeit nähert sich der Rettungswagen. Als der Mann ihn bemerkt, reißt er mit einem Ruck die Kette vom Hals der Leiche. Unauffällig lässt er das Schmuckstück in seine Hosentasche gleiten.

Er nickt seinem Kollegen zu.

„Das Teil behalten wir besser für uns", sagt er rasch, „sonst ..."

Seine Stimme beginnt auf einmal zu zittern und erstirbt. Das Gesicht ist aschfahl geworden. Abrupt wendet er sich ab und rennt davon. Hinter einem Gebäude wirft er das Medaillon in weitem Bogen von sich.

Unter den Zuschauern auf der Tribüne befindet sich eine Reisegruppe aus Europa. Es sind Physikstudenten, die die einmalige Gelegenheit nutzen, einen Apollostart live mitzuerleben. Sie starren durch ihre Ferngläser oder lassen die Fotoapparate klicken. Alle folgen fasziniert der Bahn der Rakete in den Himmel. Nur Christian Sonnthag, ein junger Student aus Deutschland, blickt unentwegt auf den Boden. Wovon er gerade Augenzeuge gewesen ist, lässt ihn nicht los. Wild pocht sein Herz. Er spürt den grausamen Schmerz, als ob er selbst dort verbrannt wäre. Anfangs wollte er aufspringen und der Frau zu Hilfe eilen. Aber seine Kommilitonen hielten ihn mit aller Macht fest.

„Das ist nur eine Verrückte, der kann man nicht helfen", erklärten sie abschätzig.

Ohnmächtig hockte er auf seinem Platz und beobachtete mit Entsetzen das weitere Geschehen.

Erst als die Leiche weggeschafft ist und sich die Wagentür wie ein Sargdeckel schließt, steht er verstört auf. Nachdenklich verlässt er die Tribüne und trottet zum Parkplatz zurück, wo der Busfahrer gelangweilt auf die Rückkehr der Studenten wartet.

Immer wieder laufen die Sekunden des Schreckens im Zeitraffer vor seinem Inneren ab und lassen ihn erschaudern. Für einen Moment hat er genau ihr Gesicht gesehen, weit aufgerissene Augen und Totenblässe. Es kam ihm vor, als schaute er in die Tiefen der Hölle, in den Schlund grenzenloser Verzweiflung. Was ist das für eine Frau gewesen? Da fliegen Menschen mit einem Feuerstrahl zum Mond, beobachtet von vielen. Doch im Schatten verglüht eine Unbekannte. Aber das scheint niemanden zu interessieren.

Bevor Christian in den Bus steigt, wendet er sich noch einmal um und blickt verloren zum Himmel. Von Apollo 13 ist nichts mehr zu sehen.

Rasch nähern sich viele dunkle Wolken. Eine Decke der Undurchdringlichkeit, des Schweigens breitet sich aus.

Bald sind alle Studenten eingetroffen und der Bus fährt ruckelnd los. Er zieht eine dicke Staubwolke hinter sich her.

„Schau mal, was ich gerade auf dem Weg gefunden habe“, vermeldet Petra unvermittelt und bläst den Staub beiseite.

Christian greift nach einem kleinen Buch. Es ist säuberlich in einen rot-schwarzen Einband gebunden. Er schlägt eine Seite in der Mitte auf. Unruhig überfliegt er die Zeilen. Plötzlich läuft es ihm eiskalt über den Rücken. Ihm wird bewusst, dass dies ein Tagebuch ist. Die vertraulichen Notizen einer Frau. Wünsche, Hoffnungen, Enttäuschungen. Und vor allem unermessliche Ängste.

Kapitel 2

Alles fließt

Das Drama nahm seinen Lauf.

Jahre später.

Wie ein glitzerndes Band in der Sonne zog sich die Autobahn von Frankfurt am Main Richtung Westen. Christian Sonnthag hatte es nicht eilig. Die Konferenz in Köln sollte erst in einigen Stunden beginnen und bis dahin war genügend Zeit. So fuhr er ein gemütliches Tempo; aufgrund der Verkehrsdichte hatte das Rasen sowieso keinen Zweck.

Seine Gedanken schweiften ab. Er sah Petras Tränen vor sich, wie sie aus ihren himmelblauen Augen hemmungslos über die Wangen rollten, als sie sich zum Abschied küssten. Ihr warmer Körper, der Duft nach Sommerblüten, alles spürte er, als säße sie dicht neben ihm.

Schon oft war er beruflich nach Köln gefahren, meistens für ein, zwei Tage. Allerdings lag diesmal über dem Abschiednehmen eine seltsame Stimmung. Eine Schwere breitete sich aus, als ob die Wolken über ihnen Blei bereithielten. Stand eine Trennung bevor, sollten sie sich nie wiedersehen? Gefahr lag in der Luft. Irgendwie schien er sie zu wittern. Christian war sensibel für Geschichte und besaß ein untrügliches Gespür für zukünftige Ereignisse. Oft hatte er Petra mit seinen Visionen verblüfft und meistens recht behalten.

„Du brauchst nur aufmerksam die Vergangenheit studieren, um Folgerungen für die Zukunft zu ziehen“, erklärte er jedes Mal, wenn sie über seine Treffsicherheit erstaunt war. „Die Zukunft ist kein weißes Blatt Papier, das völlig leer zum Beschreiben daliegt. Schon viele Striche sind vorgezeichnet. Aus ihnen entwickelt sich das Gemälde, das nie fertig wird."

Christian Sonnthag war 1,80 m groß, trug kurz geschnittenes Haar und war trotz seines fortgeschrittenen Alters sportlich schlank geblieben. Auffallend waren hinter einer runden Nickelbrille seine hellwachen Augen. Der stechende Blick, der alles aufnahm, was sich in der Nähe oder Ferne abspielte. Sinn für Humor, die tiefe Stimme und die Fähigkeit, galant mit Sprache umzugehen, schätzten seine Freunde. Besonders war sein Forscherdrang ausgeprägt, verbunden mit einer großen Portion von Mut und Entschlossenheit. Das barg allerdings die Gefahr, Grenzen nicht zu erkennen. Wenn er erst mal von etwas begeistert war, ließ ihn die Sache nicht mehr los. Der Drang, die Wahrheit herauszufinden, auch Widerständen zum Trotz, beflügelte ihn. Das war pure Herausforderung, der er sich ganz und gar stellte. Dann vergaß er vieles andere, es rückte schlicht in den Hintergrund. "Ich kann nur an *einem* Ort zu *einer* Zeit sein, und nur *Eines* tun – und dem will ich mich total hingeben", war sein Motto geworden.

Er stammte aus einer protestantischen Forscherfamilie, die stets den Dialog mit den Geisteswissenschaften gesucht hatte. Naturwissenschaft, Kultur und Religion – sie galten als Einheit. Freilich aus verschiedenen Perspektiven betrachtet. Nur so könne man sich der Frage nach der relativen Wahrheit nähern, erklärte sein Vater immer wieder. Der Stammbaum der Familie wies auf eine Verwandtschaft mit Johannes Kepler. Jenem berühmten Mathematiker und Astronom aus dem 16. Jahrhundert. Besonders ein gewisser Martin

Johannes von San Marco kam in der Familiengeschichte vor. Jedoch galt dieser als äußerst zwiespältige Person, mit der heutzutage niemand so recht etwas zu tun haben wollte.

Christian war auf hoher See geboren. Während einer Expedition seiner Eltern nach Südamerika hatte er das Licht der Welt in einer stürmischen Nacht erblickt. Da der nächstgelegene Hafen Porto Alegre in Brasilien gewesen war, wurde dieser zu seinem Geburtsort erklärt. Das Gefühl, dass manchmal alles schwankte, dass das Leben keinen festen Grund hatte, bestimmte ihn fortan. Verbunden mit der Sehnsucht nach Beständigkeit. Festigkeit. Seine Schulzeit verbrachte er in Hamburg, danach studierte er Physik an verschiedenen Hochschulen und Instituten. Seit einigen Jahren lebte er in Frankfurt. Eine interessante Forschungsaufgabe hatte ihn dorthin verschlagen.

Eigentlich beabsichtigte er nicht, nach Köln zu fahren. Doch gestern erreichte ihn ein dringlicher Anruf von WEYSELUX. Er müsse unbedingt erscheinen. Persönlich. Gleich morgen. Es wirkte wie eine Vorladung, bei der jeder Widerspruch zwecklos war. Irgendwann wäre er schon gefahren, aber so kurzfristig, das passte nicht in seine Arbeitsplanung. Schließlich war er mit seinem Team in Frankfurt an einem wichtigen Forschungsprojekt beschäftigt, bei dem jeder Tag zählte. Die Konkurrenz aus Amerika und Asien schlief nicht und war ihnen dicht auf den Fersen. In europäischem Verbund entwickelte seine Firma neuartige Satellitensysteme, die in Kürze serienreif sein sollten. Mit ihnen würde eine Revolution am Himmel eingeläutet werden.

Die Zentrale am Rhein gab keine Ruhe. Wenn er nicht erscheine, würde man zugesagte Forschungsgelder rigoros streichen. Christian spürte, dass das eine ernste Drohung war. Man ließ nicht mit sich spaßen. Aber warum nur diese Eile, diese Dringlichkeit? Was war los und warum war gerade er so wichtig?

Normalerweise liefen alle Informationen zwischen Köln und Frankfurt in geregelten Bahnen, digital und verschlüsselt in Sekundenschnelle. Das war für wissenschaftliche Daten und Aufgaben ein unschätzbarer Vorteil. Der Nachteil wurde leicht übersehen: Es gab kaum noch menschliche Kontakte, direkte Gespräche, Überlegungen ins Unreine. Auch die oft nötigen und letztlich fruchtbaren Auseinandersetzungen von Angesicht zu Angesicht fehlten.

Meistens wusste Christian genau über die Themen Bescheid, wenn er nach Köln fuhr. Nur diesmal schien ihm alles rätselhaft. Auf seine Bitte, die Dringlichkeit zu begründen, bekam er nur eine schroffe Wiederholung der Forderung zur Antwort. Kein Kommentar. Also blieb ihm nichts anderes übrig, als sich auf den Weg zu machen.

Je mehr sich Christian dem Rheinland näherte, desto stärker wurde der Verkehr. Als sein Magen unüberhörbar knurrte, hielt er an einer Raststätte. Es wimmelte von Lastern, Autos und Menschen. Eine Reisegruppe aus Bayern berauschte sich an mitgebrachtem Bier und grölte Heimatlieder. Gelangweilt schlenderte Christian zum Restaurant.

Er bestellte ein Wiener Schnitzel mit Pommes frites, nahm Salat, ein alkoholfreies Bier und zahlte. In der Ecke des Raums war noch ein Tisch frei. Während er aß, schaute er aus dem Fenster. Gedankenversunken schweifte sein Blick über die Autodächer hin zu den Baumwipfeln längs der Straße. Müde bewegten sich ihre Kronen im Wind. Schon längst hatte sich die Sonne hinter dichten Wolken verzogen. Doch auf einmal brauste Sturm auf und fegte über den Parkplatz. Blätter und Müllfetzen wurden empor geschleudert. Die mächtigen Bäume begannen zu schwanken. Stärker und immer stärker. Seine Gedanken wurden mitgerissen. Fort, weit weg.

Und dann sah er sie.

Wehende Haare, buntes Kleid, ein wirrer Gesichtsausdruck.

Sein Blick erstarrte, das Blut in den Adern gefror. Ihn überkam das untrügliche Gefühl, das schon einmal erlebt zu haben. Die Fremde lief direkt zu seinem BMW. Unaufhaltsam.

Christian schob den Teller zur Seite, sprang auf und verließ hastig das Lokal. Wo war sie geblieben? Er blickte sich um, in alle Richtungen. Von der Frau war nichts zu sehen. Keine Spur. War wohl Einbildung gewesen.

Erleichtert atmete er auf, ging zum Wagen und klemmte sich hinter das Steuer. Nichts wie weg! Er startete. Die Reifen quietschten.

„Nach links!", gebot ihm plötzlich eine Stimme von hinten.

Wie vom Blitz getroffen fuhr er herum.

„Wie ... kommen ... Sie ...", stotterte er entsetzt.

Die Fremde kroch hervor, lächelte gespielt und strich sich die blonden Haare aus dem Gesicht.

„Sie waren unvorsichtig. Die hintere Tür war nicht abgeschlossen. Trotz Zentralverriegelung. Die Technik ist eben nicht perfekt."

Abrupt trat Christian auf die Bremse. Noch hatte er das Areal der Raststätte nicht verlassen.

„Steigen Sie bitte aus. Ich will Sie nicht mitnehmen." Er bemühte sich, höflich zu bleiben. Seine Stimme zitterte leicht.

„Du tust, was ich sage. Weiter! Da vorne fahren wir links." Ihre Worte zogen ihn in den Bann, sie duldeten keinen Widerspruch, zwangen zu absolutem Gehorsam.

Geschwind wie eine Raubkatze schwang sich die Frau nach vorne auf den Beifahrersitz. Mit ausgestrecktem Arm wies sie kompromisslos in die Richtung, in die er den Wagen lenken sollte.

„Worauf wartest du noch? Los, fahren wir!"

Christian fuhr wieder an. Als er auf die Autobahn einbiegen wollte, schrie sie erbost: „Nach links! Hast du's nicht gehört? Nach links sage ich!"

„Links? Wir können doch nicht ..." Er schluckte. „Wir können doch nicht in die verkehrte Richtung fahren." Er versuchte zu lachen. „Das tun doch nur die lebensmüden Geisterfahrer."

Sie fixierte ihn mit giftgrünen Augen. „Ab sofort wirst du meinem Geist gehorchen! Fernlicht an und dann nach links. Gegen den Strom. Gegen die Zeit. Hinein in die Vergangenheit. Du wirst schon sehen, es geht. Ich will zurück, einfach nach Hause."

Christian riss den Wagen nach links und beschleunigte. Angstverzerrte Gesichter, Hupkonzerte, Lichtblitze, quietschende Reifen und kleine Rempler nahm er wie im Rausch wahr. Immer stärker drückte er das Gaspedal herunter. Erbarmungslos schoss der BMW über den Asphalt, als wolle er zum Flug abheben. Schweißperlen sammelten sich auf Christians Stirn. Er raste um sein Leben. Die dringenden Warnungen aus dem Autoradio hörte er nicht. Die Geschwindigkeit drückte ihn mit Wucht ins Polster. Wie lange würde der Wahnsinn andauern?

„Siehst du, wie sie dir ausweichen?“, spottete sie. „Endlich bist du jemand. Kein grauer Nobody mehr, der im Strom mitschwimmt: Alle blicken dir ins Angesicht und vor Angst kuschen sie. Das ist Macht. Macht pur. Genieße sie!“

Für einen Augenblick schaute er zur Seite und erschrak. Die Frau neben ihm schien immer jünger zu werden. Sie wurde ein junges Mädchen mit Zöpfen. Dann ein Kind, das in der Nase bohrte. Und auf einmal saß dort eine alte, runzlige Frau mit staubigem Kopftuch und einem Weidenkorb in der Hand. Gefüllt mit Früchten und Gemüse. Starr hockte sie neben ihm. Ihre Augenhöhlen waren leer.

Zeiten und Räume verschmolzen.

Christian rieb sich die Augen.

Da! Die weißen Markierungen auf der Straße begannen sich zu bewegen. Die gestrichelten und die lang gezogenen Streifen lösten sich von der Fahrbahn ab. Sie wickelten sich umeinander und bildeten seltsame Figuren. Muster, Ornamente, Buchstaben. Und Zahlen. Sie blähten sich auf, wurden immer größer. Mächtiger. Schließlich riesenhaft.

Krampfhaft umklammerte Christian das Lenkrad. Hitzewellen und Kälteschocks peitschten seinen Leib. Der Puls raste. Er riss sich die Hemdknöpfe auf und rang nach Luft.

Plötzlich flogen zwei Ziffern direkt auf ihn zu. Eine Eins und eine Drei. Dann ein ohrenbetäubender Knall. Sie durchschlugen die Windschutzscheibe und drückten sich fest um seinen Hals. Er verlor das Bewusstsein. Das Umherschleudern und den Aufprall nahm er nicht mehr wahr.

CQD ...

MGY ...

SOS ...

Eine Welt brach über ihm zusammen.

Die Ärztin rüttelte kräftig an seiner Schulter. Durch tausend Nebel formte sich langsam ein Bild, wie sich ein freundliches Gesicht über ihn beugte.

„CQD", lallte er, „MGY ..."

„Er phantasiert", erklärte sie ruhig und drehte sich nach zwei Männern um, die mit einer Trage hinter ihr standen.

Sie drängten sich vor und zerrten ihn aus dem zerstörten Wagen.

„Idiot!", herrschte ein Sanitäter ihn an. „Sie haben wohl gepennt!"

Christians Auto, das einen Lastwagen gerammt und sich dann ein paar Mal überschlagen hatte, besaß nur noch Schrottwert. Wie durch ein Wunder hatte er selbst nur einige Schürfwunden und Prellungen davongetragen. Der Sicherheitsgurt und die Airbags hatten gute Arbeit geleistet. Auf den Vorschlag der Ärztin, sich in einem Krankenhaus genauer untersuchen zu lassen, schüttelte er energisch den Kopf.

„Ich muss unbedingt nach Köln. Egal wie", murmelte er und tat ein paar unsichere Schritte. „Geben Sie mir Schmerztabletten, dann wird's schon gehen."

Der Ärztin gefiel das überhaupt nicht. „Auf Ihre eigene Verantwortung", gab sie schließlich nach.

Nachdem alle Formalitäten durch die Polizei erledigt waren, wurde sein Wagen abgeschleppt. Melancholisch blicke Christian ihm nach.

Auf einmal durchfuhr es ihn: Wo war die Fremde an seiner Seite geblieben?

Unruhig blickte er sich um. Doch es war keine Spur von ihr zu entdecken.

„Suchen Sie etwas?", fragte einer der Polizisten und schaute ihn beunruhigt an.

„Eine Frau, haben Sie eine Frau im Wagen gefunden?"

Der Beamte schüttelte mitleidig den Kopf. „Sie sollten sich doch untersuchen lassen!"

Die Polizisten nahmen ihn zum nächsten Ort mit, damit er sich dort ein Taxi nach Köln nehmen konnte.

Erschöpft ließ er sich auf die Rückbank fallen und verfolgte die Fahrt mit apathischem Ausdruck. Nur die Funksprüche aus der Polizeizentrale sorgten für Abwechslung.

„Wo kam der Laster eigentlich her, wissen Sie das Kennzeichen?", fragte er unvermittelt und tippte dem Polizisten auf dem Beifahrersitz auf die Schulter.

Der Beamte kratzte sich am Kopf und suchte im Protokoll.

„Hier, ich hab's", brummte er endlich. „Der LKW ist im Kreis Schaumburg gemeldet. SHG ... 13." Die Buchstaben dazwischen verschluckte er hustend.

Nein! Verwirrt starrte Christian aus dem Fenster. Dicke Regentropfen prasselten gegen die Scheibe.

Köln am Rhein.

Als im ersten Jahrhundert nach Christi Geburt die Römer die germanische Siedlung der Ubier zu ihrer Colonia Claudia Ara Agrippinensium ausbauten, ahnten sie nicht, dass sich daraus eine Millionenstadt entwickeln würde. Aus der Colonia wurde Köln.

Es war für Christian jedes Mal ein erhabenes Gefühl, über die große Rheinbrücke zu fahren und den gewaltigen Dom mit seinen gotischen Türmen vor sich zu erblicken. Eine Meisterleistung der Baukunst in einer Dimension, in der heute kein Mensch mehr eine Kirche errichten würde. Obwohl die technischen Voraussetzungen, im Gegensatz zum Mittelalter, ideal waren, würde man solch ein Projekt nicht mehr finanzieren können. Auch nicht wollen.

Meistens, wenn er hier zu tun hatte, ging er in den Dom. Dann setzte er sich hinten in eine Bank und ließ seinen Gedanken und Gefühlen freien Lauf. Die schwindelerregenden Säulen und Bögen, die lichtdurchfluteten Fenster schufen eine unbeschreibliche Atmosphäre. Vergänglichkeit und Ewigkeit verschmolzen. Oft merkte er nicht, wie die Zeit verrann. Die durch die Eingangstüren pausenlos hinein- und hinausströmenden Touristen nahm er irgendwann nicht mehr wahr. Ihre Stimmen verwoben sich und verhallten in diesem unermesslichen Raum.

Aber dieses Mal war alles anders.

Obwohl er viel Zeit durch den Unfall verloren hatte, wollte er es sich dennoch nicht nehmen lassen, vor seinem Termin noch schnell den Dom aufzusuchen. Er verspürte ein starkes Verlangen, die verwirrenden Ereignisse der letzten Stunden zu verarbeiten. Dazu war diese gewaltige Kathedrale der geeignete Ort.

Christian hatte gerade in der hintersten Bankreihe Platz genommen und seine schmerzenden Beine von sich gestreckt. Plötzlich erschrak er. Ein heller, gellender Schrei zerriss die Harmonie im Kirchenschiff. Sein Echo klang endlos nach und es schien, als würden die Säulen leicht beben und die bunten Fenster klirren. Die Besucher fuhren erschrocken zusammen und blickten irritiert nach vorne. Alle Andacht war im Nu zerstoben. Dieser Schrei passte nicht in das ehrwürdige Gebäude. Einige Leute liefen beunruhigt in die Richtung, aus der sie meinten, das Schreien vernommen zu haben.

Christian erhob sich und machte sich auf die Suche. Er blickte hinter die Säulen, inspizierte seitliche Altarnischen und Winkel. Nirgendwo war jemand in Not zu entdecken. Schließlich wandte er sich an einen Bediensteten des Doms, der gelangweilt in einem dunkelroten Mantel am Portal stand und um Spenden bettelte.

„Was war das für ein Schrei? Es muss etwas Schlimmes passiert sein, aber ich habe niemanden gefunden."

„Ein Schrei? Ich habe nichts gehört." Gleichgültig wandte sich der Mann ab.

„Doch, wir alle haben ihn gehört. Auch Sie. Was ist hier los?" Christian war misstrauisch geworden und wollte sich nicht abwimmeln lassen.

„Fragen Sie mich nicht!", antwortete der Mann unwirsch und sichtlich verärgert.

„Doch, ich frage Sie. Und wenn Sie nicht antworten, fange auch ich an zu schreien!"

Der Bedienstete wurde auf einmal leichenblass und zog Christian nervös in eine dunkle Ecke.

„Können Sie schweigen?", begann er stockend und rote Flecken zeigten sich auf seinem Hals. Er wartete die Antwort nicht ab, sondern begann vertraulich zu flüstern. „Ein Mal in jedem Jahr hört man hier einen schrecklichen Geisterschrei. Den genauen Monat kann keiner voraussagen, weil er unregelmäßig wechselt. Nur der Tag ist sicher: Es ist immer ein 13. Niemand weiß wie, von wem und warum. Alle Untersuchungen, Video- und Tonaufnahmen haben nichts ergeben. Überhaupt nichts! Es ist ein völliges Rätsel. Die Fachleute haben gemessen, dass der Schrei mit Nachhall exakt 13 Sekunden dauert. Immer. Man sagt, dass er von einer jungen Frau stammt. Wahrscheinlich einer Hexe. Ihr Echo hallt durch die Zeit. Der Schrei bringt uns noch zur Verzweiflung! Unser Papst höchstpersönlich hat eine geheime Kommission beauftragt, die Licht ins Dunkel bringen soll. Offiziell wird alles ignoriert. Niemand soll verunsichert werden. Wir hatten schon überlegt, den Dom an jedem Dreizehnten zu schließen, bis der Schrei vorbei ist. Aber dann haben wir davon abgesehen, weil solch eine Maßnahme noch auffälliger wäre als der Schrei selbst. Deshalb lautet die Anweisung von oben unmissverständlich: Wir haben nichts gehört! Gar nichts. Verstanden? Auch Sie, mein Herr, haben nichts gehört. Vergessen Sie einfach unser Gespräch."

Der Mann drehte sich abrupt um und verschwand hinter einem schweren Vorhang. Dem Vorhang der Angst.

„Hallo, alter Junge!" Eine knarrende Stimme mit bayerischem Akzent sprach ihn unvermittelt von hinten an. Christian wurde aus seinen Gedanken gerissen und fuhr herum. Inzwischen hatte er bei leichtem Nieselregen den Dom verlassen und schritt zielstrebig zur Firma, die mitten in der Altstadt lag.

Martin Mendova war Mitte 50, sein Haar war deutlich gelichtet und lag in dünnen Strähnen quer über der sonnengebräunten Kopfhaut. Sein Blick hatte für Leute, die ihn nicht kannten, etwas Dämonisches. Wenn er aber lachte, sprühten seine Augen voller Freude. Ein modischer, beigefarbener Anzug unterstrich seine sportliche Note. Dazu passte die Vorliebe für italienische Sportwagen.

Martin lebte in München, seit er Claudia auf dem Oktoberfest kennengelernt und Hals über Kopf geheiratet hatte.

Beide Männer verband eine jahrelange Freundschaft, die ganz unterschiedlich intensiv war. Manchmal hörten sie lange nichts voneinander. Wenn allerdings der Kontakt wieder da war, war es so wie gestern.

Seit einiger Zeit gehörte Mendova zum Vorstand der Firma und kam daher öfter nach Köln.

„Sag mal, wie siehst du denn aus?", musterte Mendova sein Gegenüber.

Christian versuchte abzuwiegeln. „Ach, ich war in einen Auffahrunfall verwickelt. Nichts Schlimmes, ein paar Prellungen. Nur der Wagen ist Schrott."

Mehr wollte er seinem Freund nicht anvertrauen. Deshalb war er froh, dass dieser nicht weiter nachbohrte und das Thema wechselte.

„Ich muss unbedingt mit dir allein sprechen", erklärte Mendova geheimnisvoll und schaute sich dabei unauffällig um.

Christian kannte seine theatralische Art, die er oft zur Schau stellte und damit viel Aufmerksamkeit erregte. Besonders bei Frauen. Aber diesmal spürte er eine Ernsthaftigkeit in seinem Blick.

„Was ist denn los?", fragte er besorgt.

„Nicht jetzt und nicht hier. Lass uns heute Abend im Hotel darüber reden. Auf keinen Fall darf der Alte was wittern!"

„Du machst es ja spannend."

Mendova nickte vielsagend. Es war kein Geheimnis, dass es zwischen ihm und dem Chef Spannungen gab. Sie hatten sich im Laufe der Zeit immer stärker aufgebaut und rührten von unterschiedlichen Sichtweisen her, wie das Unternehmen zu führen sei. Dazu kamen Neid, Intrigen und das sich gegenseitige Absprechen von Kompetenz. Doch seltsamerweise traute sich der

Chef nicht, ihn zu feuern. Irgendetwas hinderte ihn daran.

Mendova wusste seine Chancen zu nutzen.

Das Verwaltungsgebäude von WEYSELUX lag in Sichtweite zum Dom. Von den oberen Etagen aus konnte man einen herrlichen Blick auf den Rhein werfen, der sich wie ein silberblaues Band durch die Landschaft schlängelte. Er war wie eine Ader, an dem das Leben pulsierte; sein Fließen setzte sich in den Menschen fort.

Die beiden Männer nahmen den Lift, um ins siebte Stockwerk zu fahren, zur Chefetage, ins Zentrum der Macht. Lautlos schlossen sich die Aluminiumtüren. Mit dezentem Summen bewegte sich das Gefährt nach oben.

Christian überkam ein mulmiges Gefühl. Er fühlte sich wie in einen Käfig gesperrt. Seine Gedanken waren gefangen von der Frage: Was wollen die bloß von mir? Die Häufung von ungewöhnlichen Ereignissen mahnte ihn zu äußerster Vorsicht. Er musste der Gefahr widerstehen, sein Selbst aufzugeben und in einen unkontrollierbaren Sog fremder Mächte zu geraten. Mit riesigen Händen schienen sie bereits gierig nach ihm zu greifen. Freiheit war kein stabiler Zustand, sondern musste immer wieder mühsam errungen werden. Alles andere war Abhängigkeit. Verkappte Sklaverei.

Die Türen glitten wieder auf. Schnell strich er sich über die Haare und rückte seine Krawatte zurecht. Dann trat er hinaus. Grelle LEDs umfluteten ihn und ließen dem Schatten keine Chance.

„Wir durchleuchten die Welt", war vor Jahren ein Werbeslogan gewesen, den der Chef persönlich kreiert hatte. Hier auf der Chefetage sollte niemand an der Durchsetzung dieses Mottos irgendeinen Zweifel hegen. Dabei lagen die Anfänge des Unternehmens eher im Dunkel der Geschichte.

Die Kölner Optischen Werke (KOW) wurden unter mysteriösen Umständen im Jahr 1903 von Arthur Weyse gegründet. Der Zeitpunkt war sorgfältig gewählt, nur Eingeweihte wussten über die wahren Hintergründe Bescheid. Doch darüber wurde eisern geschwiegen - bis heute. Anfangs baute man simple Laborgeräte, Mikroskope und Ferngläser. Mit Erfolg. Bald wurde die Firma wegen ihrer guten Qualität bekannt, auch über die Landesgrenzen hinaus. Alle Produkte trugen, worauf man besonderen Wert legte, ein kleines Metallschild, auf dem neben dem Firmennamen das Konterfei von Kaiser Wilhelm II. abgebildet war. Seine Majestät hatte höchstpersönlich ein Glückwunschschreiben zur Firmengründung nach Köln gesandt und äußerte später keine Bedenken gegen die Verwendung des Schildchens. Wusste er nichts von der geheimen Symbolik, dem Missbrauch, der mit seinem Bild getrieben wurde? Oder billigte er sie sogar? Den allermeisten Kunden fiel überhaupt nicht auf, dass auf dem Abbild die kaiserliche Krone gefälscht war. Sie besaß dreizehn Zacken. Nach der Abdankung des Kaisers wurde das Emblem bis 1933 weiter benutzt. Bis sich nationalsozialistische Kreise im Betrieb durchsetzten.

Der erste Großauftrag aus dem Ausland kam für die KOW aus England. Dort wurden für die Schifffahrt Navigationsgeräte benötigt, die auf den Luxusdampfern Olympic und Titanic verwendet werden sollten. Als die Bestellung in Köln eintraf, soll Weyse voller Stolz und

Freude in der Fabrikhalle getanzt haben, den Brief aus Southampton in der ausgestreckten Hand. Ohne Zweifel, dieser Auftrag bedeutete den Durchbruch auf dem Weltmarkt, er war ein unbezahlbarer Gewinn.

Doch bald kehrte sich die Freude in rätselhafte Ungewissheit. Der Firmenchef war von der White Star Line zur Jungfernfahrt der Titanic von Southampton nach New York eingeladen worden, damit er seine gelieferten Geräte im praktischen Betrieb begutachten konnte. Weyse war noch nie in die Neue Welt gereist, deshalb soll er voller Erwartungen an Bord gegangen sein. In einer kalten Aprilnacht jedoch passierte das Unfassbare. Die Titanic stieß vor Neufundland mit einem Eisberg zusammen und sank in kurzer Zeit. Die meisten Passagiere verloren ihr Leben und verschwanden mit dem Schiff in der eisigen See.

Das Schicksal von Arthur Weyse konnte nie geklärt werden. Seltsamerweise erschien sein Name nicht auf der später veröffentlichten Passagierliste. Er wurde weder als gerettet noch als ertrunken gemeldet. War er überhaupt an Bord gewesen oder nur zeitweise? Hatte er heimlich das Schiff im französischen Cherbourg oder auf Irland verlassen? Die Kölner Optischen Werke unternahmen alles, um ihren Chef ausfindig zu machen. Vergebens. Seine Spur verlor sich im verwinkelten Hafen von Southampton. Sämtliche Nachforschungen, die seine Frau in die Wege leitete, brachten kein Licht ins Dunkel der quälenden Ungewissheit. Nach geraumer Zeit wurde er für tot erklärt. In der Sterbeurkunde hieß es trocken, er sei mit hoher Wahrscheinlichkeit „verschollen im Atlantik vor der Neuen Welt".

Für das aufstrebende Familienunternehmen waren diese Ereignisse ein herber Rückschlag. Nur widerwillig führte anfangs die Witwe den Betrieb weiter, später der einzige Sohn Richard. Auf ihm ruhten alle Hoffnungen. Obwohl er lieber der Kunst und Musik zugetan war und sich dem Himmel näher fühlte als irdischer Wirtschaftspolitik, ließ er sich dennoch zur Fortführung der Firma überreden. Seiner unerbittlichen Mutter zuliebe.

Richards erste Jahre fielen in eine wirtschaftlich schwere Epoche. Während der Inflationszeit in den 1920er Jahren wurden die KOW stark gebeutelt. Bald ging es wieder aufwärts. Die Politik gegen die Arbeitslosigkeit der Massen versprach Hoffnung. Doch nur wenige durchschauten den wahren Geist Hitlers. Das schleichende Gift der NSDAP breitete sich im Betrieb aus und bestimmte fortan die Produktion. Aus zivilen Geräten wurden militärische entwickelt. Fortan stellte man Zielfernrohre für Waffen, Navigationsinstrumente für Kampfbomber und U-Boote her, sowie Apparate für geheime Laboratorien, in denen Giftstoffe an Häftlingen getestet wurden. In der Firmengeschichte war diese Zeit die finsterste Episode, an die heute keiner mehr erinnert werden wollte.

Bei der Bombardierung Kölns durch die Alliierten wurden die Produktionshallen der KOW so stark zerstört, dass dort der Betrieb eingestellt werden musste. Man verlagerte die Abteilungen von Planung und Forschung aus der Metropole und ließ sich zwischen Hannover und Minden nieder. Ein verlassener Bauernhof mit einigen Nebengebäuden wurde gekauft und unauffällig umgestaltet. Die Bewohner eines nahe gelegenen Dorfes ahnten nicht, was in den alten Kuh- und Schweineställen vor sich ging. Wie in ihrer heilen Welt das nackte Grauen geplant wurde.

In den ersten Jahren der Nachkriegszeit waren alle Verantwortlichen der KOW untergetaucht. Niemand schien sich um die Ruinen in Köln zu kümmern. Aber der Schein trügte. Mittels angesammelten Kapitals im Ausland wurden Mitte der 1950er Jahre die zerstörten Hallen wieder aufgebaut und ein repräsentatives Verwaltungsgebäude in der Nähe des Rheins errichtet. Der unselige Schatten der Vergangenheit sollte abgeschüttelt werden. Man stürzte sich in gewaltige Bauprojekte, um der Firma ein neues Gesicht zu geben. Sogar der Name wurde geändert: Das Unternehmen nannte sich fortan WEYSELUX. Jetzt wollte man ein Zeichen gegen nationalistische Alleingänge setzen und sich europäischen Ländern, zuerst nur westlichen, für eine enge Zusammenarbeit öffnen. Zaghafte Kontakte zu den Franzosen bildeten den Anfang. Konrad Adenauer soll damals WEYSELUX in aller Öffentlichkeit als „für Deutschland und Europa wegWeysend" erklärt haben. Leider kam er nie dazu, die Firma persönlich zu besuchen. Rainer Weyse, der jetzige Firmeninhaber und Enkel des Gründers, war, wenn man ihn darauf ansprach, noch immer enttäuscht vom damaligen Kanzler.

WEYSELUX knüpfte an die Vorkriegserfahrungen an und vertrieb wieder zivile optische Systeme, angefangen von Laborgeräten bis hin zu Großteleskopen. Immer stärker dem Trend der Zeit folgend wandte man sich Weltraumprojekten zu. Diese Entwicklung stellte einen Meilenstein in der Firmengeschichte dar. In enger Abstimmung mit den Amerikanern engagierte man sich in der Satellitentechnik und der bemannten Raumfahrt. Speziell dem Apollo-Programm.

Gemeinsam schritten die Männer den Flur entlang und betraten nach höflichem Anklopfen das Chefzimmer.

„Da sind Sie ja, Sonnthag", rief Weyse.

Seine Stimme klang erleichtert, als hätte er schon seit Stunden sehnsüchtig auf ihn gewartet. Umständlich erhob er sich aus seinem Ledersessel und ging mit ausgestreckter Hand auf ihn zu. Martin Mendova würdigte er keines Blickes.

Christian musterte ihn irritiert. Während Weyse normalerweise stets akkurate Kleidung führender Modehäuser trug, war heute sein Äußeres völlig stillos. Einfach peinlich. Ein kariertes Hemd, das ihm halb aus der ausgebeulten Cordhose hing und Schuhe mit schräg abgelaufenem Absatz. Seine Haare wirkten ungekämmt und sein Blick hinter trüben Brillengläsern verschreckt. So hatte er den Chef noch nie erlebt. Der sonst unnahbare Vorgesetzte hatte seine Maske fallen gelassen, er bot einen traurigen Blick hinter die Kulisse seines Selbsts. Rainer Weyse schien am Ende zu sein.

„Nehmen Sie Platz. Frau Golldau und Lauterbeck werden gleich hier sein."

Mit einladender Geste wies Weyse zum ovalen Konferenztisch, auf dem säuberlich aufgereiht die obligatorisch grünen Mineralwasserflaschen standen. Hier herrschte noch Ordnung.

Susanne Golldau wusste, wie sie mit Weyse umzugehen hatte. Mal konnte sie mit ihren rehfarbenen Augen und den langen blonden Haaren das naive Mädchen spielen und verträumt ihren Chef anhimmeln. Aber dann drehte sie den Spieß um und beherrschte ihn. Bald hörte er bereitwillig ihren Vorstellungen von Management und Marketing zu und versprach, alles in die Tat umzusetzen. Auch wenn es oft bei Lippenbekenntnissen blieb, war doch der erste Schritt getan. Und der beginnt im Kopf des anderen. Susanne Golldau wusste genau, was sie wollte. Sie hatte Zeit.

Ihre Lebensgeschichte war bewegt gewesen. In den USA geboren, kam sie als Waisenkind nach Europa. Nach Leipzig, das damals zur DDR gehörte. Zweifellos war es für ein amerikanisches Mädchen ungewöhnlich, nach Ostdeutschland vermittelt zu werden. Die Gründe dafür blieben im Dunkeln. Über ihre Vergangenheit sprach sie kaum. Sie erwähnte nur die Freundlichkeit der Adoptiveltern, Funktionäre der SED, die sie wie ein eigenes Kind aufnahmen. Anfangs hatte sie Probleme mit der fremden Sprache. Allerdings lernte sie schnell und begeistert. Nach der Öffnung der innerdeutschen Grenze 1989 ließ sie sich in Niedersachsen nieder. Auf der mühsamen Suche nach Arbeit fiel ihr eines Tages eine Stellenanzeige von WEYSELUX in einer Zeitung auf. Diese Firma weckte ihre Neugierde. Obwohl sie keineswegs die Voraussetzungen erfüllte, die man erwartete, bewarb sie sich. Zwei Wochen später lag in ihrem Briefkasten ein Schreiben mit der Aufforderung, zu einem persönlichen Gespräch nach Köln zu kommen. Damit hatte sie nicht ernsthaft gerechnet. Sofort telefonierte sie mit der Firma und machte einen Termin fest. Abends feierte sie ausgelassen mit ihren Freunden, obwohl noch gar nichts entschieden war. Die Sektkorken knallten vom Balkon ihrer kleinen Wohnung in die Nacht hinaus. Susanne spürte ihren nahen Sieg.

Tatsächlich. Rainer Weyse, der persönlich bei ihrem Bewerbungsgespräch dabei war, entschied ihre sofortige Einstellung. Da sie von der Schule her gute Sprachkenntnisse in Russisch vorweisen konnte, sollte sie fortan im osteuropäischen Raum für WEYSELUX tätig sein. Seitdem lag eine steile Karriere vor ihr. Sie war viel unterwegs und außergewöhnlich erfolgreich. Bald rückte sie in den Vorstand auf und beeinflusste behutsam die Geschicke der Firma. Niemand ahnte ihre wahren Ziele.

Wortlos setzte sich Martin Mendova an den Konferenztisch und spielte gelangweilt mit seinem Kugelschreiber. Christian dagegen schlenderte, die Hände in den Hosentaschen, im Raum umher. Er wusste, wer sich zu früh hinsetzt, ist festgelegt.

Faszinierend war der Blick aus dem Fenster auf den Rhein. Die Schiffe, die sich langsam aneinander vorbei schoben, die bunten Flaggen an Bug und Heck; sie ließen einen Hauch von Freiheit aufkommen. Freilich in einer sehr engen Bahn. „Panta rhei - alles fließt“, hatte Heraklit einmal gesagt und meinte damit das ganze Leben. Raum und Zeit. Es gibt kein Stehenbleiben, Innehalten, Festhalten. Alles ist und bleibt in Bewegung. Manchmal fand Christian diesen Gedanken erschreckend, weil es kein Zurück gab. Keine zweite Chance, kein Nocheinmal.

Schritte hinter seinem Rücken rissen ihn aus den Gedanken. Susanne Golldau und Walter Lauterbeck waren eingetroffen.

Lauterbeck galt als Finanzgenie. Schon als Fünfjähriger soll er mathematische Aufgaben fehlerfrei gemeistert haben. Seine äußere Erscheinung entsprach penibel dem ordentlichen Buchhalter. Der schnurgerade Scheitel, die exakte Rasur, die tadellos gebundene Krawatte, der maßgeschneiderte Anzug und die auf Hochglanz polierten Schuhe. Nur eines passte nicht: die Farben der Socken. Sie waren immer zu grell. Man entdeckte sie nur, wenn Lauterbeck die Beine übereinanderschlug. Das tat er selten, weil er es für zu salopp und damit unfein hielt. Manchmal jedoch vergaß er seine Manieren und dann blitzten seine bunten Socken auf. Vielleicht entsprachen sie seinem wahren Ich, verdeckt unter einer korrekten Hülle, hatte Christian schon oft gedacht. Auch ein Lauterbeck kann ein Wolf im Schafspelz sein.

Nach der Begrüßung nahmen alle Platz. Dem Chef entsprach es nicht, mit langen Einleitungen Zeit zu vergeuden und um den heißen Brei herumzureden. Nur diesmal war er völlig anders. Mit bleicher Miene und belegter Stimme begann er stockend. Dabei nahm er ausschließlich Christian ins Visier. Die anderen im Raum gaben nur die Kulisse ab.

„Kennen Sie die Geschichte von Joseph in Ägypten?", fragte er.

Christian kannte sie vage. Aber er sagte nichts und schaute Weyse unwissend an. Worauf wollte er bloß hinaus?

„Joseph lebte vor über 3500 Jahren im alten Ägypten. Dort war er der fähigste Wirtschaftsberater des Pharao. Allerdings stammte er nicht aus dem Land am Nil, sondern aus Israel, wie man es später nannte. Dieser Joseph hatte elf Brüder, die auf ihn eifersüchtig waren und alles dafür taten, ihn in den Tod zu treiben. Aber durch wundersame Fügungen stieg Joseph am Hof des Pharao auf. Eines Tages reisten seine Brüder nach Ägypten, weil in ihrem Land eine große Hungersnot herrschte. Im Nilland waren jedoch genügend Nahrungsvorräte geschaffen worden. Als sie schließlich vor Joseph als dem zuständigen Minister standen, erkannten sie ihren Bruder nicht. Sie wähnten ihn tot. Doch Joseph wusste genau, wen er vor sich hatte. Als die Brüder mit erhandelten Getreidesäcken wieder nach Hause ziehen wollten, ließ er heimlich in einem

Sack seinen silbernen Becher verstecken. Wie erschrocken waren die Brüder, als später eine Grenzpatrouille die Säcke durchsuchte und das wertvolle Gefäß entdeckte."

Rainer Weyse erhob sich und riss seine Schreibtischschublade auf. Angespannt blickten alle zu ihm hinüber. Er nahm ein kleines Päckchen heraus und öffnete es umständlich. Schließlich zog er einen Gegenstand hervor, schritt zu den anderen zurück und donnerte ihn mit voller Wucht auf den Konferenztisch. Direkt vor Christian. Die Mineralwasserflaschen klirrten.

Da lag er - ein großer, langer Schlüssel. Sein Metall war pechschwarz angelaufen. Auffällig war der kräftige Schlüsselbart, er wirkte wie eine wild zerklüftete Landschaft. Kein Schloss dieser Welt schien für ihn zu passen.

Gebannt starrte Christian das Teil an. Und zählte. Der Bart hatte dreizehn Zacken. Purer Zufall? Bestimmt nicht. Doch er wollte sich nichts anmerken lassen und beobachtete aus den Augenwinkeln die anderen.

Susanne Golldau wippte gelangweilt mit ihrem rechten Schuh, Lauterbeck starrte gedankenversunken in sein Wasserglas. Nur Martin Mendova folgte mit gerötetem Kopf den Worten von Weyse.

„Vor einigen Tagen kam ich von einer Geschäftsreise aus den USA zurück", fuhr Weyse fort. „Als ich zu Hause nichtsahnend meinen Koffer öffnete, fand ich das Päckchen mit diesem geheimnisvollen Schlüssel. Wie das hineingekommen ist und wer das getan hat, ist mir vollkommen schleierhaft. Vor allem: Wozu soll der Schlüssel passen? Aufmerksam habe ich ihn untersucht, bis mir eine Gravur auffiel. Nur bei schräg einfallendem Licht ist sie zu erkennen. Sie besteht aus

37 Buchstaben, eng aneinander gereiht. Ich kann keinen Sinn darin sehen. Alles ist mir ein völliges Rätsel! Um Licht ins Dunkel zu bringen, habe ich eine Vergrößerung herstellen lassen und möchte sie Ihnen zeigen."

Auf Knopfdruck senkten sich die Jalousien und tauchten augenblicklich den Raum in ein Halbdunkel. Weyse schaltete den Tageslichtprojektor ein. Die geheimnisvolle Schrift erschien stark vergrößert auf der Leinwand. In Großbuchstaben war zu lesen:

SMAISMRMILMEPOETALEUMIBUNENUGTTAUIRAS

Eine Zeit lang herrschte ratlose Stille. Rainer Weyse wischte sich den Schweiß von der Stirn. Man merkte, wie ihn die Sache aufwühlte.

„Nach dem Urteil eines Sprachwissenschaftlers, den ich im Vertrauen zu Rate gezogen habe, handelt es sich um ein Buchstabenrätsel. Um eine verschlüsselte Mitteilung höchsten Ranges. Der Schlüssel selbst muss der Schlüssel zur Entschlüsselung sein, meint der Fachmann. Das Vorkommen gewisser Buchstaben, und das Fehlen anderer, weist seiner Meinung nach auf einen alten Text hin. Vermutlich aus dem christlich-römischen Kulturkreis."

Minutenlang hingen die Buchstaben wie Blei an der Wand.

Niemand wagte sich zu bewegen, gar etwas zu sagen. Bis Weyse die bedrückende Stille durchbrach. Wie ein Schwert traf er Christian.

„Ich beauftrage Sie, Sonnthag, das Rätsel zu lösen! Ab sofort sind Sie von allen Verpflichtungen freigestellt und werden sich mit der Klärung des Falls befassen. Morgen stelle ich Ihnen meine Geschäftsunterlagen zur Verfügung. Außerdem lasse ich eine Liste mit sämtlichen Namen der Personen erstellen, mit denen ich auf der Reise Kontakt hatte. Vom Topmanager bis zum Zimmermädchen im New Yorker Hotel. Ich will die Leute wissen, die im Hintergrund am Werk waren. Wenn ich die Namen kenne, ist ihre Macht gebrochen. Teuflisch ist allein das Namenlose, das Anonyme."

Ein kräftiger Donnerschlag ließ die Stadt am Rhein erzittern. Dann setzte sintflutartiger Regen ein.

Mit Unbehagen wurde Christian bewusst, dass der Vorstand sich vorab mit der Sache beschäftigt und ihn für die Aufklärung ausgeguckt hatte.

„Warum gerade ich?", entfuhr es ihm.

„Weil wir Sie für den geeigneten Mann halten. Ihre Auffassungsgabe, Ihre Fähigkeit, komplizierte und ungewöhnliche Zusammenhänge zu durchschauen – so einen brauchen wir. Außerdem scheinen Sie eine gewisse Sensibilität für übernatürliche Dimensionen zu haben."

Das war das Stichwort. Hatten sich die Über- und Unterwelt gegen ihn verschworen?

„Es ehrt mich", begann Christian vorsichtig, „aber ich bin Naturwissenschaftler, kein Zeichen- oder Sprachendeuter. Da gibt es an den Universitäten genug fähige Leute. Warum wenden Sie sich nicht an die? Oder an die Presse? Auch die Kriminalpolizei könnte bei der Aufklärung hilfreich sein. Vielleicht kann die am besten herausfinden, wer Ihnen den Schlüssel zugesteckt hat."

„Keine Öffentlichkeit und erst recht keine Polizei!", gebot der Chef energisch. „Die Angelegenheit muss absolut unter uns bleiben."

„Warum?“ Christian hatte den Eindruck, dass er dramatisierte.

Rainer Weyse trat dicht an ihn heran. Er senkte die Stimme. „Ich will Ihnen ganz offen sagen, was ich von der Sache halte. Es geht um knallharten Wettbewerb. Um einen brutalen Kampf über die Vorherrschaft auf dem Weltmarkt. Irgendeine Gruppe aus Amerika will mich kaputt machen. Nicht durch Spionage oder Raubkopien. Solche Methoden sind primitiv und schon lange out. Nein, diese Leute haben sich eine bessere Masche überlegt, die in Wahrheit uralt ist. Magie und Mythos werden eingesetzt, um mich zu verunsichern. Über das Unbewusste Einfluss zu nehmen. Zu destabilisieren. Irgendwann zu vernichten. Und zwar dadurch, dass ich zuerst die Firma aufgebe und dann mich selbst zerstöre. Oder umgekehrt. Das geht ganz einfach. Ohne Blutvergießen, ohne, dass sich jemand die Hände schmutzig machen muss. Sie halten das für pure Phantasie? Glauben Sie mir, ein seelisch beeinflusster Chef kann ein Unternehmen wie das unsrige in Nullkommanichts herunterwirtschaften und es dann zum Spottpreis veräußern. Oder es gleich verschenken. Selbst der Vorstand wird dagegen wenig tun können. Bis es alle merken, ist es meistens schon zu spät. Der nächste Schritt ist nur noch die logische Konsequenz. Golldau, Lauterbeck und Mendova sehen das genauso.“

Weyse nahm ein Glas vom Tablett und öffnete eine Flasche. Seine Hand zitterte, während das Mineralwasser zischend sprudelte. Nachdenklich schlich er zum Fenster.

Niemand sagte ein Wort.

Lange blickte er auf den Rhein hinab, als sähe er dort sein Leben vorbeifließen.

Endlich wandte er sich wieder um.

„Als ich den Betrieb von meinem Vater übernahm, habe ich mir geschworen, nicht den gleichen Fehler wie er zu machen. Sein Paktieren mit den Nazis hat unermesslichen Schaden angerichtet, es war Gift für die ganze Welt. Aber wer hat das damals durchschaut? Wer hatte den Mut sich dagegen zu stellen? Nur wenige. Und die es taten, bezahlten schnell mit ihrem Leben dafür. Ein Unternehmen muss weltanschaulich und religiös neutral sein. Das ist meine Devise. Woran Sie oder ich persönlich glauben, darf sich nicht in irgendeiner Weise auf WEYSELUX auswirken. Sonst wäre der Untergang vorprogrammiert. Zuerst wären wir innerlich abhängig - und irgendwann auch äußerlich. Käuflich, erpressbar. Glauben Sie mir, es ist verdammt schwer, neutral zu bleiben! Ich will ehrlich zugeben, dass ich immer öfter daran zweifle. Besonders, seit ich anonyme Briefe erhalte. Zuerst waren es drei oder vier im Jahr. Dann kam monatlich einer. Jetzt werde ich gleichsam damit bombardiert. Alle Schreiben kreisen nur um ein einziges Thema: Das Ende der Welt ist nahe. Deshalb soll ich mich unbedingt einer bestimmten Sekte anschließen. Vor allem soll ich die Firma in ihre Dienste stellen. Darum geht es diesen Leuten. Sie wollen absolute Macht. Koste es, was es wolle. Aber da sind sie bei mir an der falschen Adresse. Ich lasse mich nicht erpressen oder einschüchtern. Niemals. Niemals!"

Seine Worte klangen stark, doch sprach aus ihnen pure Verzweiflung. Betroffen blickten seine Zuhörer ihn an.

Noch immer wagte keiner etwas zu sagen.

Christian wandte den Blick und starrte gebannt auf den dunklen Schlüssel auf dem Tisch, der von Minute zu Minute zu wachsen schien. Schließlich nickte er stumm. Er willigte in einen Plan ein, der sein Leben grundlegend verändern sollte.

Alle erhoben und verabschiedeten sich. Besonders Susanne Golldau schien es eilig zu haben.

Mit ängstlichem Blick reichte Weyse Christian an der Tür die Hand. Er hatte verschwiegen, dass man ihm für heute Nacht einen genauen Ort genannt hatte, den er aufsuchen sollte. Den Schlüssel müsse er unbedingt mitbringen, er sei eine Nachbildung. Am genannten Ort jedoch befinde sich das Original. Unbemerkt solle er beide austauschen und den Originalschlüssel so schnell wie möglich nach New York zurückbringen. Es ginge dabei um Vorherrschaft, um die Macht der USA über Europa. Der neuen Welt über die alte. Wegen seiner besonderen Vergangenheit habe man ihn zu diesem Dienst auserwählt. Nur er wäre würdig dafür. Falls er nicht erscheinen oder der Austausch nicht klappen sollte, wäre sein Leben in höchster Gefahr.

Am späten Abend saß Christian mit Martin Mendova bei einem Glas Kölsch im Moonlight-Club. Auf der kleinen Bühne spielte eine in die Jahre gekommene Band Oldies, umringt von begeisterten Fans. Der Bass dröhnte monoton. Dichte Rauchschwaden durchzogen den Raum, die bunten Lichter der Scheinwerfer hatten Mühe durchzudringen.

Schweigsam hockten die Männer beieinander, jeder hielt sich an seinem Bierglas fest und starrte apathisch zur Bühne hinüber. Mit ihren Gedanken waren sie ganz woanders.

Erst auf dem Rückweg zum Hotel kamen sie ins Gespräch.

„Mir gefällt die ganze Sache nicht“, begann Mendova und blickte seinen Freund aus den Augenwinkeln an. „Ich kann dir nur dringend raten, den Auftrag entschieden abzulehnen. Deine Arbeit in Frankfurt ist viel zu wichtig, als die Zeit mit den Problemen des Alten zu verplempern.“

„Hast du eine Ahnung, wer dahinter steckt?“ Christian blieb unvermittelt unter einer Straßenlaterne stehen und lehnte sich mit verschränkten Armen an den Mast.

„Schon seit gestern bin ich in Köln. In einem vertraulichen Gespräch hat der Alte ausführlich über lauernde Gefahren gesprochen. Die Sache ist nicht ungefährlich, dahinter steckt ein böses Spiel.“

„Ausgerechnet mit dir hat er darüber geredet? Das ist ja kaum zu glauben. Ihr versteht euch doch sonst nicht.“

„Die Lage hat sich verändert. Er braucht Verbündete, er braucht mich. Ich habe versucht, ihn zu beruhigen und ihm die Angst zu nehmen. Seelisch scheint der Mann völlig am Ende zu sein.“

„Das habe ich gemerkt“, unterstrich Christian. „Deshalb bin ich bereit, der Sache nachzugehen ...“

Mendova unterbrach ihn mit besorgter Miene. „Lass es! Wer weiß, in welche Machenschaften du da hineingezogen wirst. Für dich kann das zum Fass ohne Boden werden. Mit tödlichem Ende. Nimm meine Warnung ernst.“ Er lachte gequält in die trübe Nacht hinaus.

Christian schaute ihn verwundert an, für ihn war das Thema noch längst nicht erledigt. „Ich habe mir den Schlüssel genau angeschaut. Der Bart hat dreizehn Zacken, das macht mich stutzig. Das kann kein Zufall sein. Hier steckt mehr dahinter.“

„Weißt du nicht, dass 13 auch eine Glückszahl bedeuten kann?“, erwiderte Mendova. Sein Gesicht bekam auf einmal einen listigen Ausdruck. „Von alters her beschreibt die Zahl in der jüdischen Tradition das Glück wegen der dreizehn Eigenschaften Gottes. Vielleicht wollte ein jüdisches Zimmermädchen in New York ihrem geliebten Geschäftsmann ein heimliches Erinnerungsstück mit auf den Weg geben. Sie hatte den nutzlosen Schlüssel auf einem Trödelmarkt gekauft. So könnte es gewesen sein. Vergiss den Auftrag. Der Alte sieht das Ganze zu dramatisch. Es ist sicher nur ein harmloser Zufall. Komm Junge, lass uns den Quatsch vergessen und weitergehen.“

„Was ist los mit dir?“, fragte Christian misstrauisch. „Mal versuchst du, mich vor Gefahren zu warnen – und gerade verharmlost du die ganze Sache. Welche Rolle spielst du in Wirklichkeit?“

Blitzschnell packte Martin Mendova ihn am Kragen und zischte: „Mein Freund, hast du es immer noch nicht begriffen? Halte dich da gefälligst raus! Sonst ...“

Er stieß sein Gegenüber von sich und stapfte erregt davon.

Seine weiteren Worte verhallten in der nächtlichen Stadt.

Trotz aller Ungereimtheiten, Martin wird recht haben, sagte sich Christian, als er fröstelnd im Hotelbett lag und hastig ein Glas Whisky leerte. Schließlich bin ich Physiker und kein Detektiv. Doch ein ungutes Gefühl blieb. Alle verhielten sich merkwürdig widersprüchlich. Der Alte und Martin Mendova. Welche Rolle Susanne Golldau und Lauterbeck spielten, war auch nicht klar. Tief in seinem Herzen spürte er, dass er drohte, in etwas Dunkles hineingezogen zu werden.

Bald knipste er die Nachttischlampe aus mit dem Vorsatz, am nächsten Tag dem Chef abzusagen. Dann würde er unverzüglich wieder nach Frankfurt fahren. Ins warme Bett zu Petra.

Zuverlässig meldete sich am nächsten Morgen der Radiowecker und riss ihn aus seinen Albträumen.

„Hier ist der Westdeutsche Rundfunk mit den Nachrichten. Köln. Rainer Weyse ist tot. In den frühen Morgenstunden wurde der Firmeninhaber von WEYSE-LUX etwa 250 km von seinem Wohnort entfernt in einem alten Schlosshof aufgefunden. Ein Wärter entdeckte die Leiche bei einem Kontrollgang. Die genauen Umstände und die Todesursache konnten noch nicht geklärt werden. Nach Auskunft der Polizei weisen erste Indizien auf Mord hin ..."

Fassungslos sprang Christian aus dem Bett. Schockiert stand er barfuß da und starrte zum Radio. Das durfte nicht wahr sein!

Längst waren die Nachrichten verlesen und leichte Musik erfüllte das morgendliche Zimmer. Diese Klänge nahm er gar nicht wahr. Vielmehr stieg eine schreckliche Ahnung in ihm hoch.

Der Himmel verfinsterte sich, als der Sarg langsam ins Erdreich hinabgelassen wurde. Eiskalter Wind pfiff über den Friedhof und trieb verwelkte Blätter vor sich her. Sie tanzten, als wären sie voller Leben. Aber der Schein trügte. Da war kein Grün mehr, kein Saft, kein Atmen. Es war ein verzweifelter Totentanz.

Christian fror, er schlug den Mantelkragen hoch. Betreten blickte er zu Andrea Weyse, die über Nacht zur Witwe geworden war. Neben dem ehrwürdigen Pfarrer, der mit kräftiger Stimme die letzten Worte über die Granitsteine hinweg schallen ließ, verharrte sie gebeugt. Sie wirkte um Jahre gealtert. Eng aneinander gedrückt standen die beiden Kinder. Anna rollten die Tränen hemmungslos über die bleichen Wangen, während Stefan wie versteinert dastand. Wie gelähmt wirkten auch die anderen. Susanne Golldau trug einen schwarzen Hut mit breiter Krempe, Martin Mendova sah aus wie in einen zu eng gewordenen Konfirmationsanzug gezwängt. Walter Lauterbeck verharrte mit einem welken Blumenstrauß in der Hand. Fast die ganze Belegschaft, Mitarbeiter und Geschäftspartner aus nah und fern, Persönlichkeiten aus Politik und Wirtschaft, alle waren gekommen und konnten nicht fassen, was passiert war.

Besonders die Art und Weise, wie und wo der Chef umgebracht worden war, hatte allgemeines Entsetzen hervorgerufen. Die Medien berichteten ausführlich darüber und verstanden es geschickt, mit Spekulationen um den Toten Geld zu machen. Schließlich verhängten die Behörden eine Nachrichtensperre. Man könne und wolle nichts mehr zum Stand der Ermittlungen sagen, weil sie noch nicht abgeschlossen seien, hieß es penetrant aus dem Polizeipräsidium. Auch der Staatsanwaltschaft war keine Stellungnahme zu entlocken.

Hinter dieser Geheimnistuerei verbarg sich völlige Ratlosigkeit. Nur langsam sickerte die grausige Wahrheit durch. Der Leib des Ermordeten wies zahlreiche Einstiche auf. Alles deutete auf einen rituellen Mord hin. Eine Opferhandlung. Die Vermutungen schossen ins Kraut, weil der Fundort nicht unbedingt der Tatort gewesen sein musste. Schließlich war das in Frage kommende Areal recht groß. Fest stand nur, dass Rainer Weyse sein Büro gegen 22 Uhr verlassen hatte und auf der Autobahn 1 bis zum Kamener Kreuz gefahren war. Dort war er auf die A 2 Richtung Hannover gebogen. Seinen Porsche hatte er auf einem kleinen Parkplatz unweit jenes Schlosses abgestellt, wo man seine Leiche später im Innenhof fand.

Wer hatte Interesse am Tod von Weyse, wer konnte so etwas getan haben und warum dieser ungewöhnliche Ort des Geschehens? Die Fahnder hofften mit der Beantwortung dieser Fragen den Tätern auf die Spur zu kommen. Doch sie tappten im Dunkeln.

Die Scheibenwischer des Taxis konnten die Wassermassen kaum bewältigen, die plötzlich vom Himmel rauschten. Ein atlantischer Tiefausläufer überzog die Kölner Bucht mit sintflutartigem Regen. Für die Bewohner an Rhein und Mosel hieß das, bald wieder die Sandsäcke zu füllen, um Erdgeschoss und Keller abzuschotten. Ein Ritual, das sich fast jedes Jahr wiederholte. Dann wurde an den Stammtischen über die Regierung geschimpft, die dafür verantwortlich sei, dass viele Flussauen zugebaut waren. Im Hochsommer jedoch, wenn die Glut einem fast den Verstand raubte und die Natur nach jedem Tropfen lechzte, konnte sich niemand solch einen Wolkenbruch vorstellen, wie er im Augenblick auf das Autodach prasselte.

Christian schlug die Wagentür auf, sprang heraus und eilte den von Pfützen übersäten Weg zur Villa. Außer Atem erreichte er das Vordach des Portals, hielt inne und wischte sich verstohlen die Tropfen aus dem Gesicht. Die winzige Videokamera, oben rechts in der Ecke versteckt, hatte ihn längst erfasst. Die Bewohnerin des Anwesens war genau im Bild, wer da vor ihrer Tür stand.

Als ob sich nichts verändert hatte, prangte neben der Klingel in vergoldeten Buchstaben ein Name aus der

Vergangenheit: Rainer Weyse. Ein Zeichen, wie schwer es war, die Gegenwart zu ertragen.

Christian war im letzten Frühling schon einmal hier gewesen. Damals grünte und blühte alles; das Leben, aus der Winterstarre erwacht, explodierte förmlich. Stolz hatte ihn der Chef durch den Garten geführt. Vorbei am Swimmingpool zu den Obstbäumen, weiter zum lichtdurchfluteten Gewächshaus. Hier würden im Sommer unzählige Tomaten, Gurken, Paprika und Melonen reifen. Überall im Garten standen in kleinen Gruppen säuberlich weiß gestrichene Bänke und luden zum Verweilen ein. Aus einem von Bambus umwachsenen Teich erhob sich ein kräftiger Springbrunnen und tauchte abends mit farbiger Beleuchtung das Areal in geheimnisvollen Schein. Die neuste Errungenschaft war ein japanisches Teehäuschen. In einzelnen Elementen war es per Container aus dem fernen Osten auf langer Fahrt hierher transportiert worden. Seine Frau hatte es ihm zum Geburtstag geschenkt und es kam sogar pünktlich zum Ehrentag an. Weyse betonte, als er mit seinem Gast beim heißen Tee zusammensaß, dass der ganze Garten ein Abbild en miniature des Paradieses darstellen sollte. Eine Oase am Rande der Großstadt mit ihren tristen Betonbauten.

Aber jetzt lag alles verwaist da. Nur totes Laub huschte vom Winde verweht gespenstisch um die Ecken. Einzig ein Maulwurf tat seine unermüdliche Arbeit. Deutlich konnte man die Gänge der Unterwelt verfolgen.

Christian fasste in die Innentasche seines Mantels. Er war noch da, der umfangreiche Obduktionsbericht. Ein Vertrauter hatte ihm heimlich eine Kopie zukommen lassen. Die Brisanz des Falls Weyse konnte nur der entdecken, der jeden Halbsatz genau studierte und einfach zählte. Aufmerksam hatte sich Christian durch die Seiten gequält, bis er auf eine untrügliche Spur stieß. Der Leichnam wies dreizehn Einstiche mit einem gezackten Gegenstand auf, die kreisförmig auf dem Rücken angeordnet waren. Eine tödliche Dosis. Außerdem fanden sich Schleifspuren. Man hatte Weyse an einem bislang unbekannten Ort umgebracht und ihn dann in den Innenhof des Schlosses geschleppt. Als Todeszeitpunkt stellten die Gerichtsmediziner 1 Uhr nach Mitternacht fest.

Dieses Resultat ließ Christian nicht zur Ruhe kommen. Unbedingt musste er mit der Witwe darüber sprechen, bevor er mit dem nächsten Zug zurück nach Frankfurt fahren würde. Er konnte nicht einfach zur Tagesordnung übergehen. Vielleicht wusste sie mehr von den Hintergründen, als sie bereit war, vor der Polizei auszusagen.

Gerade wollte Christian die Klingel betätigen, als sich die Haustür öffnete.

„Kommen Sie herein. Ich bin allein, die Kinder sind bei den Großeltern."

Mit galanter Handbewegung bat Andrea Weyse ihn ins Haus. Sie trug eine dunkle Bluse und einen kurzen schwarzen Rock, der ihre schlanke Figur betonte. Ihre Haare hatte sie nach hinten gebunden, was ihrem Gesicht einen strengen Ausdruck verlieh. Es irritierte ihn, dass sie barfuß lief. Aus den Augenwinkeln heraus waren ihm sofort die leuchtend rot lackierten Fußnägel aufgefallen. Lebte diese Frau, trotz der Trauer, eine neu gewonnene Freiheit aus? Suchten ihre Füße einen Halt, ihr Leben einen anderen Grund?

Er trat ein. Der Marmorboden im Flur glänzte wie ein zugefrorener See. Hier musste man sich äußerst vorsichtig bewegen, um nicht auszurutschen. Nachdem er den nassen Mantel abgelegt hatte, folgte er der Hausherrin ins Wohnzimmer. Seine eiskalten Hände vergrub er in den Hosentaschen.

Entsetzt blieb er auf der Schwelle stehen.

Damals war er von diesem Raum fasziniert gewesen. Stilvolle Rokokomöbel vor der fein gemusterten Seidentapete ließen eine herrschaftliche Atmosphäre aufkommen. Auf dem Parkett lagen schwere Teppiche und Brücken mit seltenen persischen Mustern. In der Ecke sorgte ein großer Kachelofen dafür, dass man sich hier kuschelig wohl fühlen konnte, um ein Glas Wein zu trinken oder in einem guten Buch zu schmökern. Ein Blick auf die Regale, die bis zur Decke reichten, genügte, um festzustellen, dass hier die Hauptwerke der klassischen und modernen Literatur beisammen standen. An den Wänden hingen wertvolle Gemälde von Landschaften und Portraits der Vorfahren. Jedem Besucher wurde klar, hier waren Kultur und Luxus zu Hause.

In der Mitte des Raums, gleichsam im Zentrum des Lebens, stand ein schwarzer Steinway. Allein durch sein Dasein strahlte er Würde und Schönheit aus. Perfektion und Harmonie. Der hochglänzende Lack wirkte wie die unergründliche Tiefe des Weltalls, aus dem heraus himmlische Töne den Menschen verzaubern konnten. Damals hatte Rainer Weyse ein paar Takte aus seinem Lieblingsstück, der Sonate Pathétique in c-Moll von Ludwig van Beethoven, anklingen lassen und damit seinen Gast beeindruckt.

„Mein Urgroßvater soll mit Heinrich Steinweg befreundet gewesen sein“, hatte er erzählt und hielt mit dem Spielen inne. „Der war 1850 mit seinen Söhnen nach Amerika ausgewandert und gründete eine Fabrik für Musikinstrumente. Damit begann der Erfolg von Steinway & Sons, die von New York und später auch von Hamburg aus ihre Flügel weltweit verkauften. Wenn ich erschöpft von der Arbeit nach Hause komme, setze ich mich oft an den Flügel und spiele vor mich hin. Das gibt mir immer wieder neue Kraft. Es ist, als ob mir Flügel wachsen, die mich aus dem Alltag in himmlische Sphären hinaustragen. Was für viele am Abend der Stammtisch ist, bedeutet für mich die klassische Musik. Eine Droge, ohne die ich nicht leben kann. Warum auch nicht?" Er hatte gelacht und seine Augen hatten für einen Moment geglänzt.

Und jetzt - was für ein trauriger Unterschied. Das Wohnzimmer war fast leer. Zwei abgewetzte Sessel und ein paar Küchenstühle, um einen von Wind und Wetter gezeichneten Gartentisch gruppiert, standen verloren auf dem blanken Boden. Die Wände waren kahl, auf der nackten Tapete zeichneten sich die Umrisse der Vergangenheit ab. Trauerränder. Stumm erzählten sie von einer Zeit, die besser gewesen war. Der Steinway war verschwunden und der Kachelofen kalt.

Für einen Augenblick glaubte Christian, eine vertraute Melodie zu vernehmen. Ganz weit weg, irgendwo aus der Tiefe. Zartes Anschlagen von Klaviersaiten. Töne, Schwingungen, die abhoben und ihn mitnahmen. Die Pathétique; sie trug die Bezeichnung Opus 13. Damals hatte er die Brisanz dieser dramatischen Sonate nicht erkannt. Leidenschaft und Leiden.

Andrea Weyse riss ihn in die Wirklichkeit zurück.

„Darf ich Ihnen etwas zu trinken anbieten?"

Christian schüttelte den Kopf. „Ihre Welt hat sich ziemlich verändert", sagte er gedehnt und blickte sie fragend an.

„So ist es", antwortete sie fest und deutete ihm, sich zu setzen. „Ich bin dabei, mein Leben neu zu gestalten. Innerlich und äußerlich. Jahrelang war ich die Frau des Chefs und galt nur durch meinen Mann als etwas. Immer, wenn er es für nötig erachtete, musste ich auf Empfängen oder Partys aufkreuzen. Ob ich dazu Lust hatte, interessierte Rainer nicht. ‚Du tust es nicht für mich, sondern für die Firma.' Damit setzte er mich immer wieder unter Druck. Die Firma, die Firma! Ich kann es nicht mehr hören. Die Firma beherrschte unser Leben. Von morgens früh bis abends ins Bett hinein. Selbst im Urlaub. Als wir im letzten Jahr bei romantischem Sonnenuntergang am Nordkap standen, musste er ausgerechnet in der Firma anrufen und endlose Instruktionen erteilen. Hinterher war er schlecht gelaunt, weil es in Köln nicht so lief, wie er sich das vorgestellt hatte. Manchmal war ich kurz davor, mich von ihm zu trennen. Aber da sind ja noch die Kinder! Ihnen wollte ich solch einen Schritt nicht zumuten. Also hielt ich durch und biss die Zähne zusammen. Bis jetzt. Nun ist Schluss damit. So traurig Rainers Tod für mich ist, es hilft nichts, wenn ich als Witwe der Vergangenheit nachhänge. Ich muss meinen Weg finden, mein eigenes Leben leben. Deshalb habe ich mich schnell von diesem Luxus getrennt. Die Möbel, die Bilder, der Steinway – sie sind ein Klotz an meinem Bein. Ich muss lernen, auf eigenen Füßen zu stehen und nicht weiter in den Spuren meines Mannes zu wandeln. Auch wenn das einfacher wäre. Glauben Sie mir, Luxus macht bequem, schläfert ein. Macht blind für die wirkliche Welt. Erst jetzt merke ich, unter welch großer Käseglocke ich meine besten Jahre zugebracht habe."

Mit spitzen Fingern steckte sie sich ein Zigarillo an. Ihre Züge waren hastig.

„Ich kann Ihre Gedanken verstehen“, äußerte Christian nachdenklich.

Diese Frau überraschte ihn mit ihrer Offenheit. Hier saß keine trauernde Witwe, die den Kopf in den Sand steckte. Im Gegenteil.

Eine seltsame Spannung lag auf einmal in der Luft. Plötzlich begann sein Herz unruhig zu schlagen, er wusste nicht warum. Unvermittelt drückte Andrea Weyse ihr Zigarillo aus und stand auf. Mit erhobenem Haupt schritt sie zum Fenster und zog ruckartig die Vorhänge zu. Dann zündete sie eine Kerze an und stellte diese mitten auf den Tisch.

War ihr Blick lüstern? Ein unheimlicher Bann ging von ihr und dem Geflacker der Kerze aus. Langsam, es wirkte wie rituelle Tanzschritte, schwebte sie um seinen Sessel.

Einmal.

Zweimal.

Und ein drittes Mal.

Sie blieb hinter Christian stehen. Er spürte, wie sich schlanke, sonnengebräunte Arme um ihn schlangen.

Sein Atem stockte. Nein!

„Ich will dich!“, hauchte sie ihm ins Ohr. „Jetzt. Auf der Stelle.“

Er wand sich aus ihren Fängen und erhob sich. Wie ein gieriges Tier, das man zu lange eingesperrt hatte, stand sie da. Ihre Augen fixierten ihn. Schamlos endlos. Ohne zu zögern begann sie ihre Bluse zu öffnen. Knopf für Knopf, von oben nach unten.

„Lassen Sie das! Ich bin in einer ernsten Angelegenheit hierhergekommen. Den Obduktionsbericht habe ich dabei", erklärte er nüchtern und zerstörte damit mutwillig die Atmosphäre.

Verstört, wie aus einem Traum gerissen, hielt sie inne. Dann rannte sie davon, stolperte die Treppe hinauf und stürzte ins Badezimmer. Er hörte ihr Schluchzen. Es wollte nicht enden.

Irgendwann kam sie mit geröteten Augen zurück.

„Bitte bleiben Sie über Nacht", flehte sie und starrte unsicher auf den nackten Fußboden. „Im Gästezimmer liegt alles bereit. Bitte bleiben Sie. Ich hab solche Angst!"

Plötzlich klingelte das Telefon.

„Ich gehe nicht ran", erklärte sie mit Widerwillen.

„Soll ich?", bot er an.

„Nein", entschied sie fest.

Nach kurzer Zeit klingelte es wieder. Endlos zwingend.

Bis sie den Hörer an sich riss.

„Weyse!", bellte sie.

Christian vernahm eine dumpfe Männerstimme, die am anderen Ende der Leitung energisch auf die Frau einredete. Immer und immer wieder. Er beobachtete, wie Andrea Weyse immer blasser wurde. Und stummer. Unruhig fuhr sie sich durch die Haare oder biss auf die Fingernägel.

„Ich werde unterschreiben", hauchte sie schließlich und legte zitternd auf.

Sprachlos starrte Christian sie an. Sie spürte die unausgesprochene Frage.

„Das war nur ein Freund, der Geld haben wollte", versuchte sie zu lügen.

Mit einem Ruck wandte sie sich um und lief wieder nach oben ins Badezimmer. Bald hörte er ein Plätschern in der Wanne.

Christian kam alles sehr sonderbar vor. Er wollte wissen, was hier gespielt wurde. Irgendeine Spur musste er finden, Zettel, Briefe, Unterlagen. Egal, etwas Schriftliches. Oder Fotos, Videos. Wenn es sie gab, würde Rainer Weyse sie sicher am privatesten Ort verstecken, den es in einem Haus gab: dem Nachttisch im Schlafzimmer.

War das die Gelegenheit?

Das *war* die Gelegenheit!

Vorsichtig schlich er zur Treppe. Marmorfliesen. Gut, die knarren nicht.

Langsam stieg er hinauf. Das Wasser rauschte noch immer.

Stufe um Stufe. Das Geländer fest im Griff. Immer weiter. Bis er oben angelangt war.

Er erschrak.

Die Tür zum Bad war nur angelehnt.

Wollte sie ihn locken?

Er hielt die Luft an. Bloß unauffällig an dieser Tür vorbei!

Plötzlich ihre Stimme. „Wollen Sie mir nicht Gesellschaft leisten?“, rief sie in verführerischen Tönen. Das Wasser rauschte nicht mehr.

Er erstarrte. Nein, das wollte er nicht.

Schnell weiter, den Gang entlang. Bloß nicht umdrehen. Keine Zeit verlieren.

Wo war das Schlafzimmer?

Behutsam drückte er eine Klinke. Lugte in den Raum. Einzelbett, hier war also das Gästezimmer.

Weiter zur nächsten Tür. Ein Quietschen durchbrach die Stille. Hilfe!

Sein Herz raste. Rief sie wieder etwas? Kam sie gleich heraus?

Weiter, zwang er sich.

Schnell schlüpfte er in den Raum und lehnte die Tür so nah wie möglich an. Bloß nicht noch einmal die Klinke benutzen.

Er stand im Schlafzimmer seines Chefs. Ein seltsames, ungutes Gefühl. Er wusste, dass er jetzt schnell handeln musste. Bevor sie kam. Und auch seine Gewissensbisse.

Da, der Nachttisch von Rainer Weyse.

Ein hastiger Blick zur Tür zurück. Nichts tat sich.

Ganz langsam, als müsste er eine Bombe entschärfen, zog er die unterste Schublade auf. Zentimeter um Zentimeter drang er in den Privatbereich eines Menschen ein, den er gut gekannt, geschätzt und verehrt hatte. Und der jetzt tot war.

Angespannt starrte er hinein. Ein Roman lag obenauf. Darunter stapelten sich Briefe. Er überflog die Absender und lugte in die Kuverts. Sie schienen aus dem Umfeld der Familie zu stammen. Auch Urlaubspostkarten mit Grüßen von Freunden aus aller Herren Länder waren dabei. Auf einmal kramte er einen grauen Umschlag hervor, der nachträglich zugeheftet worden war. Ganz unten lag er, niemand sollte ihn finden.

Die Spannung stieg.

Er wendete ihn hin und her, er enthielt keinen Absender. Der Poststempel war verschwommen. Jetzt gab es für ihn kein Zurück mehr.

Noch einmal ein flüchtiger Blick zur Tür.

Hastig riss er den Umschlag auf. Zwei säuberlich gefaltete Bögen kamen zum Vorschein. Gespannt faltete er den ersten auseinander. Er blickte auf den Ausschnitt einer offiziellen Landkarte, auf der von Hand zahlreiche Linien, Pfeile und ein Zielort durch ein dickes Kreuz eingezeichnet waren. Der andere Bogen enthielt den Grundriss eines Hauses. Eines ziemlich großen Gebäudes. Gebannt schaute er auf die Skizze. Dabei vergaß er Raum und Zeit.

Bis Andrea Weyse vor ihm stand.

„Was machen Sie da?“, fauchte sie wütend.

Er fuhr zusammen, sein Blut schoss ihm in den Kopf. Lautlos wie ein Raubtier musste sie ins Zimmer geschlichen sein. Den Bademantel trug sie schamlos offen. In ihrer rechten Hand hielt sie einen Revolver. Die Mündung zielte genau auf ihn.

„Ich frage ein letztes Mal: Was machen Sie da?“, zischte sie und ließ keinen Zweifel daran, dass sie umgehend eine Antwort erwartete.

Christian wäre am liebsten in Grund und Boden versunken.

„Ich will alles erklären!“, stieß er nervös hervor.

Sie ließ sich nicht beirren. Mit ein paar Schritten zur Seite verbesserte sie ihre Schussposition.

„Ich höre“, sagte sie knapp.

„Ihr Mann gab mir kurz vor seinem Tod einen Auftrag. Während seiner Reise in die USA wurde ihm ein geheimnisvoller Schlüssel zugesteckt. Das war kein Zufall oder eine Belanglosigkeit, sondern eine symbolträchtige Tat. Es muss um irgendeinen Zugang gehen, um die Macht, etwas auf- oder zuzuschließen. Schlüsselgewalt. Er vermutete, dass eine Verschwörung dahinter steht. Deshalb bat er mich, Licht ins Dunkel zu bringen. Auf keinen Fall wollte er polizeiliche oder geheimdienstliche Ermittlungen. Er war bereit, mir alle dienstlichen und privaten Unterlagen zur Verfügung zu stellen. Ihr Mann wusste um den Ernst der Lage. Aber am nächsten Morgen war er schon tot – durch dreizehn Einstiche hingerichtet. Ich habe den Obduktionsbericht mitgebracht. Er steckt in meinem

Mantel. Obwohl ich anfangs mit dem Fall nichts zu tun haben wollte, kann ich nicht anders. Ich werde mein Versprechen halten. Den Schlüssel entschlüsseln. Das bin ich Ihrem Mann schuldig. Deshalb bin ich hier. Ich suche eine Spur. Irgendwo muss es eine geben! Außerdem ..." Er stockte.

„Was - außerdem?", hakte sie nach.

„Irgendwie geht trotz des Schreckens auch eine gewisse Faszination von den Umständen aus. Ich weiß nicht, wie ich's sagen soll. Hier scheinen dunkle Kräfte eine große Rolle zu spielen. Aberglauben, Mystik und Magie. Diese Mächte haben auch schon nach mir ihre Fühler ausgestreckt."

Andrea Weyse wurde leichenblass. Langsam ließ sie die Waffe sinken und schließlich auf den Boden fallen. „Als Sie vor der Haustür standen, war ich mir sicher, den Drahtzieher der Mörderbande vor mir zu haben. In Sekunden überlegte ich mir einen teuflischen Plan. Meine zwei Waffen wollte ich nutzen: Zuerst Sie verführen - und dann erschießen."

Christian atmete hörbar auf und blickte sie erleichtert an.

Andrea Weyse blieb ernst. Sorgfältig band sie ihren Bademantel zu. Ermattet setzte sie sich auf die Bettkante und starrte vor sich hin.

„Ich werde massiv unter Druck gesetzt", erklärte sie monoton. „Seit Jahren empfangen wir seltsame Briefe und anonyme Anrufe mit ungewöhnlichen Forderungen. Zuerst hat Rainer darüber nur gelacht, doch bald spürte er den bitteren Ernst. Die Erpresser verlangten, dass WEYSELUX umstrukturiert und nach ihren Vorstellungen arbeiten soll. Die Briefflut ebbte nicht ab, die Telefone standen kaum still. Es war die Hölle. Obwohl die Behörden mit Fangschaltungen und Nachforschungen alles Mögliche unternahmen, brachte es nichts. Seitdem Rainer tot ist, wollen sie die ganze Firma übernehmen. Weil ich Alleinerbin bin, drohen sie, mich noch grausamer umzubringen als ihn. Inzwischen misstraue ich jedem, mit dem ich zusammen bin. Es ist schrecklich! Mir wird immer deutlicher, dass es nur einen Weg gibt: weg von hier, irgendwo hin. Vielleicht nach Spanien oder Südamerika. Ein neues Leben unter Palmen. Und dafür brauche ich Geld, unauffälliges Geld. Deshalb habe ich unverzüglich die Stilmöbel verkauft, die Gemälde, die Teppiche und den Steinway. Ich werde das ganze Haus aufgeben. Irgendwo auf dieser Welt muss doch ein Plätzchen für meine Kinder und mich sein, wo wir von vorne anfangen können. Endlich wieder in Freiheit leben ..."

Sie schluchzte und verbarg ihr Gesicht zwischen den Händen.

In diesem Augenblick ließ Christian unauffällig die Skizzen in seiner Jackentasche verschwinden.

Kapitel 3

Die Vertreibung ins Inferno

Es ist, als wäre es gestern gewesen.

Rom, am 17. Februar des Jahres 1600.

Mit kreideweißem Gesicht kniet Giordano Bruno in der katholischen Kirche Santa Maria sopra Minerva. Unübersehbar trägt er das Büßerhemd. Die römische Inquisition schickt sich an, das Lebensbuch dieses eigenwilligen Dominikanermönchs endgültig zuzuschlagen. Nach siebenjähriger Haft im Kerker wird der Ketzer wegen seiner Ansichten über den Menschen und das Universum zum Tode verurteilt.

Zum Tod auf dem Scheiterhaufen.

Immer wieder fragt man ihn, ob er nicht seinem Irrglauben abschwören will. Aber er widerruft nicht. Bis zum Schluss bleibt er seiner Überzeugung treu. Bruno ist Anhänger der Lehre des Kopernikus, die behauptet, dass die Sonne im Zentrum unseres Planetensystems steht und nicht die Erde.

„Mit größerer Furcht verkündet ihr vielleicht das Urteil gegen mich, als ich es entgegennehme", ruft er mit durchdringender Stimme seinen Richtern zu. Doch seine Verzweiflung ist unüberhörbar. Für ihn gibt es keinen Weg mehr zurück.

Von seinen Bewachern bedrängt, steigt er auf den Scheiterhaufen auf dem Campo dei fiori. Man entkleidet ihn und bindet seinen Leib an einen mächtigen Pfahl. Die Qualen der Folter sind ihm deutlich anzusehen. Leblos hängen seine Arme herunter, die aus den Gelenken gerissen sind, als man ihn über das Rad geflochten hatte. An vielen Stellen ist das Fleisch bis auf die Knochen abgeschabt. Blut und Eiter laufen zäh am geschundenen Körper herab. Das Herausreißen der Zunge bleibt ihm erspart, man lässt ihn nur knebeln.

Feuer wird an den Holzstoß gelegt.

Die Welt hält den Atem an.

Gierig züngeln die Flammen an seinem Leib empor. Mit flehendem Blick zum Himmel verbrennt der Dominikanermönch aus Nola. Es ist ein schwarzer Tag in der Geschichte der Menschheit. Bei zahlreichen Neugierigen, die als Zeugen dabeistehen, brennt sich dieses Ereignis unvergesslich ein.

In einen dunklen Mantel gehüllt, den Kragen hochgeschlagen, beobachtet ein Mann diese Szene aus der Entfernung. Sein finsteres Gesicht spiegelt Genugtuung wider. Als die verkohlte Leiche des Delinquenten nicht mehr erkennbar ist, steigt Petrus Amberger auf sein schwarzes Ross, reißt am Zügel und stürmt davon.

Wie ein Lauffeuer breitet sich die Nachricht vom Tod des Giordano Bruno in alle Welt aus. Jeder, der meint, in der Erforschung der Welt frei zu sein, versteht die tödliche Warnung. Solange die Inquisition als geheime Macht gnadenlos herrscht, bestimmt allein sie, was man glauben darf. Und was nicht.

Die Rauchschwaden des Scheiterhaufens hingen gleichsam noch in der Luft, als im fernen Graz der gelehrte Professor für Mathematik Johannes Kepler seine Koffer packte.

„Ach Johannes, ich bin so unglücklich, dass wir diese schöne Stadt verlassen müssen. Gibt es denn keine Möglichkeit mehr zu bleiben? Hier bin ich aufgewachsen. Die Gegend um unsere alte Mühle ist doch meine Heimat." Seine Frau Barbara blickte ihn traurig an.

Kepler hielt im Packen inne und nahm sie in die Arme. Sanft küsste er ihre Stirn. Obwohl sie mit ihren 27 Jahren zwei jünger war als er, wirkte sie älter. Die Sorgenfalten in ihrem Gesicht spiegelten die Enttäuschungen des Lebens wider. Als er ihr damals im April 1597 in der Grazer Stiftskirche das Jawort gab, hatte sie schon zwei Ehen hinter sich. Ihren ersten Mann musste sie nach dem Willen der Eltern heiraten, obwohl sie erst sechzehn war. Man hatte ihn für sie ausgesucht, weil er einmal die Mühle übernehmen sollte. Schließlich war Barbara nicht irgendein Mädchen, sondern Tochter des wohlhabenden Jobst Müller von Mühleck zu Gössendorf. Bald wurde sie schwanger und brachte ein Mädchen zur Welt, das auf den Namen Regina getauft wurde. Doch kurz danach starb ihr Mann. Barbara heiratete einen anderen, der allerdings dauernd krank war und nach vier Jahren verstarb.

Schließlich lernten sie sich kennen. Er war erst seit Kurzem in Graz und tat sich mit dem Einleben im Herzogtum Steiermark schwer. Als sich ihre Blicke das erste Mal trafen, spürten sie ein tiefes Gefühl von Zuneigung. Es dauerte nicht lange, bis beide heirateten. Anfangs schien für das frischgebackene Paar ständig die Sonne zu scheinen. Bald jedoch zogen dunkle Wolken am Horizont auf, die nicht mehr weichen wollten.

Barbara wurde schwanger, im Februar wurde Heinrich geboren. Im Juni des nächsten Jahres Susanna. In die Freude mischten sich bald viele Tränen, denn beide Kinder verstarben kurz nach der Geburt. Das war eine harte Zeit. Der einzige Trost war Regina aus Barbaras erster Ehe. Kepler begann sie so sehr zu lieben, als wäre sie sein eigenes Kind.

Erschöpft ließ er sich auf einen alten Schemel fallen, der es nicht mehr wert war mitgenommen zu werden. Nachdenklich starrte er vor sich hin. So hatte er sich seine Zukunft nicht vorgestellt.

„Mit Erzherzog Ferdinand und den Jesuiten ist nicht zu spaßen", sagte er schließlich mit finsterer Miene.

„Vor zwei Jahren hat der Herzog doch deine drohende Verbannung nach Ungarn aufgehoben. Er wusste genau, dass er dich als Landschaftsmathematiker braucht. Ich kann nicht glauben, dass er dich diesmal wirklich ausweisen wird. Bitte, Johannes, versuche doch noch einmal mit ihm zu reden", bettelte sie.

„Es hat keinen Zweck, Barbara. Die allgemeine Stimmung in Graz ist gegen uns. Das neue Dekret vom 27. Juli ist Ferdinands letztes Wort. Mein öffentliches Ansehen schützt mich nicht mehr. Es reicht, dass ich ein Anhänger der Reformation bin. Auch wenn ich mich von theologischen Stellungnahmen fernhalte, wissen sie doch, wie ich darüber denke. Die Kirchen, Universität und Schulen sollen wieder katholisch werden. Da gehen die Jesuiten generalstabsmäßig vor. Ich bin überzeugt, dass der neu eingeführte Erzpriester Sonnabenter Ferdinand unter Druck setzt."

„Meinst du wirklich?"

„Es wird immer schlimmer. Die Verordnung, die damals im September vom Erzherzog erlassen wurde, dass alle evangelischen Pfarrer und Lehrer Graz binnen vierzehn Tagen bei Androhung der Todesstrafe verlassen müssen, war nur der Anfang. Du weißt, dass wenige Tage danach ein schärferes Dekret mich zwang, bis Sonnenuntergang aus der Stadt zu gehen.

Dieses harte Vorgehen trug die Handschrift von Sonnabenter. Ohne das Drängen der Jesuiten hätte der Erzherzog sich nie zu solchen Schritten hinreißen lassen. Auch wenn ich bald wieder zu euch zurückkehren durfte, so war das nur die Ruhe vor dem Sturm. Er wird uns jetzt mit aller Kraft wegreißen."

Barbara sah ihren Mann lange von der Seite an.

„Und wenn du konvertierst - zur katholischen Kirche übertrittst?" Auf Zehenspitzen huschte sie zu ihrem Mann und umarmte ihn zärtlich. „Überlege doch. Dann wären wir alle Sorgen los und könnten hier bleiben. Ich weiß zwar, dass du das nicht gerne tätest, aber dennoch: Wäre das nicht die letzte Möglichkeit?"

„Nein, niemals!", antwortete er barsch.

„Du brauchst ja nicht gleich ein überzeugter Katholik zu werden. Den Jesuiten reicht es, wenn du pro forma übertrittst."

Kepler riss sich von seiner Frau los. Er hasste solche Bedrängungen.

„Ich bleibe bei meinem Nein", bekräftigte er energisch. „Bislang habe ich dir die genauen Umstände verschwiegen, weil sie für mich und alle anderen Protestanten demütigend waren. Aber nun sollst du es wissen. Am 31. Juli mussten wir uns morgens um 6 Uhr in der Kirche einfinden. Nicht nur der Bischof, auch der Erzherzog war mit seinem Gefolge anwesend. Nacheinander wurden wir aufgerufen und nach unserem Bekenntnis gefragt. Da über tausend Protestanten vorgeladen waren, dauerte die Befragung endlos. An jeden wurde die gleiche Frage gerichtet: ‚Bekennst du deinen Irrtum und bist du bereit, katholisch zu werden, zur Beichte zu gehen und die Kommunion zu empfangen?' Die meisten antworteten standhaft mit Nein. Als ich aufgerufen wurde und mich erhob, zitterten mir die Knie. Obwohl ich die Frage nun schon hundertmal gehört hatte, kam sie mir in diesem Augenblick wie ein Donnerschlag vor. Als würden die Grundfesten über mir zusammenbrechen. Mir steckte ein Kloß im Hals. Ich musste würgen, so übel wurde mir plötzlich. Als ich endlich mein Nein über die Lippen brachte, schien dieses Wort zwischen den dicken Kirchenmauern zu hallen. Es entsprach meiner tiefsten Überzeugung. Dennoch beschlich mich ein ungutes Gefühl. Was maßen sich diese Menschen an, über mich zu urteilen? Es kann doch nicht sein, dass die Wahrheit des christlichen Glaubens allein in *einer* Konfession zu finden sein soll. Noch mehr bewegte mich die Sorge, welche Konsequenzen mein Nein für uns beide, aber auch für Regina haben würde? Mir wurde klar, dass dieser Tag für uns als Familie und auch für meinen beruflichen Werdegang einen tiefen Einschnitt bedeuten wird. Ob zum Guten oder zum Schlechten, das wird die Zukunft zeigen. Das Urteil, das dann gesprochen wurde, lautete, dass ich innerhalb von sechseinhalb Wochen unwiderruflich das Land verlassen muss."

Kepler hielt inne und wischte mit einem groben Tuch über die schweißbedeckte Stirn. Dann fuhr er fort:

„Mir geht es um die Freiheit des Christen und seinen Glauben. Von meinen Eltern bin ich in der Lehre nach Martin Luther erzogen worden und daran möchte ich festhalten. Ich habe nicht gelernt zu heucheln und will es auch nicht lernen. Mit dem christlichen Glauben ist es mir ernst, ich spiele nicht damit. Genauso akzeptiere ich, wenn andere an der päpstlichen Kirche festhalten wollen. Nur wenn wir den Glauben über die Konfessionen stellen und einander respektieren, werden wir in Frieden leben können."

Barbara spürte, wie sehr ihr Mann unter dem geistigen Druck litt und dass es keinen Zweck hatte, länger in der Steiermark zu bleiben.

Am nächsten Morgen sattelte Barbara ihr Pferd und ritt aus der Stadt zur Mühle der Eltern. Der Weg, den sie so oft zurückgelegt hatte, kam ihr diesmal besonders schön vor. Die Sonne hing wie ein glühender Ball über den Baumwipfeln. Kein Lüftchen regte sich. Die Blumen am Wegrand schauten sie traurig an, als wollten sie sagen: Bleib bei uns, die Welt ist hier besonders lieblich. Als der Pfad hinter einem Hügel eine Biegung machte, erblickte sie die Mühle mit dem elterlichen Haus schon von Ferne. Bald konnte sie auch das Ächzen des großen Wasserrades und das Mahlen der Mühlsteine hören. Geräusche, die ihr von Kindesbeinen an vertraut waren. Mancher Gast, der zu Besuch war, empfand das als Lärm und hielt sich genervt die Ohren zu. Für sie jedoch war es Musik, Schwingungen der Kraft und des Lebens. Das tägliche Brot. Unzählige Male hatte sie als Kind zugeschaut, wie ihr Vater die schweren Mehlsäcke zum Fuhrwerk schleppte.

Jedes Mal, wenn sie aus der Stadt hierher kam, hatte sie den Eindruck, als ob in Gössendorf die Zeit stehengeblieben war. Während in Graz sich die Welt schnell veränderte, war es hier so wie immer.

Barbara stieg vom Pferd, band es an einen Pflock und betrat vom Seiteneingang die Küche.

„Mutter, ich muss von Euch Abschied nehmen", begann sie stockend, nachdem sie sich freudig in die Arme geschlossen hatten. „Glaubt mir, es fällt mir unsagbar schwer, Euch und dieses Land zu verlassen.

Aber es gibt keinen anderen Weg. Der Erzherzog hat Johannes nur noch eine kleine Frist gelassen, die Steiermark zu verlassen. Da wir beide zusammengehören, werden wir auch zusammen weggehen."

„Wohin wollt ihr denn ziehen?", fragte die Mutter besorgt.

„Die Entscheidung ist uns nicht leicht gefallen", begann sie. „Johannes hat in Tübingen studiert. Deshalb hofft er, dass sein alter Professor Mästlin ihm dort eine Stelle besorgen kann. Er schrieb ihm mehrmals deswegen und schilderte ausführlich unsere schwierige Lage. Weil da die Universität lutherisch geprägt ist, wären die Aussichten nicht schlecht. Ich habe eine Abschrift des letzten Briefes mitgebracht. Soll ich Euch daraus vorlesen, Mutter?"

Ihre Mutter sah sie schweigend an. Sie bat nicht darum und fragte nicht nach einer Reaktion, weil sie die Wahrheit ahnte.

„Lange und ungeduldig haben wir auf eine Antwort gewartet", sagte Barbara schließlich und wischte sich Tränen aus dem Gesicht. „Mästlin hat bis heute nicht geantwortet! Mutter, ist das nicht enttäuschend?" Flehend, wie damals als kleines Mädchen, blickte sie zur Küchenbank hinüber.

„Dass er nicht geantwortet hat, ist seine Antwort", erwiderte die Mutter und schaute ihre Tochter ruhig an. „In dieser Welt gibt es nur wenige Männer, die wirklich Mut haben und zu ihrem Glauben stehen. Dein Johannes ist solch ein Mann. Du kannst stolz auf ihn sein. Ich will dir nicht verschweigen, dass Vater anfangs Bedenken hatte, ihn als Schwiegersohn zu akzeptieren. Aber bald spürten wir, dass er für dich der Richtige ist. Kind, nach all den Rückschlägen hoffen wir inständig, dass du nun das Glück des Lebens gefunden hast. Die Zukunft unserer Mühle muss, so schwer es uns auch fällt, hinter euren Plänen zurückstehen."

Geistesabwesend schaute Barbara aus dem schmalen Fenster. Dann nahm sie einen rotbackigen Apfel aus dem Korb, der in der Ecke stand, und biss hinein. Das tat gut. Während sie kaute, ließ sie ihren Gedanken freien Lauf.

Plötzlich öffnete sich die Tür und der Vater kam herein. Seine Kleidung war staubig, er war verschwitzt und sah müde aus. Als er seine Mütze abnahm, erschrak Barbara. Wie stark hatte sich sein Haar gelichtet.

Herzlich begrüßte er seine Tochter. Dann nahm er einen Becher mit Bier, leerte ihn in einem Zug und setzte sich erschöpft neben die Mutter auf die Bank.

„Was gibt's Neues?", fragte er interessiert.

„Ach", antwortete Barbara gedehnt, „ich erzählte gerade davon, dass wir Euch verlassen müssen. Wenn nicht ein Wunder geschieht, werden wir für eine gewisse Zeit nach Prag ziehen."

„Nach Prag, warum?" Sein Gesicht wurde blass.

„Dort lebt bei Kaiser Rudolf II. der berühmte Hofastronom Tycho Brahe. Johannes hat ihm nach unserer Hochzeit seine Schrift Mysterium Cosmographicum zustellen lassen. Daraufhin hat sich ein freundschaftlicher Briefkontakt entwickelt. Schließlich hat Brahe ihn zu einem Besuch auf Schloss Benatek bei Prag eingeladen. Für uns war das ein Ruf aus dem Himmel. Deshalb werden wir uns auf den Weg dorthin machen. Morgen früh soll es schon losgehen. Ich hoffe, dass wir eine neue Heimat in geistiger Freiheit finden werden."

Stille erfüllte die Küche. Ihr Vater starrte sie an.

Endlich gab er sich einen Ruck und erhob sich schwerfällig. „Ich lasse dich ungern ziehen, meine Tochter, weil ich weiß, dass hier deine Heimat ist. Du rennst in dein Unglück mit diesem Gelehrten. Aber was soll ich tun, dich festbinden? Du bist alt genug! Geh in Gottes Namen deinen Weg, wenn du meinst ihn gehen zu müssen." Er schluckte. Mit leichtem Zittern umarmte er seine Tochter.

Als die Mutter sie in die Arme schloss, spürte Barbara ihre kräftige Wärme. Sie erkannte, dass sie spätestens jetzt erwachsen war, da sie sich anschickte, ihr Elternhaus für immer zu verlassen.

Die Sonne ging gerade hinter den Bergspitzen auf und schickte ihre ersten, noch kühlen Strahlen wie Kundschafter über das Land, als zwei Planwagen auf holpriger Straße Graz verließen. Irgendwo krähte ein Hahn, wie er es immer tat, wenn ein neuer Tag begann. Nur diesmal hörte sich sein Schrei wie ein verzweifelter Warnruf an. Ein beängstigendes Zeichen. Doch niemand achtete darauf.

Man schrieb den 30. September 1600. Dem Befehl des Erzherzogs wurde Folge geleistet. Auf dem vorderen Wagen saß Johannes Kepler neben dem Kutscher. Den hinteren führte der Sohn des Kutschers, ihm leisteten Barbara und Regina Gesellschaft. Beide Gespanne waren vollgestopft mit den Habseligkeiten der Familie. Sperrige Möbel konnten sie nicht mitnehmen und hatten sie an Freunde verschenkt.

Als die Wagen die Stadtmauer verlassen hatten, klopfte sich Kepler mit kräftigen Schlägen den Staub vom Mantel. Er wandte Graz den Rücken zu. Mit diesem Ort wollte er nichts mehr zu tun haben. Barbara dagegen blickte sich unentwegt um. So lange, bis die Kirchturmspitzen hinter den Bergen verschwunden waren.

Regina war eingenickt. Ihren Kopf lehnte sie gegen die Schulter der Mutter. In der letzten Nacht hatte sie kaum Ruhe gefunden, weil alle mit dem Packen vollauf beschäftigt waren. Auch ihr war das Abschiednehmen schwergefallen, aber größer war die Spannung auf das Neue. Auf Benatek.

Nur mühsam kamen die Planwagen voran. Die Wege waren steinig und von zahllosen Schlaglöchern ausgehöhlt. Außerdem ging es stetig bergauf. Die Pferde schwitzten und die Wagen ächzten unter der Last. Wenn es besonders steil war, stiegen die Insassen ab, um sie zu entlasten. Besonders gefährlich waren die abschüssigen Strecken. Dann mussten sich die Pferde mit aller Kraft gegen die Wagen stemmen, um langsam abzubremsen und die Kontrolle über Hab und Gut zu behalten. Da es leicht zu regnen begann, verschlimmerte sich die Rutschgefahr besonders an den Stellen, wo sich unter ihnen eine Schlucht auftat.

„Lasst uns eine Pause machen", schlug Ludwig, der Kutscher, vor, als er zur rechten Seite einen Bauernhof entdeckte.

„Einverstanden, aber nicht zu lange. Wir wollen heute noch die Steiermark verlassen", erklärte Kepler und blickte besorgt zu den Wolken. Der Wind fegte sie von Westen her über die Berge.

Die Planwagen hielten auf einem kleinen Platz neben der Straße, nur wenige Schritte vom Hof entfernt.

„Schön, dass wir anhalten", rief Barbara und sprang auf den Boden. „Vielleicht können wir den Bauersleuten etwas von unseren Sachen verkaufen. Ich fürchte, dass die Pferde die Last nicht mehr lange ziehen können."

Schnurstracks lief sie auf das Eingangstor zu und klopfte an. Nichts rührte sich, kein „Herein!" war zu vernehmen. Das Tor war unverschlossen und ließ sich mit einem schaurigen Quietschen öffnen. Neugierig spähte sie hinein und schlüpfte ins Innere. Gespenstische Dunkelheit umfing sie. Ihre Augen brauchten einige Zeit, um sich an die Finsternis zu gewöhnen. Sie stand in einem Stall, der seltsamerweise keine Tiere beherbergte. Barbara erstarrte. Es roch nicht nach Dung, sondern nach kaltem Rauch. Sie berührte einen Holzpfosten und zuckte zurück. Das Gefühl von Ruß an den Fingern ließ sie erschaudern.

Was war hier los? Die Sache kam ihr verdächtig vor.

Am Ende des Stalls fiel schmales Licht durch die Ritzen einer Tür. Führte sie zu den Wohnräumen? Ihr Herz klopfte bis zum Hals. Als sie davor stehenblieb, hielt sie inne und lauschte. Nichts war zu hören. Absolute Stille. Barbara zögerte die Tür zu öffnen. Sie fragte sich, ob sie überhaupt das Recht habe, in ein fremdes Haus einzudringen. Sicherlich würden die Bauersleute gerade auf dem Feld bei ihrer Arbeit sein und ungehalten auf ihr Eindringen reagieren. Sie wollte sich gerade zum Zurückgehen wenden, als sie ganz nahe an ihren Beinen ein zaghaftes Geräusch vernahm. Vor Schreck fuhr sie zusammen. Doch dann spürte sie das weiche Fell einer Katze, die sich an sie schmiegte. Das Tier schien Geborgenheit zu suchen, einfach die Nähe eines Menschen. Augenblicklich kniete sie nieder und streichelte es. Mit ruhigen Worten sprach sie zur Katze und merkte, wie es beiden guttat.

Mit einem Ruck erhob sich Barbara. Sie musste wissen, was los war. Ohne anzuklopfen öffnete sie die Tür und trat in die Küche. Blankes Entsetzen packte sie. Das Blut in den Adern gefror. Auf einem Schemel vor dem Küchentisch saß vornüber gebeugt ein Mann. Er kehrte ihr den Rücken zu. Sie sah direkt in eine tiefe Wunde, aus der viel Blut gequollen war. Eine Lache hatte sich unter ihm gebildet. Auf dem Boden daneben lag ein jüngerer Mann. Sein Mund stand offen, die Augen starrten zur Decke. Ein Messer steckte in seinem Herzen.

Einige Sekunden stand Barbara wie gelähmt da. Dann wandte sie sich abrupt von dem Grauen ab und rannte schreiend durch den Stall zurück nach draußen.

„Was ist passiert?" Kepler blickte in das angstverzerrte Gesicht seiner Frau.

„Dort, dort in der Küche liegen zwei tote Männer. Erstochen!" Nur stoßweise gab sie ihrem Schrecken Ausdruck.

„Bleib mit Regina hier", befahl er knapp. „Ich werde mit den Kutschern nachsehen."

Sogleich rief er die Männer zu sich und verschwand mit ihnen im Hofgebäude.

Die Zeit des Wartens auf ihre Rückkehr dehnte sich. Barbara war speiübel. Am liebsten wäre sie weit weg gerannt, um diesen Ort des Schreckens so schnell wie möglich hinter sich zu lassen. Pausenlos stellte Regina neugierige Fragen, auf die sie nur ausweichend einging. Sie wollte ihr Kind mit dem Grauen dieser Welt nicht belasten.

Irgendwann kamen die Männer zurück. Kepler wirkte um Jahre gealtert.

„Ich werde dir später erklären, was passiert ist", raunte er ihr zu. „Zuerst müssen wir die Toten begraben. Das wird dauern, der Boden ist felsig. Ich fürchte, dass wir über Nacht bleiben müssen. Diese Leute haben eine ordentliche Bestattung verdient!"

Sie gingen zum Hof zurück. Nach einiger Zeit hörte man scharrende und kratzende Geräusche. Die Männer begannen mit Spaten und Hacken, die sie im Stall gefunden hatten, Gräber auszuheben. Auch wenn sie die erforderliche Tiefe nicht erreichten, genügte es für die Ruhe der Toten.

Es dämmerte bereits, als Kepler mit den Männern zu den Planwagen zurückkehrte. Alle waren sehr erschöpft. Während die Kutscher sich für eine Nacht auf ihren Wagen einrichteten, nahm die Familie ihr Nachtlager in einer Ecke des Stalls. Sie suchten etwas Stroh zusammen und legten Decken darüber. Regina schlief bald ein und schnarchte leise vor sich hin. Nur manchmal warf sie sich im Traum unruhig hin und her.

Barbara wollte sich nicht hinlegen. „Dieser Hof macht mir Angst. Hier riecht es nach Unrecht und Tod. Ich werde kein Auge zumachen."

Kepler schloss seine Frau in die Arme. „Mach dir keine Sorgen", flüsterte er ihr beruhigend zu.

Sie wollte sich nicht besänftigen lassen. „Du wolltest mir doch erzählen, was passiert ist", drängte sie.

Kepler atmete tief durch. Er vergewisserte sich, dass Regina wirklich schlief. „Im Nebenraum fanden wir noch eine Leiche", begann er stockend und fuhr sich nachdenklich durch die Haare. „Es war eine Frau. Die Bäuerin. Die beiden Männer waren dem Aussehen nach Vater und Sohn. Ich habe mich gefragt, was wohl das Motiv dieser grausamen Morde gewesen ist. Ein Raubmord schien unwahrscheinlich, weil in der Küche Hab und Gut unangetastet geblieben waren. Und warum das Feuer? Als wir jedoch die anderen Räume anschauten, wurde mir schlagartig klar, was in diesem Bauernhof geschehen war."

„Was denn?" Barbara wurde ungeduldig.

„In einem der Nebenräume hatte der Brand besonders stark gewütet. In diesem Raum müssen Unmengen von Papier gelagert worden sein. Stapel von Bögen, Schriften und Büchern. Einige verkohlte Exemplare konnte ich noch finden. Als ich in einem weiteren Raum gewaltige Maschinen und Lettern aus Metall entdeckte, wusste ich Bescheid: Hier hat sich eine geheime Druckerwerkstatt befunden!"

„Eine Druckerei auf einem Bauernhof?", fragte sie ungläubig.

„Seit Jahren gibt es Unruhe unter den Bauern. Als Luther die Erneuerung der Kirche begann, forderte der Bauernstand mehr Freiheiten. Besonders die Aufhebung der Leibeigenschaft. Wegen steigender Abgaben fühlten sich viele geknechtet, sodass es zu Auflehnungen kam. Der Pfarrer Thomas Müntzer im thüringischen Mühlhausen hat versucht, diese Forderungen zu unterstützen. Leider nahm die Sache einen blutigen Verlauf. Zahlreiche Bauern begannen mit Feuer und Totschlag sich gegen die Obrigkeit zusammenzurotten. Die Bauernkriege sind ein trauriges Kapitel. Auch in der Grafschaft Tirol hat es unter Führung von Michael Gaismair einen Bauernaufstand gegeben. Danach blieb es eine Zeit lang ruhig. Bis vor wenigen Jahren die Bauern sich wieder mit Gewalt zu Wort meldeten. Sicherlich hast du davon gehört."

„Sie waren Protestanten geworden und wollten ihren Glauben, und damit ihre Freiheit, nicht wieder preisgeben. Genau wie wir."

„Man zwang sie noch höhere Abgaben zu zahlen, die sie nicht aufbringen konnten oder wollten. Deshalb haben sie in vielen Gegenden Widerstand organisiert. Um die Bevölkerung über ihre Forderungen zu informieren, ist es wichtig, Flugblätter und Schriften zu verfassen, heimlich zu drucken und in den Verkehr zu bringen. Sonst hätte ihre Bewegung keine Chance, sich durchzusetzen und andere Berufsstände anzusprechen und einzubeziehen. Einfach öffentlichen Druck auszuüben. Du kannst dir vorstellen, wie gefährlich es ist, solche Flugschriften unbemerkt in einer Stadt drucken zu lassen. Verräter gibt es überall. Deshalb kann ich verstehen, dass die Bauern auf einem unscheinbaren Hof eine geheime Druckerwerkstatt eingerichtet haben. Die Lage war gut gewählt, abseits gelegen und dennoch direkt an der Straße Richtung Oberösterreich. Auf dem Platz, wo jetzt unsere Planwagen stehen, muss reger Betrieb geherrscht haben."

„Sie haben mit dem Leben für ihren Glauben bezahlt. Was meinst du, wer hat sie ermordet?" Erschüttert blickte Barbara ihren Mann von der Seite an. Der schwache Schein der Öllampe, die sie abseits auf den Boden gestellt hatte, warf sein Profil mit der spitzen Nase und seinem struppigen Bart gespenstisch an die Wand.

Kepler zögerte. Es war, als wolle er seinen Verdacht für sich behalten und gebe sich innerlich einen Ruck, ihn doch zu äußern.

„Ich bin mir sicher, dass die Täter mit den Jesuiten unter einer Decke stecken und von Graz gekommen sind. Wahrscheinlich haben sie sich nordwärts aus dem Staube gemacht. Auf derselben Strecke, die auch wir nehmen werden. Morgen in aller Frühe wollen wir aufbrechen. Wir müssen aufpassen, es kann gefährlich werden!"

Beide redeten noch im Flüsterton weiter, bis Kepler merkte, dass seine Frau nicht mehr antwortete. Nun schwieg auch er und spürte ihren leichten Atem neben seiner Hand. Vorsichtig blies er die Laterne aus und streckte sich auf dem Lager. Es dauerte nicht lange, dann überrollte auch ihn die Müdigkeit.

Am nächsten Morgen kämpfte sich eine milchig weiße Herbstsonne mühsam durch die Nebeldecke, die sich wie ein dichter Schleier über das Land gelegt hatte.

„Los, lasst uns weiterfahren", befahl Kepler und trieb zur Eile an. „Wir sind zu lange an diesem schrecklichen Ort gewesen. Fast scheint es, als ob die Steiermark uns nicht loslassen will."

„Das wollen wir doch mal sehen", erwiderte Ludwig und schwang die Peitsche.

Mit kräftigem Ruck zogen die Pferde an. Rumpelnd verließen die Planwagen das Areal. Auf holpriger Bergstraße ging es wieder auf und ab. Gegen Mittag erreichten sie die Passhöhe. Dort machten sie eine kurze Rast, hauptsächlich wegen der Pferde, die getränkt werden mussten. Die Reisenden nutzten die Gelegenheit, ein Stück Brot mit gebratener Lammkeule zu essen. Dazu gab es Obst und einen Krug Bier. Kepler achtete darauf, dass die Männer nicht zuviel davon tranken. Immer wieder wurde von schrecklichen Unfällen auf Gefällstrecken berichtet, die von angetrunkenen Kutschern verursacht worden waren. Meistens war es allein den Pferden zu verdanken, wenn ein Unfall glimpflich ablief.

Bald fuhren sie weiter. Der Weg folgte dem Lauf der Enns. Kepler empfand es beruhigend, einem Fluss zu folgen. Besonders wenn Fließ- und Reiserichtung dieselbe waren. So entstand eine Harmonie der Bewegung.

Das Gefühl der Eintracht sollte nur für kurze Zeit währen.

Hinter Altenmarkt stieß der Kutscher plötzlich Kepler kräftig in die Seite. Der Gelehrte war eingenickt und schreckte auf.

„Riecht Ihr es auch?", fragte er besorgt und spähte nach vorne.

„Tatsächlich. Es stinkt nach Qualm!"

Als sie einen Hügel erklommen hatten, sahen sie hinter einem Waldstück pechschwarze Rauchwolken, die gewaltig gen Himmel stoben. Zwischendurch blitzte roter Schein auf. Das Feuer peitschte Tausende von glühenden Teilchen in die Höhe, die als Funkenregen zurückkehrten.

Ein ganzes Dorf brannte lichterloh.

„Los, schneller heran!", befahl Kepler mit angespannter Stimme.

Die Peitschen knallten. Mit höchster Geschwindigkeit rumpelten die Wagen dem Inferno zu.

Als sie den Dorfrand erreicht hatten, ließ er die Kutschen in sicherem Abstand zur Feuersbrunst anhalten. Die Männer sprangen vom Bock und eilten den Dorfbewohnern zu Hilfe.

„Bringt euch nicht in Gefahr!", rief Barbara ihnen beschwörend hinterher. Aber Kepler war mit seinen Begleitern schon in den dichten Rauchschwaden verschwunden.

Für Barbara und Regina begann eine schreckliche Zeit ohnmächtigen Wartens. Stunde um Stunde verging, ohne dass jemand zurückkehrte. Unvermindert wütete das Feuer. Es schien, dass es sich immer weiter ausbreitete und auf den nahen Wald übersprang. Bald würden auch die Planwagen gefährdet sein, stellte Barbara bestürzt fest.

Die Hitze nahm spürbar zu.

Auf einmal wurden die Pferde unruhig und drohten durchzugehen. Hilflos vor Angst rannte Barbara um die Wagen. Fieberhaft hielt sie Ausschau nach den Männern. Sie *mussten* doch gleich kommen!

Nur Regina blieb ruhig und versuchte sich durch Lieder und Reimsprüche abzulenken. Eine Zeit lang gelang das. Bis Barbara einen Entschluss fasste.

„Wir müssen von hier weg! Egal wie. Da ich nur einen Wagen lenken kann, geben wir den zweiten auf. Es hilft nichts. Komm, fass mit an, damit wir die wertvollsten Sachen zusammenstellen. Schnell!"

Sie hatte nicht damit gerechnet, wie schwierig es ist, in Eile das Wichtige vom Unwichtigen zu trennen. Je länger sie versuchte zu sortieren, desto unschlüssiger wurde sie. Ihre Unzufriedenheit stieg mit dem Chaos, das sich um die beiden Wagen ausbreitete.

Plötzlich ein lauter Knall. Ein riesiger Funkenregen ergoss sich vom Himmel. Die Luft färbte sich schwefelgelb. Hier war die Hölle los.

„Nichts wie weg!", schrie Barbara ihrer Tochter zu.

„Vater ist ja noch nicht zurück!", schluchzte Regina.

Ohne zu antworten, packte Barbara das Mädchen und drückte sie auf den Bock der vorderen Kutsche. Schnell schwang sie sich daneben, ergriff Zügel und Peitsche und löste den Hebel der Bremse. Sie zuckte zusammen. Eine kräftige Hand hielt ihren Arm fest.

Barbara erschrak zu Tode.

Sie fuhr herum. Unfähig zu schreien blickte sie mit weit aufgerissenen Augen in die rußverschmierte Fratze eines Fremden. Das Blut gefror ihr in den Adern.

„Wohin so eilig, junge Frau?", säuselte der Mann, ohne seinen Griff zu lockern. „Zwei hübsche Damen alleine unterwegs – das ist heutzutage gefährlich. Zu viele Wegelagerer und Räuber lauern nur auf Beute. Nicht auszudenken, wenn Ihr in ihre groben Hände fallen würdet."

Er machte eine Pause, um die Ängste der beiden auszukosten und die Phantasie zu steigern. Endlich ließ er Barbaras Arm los und fügte mit galanter Handbewegung hinzu: „Lasst mich Euch begleiten und sicher in die nächste Stadt führen."

Barbara rang nach Luft. „Schert Euch zum Teufel", zischte sie. „Mein Mann wird mit seinen Begleitern gleich hier sein."

„Beinahe hätte ich vergessen, Euch etwas Wichtiges mitzuteilen", fügte er in gleichgültigem Ton hinzu. „Euer Gatte wird nicht zurückkehren. Er kam mit seinen Männern im Feuersturm ums Leben. Es tut mir aufrichtig leid!"

Barbara wurde schwarz vor Augen. Ihre Hände waren eiskalt und die Knie schlotterten.

„Das ist nicht wahr", stieß sie schließlich hervor. „Das kann nicht wahr sein. Nein! Nein! Niemals!"

Regina klammerte sich an ihre Mutter und heulte laut auf.

„Wo sind die Bücher?", fragte der Mann unvermittelt und riss die Augenbrauen hoch. Sein Blick war gefährlich. „Los, her damit!"

„Bücher, was für Bücher?" Verwirrt starrte sie ihn an.

„Na, die ketzerischen Schriften über die Astronomie von Kopernikus und wie sie alle heißen. Ihr wisst schon."

Schlagartig wurde Barbara klar, was der Fremde wollte. Und dass alles kein Zufall war.

„Oh nein, Keplers Bibliothek bekommt Ihr nicht!", antwortete sie entschieden und spürte aufkommenden Mut.

Aus ihren Augen sprühte bitterer Hass. Blitzschnell ließ sie die Peitsche knallen und riss an den Zügeln. Unruhig versuchten die Pferde anzuziehen. Aber der Wagen bewegte sich keinen Zentimeter.

Unbemerkt hatte der Mann die Bremse wieder angezogen. Seine behaarte Hand lag wie ein Felsbrocken auf dem Hebel.

„Ich lass Euch nicht ziehen", erklärte er hämisch.

Auf einmal zog er aus seiner Jackentasche einen länglichen Gegenstand. Es war ein glänzender Schlüssel. Mit gewandten Fingern pendelte er damit vor Barbaras Augen hin und her, starrte sie gebannt an und redete mit monotoner Stimme auf sie ein.

„Tredici ... tredici ... tredici ... ich schließe dich auf ... öffne deine Seele ... finde Zugang zu deinem Willen ...", wiederholte er immer wieder.

Mit letzter Kraft versuchte sie sich der drohenden Übermacht zu entziehen und riss ihren Kopf zur Seite.

Es war zu spät. Seine flinken Handbewegungen folgten ihren Augen. Nur noch ein Widerstand von Sekunden, bis sie aufgab und in tiefe Hypnose fiel. Ihr Wille war gebrochen. Nun war sie in seiner Hand. Zusammengesunken hockte sie auf dem Kutschbock. Bereit, seinen Befehlen bedingungslos zu gehorchen.

In diesem Augenblick schrie Regina, so laut sie konnte. Sie sprang von der Kutsche herunter, rutschte auf dem Erdboden aus, kam wieder auf die Beine und rannte in Richtung des Dorfes.

Zuerst starrte der Mann ihr unbeweglich hinterher. Dann setzte er ihr mit großen Schritten nach. Regina lief um ihr Leben. Mit Erfolg. Er verlor sie bald aus den Augen. Fluchend kehrte er zur Kutsche zurück.

Sein Gesicht erhellte sich erst, als er Barbara unverändert auf dem Bock sitzen sah. Nun konnte er die junge Frau ungestört betrachten. Lust stieg in ihm auf. Je länger er sie anstarrte, desto begieriger wurde er. Von ihrem anmutigen Körper ging eine Aura des Friedens und schlichter Schönheit aus. Zuerst die Lust, dann die Bücher, sagte er sich genüsslich.

„Zieh dich aus!", befahl er lüstern und spürte seine wachsende Erregung.

In langsamen Bewegungen der Trance begann sie, sich ihrer Kleider zu entledigen. Erst ihres grauen Umhangs, dann des groben Wollkleids und des linnenen Unterrocks.

Ihr Blick war leer, die Handgriffe mechanisch. Nichts schien sie aufhalten zu können, wenn er es nicht wollte. Macht auszuüben, das war es, was seinen Puls in Wallung brachte, ihn vor Gier rasend machte. Seine Augäpfel quollen hervor, als sie schließlich nur noch im dünnen Hemd vor ihm hockte und Anstalten machte, in wenigen Augenblicken die letzten Hüllen fallen zu lassen. Damit wäre auch ihre Würde gefallen, aus der ehrbaren Dame ein Objekt seiner Willkür geworden.

Unvermittelt fuhr der Fremde zusammen. Waren da Stimmen? Angespannt lauschte er.

Ohne Zweifel. Rufe waren zu hören, die immer näher kamen.

„Zieh dich sofort wieder an", befahl er verärgert. „Dann erwachst du und wirst dich an diese Begegnung nicht mehr erinnern. Sie hat es nie gegeben!"

Er blickte sich um. „Wir werden uns wiedersehen", raunte er ihr zu.

Schnell raffte er seinen Mantel und war im Nu im Unterholz verschwunden.

Keuchend und schwitzend, mit geschwärzten Gesichtern und zerzausten Haaren erreichten die Kutscher die Planwagen. Hinterher lief Kepler, an seiner Hand führte er eine verstörte Tochter, die seiner Meinung nach wirres Zeug redete.

Geistesabwesend hockte Barbara auf dem Bock und zupfte verloren an ihrer Kleidung.

„Wo ist der Mann geblieben?" rief das Mädchen erregt.

„Welcher Mann, mein Kind?" Die Worte kamen Barbara nur schwer über die Lippen. Wie fremde Vokabeln.

Kepler schloss Regina in seine geschundenen Arme und strich ihr sanft über die heiße Stirn. Der Schock des Infernos kann Halluzinationen auslösen, wusste er.

Nach einer unruhigen Nacht in sicherem Abstand setzten sich am nächsten Morgen die Wagen wieder in Bewegung. Bald war die Grenze erreicht. Die Einreise nach Oberösterreich verlief ohne Probleme. Nachdem die Zollgebühr entrichtet war, wünschte der Wachtposten den Reisenden eine gute Weiterfahrt. Auf Keplers Frage, ob er verdächtige Personen beobachtet hätte, zuckte der Zöllner mit den Schultern. Kepler sah es als seine Pflicht an, ihm zu berichten, dass nicht weit von hier ein ganzes Dorf in Schutt und Asche gelegt worden war. Nach Zeugenaussagen soll das Feuer vom protestantischen Pfarrhaus ausgegangen sein und griff schnell auf die umliegenden Gebäude über. Ohne Zweifel lag Brandstiftung vor, zumal ein Fremder kurz vor der Katastrophe im Ort aufgefallen war.

„Ich werde Euren Bericht weiterleiten und die Augen nach Verdächtigen offenhalten", versprach der Posten und hob die Hand zum Gruß.

Monoton holperten die Planwagen über die Straße. Ab und zu kamen sie an Bauernhöfen vorbei oder fuhren durch Dörfer. Manchmal winkten Kinder ihnen zu und Bauern grüßten, die mit der Feldarbeit beschäftigt waren. Regina winkte fröhlich zurück, ihr schien die Reise wieder Spaß zu machen. Kepler jedoch hatte Mühe seine Lider offenzuhalten. Die Anstrengungen der letzten Tage forderten ihren Tribut. Mehrmals nickte er ein. Nur Barbara saß apathisch da. Sie starrte auf den steinigen Weg.

Auf einmal wurde Kepler aus seinem Dämmerschlaf gerissen. Mit kräftigem Ruckeln brachten die Pferde die Wagen zum Halten. Sie befanden sich gerade in einem großen Waldgebiet. Dicht standen Tannen und Fichten und bildeten für das menschliche Auge eine schwarzgrüne Wand. In einer scharfen Rechtskurve lag direkt vor ihnen eine fremde Kutsche auf der Seite, quer über den Weg. Die Pferde waren abgeschirrt worden und schnaubten abseits angebunden an einem Baum. Drei Männer bemühten sich, den Schaden an der Kutsche zu beheben.

„Bitte", rief einer, „haltet an und helft uns!"

Ludwig sprang vom Kutschbock und eilte zum umgestürzten Gefährt.

„Ist jemand verletzt?", fragte Kepler und lief hinzu.

Doch alle waren wohlauf.

„Die vordere Achse ist gebrochen", begann ein anderer zu erklären und wischte sich den Schweiß von der Stirn. „Die Pferde sind zu schnell in die Kurve gegangen."

„Die Kutsche ist auch nicht mehr das neuste Modell", ergänzte der dritte Mann.

Er war von kräftiger Statur und wirkte vornehm gekleidet. Auffallend trug er weiße Handschuhe.

„Darf ich mich vorstellen?", fuhr er mit kräftiger Stimme fort und machte eine zackige Verbeugung.

„Ich bin Petrus Amberger, Geheimrat in Diensten Seiner Majestät, des Kaisers. Und wen habe ich vor mir?"

„Johannes Kepler", antwortete dieser knapp und verspürte keine Lust, mehr über sich zu sagen.

Das selbstbewusste Auftreten des Mannes gefiel ihm nicht. Genau konnte er es nicht begründen, aber sein Gefühl ließ ihn auf Distanz gehen.

„So, so. Kepler. Der Name ist mir noch nicht begegnet. Wohl fremd hier in der Gegend, was?"

„Ich fühle mich überall zu Hause."

„So, so. Ihr seid mit Kind und Kegel, Hab und Gut unterwegs", stellte Amberger fest. In seiner Stimme schwang ein herablassender Unterton.

Kepler reagierte nicht darauf. Im Laufe der Jahre hatte er gelernt, dass es ratsam war, nicht immer zu jeder Äußerung Stellung zu nehmen. Die feststellenden Sätze verbargen oft heimliche Fragen, auf die man nur mit höchster Wachsamkeit eingehen sollte. Die meisten Leute, so seine Erfahrung, plapperten beim ersten Stichwort munter drauf los und gaben bereitwillig über ihr Leben und Denken Auskunft.

Neugierig stiegen Barbara und Regina vom Wagen und näherten sich dem Gespräch der Männer. Amberger begrüßte Barbara mit einem überschwänglichen Handkuss und machte ihr charmante Komplimente. Er zeigte sich als Mann von Welt und verstand es geschickt, sie in ein vertrauliches Gespräch zu ziehen. Arglos plauderte sie aus ihrem Leben. Besonders, warum sie Graz verlassen mussten.

Nur Regina starrte den Mann mit blankem Entsetzen an.

„Ich glaube, deine Geschichten interessieren den Herrn nicht", unterbrach Kepler Barbara schließlich verärgert und drängte zur Weiterfahrt.

„Mich interessieren Eure Erlebnisse durchaus“, widersprach Amberger. „Ihr verschönt mir mit Euren Worten diese unfreiwillige Fahrtunterbrechung.“

Er wandte sich zu seinem Kutscher. „Was meinst du, wie lange wird die Reparatur noch dauern? Ich muss vor Sonnenuntergang in Linz sein.“

Der Kutscher, ein beleibter Mann mit wallendem schwarzen Haar und Hakennase, zuckte mit den Schultern. „Heute wird das nichts mehr. Wir brauchen Ersatz für die Achse.“

„Das klingt übel.“ Amberger tat enttäuscht.

„Fahrt doch mit uns, wenn es Euch nichts ausmacht“, bot Barbara zuvorkommend an, „auch wir wollen bis Linz reisen.“

„Ein großartiges Angebot!“, rief er voller Begeisterung. „Ich freue mich, dass es noch ehrenwerte Leute gibt. Oft kann man nicht vorsichtig genug sein, wer einem so auf der Straße begegnet. Wenn Ihr mich mitnehmt, werde ich es Euch auch lohnen.“

Kepler ließ sich nicht anmerken, dass er von diesem Vorschlag nicht erfreut war. Aber was sollte er machen? Barbara hatte die Einladung ausgesprochen und ihm blieb nichts anderes übrig, als sie zu akzeptieren.

„Nein, Mutter, nein!“, flüsterte Regina erregt, als Amberger sich ein Stück weit entfernt hatte. Das Herz schlug ihr bis zum Hals, ihr Gesicht war hochrot angelaufen.

Unverständig blickte ihre Mutter sie an.

„Dieser Mann bringt Unheil“, stotterte das Kind und starrte gebannt zum Fremden hinüber.

Barbara sah sie vorwurfsvoll an. „Von Menschenkenntnis hast du noch keine Ahnung. Ruhe dich ein bisschen aus. Bald wirst du wieder gesund sein. Ich habe ein gutes, vertrautes Gefühl, als ob wir den Herrn schon lange kennen.“

Selbstbewusst schritt Amberger zur umgestürzten Kutsche und ließ durch seine Begleiter sein Gepäck hinüber zu den Planwagen bringen. Kepler half, dafür Platz zu schaffen. Das war nicht einfach, weil beide Fahrzeuge überladen waren. Nur durch mühsames Hin- und Herrücken gelang es ihm, die benötigte Fläche bereitzustellen. Galant schwang sich Amberger schließlich neben den Kutscher auf den Bock. Kepler platzierte sich, ein wenig bedrängt, daneben. Mit üblichem Ruckeln setzten sich die Wagen wieder in Bewegung. Die Reisenden grüßten zu den Männern, die mühsam ihr umgestürztes Gefährt soweit zur Seite geräumt hatten, dass der Weg vorsichtig passierbar war.

„Wie gut, dass Ihr vorbeigekommen seid", erklärte Amberger in immer anderen Variationen.

Im Gegensatz zu seinen Mitreisenden war er überaus gesprächig. Anfangs plauderte er mit Ludwig über Pferd und Wagen, über Wind und Wetter. Vielleicht hat das den Vorteil, dachte Kepler, dass so die Fahrtzeit schneller vergeht. Bald hatte der Kutscher keine Lust mehr zum Reden und wurde einsilbiger. Amberger suchte nun das Gespräch mit Kepler.

„Wohin seid Ihr unterwegs?", fragte er neugierig.

„Zuerst nach Linz."

Das war ein Fehler!, schoss es ihm durch den Kopf, er hätte nicht „zuerst" sagen sollen. Wer A sagte, weckte die Neugierde auf B.

„Und dann?", kam es wie aus der Pistole geschossen.

„Wir wollen weiter nach Prag."

„Nach Prag! Das ist ja großartig. Da will ich auch hin." Amberger grinste und seine Augen blitzten. „Dann können wir ja die ganze Strecke gemeinsam reisen."

Kepler schwieg zu diesem Vorschlag. Bis Linz mit ihm zu fahren war noch vorstellbar, aber ganz bis nach Prag auf dem engen Kutschbock auszuhalten, hielt er für eine Zumutung. Um die Angelegenheit offenzulassen, versuchte er das Gespräch in eine andere Richtung zu lenken. Er sprach von der Natur, die sich jetzt im Herbst mit goldenen Farben so herrlich offenbarte.

Den Mitreisenden interessierte das nicht.

„Erzählt mir von Eurer Tätigkeit in Graz", forderte Amberger ihn unvermittelt auf.

Wie ein Schuss in den Rücken traf diese Frage. Was interessierte den Fremden seine Vergangenheit? War es pure Neugier - oder steckte mehr dahinter? Misstrauisch geworden begann er, Belanglosigkeiten von seiner Arbeit als Professor der Mathematik in Graz und von seinen Aufgaben in der Steiermark zu erzählen. Sein Weggefährte hörte aufmerksam zu.

„Was haltet Ihr von der Lehre des Kopernikus?", forschte Amberger plötzlich und blickte ihn mit scharfem Blick an.

Kepler zuckte zusammen. Diese gefährliche Frage hätte nicht kommen dürfen. Niemals! Ihm wurde eiskalt. Was wollte dieser Mann von ihm hören, war er ein Spitzel der Inquisition? Eine ehrliche Antwort würde ihn unweigerlich in akute Lebensgefahr bringen. Während er noch überlegte, ob er etwas sagen oder lieber schweigen sollte, nahm Amberger selbst das Gespräch auf.

„Ich bin in Padua gewesen und habe dort die Theorie des Kopernikus näher kennengelernt. Es klingt äußerst interessant, dass die Sonne als ruhender Pol im Mittelpunkt der Planetenbahnen und damit auch der Erde stehen soll."

Das hörte sich wie ein Bekenntnis an. Erleichtert atmete Kepler auf. Es war ihm, als donnerten Steinlawinen von seinem Herzen herunter. Nun wusste er, woran er war und traute sich, offen mit Amberger über seine Ansichten zu sprechen.

„Ja, Kopernikus hat recht. Das alte System des Ptolemäus, nach dem die Erde der Mittelpunkt der Welt sein soll, lässt sich nicht mehr mit unseren Beobachtungsergebnissen stützen. Freilich, es fällt den Menschen schwer, von dem Gedanken Abschied zu nehmen, dass unserer Erde eine einmalige Position im Weltganzen zukommt. Aber es hilft nichts. Es geht um die Wahrheit. Und die ist messbar, kann genau beobachtet werden. Früher oder später wird sich diese Erkenntnis durchsetzen. Daran gibt es für mich keinen Zweifel."

„Seid Ihr Euch da sicher?", hakte Amberger nach. „Die Frage, ob Erde oder Sonne das Zentrum bilden, ist längst keine wissenschaftliche mehr, sondern ist zu einer Machtfrage geworden. Kirchliche und weltliche Herrscher setzen alles daran, zu verhindern, dass die Traditionen ins Wanken geraten. Und mit ihnen sie selbst."

Diese klare Analyse der gegenwärtigen Situation gefiel Kepler. Es war ihm, als hätte er in Amberger einen Mitstreiter, vielleicht sogar einen Freund gefunden. Er schämte sich für seine ablehnenden Gedanken, die ihn vorhin noch geplagt hatten.

„Noch etwas ganz anderes bewegt mich", ergänzte Amberger nach einer Weile listig. „Meine Leidenschaft ist das Sammeln von alten Schlüsseln. Ein besonders schönes Exemplar soll sich auf Schloss Benatek bei dem Hofastronomen Tycho Brahe befinden. Wenn Ihr darauf stoßen solltet, denkt bitte an mich."

Kepler nickte. „Mal sehen, ob ich ihn für Euch besorgen kann."

Noch Manches besprachen die beiden Männer untereinander und es kam ihnen vor, als ob die Reisezeit wie im Flug verging.

In Linz suchten sie einen Gasthof auf und blieben dort über Nacht.

„Lasst uns bald aufbrechen", drängte Kepler am nächsten Morgen. „Hier wollen wir nicht lange bleiben. Mir geht das Reisen zu langsam voran. Um zügig nach Prag zu kommen, sollten wir die Kutscher und unseren Hausrat einfach zurücklassen. Was soll's. Unser Leben und die Freiheit sind wichtiger, als mit dem Plunder im Schneckentempo durch die Lande zu kriechen. Lasst uns eine schnelle Reisekutsche nehmen und uns unverzüglich auf den Weg machen. Nur meine wichtigsten Bücher und Utensilien werde ich mitnehmen. Tycho Brahe wartet bestimmt schon ungeduldig."

Zuerst hielt Barbara diesen Vorschlag für abwegig. Hing sie doch sehr an ihrem Hab und Gut. Je länger sie darüber nachdachte, desto vernünftiger erschien ihr der Plan. In Prag würden sie ein neues Leben beginnen und sich schönere Sachen kaufen können, als sie in Graz gehabt hatten.

„Wenn es Eurer Familie recht ist, können wir gemeinsam fahren. Es wird mir eine Ehre sein, eine gute Reisekutsche ausfindig zu machen. Außerdem dürft Ihr Euch bis Prag als meine Gäste betrachten", erklärte Amberger in feierlichem Ton. Seine blitzenden Augen verrieten jedoch teuflische List.

Kepler nahm diese Ehrerbietung dankend an. Zumal die eigenen Ersparnisse gering waren und diese

Einladung sie entlasten würden. Doch ein ungutes Gefühl gegenüber dem Geheimrat blieb. Das Gefühl von Abhängigkeit. Kepler hasste das.

Hinter der Grenze des Erzherzogtums Österreich, in einem kleinen Kloster mitten im Wald, hockten am Abend drei einflussreiche Männer im Winkel des Refektoriums beisammen. Im schwachen Schein der Lampe waren ihre Gesichter kaum zu erkennen. Sie sprachen in gedämpften Ton, keiner der anderen Brüder sollte etwas mitbekommen. Schließlich kramte einer der Männer einen säuberlich gefalteten Brief aus dem Mantel und breitete ihn vor den anderen aus. Gespannt blickten sie auf das Papier.

„Liebe Brüder", begann er geheimnisvoll, „lasst uns zur Tat schreiten! Uns hat eine wichtige Nachricht aus Linz erreicht. Der Ketzer wird morgen dort aufbrechen und den Weg nach Prag nehmen. Unweigerlich führt er nahe an unserem Kloster vorbei. Das ist eine einmalige Gelegenheit. Die Strecke ist dicht mit Gehölz bewachsen. Zeugen wird es keine geben. Es gibt kein Risiko."

„Das darf es auch nicht geben", bekräftigte der zweite. „Es muss nach Raubmord aussehen. Kein Mensch darf irgendeinen Verdacht hegen, dass wir dahinterstecken. Schließlich können wir uns einen weiteren Religionskrieg nicht mehr leisten. Besonders der Bauernstand darf nicht wieder in Unruhe geraten. Das könnte fatale Folgen für uns alle haben."

„Recht habt Ihr", antwortete der dritte. „Mit den ketzerischen Lehren muss ein für alle Mal Schluss sein. Vergesst nicht, dass wir in höchstem Auftrag handeln." Er hob seinen Krug und nickte den anderen mit ernstem Blick zu. „Ich gehe davon aus, dass wir uns auf unseren Mann in Linz verlassen können."

„Auf Amberger ist absolut Verlass“, bekräftigte der erste und erhob sich. „Mir ist ein Haus genannt worden, wo ich geeignete Männer für unseren Plan finden kann. Ich mache mich unverzüglich auf den Weg.“

Leise verließ er das Refektorium und schlüpfte unauffällig durch eine Seitentür aus den klösterlichen Mauern. Auf der staubigen Straße schloss er seinen Mantel und drückte den Hut tief ins Gesicht.

Zielstrebig steuerte er auf eine nahe gelegene Spelunke zu.

Die Wirtsstube war von Menschen überfüllt, die Luft verqualmt und die Lampen trübe. Als der Wirt ihn erblickte, nickte er ihm zu und führte ihn an einen Tisch, an dem drei junge Burschen beim Bier hockten und grobe Witze rissen. Ihre Gesichter wirkten hart, die Haare ungepflegt, die Kleidung war zerlumpt.

„Männer, ich habe einen Auftrag für Euch“, raunte der Pater ihnen zu. „Wenn die Sache ausgeführt ist, soll jeder einen Goldtaler bekommen. Soviel ist uns das wert.“

Die Angesprochenen glotzten ihn gierig an.

„Als Zuschlag gibt es noch zwei Frauen. Die eine blutjung, die andere etwas reifer.“

Die Männer grölten.

„Kommt mit, ich werde Euch alles erklären.“ Er führte sie in einen Nebenraum hinter dem Saal. „Ich will den Ketzer, ich will das Haupt des Johannes!“, schärfte er ihnen am Ende seiner Anweisungen ein. Dann gab er den Männern noch eine Runde aus. Als er spät in der Nacht aus dem Gasthof in die kalte Nacht tauchte, war er mit sich und der Welt zufrieden.

Nach zwei Tagen verließ Amberger mit Kepler, Frau und Tochter die Stadt an der Donau und sie nahmen

Kurs auf Prag. Die Reisekutsche war für alle viel bequemer als die holprigen Planwagen. Nur der Platz für das Gepäck war gering. Doch es gelang, die schweren Kisten mit den wertvollen Büchern und Aufzeichnungen, sowie den Messgeräten sicher zu verstauen. Wie ein Luchs achtete Kepler auf diese Fracht und schwor sich, sie nicht aus den Augen zu lassen. Denn unter den Holzdeckeln lag der Schlüssel zur Erkenntnis der Zusammenhänge des Universums. Dieser Schlüssel durfte um keinen Preis der Welt geraubt werden oder in falsche Hände geraten.

Kutscher Bernhard war ein älterer Mann mit viel Erfahrung. In seinem Leben hatte er bereits unzählige Meilen zurückgelegt und schon Kaiser und Könige gefahren. Wegen möglicher Überfälle war er stets bewaffnet und bislang in allen Gefechten siegreich gewesen. Bernhard war ein Original. Er besaß diplomatische Gewandtheit und Sprachbegabung, um die ihn viele Landesherren hätten beneiden können. Außerdem war er ein ausgezeichneter Beichtvater. Bei den langen Fahrten blieb es kaum aus, ihm nicht das Herz mit allen Sorgen auszuschütten. Man konnte gewiss sein, dass er alles für sich behielt. Wie er einmal scherzhaft bemerkte, würde er das Anvertraute nur seinen Pferden erzählen. Wer also etwas erfahren wollte, müsste schon die Wiehersprache verstehen – und die sei schwieriger als Latein.

Die Fahrtstrecke war abwechslungsreich. Mal führte der Weg durch endlose Wälder, mal über Hügel oder weite Ebenen. Kepler schaute schweigsam aus dem Fenster. Amberger unterhielt sich angeregt mit Barbara. Er zeigte sich an ihr interessiert und stellte Fragen, die deutlich ins Private zielten. Es störte ihn offenbar nicht, dass der Ehemann zuhörte. Regina dagegen fand die Gespräche langweilig und setzte sich bald nach vorne zum Kutscher auf den Bock. Von hier aus konnte sie gut den Weg verfolgen und stellte tausend Fragen, die Bernhard mit endloser Geduld zu beantworten versuchte. Er selbst hätte sich gerne Frau und Kinder gewünscht, aber sein unstetes Leben ließ sich schlecht mit einer Familie vereinbaren. So fühlte er sich mit seiner Kutsche, den Pferden und den Fahrgästen verheiratet.

Mittags machten sie in einer kleinen Stadt Pause, kurz vor Sonnenuntergang suchten sie einen Gasthof für die Nacht auf. Bernhard kannte die Strecke wie seine Westentasche und wusste, wie weit man an einem Tag fahren konnte. Er hatte die Etappen so gewählt, dass er gegen Abend immer einen gepflegten Gasthof erreichte. Freilich konnten sich unvorhersehbare Zwischenfälle ereignen, die seinen Zeitplan durcheinanderbrachten. Doch gelang es ihm meistens, in solchen Situationen zu improvisieren.

„Heute ist nicht mit Störungen zu rechnen“, erklärte er am nächsten Morgen zuversichtlich. „Das Wetter ist gut, der Weg nicht zu steinig und die Pferde habe ich erst in Linz neu behufen lassen.“

So zogen sie dahin.

Plötzlich versperrte ein umgestürzter Baum den Weg. Kein Lüftchen regte sich, auch in den letzten Tagen war es windstill gewesen.

Bernhard kam die Sache verdächtig vor. Er wusste, dass der Weg nach Prag von vielen Gespannen befahren wurde. Also konnte der Baum hier noch nicht lange liegen. Behutsam zügelte er die Pferde. Die Kutsche stand.

„Vorsicht!", rief er den Insassen zu. „Hier kann ein Hinterhalt lauern."

Misstrauisch spähte er nach links und rechts in das Gehölz.

Nichts rührte sich.

Er sprang vom Kutschbock auf den staubigen Boden. Amberger, der alles interessiert verfolgt hatte, stieg ebenfalls vom Wagen. Langsam gingen sie zur umgestürzten Fichte. Nach allen Seiten schauten sie sich um. Nichts Auffälliges war zu erkennen.

„Es hilft nichts", erklärte Bernhard schließlich, „wir müssen versuchen, den Baum wegzuräumen." Er krempelte die Ärmel hoch, spuckte in die Hände und zog mit aller Kraft am Stamm. Amberger half ihm dabei, ohne sich jedoch ernsthaft anzustrengen. Die Fichte bewegte sich kaum.

„Wir benötigen einen dritten Mann", rief Amberger und schritt zur Kutsche zurück. Er öffnete die Wagentür. „Herr Kepler, wir brauchen Euch. Um kein Risiko einzugehen und sofort weiterfahren zu können, sollten wir die Pferde erst dann abspannen, wenn wir es mit unserer Kraft nicht vermögen."

„Ich werde versuchen zu helfen", antwortete dieser bereitwillig und verließ den schützenden Wagen.

Kepler erreichte den Baumstamm und wollte mit anfassen, als er innehielt und riet: „Lasst uns zuerst den Kopf gebrauchen und dann die Muskeln. Wenn wir genau unter die Mitte des Stammes ein Rundholz schieben, können wir auf diesem Punkt den Baum leicht wegdrehen. Lasst es uns versuchen."

Er hatte die Worte gerade ausgesprochen, als es plötzlich hinter ihm knisterte und knackte. Blitzschnell wandte er sich um und sah zu seinem Entsetzen, wie drei Männer mit Säbeln und einem Beil aus dem Dickicht stürmten. Sie stimmten ein schauriges Geheul an, sodass die Frauen in der Kutsche sich vor Angst auf den Boden warfen.

Bernhard reagierte als erster und rannte zum Wagen zurück. Unter seinem Platz lag das Gewehr. Schnell lud er die Patronen. Er wandte sich zurück und sah, wie zwei der Räuber Kepler bedrängten. Verzweifelt griff dieser zu einem langen, abgebrochenen Ast und versuchte, die Waffen den Männern aus der Hand zu schlagen.

Vergeblich.

Ein Hüne mit rotem Bart drängte immer näher an ihn heran. Kepler wusste, was spitze Fichtennadeln in den Augen bewirken können. Er schritt dem Riesen entgegen und zielte mit dem Ast auf die Pupillen seines Gegners. Er verfehlte sie nicht. Brüllend zog sich der Mann in den Wald zurück und rieb das Gesicht mit seinen schmutzigen Händen.

Plötzlich hörte Kepler ein Sausen dicht an seinem Kopf. Instinktiv duckte er sich. Haarscharf raste ein tödliches Beil an ihm vorbei. Der zweite Mann hatte so stark ausgeholt, dass er mit Schwung auf den Boden fiel und sich an einem kantigen Felsbrocken verletzte. Blut spritzte auf.

Um sich Mut zu machen, hatten die Männer vor dem Überfall literweise Bier getrunken. Das rächte sich jetzt. Der Auftraggeber hatte ihnen zwar eingebläut, vorher nichts zu trinken, aber sie hatten allen Rat in den Wind geschlagen.

Schnell bückte sich Kepler und stemmte das Beil in seiner Rechten. Sollte er ausholen und den Angreifer kurzerhand erschlagen? Die Gelegenheit war einmalig. Er zögerte. Für einen Augenblick schaute er zur Seite. Amberger rang mit dem dritten Mann, der zu unterliegen schien.

In diesem Moment zielte Bernhard in die Richtung des Kampfgeschehens. Und schoss.

„Hilfe, Hilfe!", schrie Amberger entsetzt und reckte seinen blutüberströmten Arm gen Himmel. In panischer Angst rannte er zur Kutsche und versteckte sich dahinter mit schmerzverzerrter Miene. Sein Gegner verfolgte ihn nicht, sondern wandte sich Kepler zu. Er kam nicht weit. Mit sicherem Schuss streckte Bernhard ihn nieder. Sein Körper bäumte sich kurz auf, dann fiel er wie ein Sack zusammen und blieb regungslos in einer Pfütze liegen.

Als der andere Räuber ihn leblos sah, überkam ihn nackte Angst und er machte sich aus dem Staub. So schnell er konnte, stolperte er zum Waldrand.

Bevor er in das schützende Dickicht eintauchte, drehte er sich noch einmal zu Kepler um. „Du Ketzer", schrie er mit weit aufgerissenen Augen. „Du verfluchter Ketzer!"

Dann war er verschwunden.

Kepler stand da wie zu Tode erstarrt. Was hatte der Mann gerufen? Die Worte gellten wie Hammerschläge in seinen Ohren. Verstört und schockiert kehrte er zur Kutsche zurück. Erst jetzt merkte er, wie er zitterte. Doch das war nichts im Vergleich zu der Wunde, die der Bandit mit jenen Worten tief in sein Herz gerissen hatte. Ihm wurde klar, dass diese Bande nicht einfache Wegelagerer waren, die nur auf Geld und Gut aus waren. Es ging um weitaus mehr.

Kapitel 4

Unterwegs zum Zurück

Vorsicht!

„Achtung Autofahrer auf der A2 zwischen Porta Westfalica und Bad Eilsen: Dichter Nebel mit Sichtweiten unter 50 Metern behindert den Verkehr."

Die Warnung des Westdeutschen Rundfunks war in den Herbstmonaten nichts Besonderes. Mit Nebel oder überfrierender Nässe musste man jetzt öfter rechnen. In Köln war der Himmel noch strahlend blau gewesen, aber im Raum Bielefeld zogen die ersten Nebelschwaden auf und hüllten die Landschaft immer mehr wie in Watte.

Christian Sonnthag hatte die Witwe Andrea Weyse gebeten, ihm ihr neues Käfer-Cabrio zu leihen, damit er zur Firma WEYSELUX fahren könnte, um dort wichtige Unterlagen einzusehen.

Das war nur ein Vorwand.

In Wirklichkeit steuerte er nicht in die Innenstadt, sondern auf den Kölner Ring. Auf dem Beifahrersitz lag jene geheimnisvolle Landkarte ausgebreitet, die er sich heimlich vom ermordeten Chef eingesteckt hatte. Bei einer Pause auf einem unauffälligen Parkplatz studierte er sie sorgfältig und verglich mit dem Autoatlas.

Dabei fand er heraus, dass die handschriftlichen Eintragungen auf eine Gegend zielten, die im Schaumburger Land lagen.

Genauer gesagt im Gebiet der alten Residenzstadt Bückeburg.

Bald fuhr er weiter. Je mehr er sich von Köln entfernte, desto unruhiger wurde er. Er ahnte das Verhängnis, das sich wie ein Gewitter zusammenbraute und in das er mutwillig hineinsteuerte.

Trotzdem.

Einfach so umkehren wie ein Feigling – das konnte und wollte er nicht. Dazu war schon zu viel passiert.

Plötzlich ein rotes Warnlicht.

Die Tankanzeige tendierte in den kritischen Bereich. Bei Bielefeld verließ er die Autobahn und steuerte auf eine kleine, sehr modern wirkende Tankstelle zu.

„He 2" - diese Marke hatte er noch nie gehört. Egal.

Er hielt an der Zapfsäule, stieg aus und wollte mit dem Tanken beginnen. Doch die Zapfpistole passte nicht in den Stutzen. Er drehte, drückte, versuchte es immer wieder.

Seltsam! Das hatte er noch nie erlebt. Gleichgültig, welchen Wagen er fuhr, immer hatte er ohne Schwierigkeiten tanken können.

Was war bloß in diesen Tagen los?

Er blickte sich um. Kein anderes Fahrzeug war weit und breit zu sehen.

Ratlos lief er hinüber zum Verkaufsraum.

„Ich kann nicht tanken", begann er, „die Zapfpistole passt nicht hinein. Das habe ich noch nie erlebt."

Der Tankwart sah ihn gelangweilt an. Bedächtig drehte er sich zum Fenster und spähte hinaus.

„Na, bei der alten Kiste ist das auch kein Wunder ..."

„Wie bitte? Der Wagen ist erst ein paar Monate alt!"

Der Mann lachte. „Eher zwanzig oder dreißig Jahre. Sie müssen damit zur Oldtimer-Tanke fahren. Hier gibt's nur Helium."

„Helium?" Er traute seinen Ohren kaum.

„Klar! Das alte Zeug bieten wir schon lange nicht mehr an. Super, Normal, Diesel - damit fuhr mein Vater herum."

Christian wischte sich über die Stirn. Es kam ihm vor, als wäre er in einem falschen Film. Als wäre er irgendwie in der Zukunft gelandet. Aber auch nicht wirklich.

Verstört ging er zum Wagen zurück. Mit beiden Händen umklammerte er das Lenkrad, als suchte er nach etwas Festem. Der Gewissheit, nicht in irgendeinem Traum zu stecken.

Er wendete und fuhr zurück auf die Autobahn.

Bei Herford verließ er sie wieder und machte sich erneut auf die Suche. Da hinten, er sah die Leuchtreklame der nächsten Tankstelle schon von Ferne. Seine Hände wurden feucht, der Puls stieg. Was war, wenn hier auch ...?

Doch es gab keinerlei Probleme. Super, Normal und Diesel, alle ihm vertrauten Sorten wurden angeboten.

Als er die Füllung bezahlte, lächelte ihn die junge Kassiererin an.

„Ist alles in Ordnung?", fragte sie und er spürte einen zweifelnden Unterton.

„Ja, alles in Ordnung", kam es zögerlich über seine Lippen. „Aber in Bielefeld ..."

Sie unterbrach ihn. „Bielefeld? - Wir sind hier in Herford!"

Hinter Exter wurde der Nebel dichter.

Der Verkehr nahm rapide ab, ungewöhnlich auf der sonst so stark befahrenen A2. Nur ab und zu huschten milchige Schatten vorbei. Christian suchte im Autoradio einen Sender mit klassischer Musik. Schon oft hatte er die Erfahrung gemacht, dass ihn Klassik beruhigte.

So etwas brauchte er jetzt. Auf einmal vernahm er Klänge, die ihm bekannt waren. Klaviermusik, Beethoven, die Pathétique.

Ausgerechnet die!

Sein Blick wurde eng. Wie hypnotisiert starrte er auf die Nebelschlussleuchte des Vordermanns, während der Pianist sich in Rage spielte. Krampfhaft umklammerte er das Lenkrad. Er schaltete das Fahrlicht nicht ein, so dass er fast unsichtbar fuhr.

Irgendwann steuerte der Wagen vor ihm auf einen Parkplatz, der sich Fuchsgrund nannte. Christian folgte ihm blindlings und stellte an einer Parkbucht den Motor ab. Mit beiden Händen rieb er sich die angestrengten Augen. Schließlich stieg er aus, streckte sich und ging ein paar Schritte auf dem feuchten Asphalt auf und ab. Es war bitterkalt. Der Nebel kroch wie Schlangengift durch die Kleidung.

Einige Meter weiter stand der fremde Wagen. Nur schemenhaft waren seine Umrisse zu erkennen. Eine Gestalt machte sich am Kofferraum zu schaffen, die Heckklappe stand weit offen.

Christian schlenderte arglos in die Richtung.

Plötzlich hielt er inne. Irgendetwas stimmte nicht.

Aus dem Heck kletterte eine zweite Person. Mühsam.

Er hörte unterdrückte Laute. Eindringlich, bittend.

Die Person fiel auf die Knie. Rang die Hände.

Die Gestalt trat näher heran. Und stemmte mit beiden Armen etwas in die Höhe.

Was war da bloß los? Sollte Christian einschreiten? Doch er verharrte an seinem Platz und beobachtete genau. Leise zog er sein Handy und tippte ein.

110.

Zum Sprechen kam er nicht mehr.

Ein dumpfer Schlag zerriss die Stille.

Die Person kippte zur Seite.

Dann ein Schleifen, Wegziehen hinüber ins Gebüsch. Spuren verwischen, als ob nichts geschehen wäre. Der dichte Nebel würde schweigen. Das Unrecht verhüllen. Den Täter entkommen lassen.

Christians Herz pochte, ihm wurde übel, er wandte sich zurück. Zum Auto. Bloß weg hier!

Plötzlich packte ihn ein fester Griff von hinten.

Hilfe! Entsetzt fuhr er herum.

Er starrte in das zornige, von Narben übersäte Gesicht eines Fremden, der einen dunklen Mantel trug. Die Kapuze hatte er tief über den Kopf gezogen. Eine Axt hielt er unübersehbar in der Hand. Blut tropfte von der Schneide herunter.

„Jetzt bist du dran!“, zischte er. „Ich hab dich nicht bemerkt. Ein dummer Zeuge, den ich umbringen muss.“

Christian blieb nur die Flucht nach vorne. Er musste alles riskieren, Sicherheit ausstrahlen. Keinen Zweifel aufkommen lassen. Souverän bleiben. Die Macht der Worte nutzen.

„Gut, dass du ihn kalt gemacht hast. Der Boss wäre sonst wütend geworden!“

„Der Boss?“ Der Mann ließ ihn los und wurde blass.

„Ja“, bekräftigte Christian. „Bald wird er hier sein. Ich gehöre zum Vorauskommando und soll die Gegend auskundschaften. Ob die Luft rein ist. Und ob du deine Pflicht erfüllst.“

„Der Boss ...“ Auf einmal lachte der Mann schallend. „Eine gute Tarnung für unsere Bossin.“

Christian zuckte zusammen, damit hatte er nicht gerechnet. Aber er ließ sich nichts anmerken. „Klar. Boss hört sie lieber als Bossin. Männlich stark und doch weiblich listiger.“

Beide lachten.

Der Mann wurde gesprächig und gab Vertrauliches preis, ohne danach gefragt zu sein. Ein Fehler.

„Ich bin für den Fuchsgrund verantwortlich", erklärte er stolz. „Der südwestliche Kontrollposten vor der Residenz. Meistens ist es hier menschenleer. Darum nutzen wir den Platz. Keiner kommt hier einfach so vorbei. Wir kontrollieren mit unseren Kameras auf den Mautbrücken jedes Fahrzeug ganz genau. Dann holen wir sie raus."

Er grinste. „Der Typ kam gerade aus Köln. Martin Mendova, ein gerissener Spion. Vorhin habe ich ihn gestellt und hierher gebracht. Die Gegend um den Fuchsgrund ist schon immer ein idealer Ort für Hinrichtungen gewesen. Seit dem Mittelalter. Wir halten uns an die Tradition! Und jetzt weilt der Kerl in den ewigen Jagdgründen." Er lachte zynisch und zeigte sein lückenhaftes Gebiss.

Christian erstarrte. Sein Herz blieb stehen. Ihm wurde heiß und kalt. Sein Freund Martin aus alten Zeiten! Ein Spion? Und jetzt tot, auf einem öden Parkplatz grausam erschlagen, weggeschleift in ein Gebüsch ...

Er verstand die Welt nicht mehr. Der Mörder seines Freundes stand direkt neben ihm und plauderte. Über Mord und Totschlag genauso wie übers Wetter.

Dazu ist der Mensch fähig. Schrecklich. Erbärmlich.

„Ich muss weiter", drängte Christian und eilte zum Auto.

Doch plötzlich hielt der Mann ihn zurück. In seinen Blick mischten sich Zweifel.

„Sag mir das Losungswort! Ich hab dich noch nie gesehen. Ich will mir ganz sicher sein." Bedrohlich langsam hob er die Axt.

„Mission Rainer Weyse, genügt das?“
„Okay, okay“, rief der Mann und gab ihn frei.

Christian stieg ins Cabrio, startete und fuhr los. Endlich verließ er diesen grausamen Ort. Schnell hüllte ihn der Nebel wieder ein. Wie weiche, sichere Watte.

Die Ereignisse hatten ihn ziemlich erschüttert. Das war eine brutale Warnung an ihn gewesen. Er musste unbedingt die Polizei rufen.

Nach kurzer Strecke hielt er auf der Standspur und zog sein Handy, um den Notruf zu wählen. Er erschrak, hier gab es keinen Netzempfang. Ausgerechnet jetzt! Und von einer Notrufsäule keine Spur. Waren die hier alle abgebaut worden?

Erneut nahm er die Karte zur Hand. Weit konnte sein Ziel nicht mehr sein. Ein deutlicher Pfeil markierte eine bestimmte Stelle an der Autobahn.

Erst jetzt fiel ihm etwas Ungewöhnliches auf. Zuerst hatte er geglaubt, dass der Pfeil und die Striche auf der Karte verkehrt gezeichnet waren. Irgendwie verrutscht. Die Abfahrt von der A2 hätte seiner Meinung nach Bad Eilsen sein müssen. Doch wies die Markierung auf einen Punkt ein Stück westlich, etwa beim Kilometerstein 284 bei der gewaltigen Talbrücke Kleinenbremen. Dort, wo sich das Wesergebirge erstreckt. Hier gab es jedoch keine Autobahnabfahrt. Ein Blick in die neuste Karte vom ADAC ließ keinen Zweifel zu.

Sollte etwa ...?

Langsam fuhr er wieder los und bog vorsichtig auf die Fahrbahn. Kein Fahrzeug war weit und breit zu sehen, kein Lichtschimmer. Nichts. Der Nebel regierte mit absoluter Macht und zerriss alle Zusammenhänge. Angespannt starrte Christian auf den Kilometerzähler.

Der Markierungspunkt auf der Karte müsste in etwa sieben Kilometern kommen.

Noch 5 km.

Die Nervosität stieg.

Jetzt noch 3 km.

Die Ziffern der Anzeige krochen dahin.

Er drosselte die Geschwindigkeit und fuhr nur noch Schritttempo.

Dass mir bloß keiner auffährt! Er spürte eine unsichtbare Gefahr im Nacken. Blitzschnell kann so etwas passieren - und dann rast ein Fahrzeug nach dem anderen in die Karambolage. Eine Lawine breitet sich aus und ist kaum aufzuhalten. Eine Welle von Zerstörung, Leiden und Tod. Oft genug standen solche Fälle in der Zeitung und jeder fragte sich, wie das passieren konnte. Sind denn nur noch Selbstmörder unterwegs?

Da - plötzlich helle Lichter im Rückspiegel. Grell und bedrohlich nahe.

Hoffentlich nicht der Mörder!

Christian riss das Steuer nach rechts auf die Standspur und schaltete die Warnblinkanlage ein. Er stoppte. Auch die Scheinwerfer hinter ihm blieben stehen. Blitzschnell öffnete sich die Beifahrertür des hinteren Wagens. Eine dunkle Gestalt näherte sich ihm, während eine andere hinter dem Steuer hocken blieb.

Durchstarten? Die Türen verriegeln?

Sein Puls raste. Schweißperlen sammelten sich auf der Stirn.

Bevor er sich entschieden hatte, war der Mann schon da und zog die Fahrertür auf.

„Das Anhalten auf der Autobahn ist streng verboten, auch bei Nebel", belehrte der Polizist. „Oder haben Sie eine Panne?"

„Mit dem Motor stimmt was nicht", behauptete er. „Aber gut, dass Sie gekommen sind. Beim Fuchsgrund ist ein Mord geschehen. Martin Mendova, mein Freund, ist umgebracht worden. Ich habe alles gesehen und versucht Sie zu alarmieren. Vergeblich."

Der Beamte hob die Augenbrauen. „Das kann jeder behaupten, um von eigenen Taten abzulenken. So was kennen wir. Ihre Papiere!", forderte er unwirsch.

Christian kramte im Handschuhfach und händigte sie aus. Mit prüfendem Blick sah sich der Polizist die Papiere an. Langsam schritt er mit ihnen zu seinem Fahrzeug zurück. Jetzt schien er zu telefonieren.

Christian kam sich wie ein Verbrecher vor. Suchte man ihn vielleicht schon? Hatte Andrea Weyse eine Fahndung nach ihrem Wagen veranlasst? Wahrscheinlich waren alle Polizeidienststellen angewiesen worden, nach einem Käfer-Cabrio mit Kölner Kennzeichen Ausschau zu halten. Mit einem Mann am Steuer, der der mutmaßliche Mörder von Rainer Weyse sein könnte oder zumindest damit zu tun hatte. Nervös rutschte er auf dem Lederpolster hin und her und starrte unentwegt in den Rückspiegel.

Minute um Minute verstrich.

Jetzt einfach Gas geben und davonbrausen? Bei dem dichten Nebel hätte er eine gute Chance, der Polizei zu entwischen. So schnell ihm dieser Gedanke gekommen war, so schnell verwarf er ihn wieder. Jede unüberlegte Tat würde ihn nur verdächtig machen. Es blieb ihm nichts anderes übrig als abzuwarten. Nervös trommelten seine Finger gegen das Lenkrad.

Endlich kam der Beamte zurück. Er reichte Christian die Papiere durchs Fenster.

„Warten Sie hier. Ich habe den Pannendienst informiert, der müsste bald kommen."

Christian wollte noch einmal den Mord erwähnen, aber er kam nicht dazu. Der Polizist machte kehrt und schritt wieder zu seinem Wagen.

Plötzlich hielt er inne und blickte zum Cabrio zurück. Irgendetwas zog die Aufmerksamkeit auf ihn. Stimmte etwas nicht? Das Gesicht des Mannes verzog sich. Mit besorgter Miene lief er zu Christian zurück.

„Ihr Kennzeichen trägt die Nummer 166. Sie sind wohl einer von denen, was?"

„Was meinen Sie damit?" Irritiert sah Christian ihn an. Ein mulmiges Gefühl stieg in ihm hoch.

„Tun Sie nicht so. Sie wissen genau, was ich meine!"

Erst als der Beamte merkte, dass Christians Blick ahnungslos blieb, wurde er freundlicher und begann zu erklären. „Glauben Sie, dass schwarze Katzen Unglück bringen?"

Eine seltsame Frage mitten im dichten Nebel auf der Autobahn. Vor allem, wenn sie von einem Polizisten kam.

„Ich glaube nicht, dass schwarze oder weiße oder sonst wie geartete Katzen Glück oder Unglück bringen", antwortete er bestimmt. „Katzen sind so, wie sie sind. Eben Katzen. Warum fragen Sie danach?"

„Weil Sie eine schwarze Katze an Bord haben." Der Polizist grinste ihn an. „Haben Sie das noch nicht gemerkt? Deshalb werden Sie auf dieser Fahrt nur Unglück haben."

„Unsinn!" Christian schüttelte den Kopf.

„Das dachte ich mir. Die meisten Leute fahren ahnungslos in der Weltgeschichte herum und achten nicht auf die geheimen Kräfte, die überall wirksam sind. Besonders in den Zahlen stecken verborgene Botschaften."

Christian wurde nervös. „Was bedeutet denn 166?"

„Ich will es Ihnen erklären“, begann er und kratzte sich am Hinterkopf. „Fügen Sie jedem Buchstaben von SCHWARZE KATZE einen Zahlenwert zu. Also für A eine 1, für B eine 2 - bis für Z eine 26.“

Der Mann riss ein Blatt aus seinem Notizblock und begann aufzuschreiben:

S = 19
C = 3
H = 8
W = 23
A = 1
R = 18
Z = 26
E = 5

K = 11
A = 1
T = 20
Z = 26
E = 5

„Das ergibt zusammen 166. Wenn Sie nun die einzelnen Ziffern der Summe zusammenzählen, also 1+6+6, dann macht das 13! Verstanden?“

Christian schluckte. „Sie meinen, dass es einen Zusammenhang zwischen dem Aberglauben um schwarze Katzen und der 13 als Unglückszahl gibt?“

„Ja klar! So ist es. Jetzt muss ich weiter. Wenn ich Ihnen einen Rat geben darf: Nehmen Sie die Symbolik ernst. Sonst gibt es noch mehr Unglück.“

Abrupt machte er kehrt, stieg zu seinem Kollegen in den Wagen und sie brausten davon. Schnell löste sich das Rot der Rücklichter im Nebel auf.

Eine bedrückende Stille umfing Christian, als er wieder allein war. Eigentlich hätte er über das Gespräch mit dem Polizisten lachen und es als reinen Aberglauben abtun sollen. Aber ihm war nicht danach. Hände und Füße waren eiskalt geworden. Er hatte das Gefühl, kurz hinter eine verbotene Tür geblickt zu haben.

Der Pannendienst!

Beinahe hätte er ihn vergessen. In wenigen Augenblicken würde der Mann mit seinem leuchtenden Overall hier sein. Nervös blickte sich Christian um. Noch war nichts zu sehen.

Schnell startete er den Motor und fuhr weiter. Angestrengt suchte er die nebelgraue Gegend ab. Kahle Büsche und Bäume krochen an ihm vorbei. Nichts Auffälliges war zu sehen. Wieder blickte er auf die ausgebreitete Landkarte neben sich. Hoffentlich hatte der Polizist sie nicht bemerkt. Ein beunruhigender Gedanke schoss ihm durch den Kopf. Hatte der Beamte vielleicht deshalb so lange mit ihm gesprochen, um die Karte genauer in Augenschein nehmen zu können? Womöglich war alles kein Zufall.

Gleich musste die Stelle kommen.

Ein kleiner Rastplatz wurde angezeigt.

Noch 100 Meter.

50 Meter.

Christian zögerte. Dann bog er ab. Hier musste es sein. Der Platz wirkte öde. Außer einer stinkenden WC-Anlage und verdreckten Mülltonnen war nichts Besonderes zu sehen. Er stieg aus und inspizierte den Parkplatz genauer.

Da!

Auf der rechten Seite. Eine Spur führte von der Betonpiste zu einem verzinkten Tor, eingefasst von einem hohen Maschendrahtzaun. Es war breit genug für ein Fahrzeug. Ein Schild daneben betonte, dass die Durchfahrt streng verboten sei, nur „BAB-Betriebsdienst und Polizei frei".

Ohne Zweifel. Hier war die auf der Karte markierte Stelle. Eine illegale Autobahnabfahrt.

Christian probierte.

Das Tor war nicht verschlossen. Quietschend schob er es weit auf.

Er blickte sich um. Keine Menschenseele war weit und breit zu entdecken. Die Gelegenheit war günstig. Jetzt oder nie.

Christian sprang in den Wagen, riss das Steuer scharf nach rechts und bog in die Spur. Um kein Risiko einzugehen, schaltete er die Scheinwerfer aus und fuhr ins Unbekannte. Die sichere Hülle des Nebels schützte ihn vor Zeugen. Und vor möglichen Verfolgern.

Schnell hatte er das Tor im Zaun passiert, hielt an, um es hinter sich zu schließen. Langsam fuhr er weiter. Nach einer Kurve schaltete er wieder das Licht an. Die Fährte war holperig und führte bergab in den finsteren Wald. Büsche und Bäume am Wegesrand warfen grausige Schatten. Manchmal berührten die Äste das Autodach und schleiften über den Lack. Ihr Kratzen hörte sich wie Warnrufe an. Halt, kehr um, du fährst in den Abgrund der Welt!

Doch Christian nahm die Geräusche nicht wahr. Unbeirrt fuhr er wie im Rausch.

Bis er an eine Weggabelung kam. Wohin nun? Weiter auf dem schmalen Wanderweg?

Unsicher blickte er auf die Karte. Wie angestrengt er auch suchte, die Abzweigung war nicht eingezeichnet.

War er verkehrt gefahren, hatte er eine Abbiegung übersehen? Der Landkarte nach konnte das Ziel nicht mehr fern sein.

Er stellte den Motor ab, öffnete das Fenster und lauschte. Äste knackten. Ab und zu raschelte es im Unterholz. Vögel kreischten auf. Warnsignale.

Dann stieg er aus. Leise fiel die Fahrzeugtür hinter ihm ins Schloss. Vorsichtig entfernte er sich vom Wagen. Es schien ihm sicherer, sich zu Fuß auf die Suche zu machen. Obwohl er nun ungeschützt war, fühlte er sich freier. Das Brummen des Motors störte nicht mehr und das grelle Licht der Scheinwerfer engte nicht den Blickwinkel ein. Allmählich gewöhnten sich seine Augen an die Dunkelheit. Völlig finster war es dennoch nicht. Über ihm, durch die Schleier des Nebels hindurch, nahm er einen unscharfen, hellen Fleck wahr. Den Mond.

Behutsam ging er weiter. Seine Ohren achteten auf jedes Geräusch. Er erschrak, wenn sich vor ihm ein Tier, vielleicht ein Reh oder Hase, aus dem Staub machte. Intensiv versuchte er sich den Weg zu merken, um zurück zum Auto zu finden. Dass ich mich bloß nicht verlaufe, bläute er sich ein.

Was war das?

Erschrocken blieb er stehen.

Ein Lichtschein. Vor ihm, zwischen den Bäumen, tanzte ein Lichtkegel aus einer Taschenlampe hin und her.

Da – noch ein zweiter!

Sie kamen langsam näher.

Christian wich zur Seite, direkt ins Unterholz. Er passte auf, nicht auf trockene Äste zu treten, die ihn durch ihr Knacken verraten hätten. In einer kleinen

Mulde kauerte er sich auf den Boden. Vor Schreck hielt er die Luft an. Sein Herz schlug wild.

Dann hörte er Stimmen. Zwei Männer sprachen miteinander in tiefem, gefährlichem Tonfall.

Immer näher kamen sie. Der Lichtkreis wurde größer und heller.

Christian drückte sich flach auf den Bauch, nur die Blätter vom Herbst raschelten. Die Nässe des Bodens spürte er nicht, auch nicht die Kälte, die von unten unaufhaltsam durch seine Kleidung kroch. Er schloss die Augen, als ob er sich dadurch unsichtbar machen konnte. Nur seine Ohren waren hellwach. Angespannt lauschte er, jede einzelne Silbe war wichtig.

„Irgendwo muss der Ketzer stecken", äußerte einer der Männer und spuckte auf den Boden.

Ketzer! Dieses Wort traf Christian wie ein Pfeil mitten ins Herz. Wie konnten diese Männer nur so von ihm reden?! Damit verrieten sie ihre wahre Gesinnung. Und für wen sie arbeiteten.

„Er kann noch nicht weit gekommen sein", ergänzte der andere. „Ich ruf noch mal beim Fuchsgrund an."

Genau auf der Höhe von Christians Versteck blieben die Männer stehen. Ausgerechnet hier.

Einer zog sein Handy. „Verflucht, kein Netz!", schimpfte er.

Anstatt weiterzugehen, legten sie eine Pause ein und hockten sich auf einen Eichenstamm, der auf einem Stapel längs des Weges lag. Beide zündeten sich eine Zigarette an.

Bald zog der Qualm direkt in Christians Nase. Bloß nicht niesen oder husten! Es war nicht zum Aushalten.

Die Männer sprachen über ihren Mann beim Fuchsgrund. Sie rühmten seine Brutalität und Unerschrockenheit. „Der wird's noch weit bringen. Wenn die

Bossin davon erfährt, wird er vielleicht irgendwann mal befördert und ins Schloss geholt. Dann muss er nicht mehr draußen auf Streife sein. Wie wir armen Hunde!" Die Männer grölten.

Einer holte einen Flachmann aus der Manteltasche und tat einen kräftigen Schluck. Dann reichte er ihn an den Nachbarn weiter. Die leere Flasche schleuderte er ins Unterholz.

Christian zuckte zusammen.

Das Gespräch ebbte ab. Bald hockten sie stumm nebeneinander. Jeder hing seinen Gedanken nach.

Nur Christian nicht. Er flehte darum, dass die Männer weiterzögen. Das Liegen auf dem unbequemen Waldboden - er konnte es kaum noch in dieser Position aushalten. Überall krabbelte etwas, Ameisen, Mücken und Spinnen eroberten ihn. Schrecklich.

So konnte es nicht weitergehen. Irgendetwas musste geschehen.

Aber was?

Vorsichtig hob er den Kopf und spähte nach vorn.

In diesem Augenblick erhoben sich die Männer. Sie griffen zu ihren Taschenlampen und leuchteten das Areal noch einmal ab. Fluchend zogen sie weiter.

Endlich.

Christian verharrte noch einige Minuten. Er durfte keinerlei Risiko eingehen. Vielleicht stellten sie ihm eine Falle und taten nur so, als ob sie weitergingen.

Als die Lichtkegel immer mehr verblassten und auch nichts mehr zu hören war, erhob er sich mühsam vom Boden. Mit den Händen schlug er die Blätter und Krabbeltiere von seiner Kleidung. Was hätte er jetzt für eine heiße Dusche und frische Wäsche gegeben! Sein Wunsch blieb ein Traum.

Er streckte sich und schlich zurück zum Weg.

Niemand da. Wie gut.

Ich muss weiter, sagte er sich. Mein Ziel erreichen. Egal wann und wie.

Plötzlich blieb er verdutzt stehen. Was war das in der Ferne?

Kapitel 5

Die blaue Tür

Endlich angekommen?

„Herzlich willkommen auf Schloss Benatek“, rief Tycho Brahe freudig den Reisenden entgegen. Aus dem Fenster seines Arbeitszimmers hatte er das Kommen der Kutsche bemerkt und war sofort vor das Portal geeilt. „Ich hoffe, dass Ihr Euch hier wohl fühlt und gut in unsere Schlossgemeinschaft einleben werdet.“

Mit kräftigem Schritt ging er voraus und stieg die blank polierten Marmorstufen in den zweiten Stock hinauf. Dort öffnete er eine knarrende Tür.

„Hier wird Euer Arbeitszimmer sein, werter Johannes Kepler. Gleich daneben befindet sich der Raum für Eure Gattin und die Tochter. Wenn Ihr etwas braucht, ruft Anna, sie wird Euer Dienstmädchen sein. Am besten nehmt Ihr zuerst das Nachtmahl im Speisesaal ein. Dann mögt Ihr Euch von der langen Reise ausruhen. Morgen früh, um Punkt neun Uhr, werden wir mit der Arbeit beginnen.“ Brahe verabschiedete sich mit erhobener Hand und wünschte allen eine gute Nacht.

„Endlich sind wir da!“ Erleichtert setzte sich Barbara auf einen Schemel.

Sie war froh, dass sie nach den vielen Hindernissen ihr Ziel erreicht hatten. Die ständige Ungewissheit und bedrängende Ängste hatten stark an ihren Nerven gezehrt. In diesem prächtigen Schloss jedoch fühlte sie sich sicher und geborgen.

Und vor allem frei.

„Niemand wird uns hier das Leben schwer machen, Johannes. Ich bin so glücklich", rief sie voller Freude und drückte ihren Mann an sich.

Kepler küsste ihre feuchten Lippen. Zufrieden schloss er die Augen, spürte ihre Wärme und atmete ihren unverwechselbaren Duft ein. Das Zimmer begann sich zu drehen, leicht bebte das Schloss im Rhythmus seines Herzens. Doch dröhnte immer noch das Rumpeln der Kutsche in seinen Ohren. In sein Wohlgefühl mischten sich Zweifel. Wie schleichendes Gift.

Am nächsten Morgen begrüßte Brahe Kepler mit kräftigem Händedruck und erkundigte sich nach dem Befinden. Er führte den Gast in sein Arbeitszimmer. An den Wänden reihten sich dunkle Regale, die bis an die Decke reichten. Eng standen dicke Bücher und wertvolle Folianten, die ein Spiegelbild der Wissenschaft darboten. Wo auch immer eine Schrift über Fragen der Astronomie gedruckt wurde, war es Brahes Bestreben, dieses Werk in seinen Bestand aufzunehmen. Vor dem Fenster stand ein breiter eichener Schreibtisch. Dort lag eine große Karte ausgebreitet, versehen mit feinen Linien, Bögen und Kreisen. Säuberlich waren Symbole aufgemalt und Kolonnen von Zahlen und Daten eingetragen, ergänzt von Anmerkungen am Rande.

Die Männer traten heran.

„Das ist unsere Welt", erklärte Brahe stolz und verbesserte sich sogleich. „Es ist natürlich nur ein Modell davon. Wir stehen schnell in der Gefahr, das Bild mit dem Sein gleichzusetzen."

Kepler beugte sich vor, um die Skizze genauer in Augenschein zu nehmen. Brahe beobachtete ihn kritisch von der Seite. Er nahm einen Zeigestock und begann, sein Modell zu erläutern, als ob er einen Unkundigen vor sich hätte.

„Hier ist die Erde“, begann er und tippte in die Mitte. „Sie ist der ruhende Pol des Ganzen. Um sie herum kreisen Mond und Sonne, die wiederum von Merkur und Venus umkreist wird. Mars, Jupiter und Saturn ziehen in größerem Abstand ihre Bahnen um Sonne und Erde, wobei sich beim Lauf des Mars mit dem der Sonne Überschneidungspunkte ergeben.“

„So wollt Ihr die seltsame Rückwärtsbewegung des Mars deuten“, hakte Kepler ein.

„Ich habe viele Nächte lang die Bahn des Mars studiert und bin der Überzeugung, dass es sich so verhält, wie es hier dargestellt ist.“

„Ich glaube, dass sich nicht die Sonne um die Erde, sondern die Erde um die Sonne dreht“, warf Kepler ein.

Jetzt war es heraus! Wie ein Fehdehandschuh wog dieser Satz. Das bislang betont freundliche Gespräch drohte zu entgleiten. Nun fielen die Masken. Schnell und unbarmherzig. Für einen Augenblick verfinsterte sich Brahes Antlitz. Sekundenlang starrte er Kepler an, bis er sich gefangen hatte.

„Nein, hier irrt dieser Kopernikus“, konterte er spöttisch. „Ptolemäus hatte recht, dass die Erde in der Mitte der Welt steht. Wie sollte es auch anders sein! Die Erde ist doch die Krone der Schöpfung und damit ist sie die Mitte von allem, was existiert. Jahrtausende lang galt diese Erkenntnis. Jetzt soll sie plötzlich falsch sein? Die neuen Gedanken verwirren Manchem den Geist und stellen die Wahrheit auf den Kopf. Lasst Euch, junger Freund, nicht irre machen. Selbst Euer geschätzter Martin Luther hat unverbrüchlich an der Lehre des Ptolemäus festgehalten.“ Brahe klopfte seinem Herausforderer schulmeisterlich auf die Schulter und schob ihn aus dem Arbeitszimmer. „Kommt mit, ich will Euch etwas zeigen."

Nacheinander stiegen sie eine schmale Treppe nach oben und schritten den Flur entlang. Bis Brahe stehenblieb. Vor ihm befand sich eine Tür. Die blaue Tür. Je nach Tages- und Jahreszeit veränderte sich der Farbton. Mal schimmerte sie türkis, dann ultramarin oder violett. In diesem Augenblick leuchtete sie himmelblau.

Umständlich kramte Brahe einen großen Schlüssel mit vielen Zacken hervor.

„Der scheint sehr alt zu sein", bemerkte Kepler neugierig.

„Ihr mögt recht haben. Geheimnisvolle Legenden ranken sich um ihn, aber ich weiß nicht, was ich davon halten soll. Auf jeden Fall ist er wesentlich älter als Benatek. Von Generation zu Generation wird er weitergegeben. Die Hausbewohner erzählten mir, dass auf höchste Anordnung des Kaisers der Schlüssel hierher gebracht und das dazu passende Schloss in die Tür eingebaut wurde. Wer diesen Schlüssel besitzt, hat den Zugang zur Welt."

Brahe steckte ihn in das Schloss und öffnete knarrend die Tür, die den Weg zu einem Dachausbau freigab.

„Das ist mein Observatorium", erklärte er mit vor Stolz geschwellter Brust. „Von hier aus beobachte ich die Himmelsmechanik nach den von Ptolemäus erkannten Gesetzen."

Der Blick aus den Fenstern bot eine phantastische Sicht in alle Himmelsrichtungen. Brahe öffnete die Flügel weit und ließ seinen Gast hinausschauen. Auf den Feldern waren Bauern bei der Arbeit zu sehen, aus den

Schornsteinen der Höfe quoll rußiger Rauch und stob in Fetzen gen Osten. Hinter den Äckern begann der Wald, der wie ein grünschwarzes Band die Landschaft umschloss. Und darüber - da war der Himmel. Tiefblau, mit kleinen Wolken durchsetzt. Wie musste der Blick von hier aus des Nachts sein! Eine Tür in die Sphären der Ewigkeit.

Lange stand Kepler da und ließ die Bilder auf sich wirken. Dann wandte er sich um.

Auf einem schmalen Tisch lag ein aufgeschlagenes Buch. Die Seiten waren voll mit Notizen bekritzelt. Messdaten unzähliger Nächte. Unermüdliche Arbeit in einsamen Stunden. Zeugnisse von der Suche durch das Labyrinth der Wahrheit - und eine heimliche Liebeserklärung an den Schöpfer. Nur die Deutung der unzähligen Zahlen, die stand für Kepler auf einem anderen Blatt.

„Heute Nacht ruht der Mond", verkündete Brahe versöhnlich. „Lasst uns wachsam sein. Außerdem ist die Luft kalt und ruhig."

So hockten die beiden Männer in dieser und in vielen anderen Nächten im Observatorium beieinander und blickten in die Ferne. Obwohl sie äußerlich gesehen bemüht waren, harmonisch miteinander umzugehen, war das Feuer um das Weltsystem längst entfacht. Der Kampf um die Mitte. Tage- und nächtelang stritten sie immer erregter um die Frage, wie die Beobachtungen zu deuten seien.

„Ihr könnt nicht vom Postulat des Kopernikus ausgehen, die Sonne stehe in der Mitte der Welt. Nur von genauen Forschungen aus ist es überhaupt möglich, eine Lehre aufzustellen. Nicht umgekehrt! Sonst wird man immer nur das bestätigt finden, was man vorher geglaubt hat oder glauben will", tadelte Brahe ihn.

„Das Gleiche werfe ich Euch vor", gab Kepler zurück. „Ihr versucht die Tradition des Ptolemäus zu retten, koste es, was es wolle. Auch wenn sie über tausend Jahre alt ist, muss sie deshalb nicht wahrer sein als neue Erkenntnisse. Die Beobachtung der Natur darf nicht abhängig sein von Voraussetzungen, die Kirche oder Tradition festsetzen. Selbst der Kaiser nicht. Ich weiß, dass Ihr in höchstem kaiserlichen Dienst steht. Das darf dennoch kein Grund sein, die Wahrheit zu verfälschen."

Gerade die letzte Äußerung rief Brahes Unmut hervor. „Was ist Wahrheit und was bedeutet sie? Angenommen Kopernikus hätte mit seiner Behauptung recht, dass sich die Erde um die Sonne dreht. Was würde sich für unseren Alltag ändern? Auf den ersten Blick gar nichts. Der Bauer würde wie immer sein Feld bestellen, die Marktfrau ihr Gemüse verkaufen und der Priester seine Messe lesen. Doch eines Tages wird sich der Bauer fragen: Wenn die Erde ein so unbedeutender Planet ist wie der Mars, warum soll ich mich von morgens früh bis zum Sonnenuntergang im Schweiße meines Angesichts mühen und quälen? Warum soll die Marktfrau die schweren Körbe schleppen, um ihr Gemüse feilzubieten, während daheim zehn hungrige Kinder auf sie warten? Und der Priester wird sich fragen, warum er überhaupt noch eine Messe halten soll, wenn doch alles nicht stimmt, was in der Bibel steht und die Erde nur ein beliebiger Haufen Dreck im Universum ist. Alle drei werden unverzüglich ihre Arbeit niederlegen und auf die Welt und alle Obrigkeiten pfeifen. Niemand wird sich mehr unterordnen und gehorchen. Weder Gott, der Kirche oder dem Kaiser. Weder dem Vater, dem Meister oder dem Lehrer. Das völlige Chaos würde über uns hereinbrechen. Es gibt keine objektive Wahrheit, sie ist immer auf unser Leben bezogen."

Mit Sorgenfalten im Gesicht blickte Brahe in die Ferne. Seine Mundwinkel zuckten, aber er sagte nichts mehr.

Schließlich verließ er sein Observatorium und schlug die blaue Tür hinter sich zu. Kepler ließ er stehen.

An einem trüben Tag, an dem es unentwegt regnete, trafen sich drei Männer in Prag vor dem kaiserlichen Schloss. Die Kragen ihrer Mäntel hatten sie hochgeschlagen, die Hüte tief ins Gesicht gedrückt. Als die Turmuhr ein Mal schlug, nickten sie einander zu. Schnurstracks schritten sie zum Wachtposten und erklärten, dass sie erwartet würden.

Kaiser Rudolf II. hatte heute seinen guten Tag. Das war immer seltener der Fall, denn in den letzten Jahren war der Umgang mit ihm schwieriger geworden. Anfangs trat er seine Herrschaft über das Reich mit Elan und Freude an. Er liebte glänzende Feste und ging gerne zur Jagd. Außerdem schätzte er die Kunst; er malte sogar und betrieb leidenschaftlich Goldschmiedearbeiten. Sein Herz war mehr dem Schönen und Neuen zugetan, als sich mit dem Alltag der Regierungsgeschäfte zu befassen. Oft saß er versunken in seiner Bibliothek und studierte die Erforschung der Natur. Besonders der Sternenwelt.

Im Laufe der Zeit legte sich jedoch über sein Gemüt ein Schleier von Schwermut und Melancholie, ein trauriges Erbe seiner Mutter. Langsam zog er sich aus der Öffentlichkeit zurück und lebte schließlich einsam auf seiner Prager Burg. Es war schon sechs Jahre her, dass er auf dem Reichstag erschienen war. Oft überfielen ihn panische Todesängste, ständig fühlte er sich verfolgt. Deshalb ließ er einige Fenster auf den Schlossfluren zumauern. Aus Angst vor vergifteten Speisen musste jedes Gericht vorgekostet werden. Weil Lärm und Betriebsamkeit ihn immer mehr störten, befahl er, dass absolute Stille um ihn herum zu herrschen habe. Todesstille. Nur enge Vertraute durften sich ihm nähern. Auch sie wussten nie, wie sie den Kaiser antrafen. Ob depressiv oder aggressiv. Es kam vor, dass er gegen seine Minister handgreiflich vorging. Manch einer kam mit einem blauen Auge aus dem Thronsaal zurück. Wenn der Kaiser für kurze Zeit das Schloss verlassen wollte, tat er es inkognito. Unauffällig schlüpfte er in die Kleider eines Stallknechts und fühlte sich nur in ihnen unbeobachtet und sicher.

Um genau über die Konstellationen der Gestirne informiert zu sein, hielt er sich seinen Hofmathematiker und Astronomen Tycho Brahe, von dem er besonders astrologische Fähigkeiten erwartete. Dahinter stand der verzweifelte Versuch, eine Ordnung in seine chaotische Gefühlswelt zu bekommen. Brahe musste jede Woche einen genauen Bericht erstellen. Kam er in Verzug, schickte der Kaiser unverzüglich einen Boten nach Benatek, der solange unerbittlich wartete, bis er mit einem Horoskop in den Händen zurückreiten konnte.

Heute schien im Thronsaal die Sonne, als die drei Männer, ihrer durchnässten Mäntel entledigt, vor den Herrscher traten.

„Was führt Euch zu mir?", begann er und blickte sie gespannt an.

„Eure Kaiserliche Hoheit", räusperte sich Amberger und verbeugte sich tief, „wir haben ein wichtiges Anliegen."

„Lasst hören“, ermunterte er ihn.

„Es geht um die Ordnung der Welt. Seit Beginn der göttlichen Schöpfung gilt die ewige Wahrheit, dass die Erde den Mittelpunkt bildet. Der Mensch stellt die Krone dieser Schöpfung dar und Ihr, hochgeehrter Kaiser, seid in unserem Land der absolute Herrscher. Deshalb tragt Ihr als primus inter pares sichtbar diese Krone. Ihr verkörpert den Mittelpunkt, das Zentrum unseres Reiches, den Abglanz göttlicher Ordnung. Repräsentiert Würde und Weisheit ...“

„Das weiß ich“, gähnte Rudolf gelangweilt. „Kommt zur Sache!“

Amberger strich sich flüchtig übers Haar. Dann fuhr er fort. „Es gibt in Eurer Nähe einen Gelehrten, der das anders sieht. Er glaubt nicht, dass die Erde im Zentrum der Welt steht und behauptet, es sei die Sonne. Dabei sind wir jeden Tag Zeuge davon, wie sich die Sonne um die Erde dreht, wenn sie morgens im Osten auf- und abends im Westen untergeht. Mit seiner Irrlehre greift dieser Mann nicht nur die Ordnung Gottes an, sondern stellt jede Ordnung in Frage. Auch die Eurer Herrschaft! Das können wir als Eure ergebenen Untertanen nicht einfach hinnehmen. Wir fühlen uns genötigt, Euch davon zu berichten und vor diesem Mann zu warnen. Leider ist er kein Einzelgänger, sonst könnte man ihn einfach als Geisteskranken abtun. Sein Lehrer soll ein gewisser Nikolaus Kopernikus aus Thorn sein.“

„Ich habe von Kopernikus gehört. Nun sagt mir, wer ist dieser Mann, von dem Ihr sprecht?“

„Er heißt Johannes Kepler. Seit einigen Tagen hat er sich bei Eurem treu ergebenen Hofmathematiker Tycho Brahe eingenistet. Hinterhältig plant er, diesen zu verdrängen, um seine Stelle einzunehmen. Das hieße, dass nicht mehr Ptolemäus regiert, sondern Kopernikus. Dazu darf es um der Ordnung willen niemals kommen!"

„Wo kommt der Mann her?", forschte der Kaiser.

„Kepler war als Mathematikus in Graz tätig und wurde dort von unseren Brüdern, den Jesuiten, ausgewiesen."

„Und warum?", fragte Rudolf irritiert.

„Kepler ist Protestant", antwortete Amberger mit feurigen Augen. „Wir haben ihn schon lange im Visier. Die Inquisition in Rom hat mich beauftragt, ihn auszuhorchen und dann unauffällig zu beseitigen. Bislang konnte er sich leider allen Anschlägen entziehen. Er muss mit dem Teufel im Bunde stehen!"

Der Kaiser verzog sein Gesicht. Schnell sprach Amberger weiter.

„Wir werden ihn schon packen, Majestät. Allerdings ist in diesem Land seit der Verbrennung von Jan Hus äußerste Vorsicht vonnöten, weil der Mann inzwischen zu bekannt ist. Auf offener Straße können wir ihn nicht einfach erschlagen, da wir keinen Sturm der protestantischen Stände und Länder riskieren dürfen. Die suchen doch nur einen Grund, gegen uns loszuschlagen. Die Zeiten sind schwieriger geworden. Unter keinen Umständen dürfen wir einen neuen Religionskrieg provozieren. Zum Glück gibt es andere Möglichkeiten, dasselbe Ziel zu erreichen. Bekanntlich führen viele Wege nach Rom. Hauptsache, der Irrlehre wird Einhalt geboten und die alte Ordnung wiederhergestellt."

Selbstgefällig schaute sich Amberger zu seinen Begleitern um. Sie nickten. Dann blickten sie voller Erwartung den Kaiser an.

In diesem Augenblick schlug die große Standuhr im Thronsaal mit kräftigen, dumpfen Schlägen. Die

Männer zuckten zusammen. Der Kaiser sah ihre verschreckten Minen und fing schallend an zu lachen.

„Ihr wollt Euch für die Ordnung einsetzen", prustete er und hielt sich den wabbeligen Bauch, „aber erschreckt davor, was die Stunde geschlagen hat?"

Nachdem er sich beruhigt hatte, fuhr er fort. „Ich sehe keinen Grund, gegen diesen Kepler vorzugehen. Ich habe nicht den Eindruck, dass die Ordnung der Welt ins Wanken gerät. Auch wenn ich überzeugter Katholik bin, will ich mich nicht an Intrigen gegen Protestanten beteiligen." Er machte eine kurze Pause und fügte diplomatisch hinzu: „Aber bitte, tut, was Ihr für richtig erachtet. Doch lasst mich dabei aus dem Spiel. Die Audienz ist beendet."

Mit huldigenden Gesten strebten die Männer dem Ausgang zu und verließen mit schnellem Schritt das kaiserliche Schloss. Sie wussten, was nun zu tun war.

An einem milden Sonntagnachmittag näherte sich ein Reiter seinem Ziel. Vor dem Schloss Benatek zügelte der Fremde sein Ross und stieg herab. In aller Ruhe sah er sich so unauffällig wie möglich um. Die bunt bemalte Fassade des Hauses glänzte in der Sonne. Eine pechschwarze Katze lag faul auf der Eingangsstufe. Als er einen Stallburschen erblickte, übergab er ihm sein Pferd und schritt zielsicher zum Eingang. Er wusste, dass Familie Kepler an diesem Nachmittag ausgeritten war.

Behutsam öffnete er die schwere Haupttür und verschwand im finsteren Treppenhaus. Stille umfing ihn, sein Herz pochte heftig. Aus der Ferne war das Klappern von Geschirr in der Küche zu hören. Langsam stieg er die Stufen empor. Niemand schien ihn zu hören. Auf leisen Sohlen huschte er den Gang entlang.

Er zählte die Türen. Diese musste es sein. Die zu Keplers Arbeitszimmer. Flink blickte er sich nach allen Seiten um. Keiner da. Er drückte die Klinke. Die Tür war verschlossen und gab keinen Millimeter nach.

Der Fremde kramte aus seinem Gewand einen kleinen, gebogenen Eisenhaken und steckte ihn ins Schloss. Geübt stocherte er damit herum. Er tat es mit viel Gefühl, wie ein Feinmechaniker. Kein Erfolg. Er wurde ungeduldig und drückte kräftiger. Das Schloss musste doch zu knacken sein! Schon so manchen Riegel hatte er aufbrechen können. Aber dieser schien sich besonders störrisch zu verhalten. Seine Hände wurden feucht.

„Was macht Ihr denn da?", fragte plötzlich eine Frauenstimme hinter ihm.

Erschrocken fuhr der Fremde herum. Die Schritte der Magd hatte er nicht gehört. Sein ganzes Sinnen und Trachten war allein auf diese Tür gerichtet, er merkte nicht, was um ihn herum geschah.

„Ich habe meinen Zimmerschlüssel verloren", behauptete er.

„Ihr habt das falsche Gemach vor Euch", stellte sie grinsend fest und wandte sich ab.

Doch er eilte ihr nach, packte sie an der Schulter und zog einen spitzen Dolch. Er presste die scharfe Klinge an ihren zarten Hals. „Erzähle niemandem davon, hörst du? Sonst misshandle ich dich und drehe dir den Hals um. Hast du verstanden?"

Das Mädchen wurde blass und nickte.

„Du hast mich hier nicht gesehen", schärfte er ihr ein. „Los, verschwinde und halte das Maul." Der Fremde gab ihr einen kräftigen Stoß in die Seite.

Die Magd stolperte den Gang entlang und verschwand schnell um die Ecke.

Dieser Zwischenfall hatte ihn nervös werden lassen. Es lief nicht nach Plan. Fieberhaft überlegte er, ob es nicht eine andere Möglichkeit gäbe, in Keplers Zimmer zu gelangen. Er musste hinein, jetzt oder nie. Vielleicht durch das Fenster?

Er eilte zum Raum daneben. Unverschlossen! Ein Abstellraum. Hier standen eng gestapelt verstaubte Möbel, die niemand mehr brauchte und die längst vergessen waren.

Mühsam bahnte er sich einen Weg zum Fenster und öffnete es. Die Flügel quietschten, schon lange waren sie nicht mehr bewegt worden. Warmer Wind blies ihm entgegen. Er beugte sich so weit wie möglich nach draußen und spähte hinüber. Es war kaum zu glauben, Kepler hatte sein Fenster nicht fest verschlossen, sondern nur eingehakt.

Die Gelegenheit! Keine Menschenseele war weit und breit zu sehen.

Ohne zu zögern, kletterte er außen auf das Fenstersims. Er merkte, dass er nicht schwindelfrei war. Ängstlich blickte er nach unten. Ruhig lag die Welt zu seinen Füßen. Mit der linken Hand klammerte er sich am Rahmen fest und tastete mit der Rechten zum anderen Fenster hinüber. Der Griff ging ins Leere. Es fehlten nur wenige Spannen. Da entdeckte er einen winzigen Vorsprung, eine aus Entfernung kaum wahrnehmbare Unregelmäßigkeit im Mauerwerk. Vorsichtig setzte er seinen Fuß darauf. Das reichte. Krampfhaft umklammerte er den Rahmen des anderen Fensters und zog sich hinüber auf das Sims. Flink öffnete er den Fensterhaken und glitt ins fremde Zimmer hinein.

Geschafft!

Der Fremde atmete tief durch und strich sich die Kleidung glatt. Wo ein Wille ist, da ist auch ein Weg, sagte er sich voller Stolz. Er schaute sich um. Das also war Keplers Zimmer. Der Gelehrte hatte alles wohlgeordnet verlassen. Nirgendwo lag etwas herum, der Raum strahlte eine systematische Ordnung aus - ein Spiegelbild seines Bewohners.

Es war keine Zeit zu verlieren. Er ging zum Schreibtisch und schlug das dicke, ledergebundene Arbeitsbuch auf, die wertvollen Aufzeichnungen. Endlich hatte er sein Ziel erreicht.

Die Seiten waren dicht beschrieben und enthielten Zeichnungen, Skizzen und Tabellen mit endlosen Zahlen. Sie galten den Berechnungen der Bahnen von Merkur und Venus, von Erde und Mond, von Mars, Jupiter und Saturn. Ihm fiel es leicht, die Daten zu deuten. Ohne Zweifel sollten sie die Richtigkeit der Lehre des Kopernikus beweisen. Der Fremde fühlte sich in diesem Augenblick an einer Weichenstelle der Geschichte. Er konnte, ja, er *musste* den Zerfall der Ordnung der Welt verhindern. Wenn nicht er, wer sonst.

Ihm kam das Gespräch mit Amberger und seinen Leuten in den Sinn, das er vor Kurzem in Prag geführt hatte. Drei Tage lang war er dort intensiv auf seinen Auftrag auf Schloss Benatek vorbereitet worden.

„Wir haben beschlossen, künftig einen wirkungsvolleren Weg im Umgang mit Kepler einzuschlagen", erklärte der Geheimrat listig.

„Auf keinen Fall darf es zu öffentlicher Gewalt kommen", warnte der Kardinal mit erhobenem Zeigefinger. Er trug ein langes, schwarzes Gewand. Um seinen Hals baumelte ein goldenes, mit Edelsteinen besetztes Kruzifix, aus dem drei Steinchen herausgefallen waren. „Die Protestanten suchen ja nur nach einem Märtyrer. Einen Religionskrieg können wir uns nicht leisten. Der Sieg von unseren Brüdern, den Jesuiten, darf nicht gefährdet werden. Wir müssen alles daran setzen, um diese lästerliche Reformation mit Stumpf und Stiel auszurotten. Sonst wird die Sache für uns alle gefährlich und ein böses Ende nehmen."

„Recht habt Ihr." Amberger nickte zufrieden. „Unser Kaiser ist für solche Auseinandersetzungen zu schwach. Er ist zu tolerant. Weder Fisch noch Fleisch. Im Grunde - ich will es deutlich sagen - ist er zum Regieren völlig unfähig. Deshalb sehen wir uns genötigt, den Kampf selbst in die Hand zu nehmen. Aber anders als bisher. Wir werden Kepler seelisch zermürben, Stück für Stück, und ihn damit vernichten. Ohne, dass ein Tropfen Blut fließt."

„Wenn man die empfindlichsten Punkte eines Menschen trifft, kann man auch den stabilsten erschüttern", fuhr der Kardinal fort. „Langsam biegt man sein seelisches Rückgrat. Wie eine Weidenrute mag er sich eine Zeit lang verbiegen lassen. Doch irgendwann ist jeder Bogen überzogen. Dann bricht er. Unheilbar. So werden wir es mit Kepler anstellen. Wir werden ihn brechen. Wir nehmen Einfluss auf seine astronomischen Arbeiten. Das wird deine Aufgabe sein, mein Sohn. Du wirst versuchen, seine Aufzeichnungen durcheinanderzubringen. Ihn zu verwirren. Durch Fälschungen eine Saat des Zweifels legen. Ihn verunsichern. Solche Leute verlieren an Selbstbewusstsein und Autorität. Irgendwann wird man ihm nicht mehr glauben, dann steht er vollkommen isoliert da. Er wird nicht mehr an sich selbst glauben. Schließlich wird die Öffentlichkeit nur noch über ihn spotten. Kepler wird als geisteskranker Sonderling mit wirren Sternentheorien gelten. Ein Mann, der nicht mehr ernst genommen wird, ist für uns ungefährlich. Mag er noch so viele Bücher schreiben, sie werden ihm nicht mehr helfen können und seinen zweifelhaften Ruf nur bestätigen."

Zum Schluss der Unterredung wurde absolute Vertraulichkeit bei Todesstrafe vereinbart.

„Noch etwas", zischte Amberger. „Ich will den Schlüssel haben. Den Schlüssel der blauen Tür. Du besorgst ihn mir!"

Bedächtig griff er zur Feder und tauchte sie ins Tintenfass. Von Amberger hatte er sich Briefe Keplers geben lassen, um seine Schreibweise peinlich genau einzuüben. Sich die typischen Merkmale einzuprägen, die Haken und Ösen, die jede Schrift eines Menschen charakterisieren. Inzwischen behauptete er stolz, genau wie Kepler schreiben zu können.

Nun war die entscheidende Stunde der Bewährung gekommen, nun musste er beweisen, was er konnte. Mit sicherer Hand begann er in Keplers Lebenswerk einzugreifen. Zu verändern, zu fälschen. Seinen Stempel in ein Original zu drücken. Auch wenn Kepler irgendwann die Manipulationen gemerkt haben sollte, dürfte ein Ziel bereits erreicht sein: ihn zu irritieren und zu verunsichern.

Der Fremde begann Zahlen zu verändern. Aus der 1 wurde eine 7, aus 2 und 3 eine 8, aus 4 eine 9, aus der 5 eine 6, aus der 6 eine 8, und aus der 9 eine 8. Außerdem ergänzte er Ziffern, allerdings so, dass sie das alte Weltbild stützten.

Immer wieder unterbrach er die Arbeit und lief unruhig ans Fenster, um nachzuschauen, ob Keplers zurückkehrten. Vielleicht bog ihr Gespann gerade um die Ecke und steuerte auf das Schloss zu. Nicht auszudenken!

Die Zeit verrann. Als er den Eindruck hatte, genug verändert zu haben, klappte er zufrieden das dicke Buch zu. Die Saat war gesät.

Er trieb sich zur Eile an, lief zum Fenster und spähte hinaus. Niemand war zu sehen. Geschwind kletterte er nach draußen auf das Sims und verriegelte das Fenster, wie er es vorgefunden hatte.

Nervös schaute er nach unten. Nur einige Hühner gackerten munter im Hof und waren mit ganz irdischen Dingen beschäftigt; dieser junge Mann in luftiger Höhe interessierte sie nicht.

Vorsichtig schob er seinen Fuß zum Mauervorsprung und fand den nötigen Halt. Er wollte sich gerade wieder zum anderen Fenster hinüberziehen, als unter seinem Stiefel ein Stückchen Stein abplatzte.

Nein, Hilfe! Mit äußerster Kraft versuchte er sich am Fensterrahmen festzuklammern. Vergeblich. Er kippte nach hinten und fiel und fiel. Der Macht der Erde konnte er nicht trotzen, sie zog ihn unbarmherzig in die Tiefe. Unaufhaltsam.

Philippus Monthanus, der fähigste Student der Mathematik und Astronomie aus Padua, stürzte in die Endlichkeit.

Es dauerte nicht lange.

Schockiert bemerkte Kepler die Fälschungen. Er mahnte sich zu größter Wachsamkeit und spürte, dass Gefahr in der Luft lag. Seine Widersacher schliefen nicht. Sie waren ihm dicht auf den Fersen.

In der Dunkelheit des Kuhstalls lauerte er ihr auf. Amberger hatte herausgefunden, dass Barbara jeden Abend dorthin ging, um Milch zu holen. Die Zeit drängte, denn bis zum 13. Oktober dauerte es nicht mehr lange.

Er wurde ungeduldig. Wo blieb sie? Eigentlich hätte sie schon längst da sein müssen.

Auf einmal öffnete sich quietschend das Tor. Barbara schlüpfte in den Stall, die Milchkanne in der Hand.

Vorsichtig schlich er sich von hinten an sie heran. Plötzlich drehte sie sich abrupt um und starrte ihn mit weiten Augen an. Entsetzt riss sie den Mund auf. Scheppernd fiel die Milchkanne zu Boden. Doch bevor sie schreien konnte, war er schon bei ihr und presste ihr mit aller Kraft einen Lumpen in den Rachen. Barbara versuchte sich zu wehren, aber gegen seine Übermacht kam sie nicht an. Sein stechender Blick fixierte sie. Sie spürte, wie sie schwach wurde. Der drohenden Hypnose konnte sie nicht entfliehen. Schließlich sackte sie in Trance zusammen.

„Du wirst mir weiterhin gehorchen", suggerierte er. „Pass auf, nun kommt dein großer Auftrag: Am 13. Oktober wirst du genau 13 Minuten vor Mitternacht zu einem Diener in die Küche gehen und seinen Anweisungen Folge leisten. Du wirst genau das tun, was er dir sagt. Nichts anderes. Danach wirst du dich an nichts mehr erinnern. Absolut an nichts. Genauso, wie du dich an dieses Zusammensein nicht mehr erinnern wirst. Hast du verstanden? Du hast verstanden!"

Hastig drückte er ihr die Milchkanne in die Hand und entließ sie mit einem Fingerschnippen aus der Hypnose.

Gewandt verschwand er im Schutz des Stalles, schwang sich auf sein Ross und stob davon.

Auf den Abend des 13. Oktober freute Barbara sich ganz besonders. An diesem Tag sollte in der Hauptstadt ein rauschendes Fest stattfinden, zu dem sie, ihr

Mann und Tycho Brahe eingeladen waren. Baron von Rosenberg gab sich die Ehre, den Hochadel, politische Persönlichkeiten, kirchliche Würdenträger, einflussreiche Kaufleute und berühmte Forscher einzuladen. Selbstverständlich war auch der Kaiser geladen; er ließ aber umgehend mitteilen, dass er nicht zu kommen gedenke. Der Baron war nicht böse darum, mit einer Zusage hatte er sowieso nicht gerechnet. Im Gegenteil. In Abwesenheit des Monarchen ließ sich viel besser Politik treiben und ungezwungener feiern. Eher tat ihm die Absage von Geheimrat Petrus Amberger leid, der sich aus persönlichen Gründen entschuldigen ließ.

„Was ziehe ich bloß an?", fragte Barbara Tage vor dem Fest und nervte damit ihre Mitbewohner. Eine typische Frage für die, die sich nicht entscheiden können und zu viel Auswahl haben. Die Mägde im Schloss blickten sie unverständig an. Sie besaßen nur ein einfaches Kleid für den Alltag und ein besseres Sonntagsstück.

Endlich war der Tag gekommen. Festlich gekleidet stiegen die drei in die Kutsche und machten sich auf den Weg nach Prag. Regina blieb auf Benatek zurück und winkte dem Gefährt solange nach, bis es sich im Dunst auflöste.

Der Saal war festlich geschmückt und die Tafel stilvoll gedeckt. Das silberne Besteck und die mit Gold verzierten Teller und Gläser glänzten im Schein der Fackeln. Baron von Rosenberg begrüßte die Gäste persönlich und hatte für jeden Mann einen Scherz auf den Lippen, während er die Damen mit überschwänglichen Komplimenten bedachte. Bald hatten die etwa hundert Geladenen ihre Plätze eingenommen. Der

Gastgeber hielt eine kurze Rede, in der er seiner Freude Ausdruck gab. Er beendete sie mit einem Trinkspruch auf Rudolf II.

„Auf das Wohl des Kaisers!", murmelten die Gäste und hoben ihr Glas.

Nun wurde das Essen serviert. Der Duft von Wildschweinbraten, verschiedenen Gemüsesorten, erlesenen Früchten und Weinen füllte bald den Raum. Barbara genoss die Vielfalt der Speisen, von denen sie etliche nicht kannte, die festliche Atmosphäre und die interessanten Gespräche bei Tisch. Zusehends lockerte sich die Stimmung, es wurde gelacht und als Musik aufspielte, auch getanzt.

Johannes Kepler und Tycho Brahe amüsierten sich; eine Zeit lang schienen alle astronomischen Differenzen vergessen.

Die Harmonie sollte jedoch nicht lange währen.

Etwa eine halbe Stunde vor Mitternacht schlenderte der Baron zufällig am Tisch von Kepler und Brahe vorbei, hielt inne, kehrte um und schritt direkt auf die beiden zu.

„Na, meine Herren, was gibt's Neues aus der Astronomie?"

Kepler zuckte zusammen. War diese Frage nur so daher gesagt oder sollte sie ihn provozieren? Um kein Risiko einzugehen, nickte er Brahe auffordernd zu. Solle der doch antworten.

Das war ein Fehler, denn damit gab er das Heft aus der Hand.

Der kaiserliche Hofmathematiker erkannte die einmalige Gelegenheit, vor so vielen Persönlichkeiten seine Überzeugung kundzutun. Mit kräftiger Stimme, sodass sämtliche Gäste aufmerksam wurden und die

Musik verstummte, skizzierte er das überkommene Weltbild. Dabei sparte er nicht mit Sticheleien gegen seinen Rivalen. Je länger er redete, desto heftiger wurden seine Attacken. Es war, als bräche bei ihm ein gewaltiger Damm.

Kepler biss sich auf die Zunge. Lass dich nicht zu einer Erwiderung hinreißen, hämmerte er sich mit geballten Fäusten unter dem Tisch ein. Bleib ruhig, bleib ganz ruhig.

In diesem Augenblick schaute Barbara auf die großen, schwarzen Zeiger der Standuhr neben dem Fenster. Es war 13 Minuten vor Mitternacht. Verstört erhob sie sich von ihrem Platz.

„Sei so lieb und bringe mir noch etwas zu trinken", rief Kepler ihr nach.

Sie reagierte nicht.

Schnurstracks lief sie durch den Saal, vorbei an den gedeckten Tischen, vorbei an den angeheiterten Gästen. Direkt zur Küchentür.

Sie trat ein.

Rauch und Wasserdampf schlugen ihr entgegen. Hier herrschte geschäftiges Treiben, weil um Mitternacht eine deftige Suppe serviert werden sollte. Anlässlich des Festes hatte der Baron zahlreiche Küchenmädchen und -jungen eingestellt; deshalb war es nicht verwunderlich, dass kaum jemand genau wusste, wer alles dazugehörte. So machte sich niemand Gedanken über einen älteren Mann, der in seiner Küchenkluft seit einer halben Stunde eifrig bei der Arbeit war. Hauptsache, alles wurde zur Zufriedenheit des Gastgebers und seiner Gäste erledigt.

Barbara blickte sich um.

Eine Magd sprach sie an. „Was wünscht Ihr?"

Ehe sie antworten konnte, trafen sich ihre Augen. Der Blick war tief.

„Einen Becher Wein bitte - für meinen Mann“, hauchte sie.

Der Diener schob die Magd sanft zur Seite.

„Hier ist er, gnädige Frau. Gebt ihn Eurem Gatten unverzüglich. Der Trunk wird ihm guttun!“

Seine Hand zitterte leicht, als er ihr den Becher mit Gift reichte.

„Danke, vielen Dank“, stammelte sie.

Barbara verließ die Küche und steuerte langsam zurück an ihren Tisch. Eine Schar von Neugierigen hatte sich inzwischen darum versammelt und verfolgte amüsiert den Disput. Gerade begann Kepler mit hochrotem Kopf, seine Sicht der Dinge darzulegen. Er hatte zu den Anfeindungen Brahes nicht mehr schweigen können und warf alle guten Vorsätze über Bord. Der Wein löste seine Zunge. In vino veritas.

Höchst interessiert verfolgten einige Kardinäle und Bischöfe die Szene. Gespannt warteten sie darauf, wie weit der Ketzer gehen würde.

Barbara stellte den Becher vor ihn. Stumm nahm sie Platz und verschränkte die Arme.

„Lasst mich Euch ein Beispiel geben“, erklärte Kepler. „Nehmen wir einmal an, dass dies hier die Sonne ist!“ Er nahm das Gefäß und schob es direkt in die Mitte des Tisches. Der Wein schwappte leicht über. „Und das ist die Erde“, fügte er hinzu und platzierte Brahes Becher daneben.

Die Gespräche der Umherstehenden verstummten, gespannt blickten alle auf die Tischplatte.

„Los, reicht mir Eure Gläser, damit ich die Planeten darstellen kann“, rief er aufgeregt zu den Gästen.

Zögerlich wurden sie zu ihm hingeschoben.

„Nun passt auf, wie sich alles bewegt." Kepler erhob sich, nahm die Gefäße und ließ sie in Bögen kreisen. Merkur und Venus, Erde und Mond, Mars, Jupiter und Saturn. Alles drehte sich um die Sonne. Sie war das Zentrum und nicht die Erde.

Keplers Bewegungen wurden schneller und schneller. Er riss sich die Hemdsärmel hoch, Schweiß perlte von seiner Stirn. Es war, als würden die Gefäße auf einmal ein Eigenleben entwickeln, sich selbständig kreisen und drehen. Als würde die tote Materie lebendig. Gebannt starrten die Zuschauer auf das Geschehen. Ihre entsetzten Gesichter spiegelten sich fratzenhaft in der Sonne wider, in dem ruhig dastehenden Schierlingsbecher in der Mitte.

„Das ist ja lächerlich. Hört mit dem Unsinn auf!", rief Brahe plötzlich wutentbrannt und riss das Gefäß in der Mitte an sich.

Der Lauf der Planeten erstarrte.

Er setzte den Becher an seine Lippen.

„Prost! Zum Wohl! Auf Eure Gesundheit!", schallte es ihm entgegen.

In einem Zug kippte er den Wein durch seine gierige Kehle und strafte Kepler mit verächtlichem Blick. Dann hob er den Arm und schleuderte das leere Gefäß quer durch den Saal. Dumpf schlug es auf dem Boden auf, die Scherben verteilten sich in alle Himmelsrichtungen.

„Da zerbricht Euer Weltbild", rief er spöttisch, erhob sich, warf dabei seinen Stuhl um und verließ lärmend die Runde.

Die Gäste applaudierten.

Gleichgültig blickte Barbara hinter ihm her.

Etliche Meilen von Prag entfernt begann sich eine blaue Tür langsam zu öffnen. Entschlossen.

Petrus Amberger war in heller Aufregung. Was hatte er aus Benatek gehört? Unverzüglich sandte er einen Boten, um genau informiert zu werden. Nicht auszudenken, wenn Brahe, und nicht Kepler sterben sollte. Das wäre eine Katastrophe.

Es sah schlecht aus.

Tycho Brahe rang um sein Leben. Der Medikus versuchte alles, was in seiner Macht stand. Vergeblich.

Schließlich rief Brahe ein letztes Mal seinen Rivalen zu sich. Mit Trauer in den Augenwinkeln trat Johannes Kepler an sein Lager.

„Versprecht mir“, beschwor ihn der Sterbende mit stockender Stimme, „versprecht ... mir, ... die ... Planetenbewegungen ... nicht ... nach ... Kopernikus, ... sondern ... nach ... meiner ... Lehre ... weiterzuführen ...“

Der kaiserliche Hofastronom sah ihn aus seinen tiefen Augenhöhlen flehentlich an. Dieser Blick stand für mehr, als für eine private Bitte. Es kam Kepler so vor, als schaute ihn in diesem Moment eine vergehende Welt an. Brahe und seine Zeit waren wie eine Standuhr, die bald endgültig abgelaufen sein würde.

„Ich werde gemäß den Beobachtungen weiter forschen und mein Bestes tun“, antwortete er ausweichend.

Er wusste, dass er dem Wunsch des Sterbenden nicht nachkommen konnte. Um der Wahrheit willen durfte er jetzt keinen falschen Eid leisten. Auch am Totenbett nicht. Auch nicht Brahe zuliebe.

„Von ganzem Herzen danke ich Euch, dass Ihr mich aufgenommen habt“, fügte er mit Tränen hinzu und nahm behutsam Brahes fiebrige Hand. „Wir werden Euch nie vergessen und befehlen Euch Gottes Gnade an. Verlasst nun getrost diese Erde und kehrt ein in Sein himmlisches Reich. Wo Gott ist, da ist die Mitte der Welt.“

Am 24. Oktober 1601 verstarb Tycho Brahe. In einem großen Trauerzug wurde der kaiserliche Hofmathematiker und Astronom in der düsteren Teynkirche in Prag beigesetzt. Kaiser Rudolf II. gab seinem Schmerz in bewegenden Worten Ausdruck. Für diesen Tag war Staatstrauer angesetzt worden.

Nach den dramatischen Ereignissen wurde Johannes Kepler zum kaiserlichen Hofmathematiker und Astronomen berufen und damit zum Nachfolger von Tycho Brahe.

Er übernahm das Arbeitszimmer und das Observatorium mit den Geräten von seinem Vorgänger. Die Schaltzentrale der Astronomie - nun saß er an ihren Hebeln. Sein Traum war Wirklichkeit geworden. Endlich gehörte ihm der Schlüssel zur blauen Tür, der Weg war frei. Jetzt konnte das neue Himmelsgebäude errichtet werden. Welch eine Freiheit, welch ein Gefühl!

Mit einem Studenten aus Augsburg führte er in diesen Tagen besonders intensive Gespräche. Markus Fabulah wollte zuerst Priester werden, wandte sich aber dann der Mathematik und Astronomie zu. Er unterschied sich von den Kommilitonen dadurch, dass er sich innerlich noch nicht festgelegt hatte und somit für alle Meinungen offen war.

„So ist es recht", sprach Kepler eines Abends zu ihm, als sie im Observatorium beieinander saßen und den Himmel beobachteten. „Kennst du das zweite Gebot?"

„Freilich", antwortete Fabulah verwundert. „‚Du sollst den Namen Gottes nicht missbrauchen.'"

„Nein, das ist in der Heiligen Schrift das dritte Gebot. Fälschlich wird es nach katholischer Tradition das zweite Gebot genannt. Luther hat die Reihenfolge unverändert übernommen. Das eigentliche, biblische zweite Gebot fehlt. Nur die Schweizer Reformatoren Zwingli und Calvin haben es wieder aufgenommen. Es lautet: ‚Du sollst dir kein Bildnis machen, weder vom Himmel noch von der Erde!' Dabei ist nicht nur an Götzenbilder gedacht, die nicht verehrt werden sollen. Das Gebot warnt uns vor Bildern und Vorstellungen jeglicher Art. Mache dir keine feste Vorstellung zum Beispiel von einem Menschen, denn er kann ganz anders sein, als du bisher geglaubt hast. Mache dir kein starres Bild von dieser Welt mit all ihren Planeten und Sternen, denn sie könnte ganz anders sein, als du mit deinem kleinen Verstand zu ermessen vermagst. Jedes Bild, jedes Dogma grenzt wie ein Rahmen ein. Und grenzt ebenso aus. Verstehst du?"

Fabulah nickte. „Eine Stelle in der Bibel macht mir zu schaffen. Heißt es nicht bei Josua, als er gegen die Amoriter kämpfte, dass die Sonne für einige Stunden still über dem Land stand? Daraus muss ich doch folgern, dass die Sonne sich um die Erde bewegt und nicht umgekehrt."

Kepler blickte ihn liebevoll an. „Ich glaube, dass diese Äußerung bei Josua etwas Anderes aussagen will, als wer sich um wen dreht. Die Bibel ist ein Glaubensbuch und kein Naturbericht; sie macht Aussagen über die Beziehung Gottes zu den Menschen. Das tut sie in vielen Gleichnissen und Symbolen. ‚Du sollst dir kein Bildnis machen' befreit uns von starren Weltbildern. Alles ist mehr in Bewegung als wir ahnen. Viele Menschen halten das jedoch nicht aus. Sie suchen etwas Festes, an das sie sich ängstlich klammern können. Wie ein Schiffbrüchiger an eine Planke."

„Dann können wir ja gar nichts mehr wörtlich glauben, auch an eine Ordnung der Planeten nicht", rief Fabulah aufgebracht.

„In diesem Punkt hast du recht. Wir sind nur imstande, unsere Vermutungen zu äußern, Theorien aufzustellen. Das Einzige, was wir tun können – und das ist unser Auftrag –, ist, sorgfältig zu messen, zu zählen, zu beobachten. Aber das Ganze werden wir niemals in den Blick bekommen. Dazu sind wir Menschen viel zu klein. Die Frage nach der endgültigen Wahrheit werden wir nie beantworten können. Schließlich sind wir nicht Gott. Deshalb ist alles nur Annäherung. Wir wollen versuchen, das zweite Gebot ernst zu nehmen. Das heißt, offen zu bleiben. Fragen zuzulassen. Starre Bilder zu relativieren. Die Gaben zur Forschung nutzen, die uns vom Schöpfer geschenkt sind."

An einem regnerischen Tag trafen sich drei dunkel gekleidete Gestalten unterhalb der Prager Burg.

„So kann das nicht weitergehen", rief Amberger aufgebracht.

„Ich habe den Eindruck, dass wir auf der Stelle treten", äußerte der Kardinal verärgert. „Nach dem peinlichen Tod von Tycho Brahe kann sich Kepler auf Benatek unbeirrt entfalten. Jetzt versucht er sogar, seine Irrlehren durch den Druck zu verbreiten. Dem müssen wir Einhalt gebieten. Ich werde meine Verbindungen nach Rom spielen lassen und durchsetzen, dass sein Pamphlet ‚Astronomia Nova' auf den Index gesetzt wird. Dieses Mittel hat schon oft geholfen." Er lachte zynisch.

„Das wird nicht viel nützen", entgegnete der Hauptmann. „Wir müssen das Grundübel beseitigen, das diesem Kepler überhaupt die Existenz ermöglicht."

„Ihr meint ...?“

„Der Kaiser ist Schuld. Allein er ist es, der sich diesen Ketzer als Astronom hält. Er merkt nicht, dass er damit an seinem eigenen Stuhl sägt. Dass er selbst dazu beiträgt, die Ordnung der Welt zu untergraben. Es pfeifen doch längst die Spatzen von den Dächern, dass Rudolf krank und unfähig ist.“

„Also, worauf warten wir noch?“, folgerte Amberger mit verbissener Miene. „Rudolf muss weg. Wir werden den Kaiser stürzen!“

Den Männern lief ein Schauder über den Rücken.

Der Kardinal war der erste, der die Sprache wiederfand. „Seid Ihr Euch im Klaren darüber, was Ihr gerade gesagt habt?“

„Ich bin mir über die Konsequenzen durchaus bewusst. Aber es gibt keine Alternative, es muss etwas geschehen. Wer nur zuschaut und nichts tut, macht sich genauso schuldig wie der, der etwas tut. Irgendwelche Bauernopfer bewirken nichts. Schach! Diesmal muss es der Kaiser sein.“

„Wie stellt Ihr Euch den Umsturz vor? Auch wenn Rudolf krank ist, wird es nicht einfach sein, ihn loszuwerden. Schließlich haben etliche Könige, Herzöge und Fürsten großes Interesse daran, solch einen Mann weiterhin an der Spitze des Reiches zu sehen. Solange ein Schwachkopf auf dem Thron sitzt, können sie ungestört schalten und walten, wie es ihnen beliebt.“

„Die Begierden der kleinen Fürsten haben uns nicht zu interessieren“, erwiderte Amberger abfällig. „Vielmehr ist es unsere Pflicht, Einfluss auf die großen Linien der Weltgeschichte zu nehmen. Da stehen wir an einem historischen Scheideweg. Entscheiden wir uns!“

Die Männer blickten sich an.

„Da ist noch etwas“, schob der Geheimrat nach.

Er zog einen abgegriffenen Brief, eine heimliche Abschrift des Originals, aus seiner Tasche. Umständlich faltete er das Papier auseinander und reichte es den anderen.

„Dieses Schriftstück haben wir abgefangen. Es wurde aus Italien von einem gewissen Galileo Galilei an Kepler gesandt."

Ungeduldig riss der Kardinal das Schreiben an sich und überflog die lateinisch verfassten Zeilen. Plötzlich stutzte er. „Was soll das heißen? Solch ein seltsames Wort."

Quer über das Blatt waren 37 Buchstaben aneinandergereiht:

SMAISMRMILMEPOETALEUMIBUNENUGTTAUIRAS

Verwirrt blickten die Männer auf die Lettern.

„Ohne Zweifel handelt es sich um eine geheime Mitteilung von höchst politischer Bedeutung", erklärte Amberger. „Ich bin mir sicher, von weltumstürzlerischen Dimensionen. Da steckt eine Verschwörung hinter. Tagelang haben unsere besten Leute über dem Rätsel gebrütet und nach allen möglichen Systemen versucht, die Botschaft zu entschlüsseln. Ich muss Euch enttäuschen: Alle Bemühungen waren bislang vergeblich. Es ist zum Verzweifeln!"

„Dann wird uns nichts anderes übrig bleiben, als Kepler zum Reden zu zwingen. Oder wir setzen diesen - wie hieß er noch, Galilei? - unter Druck. Unsere Inquisition hat ja viel Erfahrung auf dem Gebiet. Oft fangen die Ketzer schon an auszupacken, wenn der Folterknecht ihnen bloß die Werkzeuge zeigt." Der Kardinal grinste bitter.

Nach gut einer Stunde trennten sich die Männer. Jeder wusste, was er zu tun hatte.

Im August 1610 hatte jener Brief aus Padua Kepler erreicht, der vom florentinischen Gesandten Giuliano de' Medici zuerst nach Prag, dann von einem Boten weiter nach Benatek befördert worden war. Gespannt öffnete er den Umschlag und war darüber erfreut, dass er von Galilei stammte. Seit ihrem letzten Briefwechsel waren einige Jahre vergangen. Vorsichtig faltete er das durch die lange Reise mitgenommen wirkende Papier auseinander, trat an das Fenster und begann neugierig zu lesen. Bis seine Augen an jenem langen und geheimnisvollen Wort hängenblieben. Wie ein ratloser Schuljunge starrte er auf die Zeichen. Galilei schrieb dazu, dass es sich um ein Buchstabenrätsel handelt, welches eine wichtige Information enthält.

Was wollte er ihm mitteilen? Nachdenklich schritt Kepler im Raum auf und ab. Wenn er so wandelte, kamen seine Gedanken am besten in Bewegung.

Die Zensur!, schoss es ihm durch den Kopf. Galilei will mir etwas Wichtiges mitteilen, das gefährlich und brisant zugleich ist und kein anderer wissen darf. Eine geheime Botschaft. Da sein Schriftwechsel wahrscheinlich von der Inquisition kontrolliert wurde, wählte er dieses Rätselwort. Nur – wie entschlüssle ich den Text?

Er setzte sich und nahm ein leeres Blatt Papier. Seine Stärke lag in der Systematik. Deshalb fing er an, die Buchstaben nach dem Alphabet zu ordnen und ihre Häufigkeit zu notieren. Da ihm ein Anhaltspunkt fehlte, versuchte er willkürlich aus den Buchstaben ein erstes Wort zu bilden und damit einen Satzanfang. Er begann mit dem A und schrieb alle Worte mit diesem Anfangsbuchstaben sorgfältig auf. Plötzlich zuckte er zusammen. Es war, als träfe ihn ein Schlag. Auf seinem Zettel ordneten sich die Buchstaben zu einem Namen: Amberger!

Wollte Galilei etwas über ihn mitteilen? Vor ihm warnen? Welche Rolle spielte dieser Mann überhaupt? Gedankenfetzen schossen durch seinen Kopf. Ihm fiel ein, dass sich Amberger damals auf der Kutschfahrt an der Lehre des Kopernikus interessiert gezeigt hatte. War er es wirklich oder fungierte er als Spitzel der Inquisition?

Kepler steigerte sich in quälende Zweifel hinein. Auf einmal schien die Welt ganz anders auszusehen. Er fühlte sich hintergangen. Ausgehorcht.

Seine Stimmung schlug wieder um. Es ist doch reiner Zufall und sogar wahrscheinlich, dass man aus 37 Buchstaben diesen Namen bilden kann, sagte er sich. Viele andere Namen kann man genauso gut zusammenstellen. Außerdem: ich bilde ja nur die Namen, die ich kenne. Wenn ich mit A beginne, liegt Amberger sozusagen in der Luft.

Mit diesen Überlegungen beruhigte er sich und schrieb weiter auf seinem Blatt.

Dennoch – eine Saat des Zweifels war gesät. Dass Galilei vor Amberger warnen wollte, war äußerst unwahrscheinlich, ganz auszuschließen war es jedoch nicht.

Am Abend ließ er Barbara an seinen Gedanken teilhaben. Sie hielt seine Konstruktion für abwegig und riet ihm, sich nicht länger den Kopf zu zerbrechen. „Vergiss den Brief einfach."

Das konnte er nicht. Tag und Nacht grübelte er und schob in Gedanken die Buchstaben hin und her. Es musste eine Lösung geben! Auch nach Tagen war das Bild der Verwirrung dasselbe. Es gelang ihm zwar, kurze sinnvolle Sätze zu bilden, aber stets blieben einige Zeichen übrig. Folglich war die Spur verkehrt. Und von solch falschen Fährten gab es viele. Kepler mühte sich vergeblich.

Langsam stieg das Wasser. Anfangs hatte es sich wie eine gierige Lache auf dem Steinboden ausgebreitet und jedes Fleckchen erobert. Dann kroch es an den Wänden hoch. Zentimeter um Zentimeter. Unaufhaltsam.

Regungslos starrte Johannes Kepler auf dieses grausame Eroberungsspiel. Längst war das Nass durch seine Stiefel gesickert. Alles Treten und auf die Zehenspitzenstellen hatten nichts genützt. Die Urflut war stärker. Inzwischen näherte sich der Pegel seinen Knien. Er spürte, wie die Kälte des Wassers seine Glieder lähmte. Krampfhaft versuchte er, sie in Bewegung zu halten und watete in dem engen Kerker bedächtig hin und her.

Bei Nacht und Nebel hatte ein kleiner Trupp von bewaffneten Männern ihn gefangen genommen und in Ketten gelegt. Er saß gerade über seinen Büchern, als sie ins Observatorium drangen und nach der Lösung des Buchstabenrätsels forschten. Erregt erklärte er ihnen, dass er selbst völlig ratlos sei. Aber seine Worte waren vergeblich. Kurzerhand wurde er überwältigt. Gegenwehr und Hilfeschreie halfen nichts. Einige Hausbewohner, die schlaftrunken ihm zu Hilfe eilen wollten, wurden ohne Warnung niedergeschlagen. Draußen stülpte man ihm einen löchrigen Sack über das Haupt und band seinen Leib auf ein Ross. Dann ging es im Galopp durch Wald und Flur. Die Männer mieden Wege durch die Dörfer und erreichten unbemerkt die Hauptstadt. Bevor die Sonne aufging, hatten sie ihr Ziel erreicht. Sie schleppten ihr Opfer durch ein verwinkeltes Haus zu einer eisernen Luke, die im Fußboden eingelassen war. Nun befreiten sie ihn von den Fesseln, öffneten die schwere Platte und stürzten ihn in die Tiefe. Mit Getöse schlug die Luke über ihm zu.

Kepler brauchte einige Zeit, um zur Besinnung zu kommen. Sein rechter Fuß schmerzte entsetzlich. Mit Schrecken stellte er fest, dass er sich in einem kleinen Raum befand, in dem es weder Fenster noch Tür gab. Nur unterhalb der Decke war ein schmaler Schlitz in die Wand gestemmt worden, durch den Luft und schwaches Licht des beginnenden Morgens fiel.

Da war noch etwas. Anfangs hatte er es nicht bemerkt, weil es so finster war. Erst als er ein Plätschern vernahm, entdeckte er ein handbreites Rohr in der Wand. Eiskaltes Wasser gurgelte aus seinem Schlund. Bald stand der Fußboden unter Wasser.

Die wollen mich ertränken, durchfuhr es ihn.

Mit aller Kraft versuchte er das Rohr zuzuhalten. Doch nach kurzer Zeit wurden seine Hände taub. Verzweifelt riss er seine Jacke vom Leib und stopfte sie dem Wasserschwall entgegen.

Das half. Nur für einige Minuten. Als der Stoff durchgeweicht war, tröpfelte das Wasser wieder heraus. Wenigstens floss es jetzt langsamer. Allerdings unaufhaltsam. Der Überlebensraum wurde sichtbar kleiner.

Auf einmal wurde die Luke über ihm geöffnet.

„Ich grüße Euch, Kaiserlicher Hofmathematiker!“, rief jemand mit spitzer Stimme herab. „Entschuldigt bitte diese Unannehmlichkeiten, aber leider ist es nicht anders möglich. Wenigstens sollt Ihr nicht dürsten müssen.“

Kepler blickte nach oben und erkannte im Zwielicht Ambergers Fratze.

„Hab' ich's mir doch gedacht ...“, stammelte er.

Ambergers Tonfall änderte sich abrupt. „Sagt mir die Lösung der verschlüsselten Botschaft, die Galilei Euch schickte. Dann seid Ihr frei."

„Ich weiß sie nicht! Glaubt mir, ich weiß sie nicht", rief Kepler verzweifelt. „Endlos habe ich über den Buchstaben gehockt – jedoch nichts herausbekommen. Glaubt mir!"

Dumpf schlug der Deckel über ihm zu.

Ununterbrochen ergoss sich das Wasser ins Kellerverlies.

Der Ort war von den Männern sorgfältig ausgewählt worden. Unmittelbar an der Moldau gelegen, unterhalb der Wohnung des kaiserlichen Geheimrats, konnte der Raum durch ein Wehr geflutet werden. Schon etliche Ketzer und politische Gegner waren hier im Stillen gefoltert worden; bei mangelnder Einsicht ließ man sie einfach ertrinken. Eine wirkungsvolle Methode, ohne sich dabei die Hände schmutzig zu machen. Die Leichen wurden dann bei Nacht unauffällig in den Fluss geworfen. Sie trieben stromabwärts und erregten höchstens die Aufmerksamkeit von einigen Fischern, die sie für Opfer von Zechgelagen hielten. Irgendwann verlor sich für immer ihre Spur.

Inzwischen hatte der Pegel Keplers Hüfte erreicht. Mit großer Anstrengung versuchte er sich zu bewegen. Er spürte seinen Leib kaum noch. Alles schien abgefroren zu sein.

„Habt Erbarmen mit mir!", schrie er gegen die nassen Wände. Seine Stimme überschlug sich.

Niemand hörte ihn.

„Gütiger Gott, lass deinen Diener nicht untergehen", flehte er inniglich.

Doch das Wasser stieg unbarmherzig.

„Ist Euch inzwischen die Lösung eingefallen?“, vernahm er auf einmal die Stimme über sich.

„Nein, nein!“, keuchte er. „Ich weiß sie nicht, ich weiß sie nicht. Bitte, bitte ...“

Amberger lachte nur und ließ die Luke donnernd fallen.

Das Wasser erreichte seine Brust. Er versuchte zu schwimmen. Aber seine Beine waren schwer wie Blei. Außerdem war der Raum zu eng. Sein Kopf geriet unter Wasser. Wild schlug er um sich, um hoch zu kommen. Er wollte sich wieder hinstellen, doch seine Füße rutschten weg. Verzweifelt kämpfte er gegen den nahen Tod. Immer öfter schluckte er Wasser. Prustete und röchelte.

Langsam wich sein Bewusstsein. Das Plätschern hörte er nicht mehr, auch die Kälte spürte er nicht. Alles war taub. Er sah Barbara im Hochzeitskleid vor sich. Sie hielt einen bunten Blumenstrauß und wollte mit ihm in die Grazer Stiftskirche schreiten. Doch sie fanden die Eingangstür nicht. Wie Blinde liefen sie um das Gebäude herum. Sie fragten Passanten. Niemand schien sich zu wundern, dass diese Kirche keinen Zugang besaß. Einen großen Schlüssel hielt er in der Hand, aber die Tür fehlte.

Meistens ist es umgekehrt.

Auf einmal fing es furchtbar an zu regnen, der ganze Himmel brach auf sie nieder. Klatschnass standen sie da, als Regina unverhofft auftauchte. Er hörte ihr Schluchzen, spürte ihre Tränen, die seine Hand benetzten und augenblicklich zu Eis erstarrten. In diesem Augenblick drang ein Sonnenstrahl durch die Wolkendecke und tauchte ihn für Sekunden in grelles Licht ...

„Ein letztes Mal frage ich Euch“, rief Amberger herablassend.

Schwach formten sich Keplers blasse Lippen zu einem Wort. Aber er bekam keinen Ton mehr heraus.

„Wisst Ihr die Lösung?"

Kaum wahrnehmbar nickte der Ertrinkende und schloss die Augen.

„Wirklich?" Eine zweifelnde Frage, die wertvolle Zeit sinnlos verstreichen ließ.

Mit letzter Kraft bewegte er sein Haupt. Es war nicht mehr feststellbar, ob es eine Antwort auf die Frage war oder das Einverständnis für den Tod.

„Los, zieht den Mann heraus!", befahl der Geheimrat und winkte mit der Hand.

Eine Leiter wurde herabgelassen. Zwei Männer stiegen mit einem Strick nach unten, banden ihn um seinen Körper und zogen ihn Stück für Stück nach oben. Ungeschickt zwängten sie ihn durch die Öffnung. Für einen Moment öffnete Kepler die Augen. Dann verlor er das Bewusstsein.

Wie ein nasser Sack warf man ihn in einem Nebenraum auf ein hartes Lager. Ein Mann versuchte, ihm Alkohol einzuflößen. Vergeblich. Als er irgendwann die Augen aufschlug, zitterte er am ganzen Leib. Jemand hatte ihm trockene Kleidung angezogen.

Ängstlich schaute er sich um.

Da saßen sie. Der Kardinal, der Hauptmann und Amberger. Sie starrten ihn an.

„Nach diesem kleinen Ausflug in die Unterwelt hätten wir gerne Eure Antwort gehört", begann der Geheimrat ungeduldig.

Mit leerem Blick sah Kepler die Männer an. Alle Glieder schmerzten entsetzlich.

„Na los! Wir hören ..." Der Kardinal erhob sich und tippte mit einem versilberten Stock gegen seine Brust.

„Oder wollt Ihr wieder zurück ins Wasser, Ihr elende Missgeburt?"

„Ich weiß nicht, was es bedeuten soll", stotterte er leise und blickte ratlos auf seine geschwollenen Füße.

In diesem Augenblick hörte man Geräusche vor dem Haus. Irritiert stürzte der Hauptmann ans Fenster und erbleichte.

„Kaiserliche Truppen! Sie umstellen das Haus. Schnell weg hier", ordnete er an und riss die Tür zum Treppenhaus auf.

Rasch folgte ihm der Kardinal.

Nur Amberger blieb. Bewusst langsam schlenderte er auf Kepler zu, um dann blitzschnell auszuholen. Mit voller Wucht trat er ihm mit seinem schweren Stiefel ins Gesicht.

„Ihr verdammter Lügner", stieß er hervor. „Verflucht seid Ihr. Der Teufel soll Euch holen. Fahrt zur Hölle, Ihr elender Ketzer!"

Vor Schmerzen krümmte sich Kepler auf dem Lager. Blut rann aus Mund und Nase und tropfte auf den Boden.

Abrupt wandte sich der Geheimrat von ihm ab und machte sich aus dem Staub.

Schwer verletzt brachte man Johannes Kepler auf die Prager Burg. Am nächsten Tag zeigte er Amberger beim Kaiser an. Er bestand darauf, dass dieser Mann mit seinen Mittätern der gerechten Strafe überführt werden müsse. Doch die Berater von Rudolf II. winkten ab. Sie wollten momentan jegliche Unruhe in Staat und Kirche vermeiden. Der kaiserliche Hofmathematiker habe sich diesem Interesse widerspruchslos unterzuordnen.

Die Dramatik der Ereignisse zog immer weitere Kreise. In der Hauptstadt herrschte völliges Chaos. Truppen aus Passau waren einmarschiert und hatten in einem Handstreich die Kleinseite besetzt, genau gegenüber der Prager Burg. Hinter dieser Verschwörung stand Erzherzog Leopold, ein Vetter des Kaisers.

Damit nicht genug. Von Süden näherte sich ein österreichisches Heer, das von Erzherzog Matthias befehligt wurde. Er war der jüngere Bruder von Rudolf II., ein Mann voller Neid und Herrschsucht.

Eine Zeit lang war nicht klar, wer in Prag überhaupt noch das Sagen hatte. Überall wurde geplündert und gebrandschatzt. Aber die große Schlacht blieb aus. Keiner wagte anzufangen. Währenddessen verkroch sich Rudolf II. hinter den dicken Mauern der Festung und zitterte um seine Macht. Er hatte sie schon längst verloren - zuerst über sich selbst. Ein offener Kampf um die kaiserliche Krone war entbrannt, den er nicht mehr gewinnen konnte. Besonders schmerzte ihn, wie sein Bruder nach der Macht gierte.

Die Spannung stieg. Eines Nachts verließen überstürzt die Passauer Truppen die Stadt. Hinter den Kulissen hatten sich verschwörerische Kräfte durchgesetzt, die unbedingt Erzherzog Matthias auf dem Thron sehen wollten.

Nun konnte ihn keiner mehr aufhalten. Mit großem Prunk ließ er sich in der Hauptstadt feiern und wurde im ehrwürdigen Veitsdom zum König von Böhmen gekrönt. An diese Zeremonie schloss sich ein rauschendes Fest an. Während der Hofstaat ausgelassen feierte, hockte Rudolf II. wie gelähmt im dunkelsten Winkel seines Schlosses. Noch war er der Kaiser. Aber Matthias wollte mehr. Die begehrte Kaiserkrone war zum Greifen nahe.

Petrus Amberger beriet ihn in dieser Zeit ausgiebig. „Habt nur Geduld. Die Tage Eures Bruders sind gezählt. Lange wird er nicht mehr durchhalten, die seelischen Qualen und endlosen Demütigungen werden ihn zermürben. Verspielt nicht Euer Ansehen durch Gewalt oder einen voreiligen Mord. Es wird sich schon alles fügen. Todsicher!"

Aufgeregt stürmte Markus Fabulah auf der Treppe nach oben und riss ohne anzuklopfen die Tür zum Observatorium auf. Kepler blickte verdutzt von seiner Lektüre hoch.

„Was ist passiert?"

„Schlechte Nachrichten aus Prag", keuchte der Student und ließ sich erschöpft auf einen Stuhl fallen. „Es ist aus und vorbei. Ihr werdet Benatek verlassen müssen."

„Was höre ich da? Berichte mir der Reihe nach."

„König Matthias hat das Zepter fest in der Hand. Er ließ erklären, dass mit aller Toleranz in theologischen und astronomischen Fragen endgültig Schluss sei. Allein die Lehre des Papstes habe zu gelten."

„Aha. Die Stimme Ambergers", seufzte Kepler.

„Um seinen Willen zu unterstreichen, geht er in niederträchtiger Weise mit unserem Kaiser um. Er wird wie ein Gefangener im eigenen Haus behandelt. Seine Diener wurden vertrieben und von politischen Geschäften wird er systematisch ausgeschlossen. Kaltblütig hat man ihn entmachtet. Entmündigt. Will ihn seelisch fertigmachen. Dazu kommt, dass er von der höfischen Tafel ausgeschlossen wurde. Nur einen billigen Fraß setzt man ihm in einer Blechschüssel vor. Es ist entwürdigend. Es ist ein Skandal! Das wird erst der Anfang sein. Matthias wird beginnen aufzuräumen.

Das Gerücht geht um, dass er Amberger aufs Schloss holen will, um ihn zu seinem engsten Berater zu machen. Dadurch hofft er, die alte Ordnung wiederherzustellen. Die Lüge von der Erde in der Mitte der Welt wieder aufzutischen. Wie eine abgestandene, schon stinkende Speise, von der behauptet wird, sie wäre frisch und köstlich. Oh nein, Amberger! Eure Rechnung wird nicht aufgehen. Ich werde nicht zuschauen, wie Ihr das Recht mit Füßen tretet. Unser Kaiser Rudolf soll leben und auch Ihr, Meister Kepler, sollt hier eine Zukunft behalten. Es geht nicht um irgendetwas oder um irgendjemanden. Es geht um geistige Freiheit!"

Fabulah hatte sich in Rage geredet und wischte sich den Schweiß von der Stirn. „Wenn dieser Matthias erst einmal die Kaiserkrone trägt, ist es hier mit Euch vorbei. Dann hat in Wahrheit Amberger das Zepter in der Hand. Er wird der heimliche Regent sein. Der Geheimrat wird ans Ziel kommen, wenn niemand ihn aufhält. Aber ich, ich werde mich ihm in den Weg stellen."

Kepler war aufgebracht. „Unsinn. Du willst Amberger auf seinem Weg aufhalten?"

„Wenn nicht ich, wer dann? Vorgestern bin ich nach Prag geritten. Dort gelang es mir, einige Soldaten, die auf Rudolfs Seite stehen, von einem Gegenschlag zu überzeugen. Zuerst schalten wir Amberger aus, dann Matthias. Was wir anschließend brauchen, sind führende Persönlichkeiten, die nach einem Sieg bereit sind, neben dem Kaiser politische Verantwortung zu übernehmen. Wir haben dabei an Euch gedacht!"

„Das ist doch lächerlich. Ich bin Forscher, kein Politiker."

„Ihr seid ein erfahrener und besonnener Mann, weit über unser Land hinaus bekannt. Außerdem genießt

Ihr das Vertrauen des Kaisers. Das sind unschätzbare Vorteile."

„Schluss mit dem Unsinn!", rief Kepler erbost. „Du weißt gar nicht, was du da sagst. Mach' dich nicht unglücklich. Du bist noch jung, dein Leben liegt vor dir. Stürze dich nicht ins Verderben!"

Markus Fabulah spürte die unerbittliche Haltung seines Meisters. Abrupt schritt er zur Tür, dann drehte er sich noch einmal um. „Wenn Ihr Kopernikus' neuer Weltsicht zum Leben verhelfen und Luthers Reformation nicht gefährden wollt, dann reicht es nicht, in einer alten Welt zu verharren und auf die allgemeine Erkenntnis zu hoffen. Da könnt Ihr bis zum Jüngsten Tag warten, weil das Konservative sich immer als beständiger erweist. Die Wahrheit schreit nach Veränderung! Ihr kennt sie und könnt nicht behaupten, sie nicht gewusst zu haben. Steht ihr nicht länger im Weg, verhelft ihr zum Sieg. Das seid Ihr der Menschheit schuldig!"

Energisch knallte Fabulah die blaue Tür hinter sich zu. Das Holz bebte. Den kaiserlichen Hofmathematiker ließ er im Zwielicht seines Observatoriums zurück.

Im fahlen Licht des Vollmonds lag das stattliche Haus an der Moldau, in dem Amberger residierte.

„Hier ist die wahre Schaltzentrale der Macht", flüsterte Markus Fabulah, als er mit zwei Söldnern um das Gebäude schlich. Immer wieder hatten sie diesen Einsatz durchgespielt. Versucht, alle Eventualitäten zu berücksichtigen. Es durfte keinen Fehler, kein Versehen geben. Die Aktion musste perfekt und unauffällig durchgeführt werden. Zeitgleich sollte ein zweiter Anschlag von einer Elitetruppe auf König Matthias erfolgen, ohne dass der Kaiser davon etwas mitbekommen durfte. Hätte er von der Verschwörung erfahren, wäre er sicher der Erste gewesen, der dem Treiben Einhalt geboten hätte, da er jede Gewaltanwendung wegen seiner Person strikt ablehnte.

Heute Nacht war endlich der Zeitpunkt der Tat gekommen, auf den der Student so lange gewartet hatte. Auf leisen Sohlen umkreiste er das Haus wie ein Raubtier. Seine Begleiter folgten geräuschlos. Niemand schien sie zu bemerken.

Oben im ersten Stock war ein schwacher Lichtschimmer auszumachen. Er war da. Fabulah hatte noch am Nachmittag einen Boten mit einer belanglosen Nachricht zu ihm geschickt. Seitdem wurde die Eingangstür heimlich beobachtet. An Ambergers Anwesenheit durfte es keinen Zweifel geben.

Nachdem sie das Gebäude umrundet hatten, gelangte das Mordkommando zu einem rückwärtigen Tor, das als Nebeneingang diente. Der Riegel war fest verschlossen. Fabulah nickte kurz. Mit aller Kraft stemmten die Begleiter eine Eisenstange dagegen. Krachend barst das Holz. Die nächtliche Stille wich für einen Augenblick kämpferischem Getöse. Besorgt schauten sich die Männer um. Doch die Häuser an der Straße lagen ruhig im Schein des Mondes, nirgends war eine Menschenseele zu sehen.

Der Weg in Ambergers Haus war frei. Unbemerkt glitten die Männer in den finsteren Flur und zündeten hastig ihre Lampe an. Das Licht flackerte gespenstisch und warf unheimliche Schatten an die Wände. Ein böses Omen.

Auf der linken Seite zeichnete sich eine Tür ab, die in eine separate Wohnung führte. Wie Fabulah herausgefunden hatte, lebte dort die Haushälterin.

Ungewöhnlich war, dass diese Frau, eine schwerhörige Dame, unten wohnte, während Amberger eine Treppe höher residierte. Normalerweise hatten Bedienstete ihre Unterkunft unterm Dach. Von Anfang an hatte der Geheimrat die übliche Ordnung umgekehrt. Er hasste es, wenn man von der Straße oder vom Garten aus durch die Fenster in seine Gemächer blicken konnte. Ständig war er auf der Hut, sich nicht in die Karten schauen zu lassen. Daher sicherte er sich ab, wo er konnte und blieb gegenüber seinen Mitmenschen stets misstrauisch.

Leise schlichen die Männer die steinerne Treppe hinauf. Der Student ging voran, eine schwere Feuerwaffe in der Hand. Die Stille war bedrückend, nur das Keuchen und ihre Tritte waren zu vernehmen. Die Spannung stieg.

Markus Fabulah war aufgeregt. Das Haus war ihm nicht unbekannt. Schon einmal war er diese Stufen emporgestiegen. Damals hatte Amberger versucht, ihn für Spitzeldienste gegen Kepler zu ködern. Nur zum Schein und um ein paar Taler in der Tasche zu haben, hatte er eingewilligt. Als der Geheimrat das Spiel durchschaute, fiel er in Ungnade. Wo Amberger nur konnte, denunzierte er den Studenten. Der Gipfel war ein Schmähbrief, den er an den Kaiser mit einer Abschrift an Kepler gesandt hatte. Darin behauptete er, dass Fabulah ein Knabenschänder sei, der mit seiner Skrupellosigkeit die öffentliche Ordnung gefährde.

Der Kaiser reagierte auf diese Anzeige überhaupt nicht. Nur Kepler fragte ihn einmal beiläufig danach und war zufrieden, als der Student die Anschuldigungen energisch von sich wies.

„Jetzt kommt die Abrechnung", murmelte Fabulah, als die Treppe eine Biegung machte und sie gleich die Wohnungstür erreichen mussten.

Erschrocken blieb er plötzlich stehen.

Zwei Soldaten waren vor dem Eingang postiert. Amberger schien seine Gegner bereits zu erwarten. Doch die Wachen kauerten auf dem Boden und schliefen. Leise schnarchten sie und streckten alle Glieder von sich.

Auffordernd nickte der Student seinen Begleitern zu. Sie zückten die Messer. Lautlos glitt das scharfe Eisen ins Herz der Wächter. Das Schnarchen erstarb. Bald bildete sich eine Blutlache; eine Spur von tödlichem Ernst tropfte die Stufen hinunter.

Die Eindringlinge betraten den düsteren Flur. Unter einem Türspalt war schwaches Licht erkennbar. Hier musste sich das Opfer befinden, nichts ahnend, dass seine letzte Stunde geschlagen hatte.

Der Zeitpunkt der Entscheidung war gekommen. Sie löschten ihre Lampe. Wie verabredet, stellten sich die Begleiter seitlich an die Türpfosten. Mit aggressiver Wucht stieß Fabulah mit seinem Stiefel die Zimmertür auf.

Sein Atem stockte.

Petrus Amberger hockte entkleidet auf dem Bett und stöhnte lüstern. Seine Erregung war unübersehbar. Vor ihm kauerte eine Hündin. Ihr braunes Fell glänzte im Schein der Öllampe.

Fassungslos und angewidert starrte der Student auf die Szene. Ekel stieg in ihm hoch. Und Wut. So war es also mit dem moralischen Anspruch und der Wirklichkeit des Geheimrats bestellt. Hier zeigte er sein wahres, nacktes Gesicht. Ein Spiegelbild einer maroden Welt.

Entsetzt trafen sich die Blicke. Während Fabulah wie gelähmt dastand, ergriff Amberger die Initiative. Er stieß die Lampe vom Tisch. Klirrend fiel sie zu Boden. Im Nu war es stockdunkel. Der Mond verschwand gerade hinter dichten Wolken. Gefährlich begann die Hündin zu knurren.

Wo war der Geheimrat? Aus der Zimmerecke vernahm Fabulah ein kräftiges Schnaufen, wie von einem gehetzten Pferd. Dort musste er sein.

„Amberger, wir sind hier, um Euer dreckiges Leben zu beenden", rief der Student voller Verachtung. „Wir haben Eure Intrigen durchschaut. Jetzt bekommt Ihr die Quittung für das, was Ihr anderen an Leid zugefügt habt. Ihr Mörder der Wahrheit, fahrt zur ewigen Hölle!"

Er richtete den Lauf der Pistole ins Dunkel und schoss. Zweimal in Richtung von Amberger. Dann zur Hündin.

In diesem Augenblick stürzten seine Begleiter herein und hieben wie Wilde mit ihren Messern auf alles ein, was ihnen in die Quere kam. Dabei mussten sie höllisch aufpassen, sich nicht untereinander zu verletzen.

Auf einmal merkten sie, dass das Schnaufen nicht mehr zu hören war.

„Männer, wir haben ihn, er ist tot!", rief Fabulah erleichtert und tastete sich voran.

In diesem Moment riss die Wolkendecke auf und der Mond ließ sein fahles Licht in den Raum fallen. Alles sah grausig aus, grau in grau, befleckt mit dem Blut des Tieres.

Die Männer blickten sich an. Jeder dachte das Gleiche. Wo ist die Leiche, wo ist Amberger? Aufgeregt durchwühlten sie den Raum, jeder Winkel wurde durchkämmt. Aber vom Geheimrat war keine Spur.

„Vielleicht ist er aus dem Fenster gesprungen", meinte einer der Männer. „Lasst uns nachschauen."

„Einen Sprung von hier aus würde er nicht unversehrt überstehen", erklärte der andere. „Wir packen ihn noch!"

Sie eilten zu den Fenstern. Kleinlaut stellten sie fest, dass alle Flügel fest verschlossen waren.

„Der Mann kann doch nicht vom Erdboden verschwunden sein. Wer weiß, vielleicht steckt er mit dem Teufel im Bund." Markus Fabulahs Euphorie war schlagartig gewichen. Wie aus einem Traum gerissen stand er da. Hilflos wie ein Kind, das ein Spiel verloren hat und nicht weiß warum.

Müde und enttäuscht lehnte sich der Student an die Wand. Es war nicht zu fassen. Ratlos trommelte er mit den Fäusten gegen die vornehme Seidentapete.

Auf einmal stutzte er. Hörte sich die Wand unterschiedlich an? Gefühlvoll klopfte er mit dem Zeigefinger die Stellen genauer ab. Tatsächlich: Einige Flächen hörten sich dumpf an, andere hohl.

„Hier muss etwas in der Wand sein", rief er erregt.

Plötzlich blieb seine Hand an einem winzigen, eisernen Haken hängen. Fast unsichtbar, nur mit den Fingern zu fühlen. Er ließ sich bewegen. Mit einem Ruck sprang eine Tapetentür auf. Markus Fabulah fuhr vor Schreck zusammen. Vor ihm lag das Versteck des Petrus Amberger.

Blitzschnell wurde ihm die Gefährlichkeit dieser Entdeckung deutlich. Wenn der Geheimrat unverletzt war, konnte er jeden Augenblick herausstürmen und ihn mit einer Waffe angreifen, die er dort versteckt haben mochte. Hörte er nicht ein verdächtiges Knacken? Angst überfiel ihn.

Dennoch rief er trotzig ins Dunkel hinein: „Amberger, Ihr entkommt mir nicht!"

Vorsichtig trat er mit seiner Pistole ins Unbekannte.

Eine äußerst schmale Leiter führte steil nach unten, gerade so breit, dass man einen Fuß darauf setzen konnte. Maßgeschneidert war sie in den Hohlraum der Wand gebaut worden. Ein idealer Fluchtweg.

Der Student zögerte nicht. Ohne auf die Warnrufe seiner Männer zu achten, stieg er hinab. Jetzt war es vollkommen dunkel. Stickige Luft wehte ihm entgegen. Rückwärts gewandt, Schritt für Schritt, setzte er seinen Fuß auf das spröde Holz, das sich unter dem Gewicht spürbar bog. Aber wenn der Geheimrat hier hinunter gekommen war, dürfte es für ihn kein Problem sein. Weit weg konnte der Flüchtende nicht sein.

Plötzlich schrie er entsetzt auf.

Markus Fabulah verlor das Gleichgewicht und stürzte.

Mit verzweifelten Armbewegungen versuchte er die Leiter zu packen. Doch das Holz entglitt seinen Händen. Er fiel und fiel in ein finsteres Nichts. Eine Ewigkeit verging und sein Leben zog in Momentaufnahmen an ihm vorbei. Bis er in der Tiefe einen spitzen Widerstand spürte, der sich brutal in seinen Leib bohrte. Sein Todesschrei erstarb ihm auf den Lippen.

Der Leichtsinn hatte ihn fallen lassen. Nach den ersten Sprossen hatte er sich sicher gefühlt und das Vortasten mit der Fußspitze aufgegeben. Das war ein tödlicher Fehler. Die dreizehnte Sprosse fehlte. Fein säuberlich hatte Amberger sie schon vor Jahren herausgesägt und unten auf dem Boden ein mit scharfen Spießen bestücktes Eisengestell aufgebaut. Eine höllische Falle, die allein der Wissende umgehen konnte.

Ein hämisches Lachen hallte durch die Nacht. Dann war es still. Totenstill.

Kapitel 6

Die unheilige Stadt

Da war es.

Gelblicher Schein tauchte das gewaltige Gebäude in ein gespenstisches Licht. Hier residierte der Fürst von Schaumburg-Lippe. Hier war das Zentrum von Macht und höfischem Leben, Kunst und Kultur.

Schloss Bückeburg.

Christian Sonnthag wusste nicht mehr, wie lange er umhergeirrt war. Seine müden Füße schmerzten. Nur zögerlich lichtete sich der Nebel. Es war bitterkalt geworden.

Endlich hatte er den Ort erreicht, auf den die Zeichen der seltsamen Landkarte wiesen.

Weit und breit war in dieser Nacht keine Menschenseele zu sehen. Alles wirkte wie ausgestorben. Selbst die Turmuhr vom Schloss schien zu ruhen, nur vom Rathaus her klangen schwache Stundenschläge.

Christian umrundete das Areal, bis er die breite Brücke über den Schlossgraben fand. Düstere Figuren aus Bronze säumten das steinerne Geländer. Unheimlich starrten sie den Eindringling an, als wollten sie sagen: „Schau uns an! Wir sind vom berühmten Künstler Adrian de Vries geschaffen, der am Hofe Kaiser Rudolfs II. in Prag gewirkt hat. Weißt du nicht, was das bedeutet?"

Eine bedrängende Frage.

Ohne Zweifel - die Vergangenheit war hier allgegenwärtig.

Vorsichtig schritt Christian über die Brücke und näherte sich voller Neugierde dem Anwesen. Majestätisch erhob sich das Schloss mit seinen mächtigen Säulen, Portalen und den unzähligen Fenstern. Links und rechts davon lagen stattliche Nebengebäude. Das Schild mit dem roten Ross inspizierte er genauer: „Niedersächsisches Landesarchiv, Staatsarchiv Bückeburg" war zu lesen. Fürstliche und staatliche Strukturen schienen hier immer noch eng miteinander verwoben zu sein.

Alle Gebäude bildeten mit dem Schloss einen großen Kreis. Genau in der Mitte stand ein Brunnen. Gruselige Löwenköpfe aus Sandstein bleckten Christian gefährlich an. Justitia thronte im Zentrum und hob ihr scharfes Richtschwert warnend in den finsteren Himmel.

1552.

Er zuckte zusammen, als er die eingemeißelte Jahreszahl entdeckte und stumm die Ziffern zusammenzählte. Es war bestimmt kein Zufall, dass dieser alte Brunnen, der bislang in Stadthagen stand, kurz vor 1921 hier aufgestellt worden war.

Fröstelnd blickte er sich um. Kein Laut war zu hören. Der gewaltige Schlossturm mit seinen meterdicken Mauern überragte wie ein Wachturm die ganze Stadt, die im Schlaf versunken schien.

Aus einem kleinen Fenster im Erdgeschoss drang schwacher Lichtschein.

Christians Müdigkeit war auf einmal verflogen, neugierig schlich er umher. Hinter Büschen und von einem Nebengebäude verdeckt fand er einen kleinen, voll besetzten Parkplatz. Wie ein Dieb in der Nacht inspizierte er die Fahrzeuge. Es waren ausschließlich Modelle der Oberklasse. Einige Scheiben waren beschlagen, ab und zu blinkten wie kleine Blitze die Leuchtdioden der Alarmanlagen.

Aufmerksam studierte er die Kennzeichen. Sie kamen aus verschiedenen Ländern Europas. Sogar eine Luxuskarosse aus dem Vatikan war dabei.

Er stutzte.

Irgendetwas schien sonderbar. Zuerst wusste er nicht genau, was auffällig war, dann jedoch erkannte er die Gemeinsamkeit. Es waren nicht die Buchstaben auf den Schildern, sondern die Ziffern. Alle Wagen trugen eine 13. In einer einzelnen Zahl oder sich wiederholend.

Gab es noch andere Auffälligkeiten? Christian fühlte sich wie ein Kommissar, der eine heiße Spur verfolgte. Im milchigen Mondschein erkannte er, dass alle Limousinen silberfarbig waren. So wie Aluminium. Und es waren genau dreizehn Stück.

Plötzlich erschrak er. In einem der Wagen entdeckte er ein Gesicht. Gegen die Kopfstütze gelehnt war ein Chauffeur eingenickt. Seine schussbereite Pistole befand sich auf dem Beifahrersitz.

Eine Spannung lag in der Luft. In dem so friedlich daliegenden Schloss musste etwas los sein. Die scheinbare Ruhe trog.

Christian wandte sich um und schritt zur Frontseite des Schlosses zurück. Gegen alle Vernunft, gegen alle inneren Warnrufe, setzte sich sein Drang durch, der Wahrheit auf die Spur zu kommen. Sie schien zum Greifen nahe. Er wollte mehr über diese Leute erfahren, die jetzt irgendwo dort im Gemäuer beieinander saßen. Was waren das für Menschen, die sich durch diese unheimliche Zahl verbunden fühlten? Und was hatten sie mit dem Mord an Rainer Weyse zu tun? Bei diesem Gedanken lief ihm ein eisiger Schauder über den Rücken. Abstoßung und Faszination rangen in seinen Gefühlen miteinander.

Das kleine Fenster mit dem schwachen Lichtschimmer neben dem Turmeingang zog ihn an. Der untere Teil war vergittert. Vorsichtig versuchte er durch die Scheibe zu spähen.

„Was machen Sie hier?“, erschreckte ihn eine tiefe Stimme von hinten.

Christian fuhr herum. Ein kräftiger Mann mit Glatze baute sich breitbeinig vor ihm auf. Er trug die Uniform eines Sicherheitsdienstes.

„Ich stelle Fragen nur ein einziges Mal“, bellte er aggressiv und musterte den Fremden abschätzig. „Also?“

Christian versuchte ruhig und unverdächtig zu antworten. „Ich bin auf der Durchreise und möchte mir morgen das Schloss ansehen. Da ich nicht einschlafen konnte, bin ich schon mal vorbeigekommen. Einfach so.“

Der Mann nickte. „Ab halb zehn können Sie rein. Aber jetzt verschwinden Sie gefälligst!“

Christian wollte mehr. „Ist hier was los, eine Feier oder so? Da hinten stehen vornehme Wagen ...“

„Ich sehe keine Wagen. Machen Sie, dass Sie hier wegkommen. Sonst gibt's Ärger!“

Christian wollte den Mann nicht weiter provozieren und kehrte dem Areal den Rücken. Vorerst. Ich komme wieder, schwor er sich.

Per Taxi und weiter zu Fuß machte er sich auf den Rückweg zu seinem Auto. Der Morgen graute bereits, als er den Wagen nach einigem Suchen endlich erreichte. Völlig erschöpft klemmte er sich hinters Steuer und fuhr ins Zentrum von Bückeburg. In einem kleinen Hotel in der Nähe des Marktplatzes nahm er sich ein Zimmer. Während andere Gäste zum Frühstück eilten, ließ er sich todmüde aufs Bett fallen und sank in einen langen, tiefen Schlaf.

Erst am Abend wurde er wieder munter. Er verließ das Hotel, um ein gemütliches Restaurant zu suchen. So schlenderte er die Fußgängerzone hinauf. Die Traditionsgaststätte Zur Falle wirkte urig.

Er trat ein.

Die Luft war stickig und voller Stimmen. Die Bediensteten eilten mit Bierkrügen und Tellern hin und her. Es herrschte Hochbetrieb. Sein Blick schweifte umher. Schließlich setzte er sich auf den einzig freien Platz an der Theke.

Neben ihm hockten zwei Männer, die erregt miteinander stritten. Während Christian das süffige Bier trank, den Blick durch den Raum schweifen ließ und so tat, als wäre er mit den Gedanken ganz woanders, lauschte er aufmerksam dem Disput. Es ging um das einzige Thema, das die Bückeburger in diesen Tagen bewegte: Im Schloss war eine Leiche gefunden und der uralte Schlüssel der Schlosskirche gestohlen worden. Ein Sakrileg!

Christians Puls ging schneller. Nach einer Weile mischte er sich in das Gespräch ein und versuchte so ahnungslos und gelassen wie möglich zu wirken.

„Wie konnte das überhaupt passieren, gibt es keine Alarmanlage und Überwachungssysteme im Schloss?“, fragte er den Mann neben sich.

„Sie sind wohl fremd hier, was?“

Er nickte. „Tourist. Will mir mal Bückeburg und das Schloss anschauen.“

Der Mann tat einen kräftigen Schluck von seinem Bier und setzte dann das Glas ab. „Natürlich gibt es

Alarmanlagen und Wächter. Auch die Schlossführer passen auf, ohne die kommt keiner rein. Besonders wird auf den Dürer geachtet. Aber an den alten Schlüssel der Schlosskirche hat niemand gedacht. Bislang ahnte keiner, dass er überhaupt wertvoll ist. Der Schlüssel war halt immer nur ein Schlüssel. Doch soll irgendwas Geheimnisvolles mit ihm sein. Sonst hätte es ja keinen Toten gegeben."

„Was meinen Sie damit?" Christian horchte auf, er wollte mehr hören.

Der Mann zuckte mit den Schultern. „Ein alter Schlüssel ist immer geheimnisvoll. Hat eine uralte Geschichte. Wer weiß, wozu er noch Zugang geben kann. Vielleicht zum Heiligen Gral?" Der Mann schmunzelte und strich sich über die Glatze.

„Gibt es Hinweise auf den Mörder oder Vermutungen, wer das Teil mitgenommen hat?"

„Keine Ahnung. Die Polizei ermittelt noch mit der Schlossverwaltung. Ich kenne nur die Gerüchte", erwiderte der Mann.

„Und was sagen die?" Christian blickte ihn neugierig an und rutschte unruhig auf dem Barhocker herum.

„Am Tag vor dem Mord soll in einer Gruppe aus Magdeburg eine Frau gewesen sein, die da nicht zugehört hat. Sie kam alleine und wurde zur Führung mitgenommen. Nach dem Besuch der Kirche muss sie den Schlüssel unauffällig abgezogen und eingesteckt haben. Als der Diebstahl bemerkt wurde, hat man die Gruppe mittags im Ratskeller gefilzt. Sie waren gerade dabei, ihren Wildschweinbraten zu verspeisen. Die Leute sollen ziemlich erschrocken gewesen sein und dauernd von der fremden Frau mit den schwarzen Haaren und der neumodischen Brille geredet haben.

Doch von ihr fehlt jede Spur. Ob sie die Mörderin war? Keine Ahnung."

Christian bestellte eine Runde Schaumburger Bier.

Bereitwillig plauderten die Männer über alles Mögliche, was ihnen zu diesem Fall einfiel. Bückeburg war eine Kleinstadt, wo die Wege von Informationen und Gerüchten kurz waren. Wo Original und Fälschung ein engmaschiges Gewebe darstellten, bei dem man die einzelnen Fäden kaum auseinanderhalten konnte. Ein Ort, an dem die Gegenwart stets mit der Vergangenheit verschmolzen war. Und wo alle Bürger seit Generationen treu zu ihrem Fürstenhaus standen. Daher berührte der Raub des Schlüssels die ganze Stadt. So, als ob jedem Einzelnen der wertvolle Hausschlüssel gestohlen worden wäre.

„Wir haben ihn aufgespürt", flüsterte einer der Männer auf der Toilette in sein Handy.

„Wo genau?", tönte eine tiefe Stimme.

„In der Falle!" Er kicherte. „Sollen wir sie zuschnappen lassen und ihn kaltmachen?"

„Noch nicht. Nehmt seine Spur auf. Ich will wissen, wohin er geht, was er macht. Behaltet ihn im Auge."

Als Christian das Restaurant verließ, merkte er nicht, dass ein Mann ihm unauffällig folgte. Von der Langen Straße bog er in die Braustraße, weil er noch einen kleinen Spaziergang machen wollte. Bewegung und die frische Luft taten gut. Weiter ging er über den Sablé-Platz zum Rathaus. Schließlich bog er in die Bahnhofstraße und spazierte die Strecke bis zum Bahnhofsgebäude.

Gerade war ein Zug aus Hannover angekommen, aber nur wenige Reisende waren ausgestiegen. Als

Christian sich umsah, fiel ihm ein Mann in einem dunklen Mantel auf, der die Kapuze tief über den Kopf gezogen hatte. Wartete der, um jemanden abzuholen?

Aber nichts geschah. Der Mann starrte nur apathisch geradeaus.

Irgendwie spürte Christian, dass eine gewisse Spannung aufkam. Dieser Mann irritierte ihn, düstere Bilder stiegen in ihm hoch. Nicht länger wollte er hier verweilen, sondern sofort zurück zum Hotel.

Ein Taxi nehmen!

Suchend blickte er sich um.

Ärgerlich – alle Fahrzeuge waren inzwischen weggefahren.

Es blieb ihm nichts anderes übrig. Zügig schritt er die Bahnhofstraße wieder zurück. Folgte ihm der Fremde? Die Strecke war menschenleer, nur ab und zu huschte ein Wagen vorbei. Es reizte ihn, sich zwischendurch einmal umzudrehen. Doch er zwang sich, das nicht zu tun. Er fürchtete, dass sich die Situation dramatisch zuspitzen könnte. Bloß sich nichts anmerken lassen, bloß nichts provozieren.

Endlich sah er die Lichter des Hotels vor sich.

Geschafft!

Christian atmete erleichtert auf, als er die Eingangstür aufdrückte. Blitzschnell sah er sich um. Von einem Fremden war keine Spur.

Am nächsten Morgen wurde es gar nicht richtig hell, schwere Wolken zogen über das Land.

Unheil lag in der Luft.

Nach dem Frühstück schlenderte Christian über den kleinen Marktplatz mit dem plätschernden Brunnen in der Mitte. Unaufhörlich strömte Wasser aus ihm heraus und ergoss sich in ein breites Sandsteinbecken. Im düsteren Tageslicht wirkte es schwarz, wie pechschwarzes Blut. Dahinter erhob sich das imposante Rathaus. Ein ansprechender, repräsentativer Bau, der das gegenüberliegende Stadthaus klar in den Schatten stellte. So sollte es nach dem Willen der Bürgerschaft auch sein.

Vom Rathaus schien ihm die Gestalt eines Ritters zuzuwinken. Finster blickte er zum Schlosstor hinüber und schwenkte eine Fahne aus hartem Metall. Dabei handelte es sich nicht um einen freundlichen Gruß, sondern um eine unmissverständliche Warnung: „Verlasse diesen Ort, sonst erstarrst du wie ich zu Eisen und dein Blut wird hinweggeschwemmt werden ..."

Christian erschauderte und zog seinen Mantel noch enger um sich.

Ein alter Mann, gebeugt an seinem Stock, schlurfte auf ihn zu.

„Verstehen Sie, was auf der Fahne geschrieben steht?", krächzte er und war sich sicher, dass der Fremde den tieferen Sinn nicht verstand.

Christian trat näher an den Ritter heran und entzifferte die Worte, die für alle Zeiten in das Metall geschlagen waren:

DAS BESTE NUR SOLL HERRSCHEN.

Er nickte. „Ich kann mir denken, was die Stadtväter damit aussagen wollten."

„Was ist denn das Beste?", prüfte ihn der Alte.

„Nun, die üblichen Tugenden, die nötig sind, damit eine Stadt auf beste Weise regiert wird."

Der Greis grinste. „Dacht' ich's mir doch! Sie haben keine Ahnung, junger Mann. Was da steht, ist nicht alles. Worte sind nur eine äußere Hülle, sie verkleiden

den Kern, das Innere. Den Inhalt. Den wahren, tiefen Sinn. Das Geheimnis. Sie müssen den Satz anders betonen, um auf die Spur zu kommen. Die ungewöhnliche Wortstellung gibt einen Hinweis darauf."

Christian überlegte. „Die Wortstellung hört sich antiquiert an. Heute würde man sagen: Nur das Beste soll herrschen. Also das Nur an den Anfang stellen. Mehr kann ich nicht entschlüsseln."

Er kam nicht darauf, worauf der Greis hinaus wollte und schüttelte den Kopf.

„Die Wortstellung ist absichtlich so gewählt. Mit veralteter Sprache hat das nichts zu tun. Es kommt allein auf die Betonung an: Das beste *NUR* soll herrschen", flüsterte der Alte ihm zu.

Christian stutzte.

Bis er begriff und lachte. „Was soll denn ein Nur sein?"

Ernste und besorgte Augen trafen ihn. Dem Greis war nicht zum Lachen zumute. „Drei Buchstaben, es ist eine geheime Abkürzung. Die Stadtväter wollten damit ausdrücken, in welchem Geist der Ort beherrscht werden soll. Ohne, dass das gemeine Volk es merkt ..."

Er röchelte auf einmal. Schwankte.

Christian trat rasch herzu und stützte ihn. „Soll ich einen Arzt rufen?"

Der Alte verdrehte die Pupillen. Seine Lippen zitterten und wurden blau. Kalter Schweiß stand auf der Stirn.

Die Dramatik nahm rasant zu.

„Sagen Sie mir die Lösung!" Christian fürchtete, dass der Mann plötzlich sterben könnte. Jetzt hier, einfach so. „Schnell, was bedeutet die Abkürzung NUR?", drängte er.

Mit allerletzter Kraft hauchte der Greis. „Das NUR ... ist das ... das Numerologische ... Universale ... Recht ..."

Er bäumte sich noch einmal auf. Dann brach er tot zusammen.

Es war, als hätten ihn die Worte umgebracht, das Lüften des Geheimnisses. Der Verrat. Als läge ein tödlicher Fluch darin. Sein letztes, streng gehütetes Wissen hatte er preisgegeben. Er wollte es loswerden, sich endlich von dieser Last befreien, um dann in Frieden sterben zu können. Auch wenn es mitten auf dem Marktplatz geschah. Vor allem hatte er intuitiv den Unbekannten gefunden, der mit diesem Wissen etwas anfangen konnte. Noch mehr: der den Kampf gegen das NUR fortführen würde.

Christian erschrak bis ins Mark hinein. Dunkel ahnte er, was damit gemeint sein könnte. Es war ihm, als hätte dieser alte Mann ihn hinter eine Tür der Geschichte blicken lassen, was nicht erlaubt war. Für die er nicht den Schlüssel besaß.

Der von Zeugen alarmierte Rettungswagen kam vergeblich. Christian blieb wortkarg, als er nach den genauen Umständen ausgefragt wurde. Irgendwann schlich er sich vom Platz und schritt nachdenklich die Lange Straße hinauf. Es war irgendwie unheimlich, dass der Alte ausgerechnet ihn angesprochen hatte. Immer weniger glaubte er an Zufälle. Der Mann musste auf ihn gewartet haben, vielleicht kam er jeden Tag zum Marktplatz und beobachtete genau, wer sich dem eisernen Ritter mit der Fahne näherte.

Die Fußgängerzone endete vor der Stadtkirche. Solch einen Ort der Ruhe und Besinnung brauchte er jetzt.

Doch es sollte anders kommen.

Mit dem Bau der Kirche hatte sich Graf Ernst zu Holstein-Schaumburg vor Jahrhunderten ein gewaltiges Denkmal gesetzt. Der weltliche Herrscher beeinflusste damit kirchliche Entscheidungen. Ein ambivalentes Thema.

Am Portal hing ein großes Plakat, das zu einer Ausstellung einlud:

500 Jahre Reformation
Schriften, Dokumente und Urkunden
von 1517–2017

Die Kirchentür war offen. Christian trat ein.

Das Innere wirkte sehr prachtvoll. Besonders gewaltig war die Orgel über dem Altar. Es gab viel Glanz und Gold, bei genauerem Hinsehen aber auch abblätternde Farbe. Ein Sinnbild unserer Zeit.

An den Seiten des Kirchenschiffs waren Vitrinen aufgestellt. Sie boten Schriften von Martin Luther und der Zeit danach dar. Christian machte sich nicht die Mühe, alle Erklärungen genau durchzulesen. So ging er gemächlich von einer Stelle zur nächsten.

Bis er stehen blieb.

Diese Vitrine enthielt hinter dickem Panzerglas das Prunkstück der ganzen Ausstellung. Es war eine großformatige Bibel, die dort aufgeschlagen lag. Goldrand, Ledereinband, Metallbeschläge, sowie kolorierte Bilder und Buchstaben wiesen sie als besonders wertvoll aus. Auf dem Schild daneben stand, dass es sich um ein Evangeliar in deutscher Übersetzung aus dem Jahr 1633 handelt. Das Buch wurde in der damaligen Hauptstadt, in Prag gedruckt. Allerdings nicht in der kaiserlichen Hofbuchdruckerei, weil offizielle Hinweise auf eine Druckgenehmigung oder Widmung fehlten. Wahrscheinlich in einer illegalen Druckerwerkstatt auf der anderen Seite der Moldau.

‚Der Band ist im Stil eines mittelalterlichen Evangeliars gestaltet, um damit ein hohes Alter und eine gewisse Autorität zu suggerieren. Der Besitzer ist unbekannt. Ein Hinweis auf der ersten Seite enthält lediglich die Initialen „PA“. Bei diesem Evangeliar handelt es sich um ein Unikat. Spätere Nachdrucke sind nicht bekannt, aber auch nicht ausgeschlossen.‘

Im selben Jahr des Druckes, also 1633, gelangte das Evangeliar nach Bückeburg in die Schlosskirche. Die genauen Umstände waren unbekannt. Vermutlich wurde dieses Prachtexemplar für ein äußerst besonderes Ereignis im Schloss extra hergestellt und dorthin gebracht. Leider gibt es im Archiv des fürstlichen Hofes keinerlei Hinweise darauf. Sollte der Zweck geheim bleiben? Heute ist der Band eine Leihgabe der Reformierten Kirchengemeinde, die die Schlosskirche nutzt, an die lutherische Stadtkirche.

Auf einmal entstand Unruhe.

„Bitte treten Sie zur Seite“, befahl ein Wächter.

Der Bereich um die Vitrine wurde abgesperrt. Dann erschien ein Mann in einem hellen Kittel und mit weißen Handschuhen und öffnete sie mit zwei Schlüsseln. Vorsichtig griff er hinein und blätterte eine Seite des wertvollen Buches um. Dann wurde die Vitrine wieder sicher verschlossen. Das war alles.

„Zweimal pro Woche wird eine Seite umgeblättert, damit die Farben nicht ausbleichen und der Buchrücken geschont wird“, erklärte der Wächter fachmännisch.

Christian trat wieder näher heran. Aufgeschlagen war das Johannesevangelium, Kapitel 8: „Jesus und die Ehebrecherin". Dieser Text hatte ihn stets angesprochen, besonders das Verhalten von Jesus gegenüber seinen Gegnern, das in dem starken Ausruf gipfelte: „Wer unter euch ohne Sünde ist, der werfe den ersten Stein auf sie!"

Aufmerksam fing er an, im Evangeliar zu lesen.

Auf einmal stutzte er. Was stand da in den Versen 9 und 10? Das konnte doch nicht wahr sein! Immer wieder las er diese Verse. Er war sich sicher. Absolut.

„Hier ist eine Fälschung!", rief er laut in die Kirche hinein.

Das Gemurmel der anderen Besucher erstarb im Nu. Alle starrten zu ihm hinüber.

„Ja, hier liegt eine Fälschung vor, schauen Sie sich das an", wiederholte er.

Zielsicher, mit gemächlichem Schritt, erschien der Wächter. „Mein Herr, beruhigen Sie sich. Hier ist alles original, und das seit Jahrhunderten. Kommen Sie bitte mit ..."

Der Mann zog ihn am Ärmel.

Christian riss sich los.

„Lesen Sie doch, was hier steht", rief er erregt. „So steht das in keiner Lutherbibel. Schauen Sie nach!"

Er zückte sein Handy und wählte die Bibel-App. Schnell hatte er den Text gefunden.

„Hier - vergleichen Sie. Ich habe recht, der Text ist gefälscht. Ungeheuerlich! Und das in einer christlichen Kirche."

Eine Dame vom Kirchenvorstand schaltete sich ein. „Darf ich mal sehen?"

Zuerst las sie den Luthertext, dann verglich sie ihn mit dem im Evangeliar. Ihre Miene verfinsterte sich zusehends. „Ich werde Dr. Melchior fragen. Er arbeitet im Staatsarchiv und hat diese Ausstellung vorbereitet."

Christian zückte seine Kamera, um ein Foto von der gefälschten Buchseite zu machen. Er wollte Beweise sammeln und suchte sich eine gute Perspektive für die Aufnahme.

Plötzlich packten ihn kräftige Hände von hinten und schleuderten die Kamera auf den Boden.

„Hier wird nicht fotografiert", zischte der Wächter mit rot angelaufenem Kopf.

Die Dame blickte Christian resolut an. „Und jetzt verlassen Sie sofort diese Kirche. Sonst gibt's Ärger."

„Was wird hier gespielt?", rief er wütend und seine Stimme hallte von den Wänden.

Keine Antwort.

Es reichte ihm. Erbost stürmte er aus der Stadtkirche und eilte die Lange Straße wieder hinunter.

Kurz danach trat ein Fremder aus dem Portal der Kirche, schlug den Mantelkragen hoch und folgte ihm.

Christian erreichte auf der linken Seite der Fußgängerzone den gewaltigen Bau der Hofbuchdruckerei. Er blieb stehen und betrachtete das schön restaurierte Gebäude. In diesem Augenblick wurde ihm besonders bewusst, wie leicht es war, Fälschungen und Lügen zu verbreiten. Was für Bücher und Schriften mögen hier gedruckt oder der Zensur zum Opfer gefallen sein! Ein Ort mit großen Auswirkungen auf die Geschichte. Der einfache Bürger würde kaum überprüfen können, ob es wahr ist oder nicht, was er da las. Denn was erst einmal gedruckt ist, das verbreitet sich. Und es wird schon wahrhaftig sein - so die Volksmeinung. Wer Macht will, so das Motto aller Herrscher, der kontrolliert die Medien. Früher genauso wie heute. Die Macht des Wortes, sie kann Leben ermöglichen oder den Tod bedeuten. Nicht auszudenken, wenn hier das Evangeliar heimlich nachgedruckt und verbreitet worden war. Ohne Zweifel, dieses Gebäude war die heimliche Machtzentrale in der Residenzstadt.

Mit gemischten Gefühlen ging Christian weiter.

In sicherem Abstand folgte ihm unauffällig ein dunkler Schatten.

Das gewaltige Schlosstor mit der schmiedeeisernen Pforte, wie ein Triumphbogen gestaltet, grenzte den bürgerlichen vom fürstlichen Bereich ab. Eine Gestalt mit Eselsohren blickte spöttisch über die Menschen hinweg.

Christian trat durch den Bogen und spürte dabei den durchbohrenden Blick des Ritters vom Rathaus in seinem Rücken. Wie brennende Pfeile.

Zügig schritt er an der Fürstlichen Hofkammer vorbei, der Reitschule, über die Brücke zum versteckten Parkplatz.

Leer.

Sämtliche Fahrzeuge waren verschwunden. Nichts wies darauf hin, dass sie jemals hier gestanden hatten. War alles nur ein seltsamer Traum gewesen, eine irre Vision?

Wohl kaum.

Jetzt brauchte er erst einmal Abstand von allem, was er in den letzten Stunden erlebt hatte. Ein Schild aus Holz wies zum Mausoleum, der imposanten Begräbnisstätte des Fürstenhauses. Christian bog ab in den weitläufigen Schlosspark. Der Weg führte unter hohen Bäumen an der Graft entlang. Das Parkcafé, sonst ein beliebter Treffpunkt, lag verwaist da. Nur welke Blätter machten sich auf den Tischen und Bänken breit. Nebelschwaden zogen auf, es wurde regnerisch und kühl.

Christian zog seine Mütze über den Kopf und presste die Jacke noch enger um den Leib. Langsam brach die Dämmerung herein, bald würde alles nur noch grau und düster sein.

Er beschloss umzukehren und die Besichtigung auf den nächsten Tag zu verschieben. Morgen hätte er sicherlich genügend Zeit dafür.

Doch dazu kam er nicht.

Schritte. Plötzlich hörte er Schritte.

Schwere Stiefel. Direkt von hinten.

Christians Herz pochte auf einmal ganz wild. Und wieder zwang er sich: Bloß nicht umdrehen. Bloß nicht schneller gehen. Nicht auffallen, sich nicht verdächtig machen, harmlos wirken!

Vergeblich. Seine Schritte wurden länger.

Die der Person hinter ihm ebenfalls.

Christian ging immer schneller. Das Mausoleum war noch ein gutes Stück entfernt. Schweißtropfen sammelten sich auf seiner Stirn.

Der Unbekannte heftete sich an seine Fersen.

Christian spürte förmlich seinen Atem im Nacken. Er fing an zu laufen.

Der andere auch.

Jetzt hastete er.

Der Fremde ebenso.

Christian rannte um sein Leben. Das große Gebäude rückte nur langsam näher. Wie in Zeitlupe.

Endlich erreichte er die Stufen, die zum Portal führten. So viele! Er hetzte hinauf. Eins, zwei, drei, fünf, zehn, zwanzig ... Sein Herz donnerte.

Der andere folgte mühelos.

Auf einmal stolperte er, fing sich wieder. Weiter, weiter, Stufe um Stufe. Oben – die rettende Tür. Er musste sie erreichen, musste sie unbedingt erreichen.

Nur noch wenige Meter!

Da, die Klinke des Portals. Noch drei Schritte. Gleich hab ich's geschafft. Er packte zu und drückte. Drückte. Stemmte sich mit aller Kraft dagegen.

Nichts. Keinen Millimeter bewegte sich das Tor.

Nein, Hilfe! Das darf nicht wahr sein. Nicht jetzt.

Geschlossen.

Er rang nach Luft, alle Organe tobten. Es ging nicht mehr weiter, er steckte in der Falle.

Dann fuhr er herum. Und erstarrte.

„Pech und Schwefel für Euch! Das Mausoleum ist zu", grunzte ein von Narben übersätes Gesicht mit krächzender Stimme.

Christian traute seinen Augen nicht. Ein Ritter mit einem langen, zotteligen Bart stand vor ihm. Er trug mittelalterliche Bekleidung, mit Helm und funkelndem Kettenhemd. An seiner Rechten hing ein blankes Schwert.

Es verschlug Christian vollends die Sprache.

„Da staunt Ihr, was? Seit alters her bewachen wir das Schloss. Besonders seit 1633. Damit das heutzutage nicht auffällt, veranstalten wir einmal im Jahr mittelalterliche Ritterspiele. Ein wahres Spectaculum! Die Massen strömen herbei und lassen sich von uns Sand in die Augen streuen. Sie glauben, alles wäre nur ein Spiel. Doch es ist blutiger Ernst." Verächtlich spuckte er auf den Boden. „Wir werden nicht zulassen, dass Ketzer wie Ihr sich in Angelegenheiten einmischen, die sie nichts angehen. Also verschwindet von hier! Damals hätte man Leute wie Euch gerädert. Aber das mache ich heute ein wenig anders." Er grinste brutal.

Plötzlich ging alles ganz schnell. Der Mann packte Christian und stieß ihn mit voller Wucht die endlosen Stufen hinunter.

Wie ein hilfloses Bündel rumpelte er schreiend in die Tiefe. Bis er irgendwo auf den dreckigen Steinen liegenblieb. Auf der 13. Stufe.

Ausgerechnet.

Eine Zeit lang konnte er sich überhaupt nicht mehr rühren. Der ganze Körper tat höllisch weh. Irgendwann erhob er sich mit äußerster Mühe. Ängstlich schaute er sich in alle Richtungen um.

Der Fremde war verschwunden.

Mit blutigen Händen griff er zu seinem Handy. Er rief den Krankenwagen und ließ sich ins Bückeburger Bethel bringen. Das kleine Hospital hatte einen guten Ruf, auch über die Grenzen des Landes hinaus.

Bei der Aufnahme täuschte er gegenüber der jungen Ärztin Unachtsamkeit vor.

„Ich habe bei der Dunkelheit nicht genau auf die Stufen geachtet", erklärte er. „Unbedingt wollte ich mir noch das Mausoleum ansehen. Er soll ja das drittgrößte der Welt sein."

Von der seltsamen Begegnung und dem Anschlag auf seine Person wollte er nichts verraten. Dieses Thema schien für ihn immer gefährlicher zu werden.

Die Ärztin lächelte. „Ob es das drittgrößte ist oder nicht, das nützt Ihnen jetzt überhaupt nichts." Sie untersuchte ihn gewissenhaft. „Bis morgen bleiben Sie hier", entschied sie schließlich.

Zum Glück hatte er sich nichts gebrochen, alles waren nur Prellungen und Abschürfungen. Aber die taten höllisch weh.

Man steckte Christian in ein Einzelzimmer. Ungewöhnlich - er hatte nicht darum gebeten. Ging man hier immer so mit Fremden um? Und wer sollte das bezahlen?

Zuerst war es nur ein flüchtiger Gedanke, den er schnell beiseiteschob. Dann entwickelte sich ein Verdacht, der sich immer mehr verhärtete und ihn nicht mehr losließ. Wollte man ihn absichtlich isolieren? Hinter dem Einzelzimmer steckte mehr als bloße Freundlichkeit. Das war nicht zufällig.

Bald kam die Nachtschwester. „Haben Sie noch einen Wunsch?“, fragte sie keck.

Christian schüttelte verwirrt den Kopf. „Ich hoffe, dass ich überhaupt schlafen kann.“

„Das werden Sie. Nehmen Sie diese Schlaftablette, die wird Ihnen helfen. Gute Nacht!“

Irgendwann schlief er ein. Unruhig wälzte er sich hin und her.

Was war das?

Mitten in der Nacht schreckte er hoch.

Er lauschte.

Da! Laute Schritte auf dem Flur.

Sie kamen näher. Schwere Schritte. Stiefel.

Sein Herz begann zu rasen. Er verkrampfte unter der Bettdecke. Nein, er träumte nicht.

Direkt vor seiner Zimmertür blieben sie stehen.

Hilfe!, rief er stumm, ohne einen Laut herauszubekommen.

Die Schritte verharrten.

Dann gingen sie weiter. Eins, zwei, drei.

Kehrten wieder zurück. Drei, zwei, eins.

Und verharrten wieder.

Bewegte sich die Türklinke ganz, ganz langsam nach unten?

Fieberhaft suchte Christian nach dem roten Knopf des Notrufs. Wo war er bloß? Da. Er drückte. So fest er konnte.

Alarm!

Bange Minuten, gefühlte Ewigkeiten vergingen.

Die Türklinke bewegte sich. Die Nachtschwester trat ein und machte Licht.

Kreidebleich hockte Christian auf dem Bett.

„Was ist los?“, fragte sie mürrisch. „Unruhig geträumt, was?“

„Nein“, stotterte er. „Da war jemand vor der Tür. War jemand vor der Tür?“

„Außer mir, Herr Sonnthag, war niemand vor der Tür“, behauptete sie mit einem eiskalten Lächeln.

Kapitel 7

Im Schatten der Mauern

Poch. Poch. Poch!

Dreimal klopfte es kräftig an das Tor des Dominikanerklosters San Marco in Florenz. Pater Nicolaus Lorini eilte zum Eingang und spähte vorsichtig durch das kleine Guckloch. Die beiden Reiter, die Einlass begehrten, kamen ihm fremd vor. Aber je länger er den Mann mit der dunklen Kapuze beobachtete, desto unruhiger wurde er. Bruchstücke, wie Mosaiksteine, mochten sich noch nicht zu einem klaren Bild festigen.

„Den habe ich schon mal irgendwo gesehen", murmelte er vor sich hin.

Pater Nicolaus besaß ein ausgezeichnetes Gedächtnis für Personen. Wem er einmal begegnet war und mit ihm gesprochen hatte, und sei es nur ein einziger Satz, er erkannte ihn wieder. Allein an der Stimme. „Achtet nicht auf den Inhalt der Worte, sondern auf die Farbe ihrer Melodie", riet er manchmal. „Sie ist die ureigene Komposition des Menschen. Jeder hat seine einmalige Sprache und Melodie der Stimme, die im Grundtenor alle Lebensjahre hindurch gleich bleibt. Namen und Aussehen können sich ändern, jedoch nicht die Stimme, auch wenn sie im Alter zittriger wird. Sie ist wie ein Fingerabdruck, ein unverwechselbares Zeichen jedes Individuums. Alle Melodien zusammen bilden schließlich das Konzert der Schöpfung, die Hymne an den Schöpfer."

Pater Nicolaus fixierte die Fremden vor dem Tor genau.

„Was begehrt Ihr?“, fragte er endlich, um die Stimme zu hören und den Mann zu zwingen, ein Stück seiner Deckung preiszugeben.

„Wir bitten um Einlass in Euer ehrwürdiges Kloster San Marco. Ich habe ein wichtiges Anliegen. Mehr kann ich Euch hier draußen nicht verraten. Im Namen Christi, lasst uns herein.“

Pater Nicolaus zuckte zusammen.

„Ihr seid es, Bruder Petrus aus Prag!“, rief er, ohne sich sein Entsetzen anmerken zu lassen.

Zögernd löste er den schweren Eisenriegel und öffnete das Tor.

Nach Sitte des Ordens umarmte er die Gäste steif und bat sie einzutreten.

„Wie lange ist unsere letzte Begegnung her?“, fragte er forschend, obwohl er die Antwort genau wusste. Damals loderte das Feuer für Giordano Bruno.

„Das habe ich mich auch schon gefragt. Es müssen elf Jahre sein. Ich kam aus Rom und blieb bei Euch über Nacht“, erwiderte Petrus Amberger und blickte sich neugierig um. „Ich habe den Eindruck, dass sich seitdem hier nichts verändert hat.“

Der Pater musterte die Eindringlinge. „Äußerlich kaum, da mögt Ihr recht haben. Doch innerlich sind die Zeiten anders geworden. Der wahre Glaube, liebe Brüder, ist ernsthaft in Gefahr.“

„Deswegen bin ich hier“, unterbrach ihn der Geheimrat mit strengem Blick. „Wir werden darauf noch ausführlich zu sprechen kommen. Übrigens möchte ich Euch meinen Diener vorstellen, der mich begleitet. Er ist taubstumm.“

Der Mann, von zierlicher Statur und deutlich kleiner als Amberger, reagierte nicht. Mit ängstlichen Augen blickte er geistesabwesend ins Leere.

„Stärkt Euch erst einmal von der langen Reise." Lorini führte sie ins Refektorium.

Hier war es angenehm warm. Sie setzten sich an einen Tisch und begannen zu essen und zu trinken. Amberger staunte, welche Köstlichkeiten in kurzer Zeit aus der Klosterküche serviert wurden. Man setzte alles daran, dass Gäste sich wohlfühlen konnten.

Bald rief eine helle Glocke zum Abendgebet. Alle Mönche und Novizen eilten hinüber in die Kapelle. Pater Nicolaus erhob sich, ihm schlossen sich Amberger und sein Diener an. Sie schritten durch den Kreuzgang und erreichten die Kirche. Der Prior begann gerade mit der Liturgie. Der Raum wurde nur durch wenige Kerzen erhellt, die unruhige Schatten an die Wände warfen.

Amberger hatte Mühe, dem Ablauf aufmerksam zu folgen, und nickte ein paar Mal ein. Erst hier spürte er, wie die Müdigkeit gleich einer Meereswelle über ihn hinwegrollte. Das war kein Wunder. Waren doch die letzten Tage äußerst anstrengend und gefährlich gewesen. Dauernd hatte er auf der Hut sein müssen.

Nach der Messe zogen sich die Mönche in ihre Schlafsäle zurück, während man ihm und seinem Knecht das Gästezimmer im Turm zuwies. Ein günstiger Ort, um unbemerkt die Zimmertür bewachen zu können. Pater Nicolaus wollte auf Nummer Sicher gehen. Er witterte Gefahr.

Was war das?

Kurz nach Mitternacht wurde Amberger aus dem Schlaf gerissen. Erschrocken fuhr er hoch. War das nur ein böser Traum? Verdutzt rieb er sich die Augen.

Da war es wieder ...

Sein Bettgestell bewegte sich, die Deckenbalken ächzten, krachend fiel ein Wasserkrug zu Boden.

Die Erde bebte.

Schnell warf er sich den Mantel über und blickte sich um. Sein Diener rührte sich nicht. Unruhig eilte er auf den Flur und wurde augenblicklich von einer riesigen Staubwolke eingehüllt. Hustend kehrte er in sein Zimmer zurück.

Im Kloster herrschte das Chaos. Ein Teil des mächtigen Kreuzgangs war eingestürzt. Auch anderswo sah es schlimm aus. Überall lagen Haufen von Steinen, Balken und Scherben. Viele Heiligenbilder waren von den Wänden gefallen, selbst das gewaltige Kruzifix in der Kapelle war vornüber auf die Marmorstufen geschlagen.

Mit der Nachtruhe war es vorbei. Nach Augenblicken der Lähmung und des Schreckens begannen die Mönche mit den Aufräumarbeiten. Sie versuchten mit bloßen Händen die schweren Sandsteine in den Innenhof zu schaffen, um sie dort für den Wiederaufbau zu lagern. Andere fingen mit notdürftigen Reparaturen an; es herrschte ein emsiges Treiben.

Nur Amberger beteiligte sich nicht daran, lieber verkroch er sich in seinem Bett.

„Was wird hier gespielt?“, donnerte Lorini, nachdem er die Sprache wiedergefunden hatte.

Für einen Moment hatte er seinen Augen nicht getraut und stand mit offenem Mund im Türrahmen. Ohne anzuklopfen war er am Morgen hereingestürmt. Es war für ihn klar, dass die Schrecken der Nacht etwas mit den Besuchern zu tun haben mussten. Darüber wollte er reden. Aber was er jetzt sah, überstieg sein Vorstellungsvermögen.

Neben Amberger lag der Diener entkleidet auf dem Bett. Doch es war kein Mann, es war eine Frau. Ihre Brüste und die Scham versuchte sie ängstlich mit den Händen zu bedecken. Eine Frau im Kloster der Dominikaner. Unvorstellbar. Ein Skandal!

Die Röte schoss dem Pater ins Gesicht. „Was fällt Euch ein", schrie er aufgebracht.

Der Geheimrat sprang auf und warf schnell seinen Mantel über die Nackte. „Beruhigt Euch, lieber Bruder. Alles lässt sich erklären", tönte er mit gespielter Gelassenheit.

„Heraus mit der Sprache. Lügt mir nichts vor, ich will die Wahrheit wissen!"

„Diese junge Frau habe ich aus großer Not gerettet", versicherte er. „Dabei setzte ich mein Leben aufs Spiel. Eine äußerst ehrenwerte Tat, ein gutes Werk." Mit großzügiger Handbewegung forderte er Lorini auf, am Fenster Platz zu nehmen. Doch dieser blieb stur stehen.

Mit vertraulicher Stimme fuhr Amberger fort. „Ich will Euch in ein Geheimnis einweihen. Nach langen Jahren keuscher Enthaltsamkeit möchte ich in den heiligen Stand der Ehe treten. Und Ihr, Pater Nicolaus, sollt unseren Bund am Altar Eurer Kapelle segnen. Ich gebe zu, dass die Umstände, die Ihr hier vorfindet, nicht glücklich gewählt sind. Aber die Liebe - macht sie nicht manchmal blind? Ich habe die Auserwählte kurz vor Florenz in Männerkleider gesteckt und ihr zur Tarnung Barthaare mit Pech angeklebt. Wie hätte ich sonst in Euer ehrwürdiges Kloster gelangen können?"

„In zahllosen Kirchen könnt Ihr Euch trauen lassen!"

„Nein, es geht mir um Euch, um einen Dominikaner an heiligem Ort, in San Marco. In drei Tagen soll die Trauung um Mitternacht stattfinden."

„Da mache ich nicht mit. Ich lasse mich nicht missbrauchen", fauchte Lorini. „Packt Eure Sachen und seht zu, dass Ihr schleunigst mit Eurer Braut verschwindet. Sonst lasse ich Euch kurzerhand rauswerfen!"

Seelenruhig fixierte Amberger den Pater und trat auf ihn zu. Mit dem Zeigefinger tippte er energisch an seine Brust.

„Ihr werdet meiner Bitte Folge leisten. Da bin ich mir absolut sicher."

„Niemals!", widersprach Lorini und schüttelte energisch das Haupt.

„Schade, dass Ihr Euch so störrisch anstellt. Dann muss ich wohl oder übel Kardinal Bellarmin informieren. Den Richter der Inquisition."

Mitternacht des 13. November. Zahlreiche Fackeln erhellten die Kapelle und tauchten sie in feierlichen Schein. Den Altar schmückte ein Meer von Blumen, sämtliche Heiligenbilder waren auf Hochglanz poliert. Bis zur letzten Stunde hatten die Mönche mit allen Kräften an der Wiederherstellung der Kirche und dem Ausschmücken gearbeitet.

Jetzt war alles fertig. Gespannt wartete man auf den Einzug des Brautpaars. Offiziell herrschte Nachtruhe. Pater Nicolaus hatte seine Mitbrüder zum Schweigen verdonnert und drohte jedem, der sich nicht daran halten sollte, mit grausamen Strafen. Nur der Prior wusste nicht Bescheid. Glücklicherweise war er tags zuvor nach Rom aufgebrochen, um Gelder für die Instandsetzung des Klosters einzutreiben.

Die Turmuhr schlug zwölf Mal.

Feierlich setzte die Orgel ein, als das Paar einzog. Amberger wirkte in seinem neuen Gewand elegant, nur die Braut trug einfache Bauernkleider. Langsam schritten sie an den ehrfürchtig verharrenden Mönchen vorbei zum Altar und knieten schließlich nieder.

Die Zeremonie begann. Mit heiserer Stimme sprach Pater Nicolaus die Worte über den Bund der Ehe. Öfter geriet er ins Stocken, er wirkte zerstreut und wischte sich fahrig über die Stirn. Dann stellte er die Traufrage. Die Spannung stieg. Alle Mönche und Novizen reckten die Hälse. Selbst die Fackeln schienen heller zu leuchten.

„Petrus Amberger, Geheimrat in Diensten des deutschen Kaisers, wollt Ihr diese Braut zur Frau nehmen – bis dass der Tod Euch scheidet?"

„Ja, ich will!"

„Und Ihr, Frau ..."

Irritiert hielt der Pater inne und bedachte sie mit einem tiefen Blick. Wie hieß bloß die taubstumme Braut?, fragte er sich erschrocken. Er musste ihren Namen wissen, um die Traufrage ordnungsgemäß stellen zu können.

Sie erriet seine Gedanken, bevor Amberger antworten konnte.

„Regina. Regina Kepler", erklärte die junge Frau mit leiser Stimme.

Ein Raunen ging durch den Raum. Fassungslos starrte Lorini die Braut an. Hatte er sich verhört? Ungläubig trat er einen Schritt zurück.

Plötzlich ein Klatschen. Brutal schlug Amberger mit seiner flachen Hand der Braut ins Gesicht. Er packte sie an den Haaren und fixierte sie sekundenlang mit seinen stechenden Augen.

Bis sie nachgab und stumm vor sich hinblickte.

„Spart Euch die Frage", rief er zornig zum Pater. „Sie will!"

Nach der Trauung suchten alle Klosterinsassen schnell ihre Schlafsäle auf. Als es im Gebäude ruhig geworden war, schlich Amberger mit seiner Frau unbemerkt in die dunkle Kapelle zurück. Vorsichtig entzündete er drei Kerzen.

„Und nun kommt der wichtigste und schönste Teil", zischte er und fegte die Blumen vom Altar. Unter seinen schweren Stiefeln zermalmte er die Blüten.

Er hob die wehrlose Frau auf die Steinplatte und drückte sie auf den Rücken, genau zwischen die Weihekreuze. Ihre Beine hingen schlaff herunter. Teilnahmslos, mit leeren Augen schaute sie zum Gewölbe hinauf. Vorsichtshalber schlang er ein Seil um ihre zarten Handgelenke und Füße und band sie am Altar fest. Mit lüsternem Blick riss er ihr die Unterwäsche vom Leib und spreizte ihre Schenkel.

Brutal drang er in sie ein.

„Du Hure des Ketzers! Dein unwürdiger Leib soll würdiges Leben hervorbringen. Es wird *mein* Kind sein und mir ganz allein gehören. Ich werde es nach meinem Bild formen, damit dadurch die Welt verändert wird. Ich zeuge den neuen Menschen, die vollkommene Schöpfung!"

Seine Stimme überschlug sich. Mit tierischem Grunzen ergoss er sich in ihr.

Die Erde schien kurz zu beben und es sah aus, als ob das Kruzifix erneut umstürzte. In diesem Augenblick schlug es vom Turm ein Uhr nach Mitternacht.

„Noch etwas", fügte er atemlos hinzu. „Gleich wirst du das Kloster verlassen. Wo du dich aufhältst, ist mir gleichgültig. Aber wenn das Kind geboren und getauft ist, wirst du es mir bringen. Unverzüglich hierher!"

Mit einem Fingerschnippen riss Amberger Regina in die Wirklichkeit zurück. Er öffnete den quietschenden

Riegel einer schmalen, geheimen Tür in der Klostermauer. Die junge Frau schob er hinaus in die kühle Nacht.

Wie ein untrüglicher Freund wartete bereits das unendlich leuchtende Firmament auf sie.

„Eure Anwesenheit in unserem ehrwürdigen Kloster hat uns großes Unglück beschert", stellte Lorini am nächsten Morgen ernüchternd fest und setzte sich mit Amberger in eine dunkle Ecke des Speisesaals. „Ohne Zweifel war das Erdbeben Gottes Gericht. Wir sollten ihn nicht weiter erzürnen, weshalb ich Euch dringend bitte, diesen Ort noch heute zu verlassen. Auch wenn Eure Frau nicht mehr in unseren Mauern weilt, so klebt doch die Sünde an Euch."

Der Geheimrat blitzte ihn kurz an. Dann fing er hämisch an zu lachen.

„Ihr sprecht von diesem Erdbeben, als sei es ein seltenes Ereignis gewesen. Merkt Ihr denn nicht, dass die Erde schon längst bebt? Es gibt keine Ruhe mehr, auch hier nicht auf dieser ehrwürdigen Insel. Wenn wir nicht aufpassen und gegensteuern, wird der Orkan der Geschichte uns wie Spreu hinwegfegen. Alle Zeichen stehen auf Sturm. Nur keiner will es merken, niemand will es wahrhaben. Der Thron des Kaisers wackelt bedenklich und der Stuhl Petri droht zusammenzubrechen. Doch alle Welt schweigt dazu und verschließt die Augen vor der Wirklichkeit."

„Ihr übertreibt."

„Oh nein, Lorini. Das nächtliche Beben mit seinen Auswirkungen war ein deutliches Warnzeichen dafür, wie es um uns alle bestellt ist. Ketzer wie Hus, Kopernikus, Luther oder Bruno haben längst die Axt an die Grundordnung der Welt gelegt, und sie finden immer noch Anhänger. Die teuflische Reformation ist die größte Krankheit unserer Tage. Bis heute ist eine hinterhältige Verschwörung gegen unsere wahre Kirche im Gange. Eine Weltverschwörung!"

Amberger kramte in seinem Mantel und zog schließlich ein abgegriffenes Schriftstück hervor.

„Ich habe Beweise. Hier ist die Abschrift eines Briefes mit verschlüsseltem, häretischem Inhalt, der an den kaiserlichen Hofmathematiker Kepler nach Prag geschickt wurde. Der Schreiber dieser Verschwörung lebt in Eurer unmittelbaren Nähe. Völlig ungestört kann er Schalten und Walten und wie ein Maulwurf alle Autorität untergraben. Es handelt sich um Galileo Galilei, erster Mathematikus des Großherzogs der Toscana. Seinetwegen bin ich hier. Im Auftrag des Kaisers ist es meine Aufgabe, Näheres über diesen ketzerischen Astronomen in Erfahrung zu bringen und ihm das Maul zu stopfen. Daher werde ich für längere Zeit Quartier in Eurem Kloster nehmen. Ob es Euch passt oder nicht. Ist denn nicht seit Papst Gregor IX. die Verfolgung der Ketzerei das Hauptanliegen der Dominikaner? Lasst Euch an Eure Pflichten erinnern, Ihr domini canes!" Amberger lachte laut auf. „Ihr seid alle Feiglinge. Weil Ihr nichts unternehmt und nur fromme Messen haltet, werde *ich* handeln!"

Pater Nicolaus schwieg betreten. Schließlich nickte er stumm. Er wusste, dass Amberger starke Verbündete hinter sich hatte. Wenn er auf der Leiter der Hierarchie weiter nach oben wollte, dann musste er mitmachen.

Wohl oder übel.

„Gut", sprach er zähneknirschend. „Ihr seid weiterhin unser Gast. Es wird uns eine Ehre sein, dass Ihr von San Marco aus den Kampf gegen die Häresie führen werdet. Lasst uns auf unsere Zusammenarbeit einen Krug Klosterbräu trinken."

Er erhob sich schwerfällig und kam bald mit dem Bier zurück. Amberger trank hastig und ließ sich noch einmal nachschenken. Lorini dagegen umfasste den Krug mit beiden Händen und blickte nachdenklich in das Gefäß. Er tat keinen Schluck daraus.

Einige Zeit saßen sie schweigend beieinander.

„Hat die Inquisition schon den Fall an sich genommen?", nahm der Gast das Gespräch wieder auf.

Ein gefährliches Thema! Lorini zögerte und blickte den Kreuzgang hinunter. „Ich weiß es nicht genau", antwortete er ausweichend.

An einem kühlen Morgen machte sich Amberger auf den Weg zur Universität. Um unter den Studenten nicht zu sehr als uraltes Semester aufzufallen, hatte er sich von einem Mönch die Haare schneiden lassen, sich frisch rasiert und betont helle Kleidung angezogen. Er gab sich als Franzose aus.

Der Hörsaal in dem ehrwürdigen Gebäude war brechend voll. Nur mit Mühe fand er ganz hinten einen freien Platz, was ihm durchaus recht war. Wie auf ein geheimes Zeichen verstummte plötzlich das Gemurmel und alle erhoben sich. Galileo Galilei betrat den Saal und schritt zügig ans Katheder. Sein weißer Bart strahlte Würde und Beharrlichkeit aus. Mit listigen Augen blickte er kurz ins Auditorium und nickte. Die Studenten nahmen wieder Platz.

Galilei begann ohne Umschweife. Er setzte seine Ausführungen dort fort, wo er am Tag zuvor aufgehört hatte. Es ging um die Berechnung von Körpern, Entfernungen und Gewichten, die er in endlosen Zahlenkolonnen schwungvoll an eine Tafel schrieb.

Amberger verstand davon so gut wie nichts. Wann endlich, so fragte er sich ungeduldig, ist von den Planeten, von Sonne und Erde die Rede, wann von Kopernikus? Allein dieser Name musste fallen, um vor zahlreichen Zeugen den Schlüssel zu seinem Todesurteil in der Tasche zu haben.

Doch dieser Name fiel nicht.

Regelmäßig besuchte Amberger die Universität und kehrte stets enttäuscht zum Kloster zurück. Schmerzlich erkannte er, dass Mathematik und Astronomie eine komplizierte Materie darstellten. Es reichte nicht aus, einfach nur auf den ketzerischen Namen zu warten. Ab und zu unterhielt er sich mit den Studenten und horchte sie über den Professor aus. Das war ungefährlich. Ein Verhör mit Galilei persönlich scheute er.

Noch war der richtige Zeitpunkt für einen Angriff nicht gekommen. Amberger blieb auf der Lauer, wie eine Katze vor dem Mauseloch. Er musste sich Zeit lassen. Irgendwann würde sich schon eine Gelegenheit bieten, das Opfer zu packen.

Die Wochen verstrichen. Irgendwann hielt der Geheimrat das lange Warten nicht mehr aus. Er beschloss etwas zu unternehmen, um die Sache zu beschleunigen.

Eines Morgens sattelte er sein Pferd und machte sich auf den Weg nach Rom. Sein Ziel war das Heilige Offizium, die Inquisition. Ohne Umschweife ritt er auf das berüchtigte Gebäude zu, dem heimlichen Machtzentrum der westlichen Hemisphäre, um das die meisten Bewohner der Stadt einen großen Bogen machten. Alle wussten: Hier wurde verhört und gefoltert. Wahrheit gestanden, verdreht oder geleugnet. Todesurteile gefällt und vollstreckt. Und alles im Namen Gottes.

Amberger suchte den maßgeblichen Inquisitor auf, Kardinal Robert Bellarmin. Der Mann mit dem hageren Gesicht und der langen, gebogenen Nase, galt als die Autorität neben dem Papst. Manche behaupteten sogar, er sei der Mächtigste im Reich. Durch seine geschickte und beharrliche Art erreichte er fast jedes Ziel. So brachte er anno 1600 Giordano Bruno auf den Scheiterhaufen.

Nach Worten der Begrüßung und allgemeinen Bemerkungen über die weltpolitische Lage, kam Amberger schnell zur Sache. Eindringlich schilderte er die häretischen Prinzipien Galileis und betonte, welche Gefahr von diesem Mann für die kirchliche und politische Ordnung ausging.

„Wir sind über diesen Mathematikus im Bilde und beobachten ihn genau", unterbrach ihn der Kardinal nach einigen Minuten gelassen und lehnte sich bequem in seinem Sessel zurück.

„Warum unternehmt Ihr nichts gegen diesen Ketzer? Ungehindert verbreitet sich tagtäglich von Florenz aus die Irrlehre in alle Welt. Und Rom schaut zu und schweigt."

Bellarmin reagierte mit einem säuerlichen Gesichtsausdruck. Er mochte es nicht, belehrt oder unter Druck gesetzt zu werden. Schon gar nicht von jemandem, der meinte, es besser als er zu wissen. Solche Leute weckten seinen Argwohn.

„Was liegt Euch daran, dass Galilei zum Schweigen gebracht wird?", fragte er kritisch. „Ihr seid ein weltlicher Mann und steht in Diensten des deutschen Kaisers. Kümmert Euch gefälligst um Eure Angelegenheiten und haltet Euch aus den Entscheidungen der Kirche heraus."

Das war deutlich.

Amberger betonte, dass er als Staatsmann auch Diener der katholischen Kirche sei und beides nicht voneinander trennen könne. Aber für Bellarmin war das Gespräch beendet.

„Die Kirche hat unendlich mehr Zeit, als Ihr zu haben scheint", erklärte der Kardinal zum Abschied. „Was über eineinhalb Jahrtausende Bestand hatte, fällt nicht morgen zusammen."

Überlegen klopfte er Amberger auf die Schulter und drängte ihn nach draußen.

Noch am selben Tag schrieb der Inquisitor einen Brief nach Florenz. Er bat seine Freunde, ein wachsames Auge auf diesen Geheimrat aus Prag zu werfen. Wer weiß, fügte er hinzu, ob dieser Mann nicht ein gefährliches Doppelspiel ausübte. Es sei verdächtig, wenn jemand aus dem kaiserlichen Lager sich in kirchliche Angelegenheiten einmischte. Solche Leute müsste man genau im Blick behalten, ihre wahren Motive sind meistens nur der Aufbau von eigenen Machtstrukturen.

Nein, das durfte nicht wahr sein!

Morgens bei der Feldarbeit wurde ihr speiübel. Sie würgte und spuckte. Mal hatte sie überhaupt keinen Appetit, mal konnte sie nicht genug bekommen. Schockiert musterte sie ihren Körper. Alle Erklärungsversuche, die sie sich in diesen Tagen zurechtlegte, konnten die Tatsache nicht leugnen: Regina war schwanger.

Mit Ekel starrte sie auf ihren Bauch. Ich will dieses Kind nicht, schrie es in ihr. Um nichts auf der Welt. Ambergers Kind in meinem Leib, entsetzlich. Was soll ich bloß machen? Das werdende Leben aus dem Mutterleib reißen oder mir gleich selbst das Leben nehmen? Verzweifelt rang sie um eine Entscheidung. Im

Wald wuchsen genug giftige Pilze, deren Aussehen und Wirkung sie genau kannte. Todsicher. Während das Kind in ihrem Leib wuchs, spielte sie immer öfter mit solchen Gedanken. Doch zu einem endgültigen Entschluss fand sie nicht.

Um ihre Schwangerschaft zu verbergen, zog sie unförmige Kleidung an und behauptete, sie sei wassersüchtig. Der einzige Mensch, dem sie sich in ihrer Not anvertraute, war die Bäuerin. Ihr gelang es in langen und geduldigen Gesprächen, Regina von allen Todesplänen abzubringen. Sie stärkte sie darin, dass ihr eigenes Leben und das des Kindes Sinn und Wert habe.

„Mach keinen Unsinn, Regina! Tu diesem Schuft, der dich geschwängert hat, nicht den Gefallen, dass du dich aufgibst. Zeig allen, dass du leben willst."

„Ich weiß nicht, wie ich's beschreiben soll", schluchzte sie. „Irgendwie bin ich von diesem Mann abhängig. Nicht jetzt, wenn ich bei Euch bin. Aber manchmal wache ich nachts schweißgebadet auf, weil ich seine befehlende Stimme gehört habe. Dann zieht es mich mit aller Gewalt zu ihm hin. Dieser Mensch hat mein Leben in der Hand."

„Vergiss diesen Kerl einfach", riet die Bäuerin. „Und wenn es soweit ist, dann ruf mich. Ich werde dir helfen."

So trug Regina ihre Last, die immer schwerer wurde. Eines Nachts - alle Hofbewohner schliefen - spürte sie, dass der Zeitpunkt nahe war. Schmerzverzerrt erhob sie sich vom Lager und stolperte zur Küche. Es war keine Zeit mehr zu verlieren. Ein neues Leben bahnte sich den Weg in die kalte Welt.

„Helft mir!", winselte sie. Doch die Nacht verschluckte jeden Ton.

Ihr wurde schwarz vor Augen.

Plötzlich umfingen sie kräftige Arme. Es musste eine Eingebung gewesen sein, die die Bäuerin bewog, sich von ihrem Nachtlager zu erheben und noch einmal in die Küche zu gehen.

„Mein Kind", sagte sie nur und streichelte ihren Kopf.

Im Ofen glimmte noch Feuer und strahlte einen Hauch von Wärme aus. Flink zündete sie zwei Lampen an. Ohne zu zögern, legte sich Regina auf den Küchentisch und schob ihren Rock hoch. Schnell holte die Frau eine Schüssel mit Wasser und ein frisches Leinentuch. Ein scharfes Küchenmesser und einen Faden legte sie so hin, dass Regina es nicht sehen konnte. Das Mädchen stöhnte und verzog ihr Gesicht vor Schmerzen.

„Hab keine Angst, Kleines. Wir werden es mit Gottes Hilfe schon schaffen", beruhigte sie sie mit fester Stimme.

Dann geschah das Wunder, das sich in jedem Augenblick auf dieser Erde ereignet und dennoch einzigartig ist: Ein Kind wurde geboren. Die Sonne war noch nicht aufgegangen, als das helle Schreien eines Jungen die Küche erfüllte. Flehentliche Töne, die sagen wollten: „Ich will leben und ihr sollt auch leben - wir alle miteinander!"

In diesem Moment kam der Bauer schlaftrunken in die Küche gestürzt und begriff zuerst nicht, was vor sich ging und was er dazu sagen sollte. Seine Frau erklärte ihm kurz die Zusammenhänge.

„Wie soll denn das Kind heißen?", fragte sie schließlich.

Regina tat, als würde sie überlegen. Doch ihre Antwort war klar.

„Martin Johannes", hauchte sie schließlich. „Gegen das Ansinnen des leiblichen Vaters sollen beide Namen für eine neue Zeitepoche stehen: Martin für Luther und Johannes für ..."

Ihre Stimme ertrank in einem Meer von Tränen.

Anfangs war Regina noch glücklich, dass sie ein Kind geboren hatte und die bedrückende Last los war. Aber bald kippte die Stimmung. Sie hatte dieses Kind nicht gewollt und auch jetzt wollte sie es nicht. Als sie das Neugeborene zum ersten Mal ansah, erschrak sie bis ins Mark. Unzweifelhaft trug es die Züge von Amberger. Obwohl die Bäuerin betonte, dass es ihr ähnlich sehe, entdeckte sie nichts anderes als das Abbild dieses grässlichen Mannes. Mit diesem Bild konnte und wollte sie nicht leben. Schließlich stand es nicht nur für einen Menschen, sondern für eine Gesinnung.

„Im Laufe der Zeit wird sie ihr Kind schon annehmen", äußerte die Bäuerin abends zu ihrem Mann. „Oft ist es so, dass Mütter ihre Kinder zuerst nicht mögen, sie aber bald inniglich lieben."

Doch Regina vernachlässigte ihr Kind. Immer öfter spielte sie mit dem Gedanken, ihren Sohn umzubringen.

Die Bäuerin fürchtete das drohende Unheil.

Eines Vormittags, an dem die Bauersleute wie üblich mit den Knechten draußen auf dem Feld sein mussten, schlich Regina aus der Küche in die Schlafkammer. Leise beugte sie sich über die alte Wiege, die jahrzehntelang verstaubt auf dem Dachboden gestanden hatte und jetzt zu unerwartetem Gebrauch gekommen war. Sie streckte die Arme aus, um das Kind an sich zu nehmen.

Entsetzt fuhr sie zurück. Die Wiege war leer. Nur die Bettdecke lag aufgeschlagen da.

„Wo ist mein Kind?", rief sie fassungslos.

Regina verstand die Welt nicht mehr. Auf einmal erwachten in ihr Muttergefühle, die sie bislang nicht gekannt hatte. Sie durchkämmte den ganzen Hof. Keine Spur. Sie rannte nach draußen aufs Feld.

„Mein Kind, wo ist mein Kind?", rief sie verzweifelt in den Wind.

Nur die Blätter rauschten in den hohen Eichen. Nirgendwo war eine Menschenseele zu sehen.

Ratlos, mit leeren Händen, rannte sie zum Stall, schwang sich auf ein Pferd und suchte die Gegend ab. Nichts, niemand da. Sie galoppierte ins Dorf. Da kam sie an der alten Dorfkirche vorbei. Erstaunt hielt sie inne. Festlicher Kerzenschein schimmerte durch die Fenster. Zu dieser Stunde an einem Werktag war das ungewöhnlich. Sie band die Stute in der Nähe fest und schlich mit unruhigem Gefühl zur Kirche. Neugierig drückte sie die schwere Eingangstür einen Spalt weit auf und lugte ins Innere.

Ihr blieb das Herz stehen.

Vor dem Altar stand der Bauer mit der Bäuerin. Die Frau hielt einen Säugling im Arm. Der Pfarrer sprach gerade mit durchdringender Stimme: „Ich taufe dich auf den Namen Martin Johannes ..."

Regina wollte nach vorne stürmen, doch sie verharrte regungslos im Portal. Alle Glieder waren wie gelähmt.

In diesem Augenblick vernahm sie eine monotone Stimme, die eindringlich zu ihr sprach und der sie sich nicht entziehen konnte: „Wenn das Kind geboren und getauft ist, wirst du es mir bringen. Unverzüglich hierher!"

Ihr Gesicht wurde aschfahl, kalter Schweiß stand auf der Stirn. Regina wusste, was nun zu tun war.

Nach der Taufe übergab die Bäuerin das Kind einer Frau, die die ganze Zeit daneben gestanden hatte. Sie war eine Nonne.

Hasserfüllt starrte Regina die Frau in der Kutte an. Als diese sich der Kirchentür näherte, lief sie schnell weg und versteckte sich hinter einem Dornbusch. Von hier aus verfolgte sie mit klopfendem Herzen das weitere Geschehen. Während die Bauersleute zu ihrem Hof zurückkehrten, stieg die Nonne in eine vornehme Kutsche, die hinter der Kirche auf sie wartete.

Die Peitsche knallte. Ruckartig setzte sich das Gefährt Richtung Westen in Bewegung.

Nun war keine Zeit zu verlieren. Regina schnellte aus dem Versteck, rannte zu ihrem Pferd, schwang sich hinauf und gab ihm die Sporen.

Da! Vor ihr rumpelte die Kutsche auf dem schmalen und mit Schlaglöchern übersäten Weg. Regina holte auf und folgte dicht. Auf einmal vernahm sie ein klägliches Weinen, das ihr durch Mark und Bein ging.

Jetzt oder nie.

In einer Kurve setzte sie zum Überholen an und bedrängte die anderen Pferde. Der Wagen geriet ins Schlingern und rutschte plötzlich die Böschung zu einem kleinen Bach hinunter. Fluchend sprang der Kutscher vom Bock und untersuchte die Achsen.

Diesen Augenblick nutzte Regina. In Windeseile stieg sie vom Pferd, lief zum Wagen, schlug der verdutzten Nonne kräftig mit der Faust ins Gesicht und riss ihr das Kind aus dem Arm. In Sekundenschnelle saß sie wieder im Sattel und stürmte davon.

Niemand konnte sie mehr aufhalten.

Sieben Tage brauchte Regina, um ihr Ziel zu erreichen. Sie machte nur eine Pause, wenn ihr Kind vor Hunger weinte. Dann bettelte sie um Milch, weil ihre Brüste nichts hergeben mochten. Bevor die Nacht hereinbrach, suchte sie stets nach einem Quartier. Meistens fand sie auf Bauernhöfen Unterschlupf, weil die Leute sie bedauerten und Mitleid mit dem Kind empfanden.

Es war gegen Abend, als sie Florenz erreichte und das Kloster San Marco vor sich erblickte. Die Mauern glänzten schwach im Licht der untergehenden Sonne. Ein friedliches Bild, das die Wahrheit hinter der Fassade verbarg.

Sie blickte sich um. Dort hinten im Turm lag Ambergers Zimmer. Deutlich konnte sie das düstere Fenster sehen.

Vor der Stadt hatte sie sich Männerkleidung übergezogen, die sie heimlich einem Knecht entwendet hatte. Einen Strohhut drückte sie tief in ihr mit Kohle geschwärztes Gesicht. Schnell band sie ihr Pferd an einen Baum und presste das Kind unter die weite Jacke. Zum Glück schlief es friedlich und ahnte nichts davon, was bevorstand.

Apathisch schritt sie zum Eingangstor und pochte dreimal kräftig gegen das Holz.

Stille. Dann ein Schlurfen.

Wieder war es Pater Nicolaus, der öffnete.

Kritisch musterte er den Gast und stellte die obligatorische Frage, um an der Stimme den Fremden zu entlarven.

Doch Regina war vorbereitet. Auf den einsamen Wegstrecken hatte sie unermüdlich geübt, mit tiefer Stimme im Dialekt der Steiermark zu sprechen.

„Ich bin Steinmetz und beauftragt worden, die Sandsteinbögen in Eurer Kapelle auf Stabilität zu untersuchen", erklärte sie mit fachmännischem Blick und schaute sich prüfend um. „Euer Kloster war ja vor einiger Zeit von Erdstößen heimgesucht worden. Zum Wohl Eurer Brüder solltet Ihr kein Risiko eingehen."

Lorini schien keinen Verdacht zu schöpfen. Er ließ sie herein und führte sie durch den Kreuzgang zur Kapelle. Mit lautem Knarren drückte er die schwere Tür auf und ließ sie eintreten.

Wenn jetzt bloß das Kind nicht schreit!, durchfuhr es sie.

Zum Glück entfernte sich Lorini bald. Deutlich hallte sein schleppender Gang in dem Gemäuer.

Endlich war sie am Ziel ihrer mühsamen Reise angekommen. Erschöpft, aber erleichtert hielt sie inne. Es roch modrig. Nach Vergangenheit. Hier war die Zeit schon lange stehengeblieben, verharrten die Zeiger regungslos.

Behutsam zog sie ihr schlafendes Kind unter der Jacke hervor und küsste es zärtlich auf die Stirn.

„Ich bringe Leben", rief sie in die Stille der Kirche und erschrak über das Echo, als wollte es eine Antwort geben.

Langsam schritt sie an den leeren Bankreihen vorbei auf den Altar zu.

„Leben heißt Zukunft. Nach vorne blicken. Das habt ihr vergessen. Ihr klammert euch an den Staub der Jahrhunderte und glaubt daran. Euch sind die Menschen heute gleichgültig geworden. Unsere Fragen sind euch egal. Die einzige Antwort, die ihr gebt, ist der Mief der Tradition. Der Scheinmoral. Der Lüge. Ich habe euch durchschaut. Ihr könnt mir nichts vormachen. Durch meinen Leib hindurch habe ich das Unrecht gespürt. Habe monatelang gelitten und nächtelang geweint. Wo ist der Vater, wo ist er denn?, wurde ich unterwegs immer wieder gefragt und habe betreten geschwiegen. Aber das ist jetzt vorbei. Ich bin nicht die Jungfrau Maria. Mir könnt ihr kein Kind andichten. Die Welt soll die Wahrheit erfahren. Ich werde sie nicht für mich behalten, wie ihr hofft. Oh nein. Ihr sollt euch mit dieser Wahrheit befassen. Hören, wie sie schreit. Riechen, wie sie stinkt. Sehen, wie sie wächst. Zittern, wie sie euch verdrängt. Sterben, weil sie lebt ..."

In ihre erregten Worte mischten sich die Schreie des Kindes. Regina riss sich ihr Gewand auf, ließ sich auf eine Bank fallen und versuchte zu stillen. Ein Wunder, es gelang. Zum ersten Mal. Stolz wiegte sie ihren Sohn hin und her, bis er seine himmelblauen Augen schloss und wieder einschlief. Das war der letzte Blick gewesen. Stumm betrachtete sie das kleine Bündel. Friedlich, nichts ahnend von der rauhen Wirklichkeit, lag es da. Die Minuten vergingen, als wären sie Zeitepochen.

Auf einmal wurde ihre Andacht durch einen kräftigen Schlag gestört. War es Gottes Stimme, die wie ein Blitz herniederfuhr? Regina drückte das Kind an sich und fuhr hoch. Es war die Klosteruhr, die verkündete, was die Stunde geschlagen hatte. Wie Donnergrollen hallte die Glocke.

Langsam löste sie sich aus ihrem Schrecken und schritt bedächtig die Stufen zum Altar empor. Es wirkte feierlich wie bei einer Prozession. Sie wusste, dass sie am Ende einer Reise angelangt war, die deutlich mehr als neun Monate gedauert hatte. Nun musste der letzte Akt folgen. Es gab kein Zurück.

Schwerfällig kniete sie vor dem Altar nieder. Mit zittrigen Händen breitete sie ein Tuch aus und legte ihren schlafenden Säugling darauf. „Hier opfere ich mein Kind", stieß sie schwer atmend hervor, „nicht dem Tod, sondern zum Leben!"

Schnell zog sie aus ihrer Jackentasche einen kleinen Zettel, den sie unterwegs beschriftet hatte. Sie band ihn um das rechte Ärmchen. Nur ein Name stand darauf: *Martin Johannes.*

Flüchtig küsste Regina ihr Kind ein letztes Mal.

„Mit Gottes Hilfe wirst du es schaffen, mein Martin Johannes", flüsterte sie tränenerstickt.

Mit einem Ruck erhob sie sich und lief zum Portal. Dort hielt sie kurz inne. Sie wusste, dass sie nicht umkehren konnte.

Leise schloss sie hinter sich die Kirchentür, verließ unbemerkt das Kloster und trat hinaus ins Freie.

Ihren Sohn sollte sie nie wiedersehen.

„Wie kommt dieser Bastard in unser ehrwürdiges Kloster?", rief Amberger erbost, als er von dem ungewöhnlichen Fund in der Kapelle gehört hatte. „Da steckt doch eine sündhafte Verfehlung hinter."

„Ich werde ihn unverzüglich wegbringen lassen", versprach Lorini.

„Warum denn?", erwiderte Amberger listig. „Er könnte auch bei uns aufwachsen. Ein Junge in der Gemeinschaft der Dominikaner - daraus kann etwas Großes werden. Ich persönlich erkläre mich bereit, wie ein Vater für dieses Kind zu sorgen!"

Der Geheimrat begann, in systematischer Kleinarbeit ein Netz von Informanten aufzubauen. Er war enttäuscht darüber, wie zögerlich die Inquisition arbeitete. Für ihn saßen Feiglinge in den höchsten Ämtern, die an ihrem persönlichen Heil mehr interessiert waren als am Gemeinwohl. So brach er zu einer längeren Reise auf. Unter fremdem Namen besuchte er Genf, Basel und Straßburg. Weiter ging es nach Tübingen, Gießen und Marburg. Dann reiste er nach Jena, Leipzig und Wittenberg, der Hochburg der Reformation. Zum Schluss folgten Helmstedt, Rostock, Groningen und Rinteln. Orte, an denen protestantische Universitäten entstanden waren. Dreizehn Städte der Ketzerei. Besonders lange hielt er sich in Rinteln auf und inspizierte das Schaumburger Land.

Durch Vermittlung der Dominikaner und Jesuiten knüpfte er schnell Kontakte zu führenden Persönlichkeiten. Einflussreiche Politiker, hohe kirchliche Würdenträger, tüchtige Kaufleute, im Kampf erfahrene Feldherren und berühmte Professoren wurden zu seinen Gesprächspartnern. Bald waren Ambergers Mittelsmänner eifrig damit beschäftigt, Irrlehrer aufzuspüren. Sie fingen Briefe ab, fertigten Nachschriften an und beförderten diese unauffällig weiter. Sie suchten persönlichen Kontakt zu Ketzern, täuschten Interesse und Sympathie vor und notierten sich alle Aussagen. Sämtliche Berichte und Abschriften gelangten durch eigene Boten direkt zu Amberger ins Kloster nach Florenz. Innerhalb weniger Jahre gelang es dem Geheimrat, ein engmaschiges Informationsnetz aufzubauen, das straffer geleitet wurde, als das Heilige Offizium. Ohne Zweifel steigerte das sein Ansehen und seine Macht. Selbst Kaiser Matthias war insgeheim stolz auf ihn.

Dann der Schock.

Matthias starb 1619 plötzlich. Amberger setzte alle Hebel in Bewegung, um die Nachfolge in seinem Sinn zu regeln. Es gelang. Im selben Jahr wurde Erzherzog Ferdinand aus Graz zum neuen Kaiser gekrönt. Ein strenger Katholik, Freund der Jesuiten und erklärter

Gegner von Johannes Kepler aus alten Tagen. Dieser saß nun stolz auf dem Thron.

Amberger rieb sich vor Genugtuung die Hände.

Die Jahre verstrichen.

„Wir haben einen Ketzer weniger!“ Triumphierend lief Amberger zu Lorini und schwenkte einen Brief. „Kepler ist tot. Eben bekam ich eine Meldung aus Regensburg, dass der vertriebene Johannes Kepler dort am 15. November 1630 gestorben ist.“

„Eines natürlichen Todes?“, fragte der Pater und zog die Augenbrauen hoch.

„Natürlich. Was denkt Ihr denn?“, schmunzelte Amberger. „Wir machen gründliche Arbeit. Nach geraumer Zeit werden wir Keplers Grab verwüsten, sodass es für alle Zeiten unauffindbar bleibt. Damit die Grabstätte dieses Ketzers nicht zur Pilgerstätte wird.“

Er hockte sich auf eine Bank und griff zufrieden zum Bierkrug. „Endlich! Jetzt werde ich mir den Schlüssel holen. Lange genug habe ich darauf gewartet.“

„Welchen Schlüssel?“ Lorini blickte ihn neugierig an.

„Den Schlüssel der Erkenntnis, den Schlüssel zu Himmel und Erde. Zu Leben und Hölle. Zu Gegenwart, Vergangenheit und Zukunft. Er soll aus dem heiligen Tempel des Königs Salomo stammen und dreizehn Zacken haben. Dreizehn, versteht Ihr? Noch steckt er in der blauen Tür in Benatek. Aber ich werde ihn mir holen und das Schloss woanders einbauen lassen. Ich weiß auch schon wo – in einer prunkvollen Kirche eines Schlosses im Norden des Reiches. Das Schloss im Schloss. Dann habe ich alle Macht in den Händen. Denn wer *den* Schlüssel besitzt, hat Zugang zu allem!“ Er lachte siegesgewiss.

Atemlos stürmte der Bote Anfang Oktober 1632 in Galileis Arbeitszimmer. „Ich habe eine dringliche Botschaft für Euch ..."

„Nicht jetzt! Ihr seht doch, dass ich arbeite." Der Schreibtisch des Gelehrten war mit Büchern und Manuskripten übersät, die er sorgfältig studierte.

Der Mann ließ sich nicht beirren. „Der Inquisitor von Florenz hat mich beauftragt, Euch diesen Brief persönlich zu überreichen."

Galilei fuhr hoch. Mit aufgerissenen Augen starrte er auf den Umschlag. Augenblicklich wurde sein Antlitz aschfahl, es zuckte in seinen Mundwinkeln. Er ahnte Schlimmes.

Jahrelang war Ruhe gewesen; er hatte einigermaßen frei und ungehindert forschen und seine Schriften veröffentlichen können. Aber jetzt schien damit Schluss zu sein.

Nervös riss er den Brief auf und überflog die Zeilen.

Unmissverständlich forderte Urban VIII. ihn auf, sofort nach Rom aufzubrechen und vor der Inquisition zu erscheinen.

Niemals – das wäre mein Ende, schoss es ihm durch alle Glieder.

In den nächsten Tagen rief Galilei drei befreundete Ärzte zu sich. Jene waren sich schnell einig, dass es aus gesundheitlichen Gründen für den fast Siebzigjährigen nicht zumutbar war, in dieser Jahreszeit eine Reise auf sich zu nehmen. Deshalb verfassten die Mediziner drei Atteste und leiteten diese nach Rom. Sie spielten auf Zeit.

Die Antwort erfolgte prompt. „Wir geben Euch einen Monat Aufschub, um zu gesunden. Danach habt Ihr unverzüglich die Reise anzutreten."

Nachdem die Frist abgelaufen war, erging eine schärfere Vorladung.

Galilei kümmerte sich nicht darum.

Aufs Höchste verärgert diktierte der Papst ein letztes Schreiben an den Inquisitor in Florenz: „Seine Heiligkeit und das Heilige Offizium können das Verhalten Galileis auf keinen Fall länger dulden. Seitens der Inquisition wird man eigene Ärzte bestellen, um den Delinquenten genau zu untersuchen. Sollte sich dabei herausstellen, dass sein Zustand gar nicht so ernst ist, muss er unverzüglich als Gefangener in Ketten nach Rom transportiert werden. Falls er doch ernsthaft krank ist, ist er sofort nach seiner Gesundung in gleicher Weise zu bringen. Alle Kosten dieses Verfahrens sind von Galilei persönlich zu tragen."

Dicht tanzten Schneeflocken aus dem grauen Himmel herab. Allerdings blieb die weiße Pracht nicht lange liegen. Der Boden war zu warm und saugte das kühle Nass in sich auf, um den Weg noch schlammiger zu machen, als er schon war.

Nur mühsam kam die Kutsche vorwärts. Am 20. Januar 1633 hatte sich Galilei endlich auf den Weg nach Rom begeben. Alle Ausflüchte und Verzögerungen hatten nichts mehr genützt. Sogar seine Freunde drängten ihn schließlich zur Fahrt. Zur Flucht nach vorn.

Nun hockte er auf der harten Bank im rumpelnden Wagen und starrte gedankenverloren in das Toben der Flocken.

Ihm gegenüber kauerten zwei Bewacher, die eingenickt waren und leise vor sich hin schnarchten. Nur der Kutscher pfiff ein munteres Lied.

Eiseskälte stieg in ihm hoch. Noch enger drückte er seinen Mantel um den Leib. Eine düstere Zukunft lag in der Luft.

Ambergers Truppe kam gut voran. Jedoch hinderte das schlechte Wetter sie, noch zügiger zu reiten. Bei jedem größeren Gasthaus stiegen sie ab und fragten den Wirt: „Habt Ihr einen Reisenden namens Galileo Galilei beherbergt?"

Jedes Mal Kopfschütteln.

Bis einer nickte. „Der war vorgestern hier. Hat ordentlich bezahlt."

„War er in Begleitung?"

„Außer dem Kutscher waren zwei Gesandte bei ihm. Freundliche Männer. Warum fragt Ihr?" Der Wirt schaute sie argwöhnisch an.

„Wir sind gute Freunde dieses Gelehrten." Ambergers Augen blitzten.

Er war sehr darüber verärgert, von der Abreise des Ketzers zu spät informiert worden zu sein. Seit Monaten lag er auf der Lauer und wartete nur darauf, dass Galilei das schützende Florenz verließ. Irgendwo auf der einsamen Strecke nach Rom würde sich gewiss eine günstige Situation ergeben, das leidige Problem unauffällig zu lösen.

Die Männer gaben ihren Pferden die Sporen. Bald berichtete ihnen ein anderer Wirt, dass der Gesuchte erst gestern in seinem Gasthof übernachtet hatte. Der Abstand schmolz wie der Schnee auf den Berghängen. Wie Hunde, die Blut geleckt haben, stürmten die Reiter ihrem Opfer hinterher.

„Da sind sie!", rief Amberger plötzlich und wies mit ausgestrecktem Arm nach vorn.

Gerade hatten sie einen Bergrücken überquert und blickten ins Tal hinab.

Die Sicht war nach dem Schneefall besonders klar geworden. Deutlich war der steinige Weg auszumachen, der sich in sehr vielen Biegungen zum Fluss hinunterschlängelte. Am Horizont war eine Stadt zu erkennen, wie ein zarter Strich ragte ein Kirchturm gen Himmel. Einige Meilen vor dem Ort bewegte sich im Schneckentempo ein kleiner dunkler Punkt. Die Kutsche mit Galilei.

„Los! Packen wir sie, bevor sie die Häuser erreichen", befahl er und stürmte los.

Der Weg, den sie zurücklegen mussten, erwies sich länger, als sie dachten, weil die Serpentinen große Bögen schrieben.

Amberger überlegte, ob sie nicht eine Abkürzung nehmen sollten. Aber er verwarf diesen Gedanken, um seine Leute und sich nicht unnötig in Gefahr zu bringen. An einem trockenen Sommertag hätte man diesen Versuch ohne Risiko machen können, nicht jedoch in dieser Jahreszeit.

„Halt! Hier geht es nicht weiter."

In der kleinen Stadt vor Rom stoppten Soldaten plötzlich Ambergers Truppe.

„Warum nicht, was ist los?" Verärgert blickte der Geheimrat die Bewaffneten an und versuchte sich an ihnen vorbeizudrängeln.

„Überall wütet die Pest. Wenn Ihr durch unsere Stadt und weiter nach Rom wollt, müsst Ihr Euch der Quarantäne unterziehen."

„Das ist lächerlich. Wir sind kerngesund. Schaut uns an, wir haben keine Pest!"

„Schon viele haben das behauptet und wurden dann doch krank."

„Ich bin Petrus Amberger, Geheimrat in Diensten des Deutschen Kaisers und in geheimer Mission unterwegs. Unverzüglich muss ich nach Rom", erklärte er mit Nachdruck und stieß den Posten zur Seite.

„Und wenn Ihr der Papst persönlich wäret, vor der Pest sind alle Menschen gleich. Hier kommt Ihr nicht durch. Befehl ist Befehl!"

Hastig blickte sich Amberger um. Sollte er sich mit Gewalt den Weg bahnen? Im Nu waren seine Männer von zahlreichen Soldaten umringt. Zähneknirschend gab er seinen Widerstand auf. Ein Stück zurück zu reiten und einen anderen Weg zu nehmen schien zwecklos, weil alle Orte im Umkreis von Rom durch Quarantänemaßnahmen versuchten, die Pest von der Hauptstadt fernzuhalten.

Wie Gefangene wurden sie abgeführt. Unsanft stieß man sie in eine Scheune, die voller Menschen war. Die meisten lagen auf Stroh und starrten apathisch auf ihre Haut: ob sich die gefürchteten Pestbeulen bildeten oder nicht. Ein Haus voller Angst und Grauen. Manch Gesunder war schon hierher gekommen und steckte sich an der tödlichen Seuche an.

„Vielleicht ist ja unser Mathematikus auch da", raunte Amberger seinen Männern zu. „Es wäre nicht schlecht, wenn er sich hier das holt, was unseren Plänen entgegenkommt."

Doch Galilei war auf anderen Wegen bereits in Rom eingetroffen. Genau am 13. Februar.

In der Hauptstadt spielte man auf Zeit. Erst im April wurde der Gelehrte zu einem ersten Verhör vor die Inquisition geladen.

Dort warf man ihm vor, gegen das Dekret von 1616 verstoßen zu haben, das ihm verbot, die Lehre des Kopernikus weiter zu verbreiten. Der Angeklagte bestritt alle Vorwürfe. Etliche Vernehmungen folgten, die Beweise waren erdrückend - aber Galilei beteuerte unermüdlich seine Unschuld.

„Dieser Ketzer lügt. Er lügt wie gedruckt!" rief Amberger wütend, als er endlich in Rom eingetroffen war und Pater Caccini ihm eines Abends von den Verhören berichtete. „Schaut Euch seine Schriften an. Da könnt Ihr die Ketzereien schwarz auf weiß lesen. Ich habe im Laufe der Zeit seine Bücher und Briefe gesammelt, habe in Vorlesungen seine Äußerungen mitgeschrieben. Alles belastendes Material, alles Beweise." Erregt donnerte er einen Stapel Papier auf den Tisch. Nach einer Pause fügte er leise hinzu: „Lasst mich als Ankläger direkt gegen diesen Ketzer im Prozess auftreten. Eure Gelehrten könnt Ihr Euch sparen. Ich mache das schon. Ich werde den Lügner überführen!"

„Wir alle wissen, dass er lügt", antwortete Caccini trocken.

Amberger stutzte. „Wie bitte?", fragte er ungläubig.

„Meint Ihr wirklich, dass wir nicht genau Bescheid wissen? Haltet Ihr das Heilige Offizium für so dumm? Um seinen Kopf aus der Schlinge zu ziehen, um sein nacktes Leben zu retten, lügt Galilei schamlos. Würde er sich jedoch zu Kopernikus bekennen, oder würden wir ihn der Lüge überführen, *müssten* wir den Scheiterhaufen entfachen. Aber sein Qualm würde uns kräftig ins Gesicht schlagen. Die Protestanten suchen ja nur nach einem Märtyrer. Für uns ist das keine ungefährliche Sache. Aus einem kleinen Feuer kann sich schnell ein Flächenbrand entwickeln. Schließlich wollen wir in Rom kein zweites Wittenberg. Deshalb brauchen wir diesen Prozess mit seinem Lügner. Jedermann auf der Straße soll wissen: Die Inquisition tut etwas. Auf die einzig wahre Kirche ist Verlass. Das ist das beste Mittel, das Volk in Sicherheit zu wiegen und von Missständen in unserer Kirche abzulenken."

„Ihr spielt mit einem Feuer, Caccini, das schon längst zum Flächenbrand entartet ist. Bald habt Ihr die Lage nicht mehr unter Kontrolle. Ich rate Euch dringend: Überführt diesen Ketzer schleunigst der Irrlehre. Nur der Scheiterhaufen wird alle Keime des Widersachers ersticken. Der Teufel trägt viele Masken. Mal die eines Kepler, jetzt die des Galilei. Hütet Euch vor dem Bösen. Sonst macht Ihr Euch mitschuldig."

„Mein lieber Geheimrat", antwortete Caccini spöttisch, „habt Ihr es immer noch nicht begriffen? Uns geht es nicht um astronomische Lügen oder Wahrheiten. Der Fall Galilei ist allein eine Machtfrage geworden. Und diesen Kampf werden wir für uns entscheiden."

Es ist der 22. Juni 1633. Im Saal des Inquisitionsgerichts im Dominikanerkloster Santa Maria sopra Minerva sind alle Kardinäle und Beamte der Inquisition versammelt. Dämmerlicht fällt durch die hohen Kirchenfenster. An den Wänden hängen düstere Bilder von Märtyrern und Heiligen. Auf einen Wink hin wird die seitliche Tür geöffnet. Zwei Bewaffnete führen einen alten Mann mit weißgrauem Bart herein. Galileo Galilei. Er trägt das Büßerhemd. Scheu, mit dem Blick nach unten gerichtet, bleibt er in der Mitte des Saals stehen, flankiert von seinen Bewachern.

„Im Namen Jesu Christi und der Heiligen Jungfrau Maria ergeht folgendes Urteil", beginnt der Vorsitzende mit kräftiger Stimme vorzulesen. „Ihr seid verdächtig, für wahr gehalten und geglaubt zu haben, dass die Sonne der Mittelpunkt der Welt ist, und dass sie sich nicht von Ost nach West bewegt, und dass die Erde sich bewegt und nicht der Mittelpunkt der Welt ist. Ihr seid weiter verdächtig, zu meinen, dass man eine Meinung vertreten und als wahrscheinlich verteidigen dürfe, nachdem erklärt und festgestellt ist, dass sie der Heiligen Schrift zuwider ist. Wir wollen Euch davon befreien, sofern Ihr vorerst mit reinem Herzen und ungeheuchelt vor uns abschwört und jene Irrtümer und Ketzereien verwünscht und verflucht, ebenso wie jeden anderen Irrtum und jede andere Ketzerei gegen die katholische apostolische Kirche."

Alle Augen im Saal sind auf Galilei gerichtet. Mit unbewegter Miene steht er da und nimmt das Urteil entgegen. Äußerlich wirkt er ruhig und gelassen. Doch seine geballten Fäuste hält er krampfhaft unter dem Gewand verborgen.

Jetzt erhebt sich der Sekretär des Tribunals und schreitet bedächtig auf den Verurteilten zu. In diesem Augenblick öffnet sich hinten im Raum eine Nebentür. Kaum wahrnehmbar schlüpft eine Gestalt herein und bleibt im Halbdunkel eines hohen Pfeilers stehen. Der Mann hat seine Kapuze tief über den Kopf gezogen. Die Anwesenden nehmen keine Notiz von ihm. Nur der Vorsitzende stutzt einen Moment und schaut hinüber. Er schöpft keinen Verdacht. Schließlich kann er sich auf seine Wachtposten verlassen, die draußen vor der Tür stehen und aufpassen, dass der Prozess nicht gestört wird.

Der Sekretär überreicht Galilei ein dicht beschriebenes Schriftstück. Die Hand des Gelehrten zittert, als er es entgegennimmt.

Flüchtig blickt er auf das Papier, dann schaut er in die Runde. Und wieder auf das Papier.

Er zögert.

Man sieht ihm an, wie seine Gedanken hin und her gerissen werden. Wie er mit sich kämpft. Wie ein Schwert seine Seele durchschneidet. Es scheint, als würde die Zeit stehenbleiben, die Uhren ihr Ticken unterbrechen. Sonne und Erde auf ihrem Lauf innehalten. Der Herzschlag aussetzen. Der Tiber seine Wassermassen erstarren lassen und die Waage der Marktfrau für einen Augenblick im Ungleichgewicht verharren.

Plötzlich geht ein Ruck durch den Mann. Er fällt nach vorne auf die Knie. Er wankt, bis er das Gleichgewicht wiedergefunden hat. Nun nimmt er das Blatt und hält es dicht vor die Augen. Das Sehen fällt ihm in diesem Zwielicht schwer. Im Saal herrscht Totenstille. Mit stockender Stimme beginnt Galilei vorzulesen, was er tags zuvor diktiert bekam:

„Ich, Galileo, Sohn des Vinzenz Galilei aus Florenz, siebzig Jahre alt, stand persönlich vor Gericht und ich knie vor Euch Eminenzen, die Ihr in der ganzen Christenheit die Inquisitoren gegen die ketzerische Verworfenheit seid. Ich habe vor mir die heiligen Evangelien, berühre sie mit der Hand und schwöre, dass ich immer geglaubt habe, auch jetzt glaube und mit Gottes Hilfe auch in Zukunft glauben werde, alles was die heilige katholische und apostolische Kirche für wahr hält, predigt und lehrt. Es war mir von diesem Heiligen Offizium von Rechts wegen die Vorschrift auferlegt worden, dass ich völlig die falsche Meinung aufgeben müsse, dass die Sonne der Mittelpunkt der Welt ist, und dass sie sich nicht bewegt, und dass die Erde nicht der Mittelpunkt der Welt ist, und dass sie sich bewegt. Es war mir weiter befohlen worden, dass ich diese falsche Lehre nicht vertreten dürfe, sie nicht verteidigen dürfe und dass ich sie in keiner Weise lehren dürfe, weder in Wort noch in Schrift. Es war mir auch erklärt worden, dass jene Lehre der Heiligen Schrift zuwider sei. Trotzdem habe ich ein Buch geschrieben und zum Druck gebracht, in dem ich jene bereits verurteilte Lehre behandele und in dem ich mit viel Geschick Gründe zugunsten derselben beibringe, ohne jedoch zu irgendeiner Entscheidung zu gelangen. Daher bin ich der Ketzerei in hohem Maße verdächtig befunden worden, darin bestehend, dass ich die Meinung vertreten und geglaubt habe, dass die Sonne Mittelpunkt der Welt und unbeweglich ist, und dass die Erde nicht Mittelpunkt ist und sich bewegt. Ich möchte mich nun vor Euren Eminenzen und vor jedem gläubigen Christen von jenem schweren Verdacht, den ich gerade näher bezeichnete, reinigen. Daher schwöre ich mit aufrichtigem Sinn und ohne Heuchelei ab, verwünsche und verfluche jene Irrtümer und Ketzereien und darüber hinaus ganz allgemein jeden irgendwie gearteten Irrtum, Ketzerei oder Sektiererei, die der Heiligen Kirche entgegen ist. Ich schwöre, dass ich in Zukunft weder in Wort noch in Schrift etwas verkünden werde, das mich in einen solchen Verdacht bringen könnte. Wenn ich aber einen Ketzer kenne, oder jemanden der Ketzerei verdächtig weiß, so werde ich ihn diesem Heiligen Offizium anzeigen oder ihn dem Inquisitor oder der kirchlichen Behörde meines Aufenthaltsortes angeben. Ich schwöre auch, dass ich alle Bußen, die mir das Heilige Offizium auferlegt hat oder noch auferlegen wird, genauestens beachten und erfüllen werde. Sollte ich irgendeinem meiner Versprechen und Eide, was Gott verhüten möge, zuwiderhandeln, so unterwerfe ich mich allen Strafen und Züchtigungen, die das kanonische Recht und andere allgemeine und besondere einschlägige Bestimmungen gegen solche Sünder festsetzen und verkünden. Dass Gott mir helfe und seine heiligen Evangelien, die ich mit den Händen berühre. Ich, Galileo Galilei, habe abgeschworen, geschworen, versprochen und mich verpflichtet, wie ich eben näher ausführte. Zum Zeugnis der Wahrheit habe ich diese Urkunde meines Abschwörens eigenhändig unterschrieben und sie Wort für Wort verlesen, in Rom im Kloster der Minerva am 22. Juni 1633. Ich, Galileo Galilei, habe abgeschworen und eigenhändig unterzeichnet."

Seine Stimme ist immer kräftiger geworden. Nun erhebt er sich selbstbewusst und schickt sich an, den Saal zu verlassen. Die Bewacher nehmen ihn in die Mitte. Abrupt bleibt er auf einmal stehen und blickt mit feurigen Augen um sich. Drohend hebt er seinen Zeigefinger und schleudert mit seltsamer Betonung noch einen einzigen Satz durch den Raum:

„*Und* geschworen habe ich hier,
dass *sie*, die Wahrheit, sich nicht *bewegt*;
wie *sich* der Himmel auch dreht,
fest steht sie *doch*."

„Habt ihr das gehört?", ruft eine aufgebrachte Stimme quer durch den Saal. „Merkt ihr nicht, dass dieser Mann ein infamer Lügner ist? Er gehört auf den Scheiterhaufen. Unverzüglich!"

Wild gestikulierend drängelt sich Petrus Amberger an den Kardinälen vorbei nach vorne und stürmt geradewegs auf Galilei zu. Niemand versucht ihn aufzuhalten. Nur noch wenige Schritte trennen die beiden voneinander.

Blitzschnell zückt er einen Dolch, den er unter dem Mantel verborgen hatte. Die Bewacher weichen zur Seite. Unbeweglich starrt Galilei ihn an. Den Anwesenden stockt der Atem.

Amberger holt aus. „Du Ketzer! Du Lügner! Du Satansbrut!“, schäumt er.

Eine starke Hand packt den Geheimrat plötzlich von hinten und schleudert ihn zu Boden.

„Schluss!“, gebietet Caccini und tritt mit seinem Stiefel kräftig gegen Ambergers Arm.

Klirrend fällt der Dolch auf die Marmorplatten.

„Eine Verschwörung ist hier im Gange und Ihr alle gehört dazu“, stößt der Geheimrat wütend hervor.

„Jetzt ist nicht die Stunde des Staates, sondern die der Kirche“, zischt Caccini und hockt sich neben den Unterlegenen. „Wir allein entscheiden über Himmel und Erde. Merkt Euch das. Was hier abläuft, ist genau vorbereitet worden. Jeder weiß, was er zu sagen, oder worüber er zu schweigen hat. Keiner darf aus der Rolle fallen. Auch Ihr nicht, Amberger. Dieses Theater hat sich schon lange bewährt. Gleich ist der Akt zu Ende.“

Von seinen Bewachern gedrängt wird Galileo Galilei aus dem Saal zurück in die abgeschirmten Räume der Inquisition geführt. Der Vorhang fällt.

Kapitel 8

Die Saat der Macht

Feierliche Spannung.

Der unterirdische Saal ist festlich geschmückt. Erlesene Speisen laden zum genüsslichen Mahl ein. Es duftet nach Braten und Gemüse, nach Früchten und frischem Brot. Würziger Rotwein, der in Fässern an der Seite bereitsteht, berauscht mit seinem Aroma. Fackeln an den Wänden tauchen den Raum in feierlichen Schein. Emsige Diener treffen die letzten Vorbereitungen für das Fest, das eine Stunde vor Mitternacht beginnen soll.

Der Ort des Geschehens ist mit Bedacht gewählt worden. Gut erreichbar und dennoch abseits gelegen. Ein repräsentatives Umfeld und doch nicht im direkten Blickfeld von Kaiser und Königen. Das Schloss in der Residenzstadt Bückeburg im Schaumburger Land bietet ideale Voraussetzungen mit seinen geheimen Räumlichkeiten. Wer das Gebäude betritt, ahnt nicht, was sich darunter in der Tiefe befindet. Der Zugang erfolgt durch die ehrwürdige Schlosskirche. Verborgen vor den Augen der Gottesdienstbesucher führt hinter einem Vorhang eine Wendeltreppe in den Untergrund. Ausgeklügelte Schächte sorgen stets für frische Luft. Durch ein System von Gängen erreicht man die Gewölberäume. Ein idealer Versammlungsort für Treffen, die unbemerkt von der Öffentlichkeit bleiben sollen. Diese unterirdische Anlage soll bereits in den Zeiten der Kreuzritter als geheime Zufluchtstätte errichtet worden sein. Später bauten die Schaumburger Grafen ihr Schloss darüber und schenkten den Gewölberäumen keine Beachtung mehr. Der Zugang in der Schlosskirche wurde einfach vermauert. Niemand weiß genau, wann diese Baumaßnahme rückgängig gemacht wurde. Ohne Wissen des Landesherrn sollten die geheimen Räume wieder genutzt werden können.

So auch heute.

Langsam treffen die ersten Gäste ein. Sie begrüßen einander mit herzlichen Gesten; viele haben sich seit geraumer Zeit nicht mehr gesehen. Geduldig weisen die Diener ihnen die genau vorgeschriebenen Plätze an der Tafel zu. Entweder zur rechten oder linken Seite des Gastgebers, der erst nach dem Erscheinen der Geladenen den Saal betreten will.

Auf der rechten Seite hat Karl F. aus Basel Platz genommen, Professor der Jurisprudenz. Unruhig blättert er in einer Schrift, die ihm kurz vor seinem Eintreffen zugesteckt worden ist. Neben ihm füllt der korpulente Johannes S., Buchdrucker aus Leipzig, den Stuhl. Erschöpft tupft er sich den Schweiß von der Stirn. Es folgt Graf H. von Marburg. Aufrecht, mit stechendem Blick, mustert er die anderen. Kämmerer Wolfgang B. aus Gießen leistet ihm Gesellschaft. Daneben sitzt Kaufmann Georg K. aus Straßburg. Misstrauisch umklammert er unter dem Gewand mit der Rechten seinen prall gefüllten Geldbeutel. Als Letzter auf der rechten Seite hat sich Adam W. aus Helmstedt niedergelassen, der als ehrgeiziger Heerführer sich am liebsten auf Schlachtfeldern zu Hause fühlt.

Ihm gegenüber finden wir Melchior N. aus Rostock, einen weit gereisten Schiffskapitän, der sich angeregt mit seinem Nachbarn unterhält. Cyriakus von A. studiert Philosophie in Wittenberg und lauscht amüsiert den Berichten aus fernen Ländern. Auf dem Stuhl daneben, jedoch ein wenig nach hinten gerückt, thront Bischof L. aus Genf. Geistesabwesend starrt er zur Decke, als sehe er hinter dem Gewölbe eine andere Wirklichkeit. Fast auf Tuchfühlung hält Ambrosius P. eine Karte ausgebreitet in der Hand, auf der der fanatische Astronom aus Jena die Sternenbahnen studiert. Interessiert blickt Bürgermeister Willem de V. aus Groningen ihm über die Schulter. Von diesen beiden abgewandt klopft Ludwig R. aus Tübingen unruhig mit seinen dürren Fingern auf die Tischplatte, als spiele er eine chaotische Partitur. Als Musiker, Gaukler und Wahrsager ist er ein gerngesehener Gast auf Hofbällen. Mit zahlreichen Frauen aus der höfischen Gesellschaft pflegt er intime Kontakte und nutzt sie, um Einfluss auf politische Entscheidungen zu nehmen.

Neben ihm bleibt ein Platz leer. Verwaist steht der 13. Stuhl da.

Alle wissen, dass er dem Gast aus Rinteln vorbehalten ist. Doch hat niemand eine Ahnung, wer der Unbekannte ist.

Es ist eine Stunde vor Mitternacht.

Endlich erscheint der Gastgeber. Er trägt ein dickes Buch unter dem Arm. Augenblicklich verstummt das Gemurmel an der Tafel und die Männer lehnen sich zurück. Eine seltsame Stimmung breitet sich aus.

Geheimrat Petrus Amberger tritt zu seinem Stuhl an der Stirnseite. Er nimmt nicht Platz, sondern bleibt davor stehen. Auf seinen Wink hin entfernen sich die Diener und ziehen sich in einen Nebenraum zurück.

„Dieses ist ein historischer Augenblick“, beginnt er mit feierlicher Stimme. „Ich begrüße Euch herzlich und freue mich, dass wir zum ersten Mal alle zusammengekommen sind. Nur Rinteln fehlt noch. Wahrlich, es gibt einen Grund zum Feiern, denn unsere Arbeit hat sich gelohnt. Der elende Ketzer Kepler ist tot und Galilei hat widerrufen! Ob seine Worte gelogen oder ernsthaft waren, ist gleichgültig. Freunde, Galilei hat widerrufen! Ich war selbst zugegen!"

Brausender Beifall erhebt sich. Hochrufe auf Amberger erklingen.

„Ohne Eure Mitarbeit wäre dieser Sieg nicht möglich gewesen", fährt der Geheimrat anerkennend fort. Seine Stimme bekommt auf einmal einen scharfen Ton. „Ich will nicht verhehlen, dass ich mir die Lösung des Falls Galilei anders vorgestellt habe. Dieser Ketzer gehört auf den Scheiterhaufen! Genauso wie damals Giordano Bruno. Aber dieser weichliche Papst hat Angst vor mutigen Entscheidungen. Er hat die Hosen voll ..."

Brüllendes Gelächter.

Amberger wischt sich über die Stirn. „Bevor wir zum Höhepunkt des Abends kommen, möchte ich Euch zum Festmahl einladen. Alles ist vorbereitet. Greift zu!"

Diese Aufforderung lassen sich die Gäste nicht zweimal sagen. Die Diener betreten wieder den Saal und beginnen die Köstlichkeiten zu servieren. Bald sieht man, wie es allen schmeckt und der Wein mundet.

„Auf Euer Wohl!", hebt der Bischof sein Glas und prostet Amberger zu.

Doch der wehrt ab. „Habt Geduld. Noch sind wir nicht so weit."

In diesem Augenblick öffnet sich die Tür und ein junger Mann betritt den Raum. Amberger lächelt ihm zu. Ihre Blicke begegnen sich. Niemand bemerkt diesen Kontakt; auch nicht das kaum wahrnehmbare Nicken. Die beiden wissen Bescheid.

Zielsicher steuert der junge Mann zum freien Platz an der Tafel und setzt sich. Nur die Männer neben ihm halten kurz mit dem Essen inne und blicken ihn neugierig an.

Der Mann aus Rinteln ist da.

Amberger erhebt sich. Die Diener verlassen auf sein Zeichen hin erneut den Saal. Er räuspert sich. Die Spannung steigt.

„Meine werten Freunde! Ich habe Euch nicht eingeladen, um nur Galileis Widerruf zu feiern. Vielmehr muss unser Kampf unerbittlich weitergeführt werden. Die Welt braucht eine schlagkräftige Truppe von Auserwählten, die sich nicht scheut, gegen jede Form von Ketzerei und Lüge vorzugehen. Die in der Lage ist, jedes Aufflammen im Keim zu ersticken. Man muss sich wieder auf die Grundwerte von Tradition und Ordnung verlassen können. Unsere heutige Zeit ist in ein Chaos abgedriftet. Jeder Hanswurst meint etwas verändern zu müssen. Damit wird die Mitte des Lebens an den Rand gedrängt. Die Erde aus dem Zentrum gerückt."

Zustimmendes Gemurmel füllt den Raum.

Amberger spürt die Gunst der Stunde. „Wollt ihr, dass Ketzerei und Irrlehre die Menschheit ruinieren?"

„Nein!", tönt es unisono.

„Wollt ihr zulassen, dass die wahnwitzige Theorie von den Gesetzen der Natur zur Wahrheit erhoben wird, die unsere Erde zu einem unbedeutenden Sternchen macht, das irgendwo im Weltall umher geistert?"

„Niemals!"

„Wollt ihr mit ansehen, wie man auf die kaiserliche Ordnung pfeift und die Tradition der einzig wahren Kirche mit Füßen tritt?“

„Nein, niemals!“ Der Saal bebt.

Der Geheimrat genießt das Toben und wartet, bis es wieder ruhig geworden ist. Die Männer hängen an seinen Lippen.

„Ich möchte euch nun eine geheime Botschaft kundtun, eine Offenbarung über das Grundprinzip der Welt. Das, was alles zusammenhält, sind nicht irgendwelche Teilchen oder Metalle, kein Magnetismus oder die Urflut. Einzig eine Zahl, die lediglich aus zwei Ziffern besteht, ist der Schlüssel zum Weltverständnis. Und damit zur Macht. Was für ein Jahr schreiben wir heute?“

„1633!“, brüllen sie.

„Dieses Jahr ist kein beliebiges, sondern das der Offenbarung der einzigen Wahrheit. Zählt die einzelnen Ziffern zusammen.“

„13!“, schallt es durch den Raum.

„Genau. Diese Zahl ist es, um die sich alles dreht – die Sonne mit den Planeten, ja das ganze Firmament. Sie ist das Symbol für die Erde, das Grundprinzip des Lebens. Wir werden die verborgenen Kräfte der 13 nutzen und sie wird unsere geheime Waffe sein. Ihr wisst, dass die 12 als Zahl der Vollkommenheit gilt, wogegen die 13 vom Volk als Unglückszahl verstanden wird. Die Menschen sind in diesem Punkt sehr abergläubisch. Genau darin liegt für uns die große Möglichkeit. Wir werden diesen Aberglauben nutzen. Alles, was sich auf 13 zurückführen lässt, wird den Leuten Angst machen. Das ist eine gute Voraussetzung, denn Menschen, die Angst haben, sind fügsam und leicht zu beeinflussen. In Zukunft wird es einfach sein, unsere Vorstellungen von Glaube und Lehre durchzusetzen. Kein Ketzer wird es künftig mehr wagen, uns zu widersprechen. Denn wer das Volk auf seiner Seite hat, ist Sieger. So sollen in jeder Stadt, in allen Landen, Männer wie ihr im Geheimen wirken. Ihr sollt Informationen sammeln, die mit der 13 zu tun haben. Alle Meldungen sind unverzüglich direkt an mich weiterzuleiten. Von meiner geheimen Kommandozentrale hier in Bückeburg werden dann Befehle erteilt, wie weiter vorzugehen ist. Die besten Mathematiker des Landes sollen die Zusammenhänge mit jener Zahl erforschen, damit wir mit diesen Erkenntnissen die Welt mit Angst und Schrecken regieren können. Ohne, dass der Pöbel es merken wird, haben wir den Schlüssel zu ihren Herzen gefunden, den Zugang zur ewigen Herrschaft. Deshalb lasst uns in dieser Stunde einen geheimen Bund für alle Zeiten schließen. Wir werden uns als Geheimbund 13 ‚Die Tredici' nennen und damit die Erinnerung an dieses denkwürdige Jahr 1633 wachhalten."

Gebannt blicken die Versammelten Amberger an. Sie spüren den historischen Augenblick. Das Gefühl, an einer Weichenstellung der Geschichte mit dabei zu sein.

„Wollt ihr zu den Tredici gehören?", donnert seine Stimme.

„Ja, wir wollen", hallt es zurück.

„Wer nicht unter Einsatz seines Lebens bereit ist mitzuarbeiten, möge sich erheben, den Saal augenblicklich verlassen und ewig schweigen."

Die Männer schauen einander an. Wird jemand ausscheren?

Niemand steht auf. Alle sind davon überzeugt, dass es keinen anderen Weg in eine sinnvolle Zukunft gibt.

„Ich sehe keinen, der nicht mitmachen will", stellt der Geheimrat schließlich fest. „Lasst uns nun zum Schwur schreiten. Löscht alle Fackeln an den Wänden. Nur der dreizehnarmige Leuchter in der Mitte der Tafel soll als Symbol für die Erde brennen. Das ist die ewig gültige Ordnung."

Die Männer löschen die Fackeln. Rußiger Qualm, der in Schwaden hin und her zieht, erfüllt den Raum, während von der Tafel feierlicher Schein ausgeht. Die Gesichter der Anwesenden glänzen golden.

„Wenn ich die Schwurformel gesprochen habe, hebt ihr die rechte Hand und streckt den Daumen, den Mittel-, Ring- und den kleinen Finger aus. Diese symbolisierte 13 soll unser geheimes Erkennungszeichen für alle Zeiten sein. So soll auch in Jahrhunderten die Erinnerung an diese Stunde anno 1633 nicht verblassen. Erhebt euch nun von den Plätzen!"

Die Männer erheben sich. In diesem Augenblick schlägt die hohe Turmuhr dreizehn Mal. Wie eine schreiende Warnung dröhnen die Schwingungen hinaus in die Nacht. Amberger hat alles sorgfältig vorbereitet.

Es ist ein Uhr nach Mitternacht, dem 13. November.

Als der letzte Schlag verklungen ist, beginnt er mit feierlicher Stimme vorzusprechen. „Ich schwöre vor dem Allmächtigen, dass ich die Grundlagen der Tredici, dass die Erde die Mitte der Welt darstellt und die 13 eine Heilige Zahl ist, auf der sich alles Leben gründet, glauben, verbreiten und mit meinem Blut verteidigen werde – solange ich lebe."

Alle heben ihre Hand in der vorgeschriebenen Weise zum Eid und erklären einer nach dem anderen:

„Ich schwöre es."

„Ich schwöre es."

„Ich schwöre es."

„Damit ist der Geheimbund der Tredici gegründet!", stellt Amberger mit bewegter Stimme fest. Er spürt, wie die Erde leicht bebt und das Gemäuer wankt. Behutsam schlägt er sein dickes Buch auf. „Ich danke euch, liebe Brüder. Jetzt ist die Stunde gekommen, in der ich euch das große Geheimnis der wahren Offenbarung verkünden möchte. Es steht im Evangelium des Johannes, in Kapitel 8:

„Und frühmorgens kam Jesus wieder zum Tempel, und alles Volk kam zu ihm, und er setzte sich und lehrte sie. Aber die Schriftgelehrten und Pharisäer brachten eine Frau zu ihm, beim Ehebruch ergriffen, und stellten sie in die Mitte und sprachen zu ihm: Meister, diese Frau ist auf frischer Tat beim Ehebruch ergriffen worden. Mose aber hat uns im Gesetz geboten, solche Frauen zu steinigen. Was sagst du? Das sagten sie aber, ihn zu versuchen, damit sie ihn verklagen könnten. Aber Jesus bückte sich und schrieb mit dem Finger auf die Erde. Als sie nun fortfuhren, ihn zu fragen, richtete er sich auf und sprach zu ihnen: Wer unter euch ohne Sünde ist, der werfe den ersten Stein auf sie. Und er bückte sich wieder und schrieb auf die Erde.

Da trat Judas herzu und fragte: Was schreibst du da? Jesus sah ihn an und sprach: Das sind keine Worte, sondern ein Zeichen der Offenbarung. Sage niemandem davon, denn wer dieses Zeichen deuten kann, wird über Himmel und Hölle herrschen. Da erhob er sich und verwischte mit dem Fuß den Sand. Das Zeichen aber, das Judas gesehen hatte, war ein dreizehnzackiger Schlüssel ..."

Seine Stimme bricht auf einmal ab. Mit starren Augen klammert sich der Geheimrat an seinem Evangeliar fest. Dann an der Tischkante, er schwankt, kann sich plötzlich nicht mehr halten. Er röchelt und sackt vor dem Tisch zusammen. Ein dumpfer Schlag, rücklings liegt er auf dem kalten Steinboden. Mit einem Mal weicht die Starre aus dem Blick; er verdreht die Augen, als ob er entrückt wird.

Aus seinem Gewand gleitet ein großer Schlüssel.

Wie gelähmt stehen die Männer da, bis der erste entsetzt hinzuspringt. „Einen Medikus, wir brauchen einen Medikus!"

„Ich verstehe ein wenig von der Heilkunst", ruft der junge Mann aus Rinteln und drängt mit schnellem Schritt herbei.

Sofort kniet er neben dem Geheimrat nieder. Vorsichtig fühlt er den Puls und legt seine Hand auf die Stirn. Gedankenversunken verharrt er, die Ratschläge der Umherstehenden nimmt er gar nicht wahr.

Endlich blickt er hoch und schaut in die betroffenen Augen der anderen. „Petrus Amberger ist tot", stammelt er leise und schließt die Augen des Geheimrats.

Mühsam, als würden Zentner auf ihm lasten, erhebt er sich. Einige der Männer wenden sich ab, um ihre Tränen zu verbergen.

„Niemand hätte ihm mehr helfen können", fährt der junge Mann fort. „Wir können dankbar sein, dass es ihm noch in letzter Minute gelungen ist, den Geheimbund zu gründen. Sein Lebensziel hat er erreicht. Wahrlich, er ist ein großer Mann gewesen. Wir sind ihm zu bedingungslosem Gehorsam verpflichtet und werden sein Werk fortsetzen. Bis in die hintersten Winkel der Kontinente hinein werden die Tredici ihre Fäden spannen. Unser Schwur wird in alle Ewigkeit gelten!"

Zustimmendes Gemurmel übertönt die Totenstille.

Schließlich tragen sie den Leichnam in einen Nebenraum und bitten die Diener, die Totenwache zu halten, bis die nötigen Regularien besprochen sind.

Von den anderen unbemerkt, bückt sich der junge Mann nochmals und steckt sich den Schlüssel Ambergers schnell in seine Tasche. Den Schlüssel, der seit Keplers Tod jetzt den Zugang in die Schlosskirche ermöglicht. Den Schlüssel der blauen Tür.

„Lasst uns wieder Platz nehmen und aus unseren Reihen einen neuen Geheimrat bestimmen", beschwört der Bischof die anderen. „Bevor die Sonne aufgeht, sollte die Entscheidung gefallen sein."

Sein Vorschlag findet Gehör.

„Wie steht es mit Euch selbst? Ihr wäret ein würdiger Nachfolger", äußert der Rechtsgelehrte aus Basel.

Der Bischof winkt ab. „Ich bin dafür zu alt. Zwar habe ich die Erfahrung eines langen Lebens mit ihren Höhen und Tiefen, allerdings fehlen mir Kraft und Ausdauer für solch eine wichtige Aufgabe. Wir brauchen einen jungen Mann, der das Feuer der Jugend in sich trägt. Der fanatisch und begabt ist."

Seine Augen schweifen umher und finden ihr Ziel.

„Ich schlage den jungen Bruder aus Rinteln zu unserem neuen Geheimrat vor. Wer ist dafür?", fügt er schnell hinzu und ist erstaunt, dass kein Widerspruch laut wird.

Zuerst zögerlich, dann deutlich weisen alle Hände nach oben.

Bevor es vom Schlossturm drei Uhr schlägt, haben die Tredici einen neuen Geheimrat.

„Wer ist eigentlich dieser Mann aus Rinteln?", flüstert der Professor zum Bischof und zieht ihn ein wenig zur Seite. „Wir haben ihn gewählt, ohne jedoch etwas von ihm zu erfahren."

„Vor einigen Tagen hat mich Amberger in sein Wissen über diesen jungen Mann eingeweiht", erklärt der Bischof. „Martin Johannes ist sein Name."

Am Neujahrstag 1642 erscheint in der Residenzstadt Bückeburg ein kleines Buch. Es wird heimlich in der Hofbuchdruckerei hergestellt, die zwischen dem Schloss und dem Rathaus liegt. Während dort tagsüber an offiziell genehmigten Büchern gearbeitet wird, rattern nachts die Druckmaschinen für die Tredici. Geheimrat Martin Johannes achtet persönlich darauf, dass der Kreis der Mitwissenden klein gehalten wird.

Stolz hält er das erste Exemplar in den Händen. Es trägt den Titel:

„Die Ordnung vom Geheimbund der Tredici, begründet vom kaiserlichen Geheimrat Petrus Ambergus im Heiligen Gründungsjahr 1633, verfasst und herausgegeben in deutscher und lateinischer Sprache durch Geheimrat Martin Johannes von San Marco, gedruckt in der Residenzstadt zu Bückeburg im Heiligen Jahr 1642"

Den Kern der Schrift bilden die dreizehn Artikel der Tredici. Die wichtigsten Textstellen lauten:

„Das Jahr der Gründung der Tredici gilt als Heiliges Gründungsjahr, da die Quersumme von 1633 die Zahl 13 ergibt. Von nun an gelten alle Jahre, deren Quersummen ebenfalls 13 ergeben, als Heilige Jahre. Heilige Jubiläumsjahre sind die, die 1633 in jeweils 100jährigem Abstand folgen."

„Alle Zahlen haben eine metaphysische Bedeutung. In ihnen spiegelt sich die göttliche Ordnung wider und verbindet diese mit irdischen Dingen. Daher wirkt sich jeder Umgang

mit Zahlen auf die Dinge selbst aus. Die höchste Bedeutung kommt dabei der 13 zu, weil sie die Ambivalenz des Kosmos in sich trägt. Zum einen gilt sie als Glückszahl, zum anderen als Unglückszahl. Allein der Kontext entscheidet über den wahren Sinn. Die Tredici nutzen die Kräfte, die in dieser Zahl liegen. Daher ist die 13 eine Heilige Zahl. Darauf gründet sich das Numerologische Universale Recht (NUR).“

„Die Aufgabe der Tredici besteht darin, durch die Macht der Heiligen Zahl Einfluss in Staat, Kirche und Menschheit auszuüben. Dazu ist Einfluss an Schulen, Universitäten und der Wissenschaft zu nehmen. Um wirtschaftliche Macht ausüben zu können, sind Vorräte in Gold und Silber anzulegen. Ferner sind Grund und Boden zu erwerben oder gewaltsam anzueignen. Hohe politische und kirchliche Ämter sind anzustreben. Dabei ist der kaiserliche Thron allein dem Geheimrat vorbehalten. Dann ist das Papsttum abzuschaffen, weil der Geheimrat Kaiser und oberster Kirchenführer in einer Person sein wird. Die Lehre und Organisation der Tredici tritt an die Stelle von Staat und Kirche.“

„Die Tredici werden durch den Rat geleitet, der sich regelmäßig im Geheimen trifft. Dieser besteht aus 13 Mitgliedern und wird auf einer Versammlung von 169 Beiräten aus allen Ländern berufen. Diese Berufung findet alle 13 Jahre statt. Der Rat wählt aus seiner Mitte auf Lebenszeit einen Geheimrat zum Vorsitzenden. Die Beiräte werden für 39 Jahre berufen. In jedem Jahr findet ein geheimes Treffen aller Beiräte mit dem Rat statt. Bei diesem Anlass ist Bericht über alle Aktivitäten zu geben. Auch ist der Lebenswandel jedes Einzelnen schriftlich darzulegen. Bei Verfehlungen oder Versäumnissen ist die landesübliche Strafe anzuwenden.“

„In den Heiligen Jahren ist durch verstärkte Aktivitäten der Einfluss der Tredici zu steigern. Das Ziel ist die Macht über Leib und Seele der Menschheit und damit die Weltherrschaft. Alle Bereiche des Lebens sind zu kontrollieren. Das Erreichen dieses Zieles ist der Schlüssel zum himmlischen Tor und ermöglicht wahres Glück und Friede auf Erden. Sinnbild dafür ist der uralte Schlüssel der Tür zur Schlosskirche in Bückeburg. Er ist das Symbol uneingeschränkter Macht und gibt Zugang zu allen Räumen und Zeiten. Auf immer und ewig soll er dort verbleiben."

Einige Tage nach Erscheinen der Schrift dringt eine kleine Gruppe von Bewaffneten in die Hofbuchdruckerei ein. Sie haben den Auftrag, alle druckfrischen Exemplare zu vernichten. Vor Wut erstechen sie den Buchdrucker und verprügeln seine Mitarbeiter. Dann zünden sie das Gebäude an.

Wie ein böses Omen peitscht der Wind die dunklen Rauchschwaden durch die Gassen und treibt sie, vorbei am Schloss, weit über Feld und Wald hinaus.

Die Männer kommen zu spät. Der Geheimrat hat bereits genügend Exemplare in sichere Verwahrung genommen. Niemand kann nunmehr die Ausbreitung der Tredici aufhalten. Ihre Saat beginnt langsam aufzugehen. Eine erste Wirkung hat die Schrift schon gehabt: Galileo Galilei war drei Tage zuvor in der Ferne gestorben.

Kapitel 9

Das Rätsel von Babel

Der reinste Horror!

Die Nacht im Bückeburger Krankenhaus Bethel war schrecklich gewesen. Eine dauernde Anspannung zwischen Wahn und Wirklichkeit. Von Schlafen und Erholung konnte keine Rede sein.

Bloß weg hier.

Am Morgen wurde Christian auf eigenes Risiko entlassen. Er hätte sich auch keinen weiteren Tag dort aufhalten wollen. Per Taxi ließ er sich zu seinem Hotel zurückbringen.

„Guten Morgen, Herr Sonnthag", grüßte ihn der Portier, ohne jedoch den Blick von seiner Zeitung zu nehmen. „Wir haben Sie schon vermisst."

Ach ja? Christian lächelte gequält, sagte aber nichts.

Er misstraute dem Mann an der Rezeption. Er wusste nicht warum, es war nur ein Gefühl, das ihn wachsam sein ließ. In dieser Stadt schien es ein engmaschiges Netz aus Intrigen zu geben. Wer erst mal darin gefangen war, kam nicht so schnell wieder heraus.

Für ihn gab es keine Alternative. Trotz aller Gefährdungen wollte Christian die Spurensuche wieder aufnehmen. Endlich die Sache zu Ende bringen und nicht noch länger daran gehindert werden. Aufgeben – das kam überhaupt nicht in Frage. Zumal er sich dem Ziel sehr nahe fühlte. Dafür war allerdings die Lösung des seltsamen Buchstabenrätsels notwendig, das ausgebreitet vor ihm auf dem Nachttisch lag. In ihm musste der Schlüssel liegen.

Von seinem Handy rief er im Staatsarchiv an, das direkt neben dem Schloss lag.

„Ich brauche dringend einen Termin bei Ihnen. Es geht um die Entzifferung einer alten Urkunde. Ich komme damit nicht zurecht", versuchte er es mit leicht veränderter Darstellung. Irgendwie musste er weiterkommen.

„Kommen Sie am besten gleich vorbei", antwortete die Dame vom Archiv freundlich. „Der Chef ist gerade da."

Christian betrat das ehrwürdige Gebäude. Die Dame wies ihn in einen Leseraum und bat, noch etwas zu warten. Er nahm auf einer Bank Platz und schaute sich in aller Ruhe um. Der hohe Raum mit den Regalen und der unnachahmliche Geruch von alten Schriften ließen ein Gefühl von Vergangenheit aufkommen. Hier tickten die Uhren anders. Irgendwie schienen die Zeitepochen stehengeblieben zu sein. Ein Ort zwischen den Welten.

Nach geraumer Zeit wurde die Tür geöffnet. Ein hagerer Mann mit grauen Schläfen trat ein und fixierte den Eindringling. Er trug weiße Handschuhe, die er geistesabwesend abstreifte.

„Was kann ich für Sie tun?", fragte Dr. Melchior.

„Ich brauche Ihre Hilfe", begann Christian freundlich.

Er wusste, dass diese Bitte stets geeignet war, um Aufmerksamkeit und Wohlwollen zu erregen. „Von meinen Großeltern habe ich eine Eichentruhe geerbt, auf der ich die Inschrift nicht verstehen kann", behauptete er.

Er reichte dem Mann das Blatt mit den 37 Buchstaben.

Dr. Melchior setzte sich eine Lesebrille auf, hockte sich an einen Schreibtisch am Fenster und starrte auf die Lettern.

„Seltsam, seltsam“, murmelte er schließlich. „Das ergibt für mich keinen Sinn.“ Er zückte einen Bleistift und begann sorgfältig die Buchstaben zu zählen und nach Vorkommen zu sortieren. Christian blickte ihm gespannt über die Schulter.

Der Gelehrte verzog das Gesicht und kratzte sich am Kopf. „Mein erster Eindruck ist, dass es sich nicht um Deutsch handelt. Dazu fehlen die wichtigen Buchstaben C, D, F, H, J, K, Q, V, W, X, Y und Z. Genau zwölf Stück, die heilige Zahl!“ Er lächelte vor sich hin. „Ich tippe auf Latein. Allerdings nicht das klassische, da hat man Buchstaben gebraucht, die hier fehlen. Zum Beispiel das C, Q oder V. Deshalb vermute ich das spätere Latein der Gelehrten. Vielleicht aus dem 17. Jahrhundert.“

„Interessant. Damit sind wir schon einen Schritt weiter. Können Sie etwas zum Inhalt sagen?“ Christian blickte ihn aufgeregt an.

„Nein, überhaupt nicht. Dazu sind es zu viele Lettern und folglich gibt es unzählige Möglichkeiten. Entscheidend ist, dass bei einem Lösungsversuch kein einziger Buchstabe übrig bleibt. Natürlich auch keiner fehlt. Das Ergebnis müsste absolut perfekt sein. Dazu kommt die Unwägbarkeit von eventuellen Abkürzungen, wie sie in dieser Zeit oft willkürlich waren. Die Chance steht eins zu mehreren Millionen von Unmöglichkeiten.“ Er blickte auf einmal kritisch auf. „Stammt der Text wirklich von einer alten Truhe?“

Zweifel zogen auf. Wie düstere Wolken. Die Stimmung drohte zu kippen.

„Die Angelegenheit ist kompliziert“, wich Christian aus. Er wusste, dass er aufpassen musste. Er kannte diesen Mann überhaupt nicht und durfte ihn nicht vorschnell in die Sache einweihen. Dennoch brauchte er ihn. Nur ein versierter Fachmann wie er konnte ihm weiterhelfen.

„Ich werde Sie gut bezahlen, wenn Sie den Text entschlüsseln“, bot er an. „Natürlich außerhalb der beamtenrechtlichen Bestimmungen“, ergänzte er listig.

Dr. Melchiors Augen weiteten sich. „Es gibt noch eine Möglichkeit“, sprach er gedehnt. „Wir müssen den Text durch den FE schicken.“

„Was meinen Sie damit?“

„Der FE ist unser ganzer Stolz. Er ist der leistungsfähigste Computer, den es in ganz Niedersachsen nur hier bei uns gibt. Seine wahre Größe kommt durch die Vernetzung mit vergleichbaren Anlagen in den USA zustande. FE ist die Abkürzung unseres Bückeburger Fürsten Ernst, der ein Genie war.“

Der Archivar hielt inne, dann sprudelte eine Frage aus ihm heraus: „Wussten Sie, dass Ernst in den Jahren 1593 und 94 Kaiser Rudolf II. in Prag besucht hat?“

Was soll diese Frage?, wunderte sich Christian. Natürlich wusste er es nicht. Worauf wollte der Mann hinaus?

Seltsam – alle Spuren führten irgendwie nach Prag. Und wieder zurück nach Bückeburg.

Die Männer schritten in einen Nebenraum, der nur durch eine Sicherheitsschleuse betreten werden konnte. Dr. Melchior fuhr den Rechner hoch. Dann tippte er die Buchstabenkolonne ein:

SMAISMRMILMEPOETALEUMIBUNENUGTTAUIRAS

Enter.

Er zuckte zusammen.

Für einen Augenblick erschien auf dem Monitor eine dringende Warnung! Dann wurde alles schwarz. Absolut schwarz. Der Rechner stürzte ab. Nichts ging mehr.

Aus.

Der Gelehrte wurde leichenblass. Seine Hände zitterten, als hätten sie etwas Verbotenes angefasst. Eine Grenze überschritten, ein Tabu gebrochen.

Christian beobachtete den Mann genau. Er spürte die Spannung, die sich plötzlich im Raum ausbreitete.

Dr. Melchior fing sich schnell. „Immer diese blöden Computer", räusperte er sich verlegen. „Wenn man sie braucht, machen sie schlapp. Wie auch immer - ich glaube, dass Ihre Buchstaben keinerlei Bedeutung haben. Sie sind sicherlich nur ein Scherz, der Aufmerksamkeit erregen will. Ein Streich von Schuljungen aus alten Zeiten." Er wies mit der Hand zur Tür, um den Gast herauszukomplimentieren.

Unvermittelt packte Christian den Mann an der Krawatte. „Schluss mit dem Theater! Was wird hier gespielt? Sind die Buchstaben ein Code?"

Dr. Melchior riss sich energisch los. „Raus hier, aber sofort!", zischte er. „Sonst gibt's großen Ärger." Unauffällig drückte er einen kleinen, roten Schalter.

Stiller Alarm.

Plötzlich stand die Dame vom Empfang in der Tür. „Was ist passiert?", rief sie mit entsetztem Gesicht.

Christian witterte die drohende Gefahr. Er schob sich an der Frau vorbei und verließ rasch das Gebäude. Die breite Tür des Staatsarchivs knallte hinter ihm zu. Noch rechtzeitig, die Zivilstreife bog gerade um die Ecke.

Ein mulmiges Gefühl mit großer Unzufriedenheit beschlich ihn. Er hatte Dramatisches ausgelöst, ohne jedoch der Lösung des Rätsels entscheidend näher gekommen zu sein. Um seine Spur zum Hotel zu verwischen, eilte er gegenüber zur Schlossküche. Das Restaurant im alten Küchentrakt des Schlosses war zu dieser Stunde nur schwach besucht. Christian hockte sich in eine hintere Ecke und bestellte einen ostfriesischen Tee. Dann griff er zu einer liegengebliebenen Tageszeitung und verkroch sich hinter den Seiten. Keine Zeile las er, sondern lauschte in höchster Anspannung.

Es herrschte Unruhe im Schloss.

Stimmen waren zu hören, Hin und Her-Gerenne, Klingeltöne der Handys, Quietschen von Türen und Toren. Und schließlich Motorenlärm.

Sämtliche Computer und elektronische Anlagen im Schloss waren ausgefallen. Just in dem Augenblick, als im Staatsarchiv der FE abstürzte.

„Was ist hier los?", fragte Christian mit argloser Stimme die Bedienung.

„Ich weiß auch nicht", flüsterte die junge Frau, zupfte verlegen an ihrer weißen Schürze und beugte sich leicht zu ihm. „Irgendwelche geheimen Mächte sollen versucht haben, Zugriff auf unsere Anlagen zu bekommen. So munkelt man hier."

„Und was bedeutet das?"

„Na ja, dass jetzt das ganze Schloss in Gefahr ist. Die Alarmanlagen und so, die funktionieren nicht mehr. Unser Dürer und die anderen Kostbarkeiten oben im Saal, nichts ist mehr sicher ..." Sie verstummte.

Christian nickte und zahlte. Schnell weg von hier. Bevor die Polizei hereinstürmte.

Auf Umwegen gelangte er zurück zum Hotel. Der zwielichtige Portier saß noch immer dort. Jetzt starrte er auf sein Smartphone.

Als Christian seine Zimmertür aufschloss und den Raum betrat, erschrak er. Alles war durchwühlt und lag verstreut umher. Im Bad fand er eine Nachricht, mit rotem Lippenstift quer auf den Spiegel geschrieben: „HAU AB, SONST +“

Die Schrift einer Frau. Ohne Zweifel.

Das war eine klare Warnung. Trotz allem, was bisher passiert war - er dachte nicht daran aufzugeben. Er blieb entschlossen.

Christian beschwerte sich lautstark. Der Portier besah sich das Zimmer und wirkte entsetzt.

„Wir waren das nicht“, beteuerte er und rief ohne zu zögern bei der Polizei an.

Darauf hätte Christian gerne verzichtet, aber es half nichts. Der Stein war nun ins Rollen gekommen. Zwei Beamte erschienen erstaunlich schnell, als hätten sie hinter der Hausecke auf ihren Einsatz gewartet. Christian wurde ausgiebig verhört. Als ob er der Einbrecher gewesen wäre. Er antwortete so harmlos wie möglich. Er sei ja nur als Tourist hierher gekommen, um sich Bückeburg anzuschauen.

„Da wird irgendeine Verwechslung vorliegen. Ich werde heute noch abreisen“, erklärte er mehrmals.

Das schien der Polizei überhaupt nicht zu gefallen.

„Herr Sonnthag, gegen Sie wurde eine Morddrohung ausgesprochen. Wir müssen sie ernst nehmen. Das können wir nicht einfach ignorieren. Zu Ihrer Sicherheit, kommen Sie bitte mit zur Wache in die Ulmenallee. Alles Weitere werden wir dann sehen.“

„Wenn es unbedingt sein muss“, äußerte er widerwillig.

Vor dem Hotel stand schon der Transporter bereit. Ein ziviles Fahrzeug in schwarz mit getönten Scheiben. Die

Polizisten öffneten die Schiebetür und bugsierten Christian auf die hintere Bankreihe. Mit Wucht wurde die Tür wieder zugezogen und verriegelt. Die Männer nahmen vorne Platz. Der Wagen brauste los.

Alles war sehr schnell gegangen. Zu schnell.

Erst jetzt fiel Christian auf, dass die Uniformen der Polizisten ungewöhnlich aussahen. Wenigstens nicht so, wie er sie kannte. Trug man im ehemaligen Fürstentum Schaumburg-Lippe andere? Sozusagen aus Gründen von Tradition und Geschichte?

Seltsam. Die Sache kam ihm merkwürdig vor. Ein böser Verdacht keimte auf und schlich sich immer stärker in seine Gedanken.

Wie Gift.

Hinter der Mauer eines Friedhofs stoppte der Wagen plötzlich. Die Männer schauten sich um. Niemand war zu sehen. Alles wirkte verlassen und öde.

Schnell stiegen sie nach hinten, zogen eine Pistole und bedrohten ihr Opfer. Dann verbanden sie ihm die Augen und fesselten seine Füße mit einer schweren, rostigen Eisenkette. Einer nahm ihm das Handy ab und zermalmte es unter seinem schweren Stiefel.

Funkstille. Funktod.

Die Männer grunzten vor Freude. Es schien alles nach Plan zu laufen.

Die Reifen quietschten. Der schwarze Transporter beschleunigte.

Angestrengt versuchte Christian die Orientierung zu bewahren. Doch irgendwie hatte er das Gefühl im Kreis zu fahren. Immer wieder bog der Wagen ab, stoppte, um anderen die Vorfahrt zu gewähren. Es waren keine langen Strecken wie über Land, sondern recht kurze. Er war davon überzeugt, sich noch immer in Bückeburg zu befinden.

Das mochte seinen Grund haben.

Aufmerksam lauschte er dem spröden Dialog der Männer vorne. Es ging um Belanglosigkeiten wie Wetter und Fußball. Doch auf einmal bekam das Gespräch eine Wendung.

„Gut, dass wir ihn endlich dingfest gemacht haben", äußerte der Beifahrer. „So konnte das nicht weitergehen. Wer weiß, was der Ketzer noch alles angestellt hätte, um die Versammlung zu stören ..."

Ketzer! - Christian zuckte zusammen. Dieser Ausdruck traf ihn in Mark und Bein. Es gab keinen Zweifel, worum es ging. Er war nicht das zufällige Opfer einer Entführung geworden, sondern alles geschah absolut geplant. Die verbrecherische Verschwörungsgruppe hatte ihn in ihrer Gewalt.

Im Augenblick konnte er gar nichts tun. Nur abwarten und auf eine günstige Gelegenheit hoffen. Deshalb verhielt er sich ruhig. Es nützte nichts herumzubrüllen, zu randalieren oder irgendeinen Fluchtversuch zu wagen. Das hätte die Männer nur provoziert und ihn in Todesgefahr gebracht.

Wohl oder übel musste er auf seine Chance geduldig warten. Auch wenn es ihm schwerfiel.

Der Transporter verließ die Altstadt und bog ein in die Ulmenallee.

Genau in die Richtung der Polizeiwache.

Plötzlich ertönte ein Martinshorn. Ein Polizeiwagen mit Blaulicht raste herbei.

Christian hielt vor Aufregung den Atem an. Gleich stürmen sie den Wagen und ich werde befreit. Dann werde ich auspacken und die Verschwörer auffliegen lassen. Dann wird es wieder Gerechtigkeit geben. Endlich!

Aber der Streifenwagen brauste vorbei. Einfach so. Nichts passierte. Das Schrillen der Sirene wurde immer schwächer. Bis sie nicht mehr zu hören war.

Das darf doch nicht wahr sein! Er war maßlos enttäuscht. Steckten hier alle unter einer Decke?

Unbeirrt fuhr der Transporter direkt an der Polizeiwache vorbei. Das blaue Schild am Gebäude und die anderen startbereiten Streifenwagen interessierten die Männer überhaupt nicht. Auch nicht die Überwachungskameras, die jede Bewegung festhielten. Sie fühlten sich absolut sicher. Wie in einer anderen Welt.

Das dunkle Fahrzeug passierte das alte Gymnasium Adolfinum und kurz danach das fürstliche Palais. Jetzt führte die Straße bergauf. Christian spürte die Steigung ganz deutlich, als er ins Polster der Rückbank gepresst wurde.

Hinter dem alten jüdischen Friedhof, am Rand des Waldes, hielten sie plötzlich an. Der Beifahrer sprang vom Sitz und riss die Schiebetür auf.

Was ist los? Christians Herz begann unruhig zu werden.

Der Mann löste ihm die Fesseln und den Augenverband.

„Raus hier, aber keine Mätzchen machen!", befahl er.

Es fiel Christian schwer, sich wieder an das Tageslicht zu gewöhnen. Auch die Fußgelenke schmerzten. Er stolperte nach draußen.

Die Männer schauten sich nach allen Seiten um. Niemand sonst war zu sehen. Gut so.

Sie nahmen ihr Opfer in die Mitte und führten ihn ein wenig abseits.

Jetzt fliehen? Ist das die Chance? Fieberhaft versuchte Christian abzuwägen zwischen Ja und Nein.

Eine große Unschlüssigkeit quälte ihn. Denn die Zeit arbeitete gegen ihn.

„Schuhe ausziehen und runter mit dir", gebot auf einmal der andere Mann.

Eiskalt lief es Christian über den Rücken. Die wollen mich hier umbringen.

Nackte Angst überfiel ihn.

Nein. Nein. Niemals. Hilfe, Hilfe!

Doch kein Laut kam über seine Lippen. Sein Körper gehorchte nicht mehr. Wie gelähmt stand er da.

Nirgendwo war Rettung in Sicht, keine Menschenseele weit und breit.

Unvermittelt begann einer der Männer laut zu lachen und stieß ihm kräftig in die Seite. „Du hast wohl Schiss, was? Du musst nicht sterben. Wenigstens nicht jetzt und nicht hier. Also: Schuhe aus und runter mit dir."

Christian war wie benommen.

Plötzlich traf ihn ein harter Schlag von hinten. Er fiel nach vorne auf den matschigen Waldboden. Schneller als er begreifen konnte, rissen vier Hände ihm die Schuhe von den Füßen.

„Hier ist Heiliger Boden", begann der Mann zu erklären. „Der Gebirgszug wird Harrl genannt. Das kommt aus dem Altgermanischen und bedeutet Heiliger Hain. Ihr Ketzer verachtet ja die Traditionen, aber wir achten das, was unsere Vorväter verehrt haben. Der Mensch stammt aus dem Wald, er ist seine eigentliche Heimat. Die Stadt macht Menschen nur kaputt, der Wald dagegen heilt Leib und Seele. Das haben die alten Germanen gewusst und gepflegt. Hier im Harrl haben sie ihre Altäre und Opferstätten errichtet. Wir als Tredici setzen diese Tradition fort. Nur so wird die Kreatur zum Eigentlichen finden. Im Einklang mit der Natur. Nicht gegen sie. Schließlich ist sie ja selbst ein Stück davon."

Die Männer knieten neben Christian nieder.

Er hörte, wie sie leise in einer archaisch anmutenden Sprache einzelne Sätze murmelten. Und diese immer wiederholten.

Schließlich erhoben sie sich mit einem Ruck. Jeder zog sich seine Schuhe wieder an. Auch Christian.

„Weiter geht's!", rief einer.

Sie fesselten ihr Opfer wieder, ließen aber die Augen unverbunden.

Bald rumpelte der Wagen, der Allradantrieb schaltete sich ein. Es ging über Stock und Stein. Weiter, immer weiter den Berg hinauf.

Der Fahrer fluchte. „Haut ab!", rief er und hupte, als ahnungslose Wanderer plötzlich ins Sichtfeld kamen. Der Beifahrer kramte ein grünes Schild hervor, auf dem „Forstbetrieb" stand. Damit es gut sichtbar war, platzierte er es direkt hinter die Frontscheibe. Es sollte alle Beobachter beruhigen, die sich über das halsbrecherische Tempo wunderten. Auf keinen Fall sollten irgendwelche Fragen aufkommen. Und kein Zweifel.

Der Mann am Steuer versuchte den zahlreichen Pfützen auszuweichen, aber dafür war der Weg zu eng. Das schmutzige Wasser spritzte in alle Richtungen. Das Holpern nahm zu, alles zitterte und dröhnte. Als drohte der Wagen auseinanderzubrechen.

Ängstlich klammerte sich Christian am Sitz fest. Die rostige Kette scheuerte an seinen Fußgelenken. Die Haut brannte, Blut sickerte durch die Socken.

Er spähte durch die Seitenscheibe. Der Wald wurde dichter. Eng standen hohe Buchen und Eichen. Ihre Wipfel bogen sich bedrohlich im Wind. Immer wieder schleiften Äste über das Autodach oder kratzten an den Scheiben entlang. Eine gruselige Melodie voller Disharmonie. Zerklüftete Felsen türmten sich abseits des Weges auf, überall lagen mit Moos bewachsene Brocken umher. Tiefe Schluchten kündeten davon, dass hier in alten Zeiten Sandstein gebrochen und Kohle abgebaut worden war. Eine wahre Knochenarbeit.

Die ganze Gegend wirkte hart, schaurig und düster. Waren deshalb die Bewohner hier auch so? Oft prägt eine Landschaft die Menschen. Und umgekehrt ist es genauso.

Christian schloss die Augen. Er versuchte abzuschalten, sich von den Schrecken ein wenig zu erholen. An irgendetwas anderes zu denken. An seine Freundin Petra, an den letzten Urlaub, an Sonne und Freiheit. Doch es gelang ihm nicht. Zu bedrängend war die Gegenwart. Zu stark das Rumpeln des Wagens. Zu groß seine Ängste.

Plötzlich stoppte der Transporter. Der Beifahrer sprang wieder vom Sitz und riss die Schiebetür auf.

„Wir sind da“, verkündete er grinsend und löste die schwere Eisenkette. „Aussteigen, Endstation!“

Dichter Nebel zog auf. Wie aus dem Nichts. In Sekundenschnelle breitete er sich aus wie ein Eroberer. Er verschlang die Sichtbarkeit und verschleierte die Wirklichkeit.

Christian trat nach draußen. Er fröstelte. War es hier immer so neblig? Sollte er nicht alles sehen? Die Natur schien mit diesem Geheimbund unter einer Decke zu stecken. Der Decke der Verschwörung.

Wie angewurzelt blieb er stehen. Vor ihm erhob sich ein gewaltiger Turm, dessen Spitze sich im Dunst verlor. Daneben war ein Gebäude in kastellartigem Stil errichtet. Alles war sorgfältig mit Sandsteinquadern gemauert.

Der Idaturm war 1847 von Fürst Georg Wilhelm zu Schaumburg-Lippe errichtet worden. Auf dem höchsten Punkt des Heiligen Hains, auf 212 Metern Seehöhe, wurde er mit 28 Metern errichtet. Genau 128 Stufen führten nach oben auf eine Plattform, die mit kräftigen Sandsteinen gesäumt war. Offiziell sollte der Turm der Landvermessung dienen. Das weckte keinen Argwohn, da man damals öfter ähnliche Türme baute. Auch der Name sollte so harmlos wie möglich klingen: Idaturm – benannt nach Prinzessin Ida Karoline Luise zu Waldeck-Pyrmont. Später Fürstin Ida zu Schaumburg-Lippe. Der Idaturm – ein verspätetes Hochzeitsgeschenk des Gatten oder ein Zeichen des Dankes, dass sie ihm neun Kinder geboren hatte?

Wohl kaum.

Genau ein Jahr vor der Märzrevolution in den deutschen Staaten wollte der Fürst durch diesen Turm ein unübersehbares Zeichen seiner Macht setzen. Zahlreiche Untertanen mit ihren Familien, die an diesem Vorhaben unermüdlich arbeiteten und dafür ihren Lohn empfingen, sollten nicht auf revolutionäre Gedanken kommen. Das mühsame Brechen der Sandsteine, der beschwerliche Transport und schließlich das Mauern in schwindelerregender Höhe bestimmten den Alltag der Menschen vollends.

Die Männer nahmen ihren Gefangenen in die Mitte und führten ihn zum Kastellgebäude. Auf ein bestimmtes Zeichen hin öffnete sich das Portal mit lautem Quietschen.

„Ist das der Ketzer?", fragte ein Mann mit rotem Bart. Er trug einen schmutzigen, weiten Umhang mit Kapuze. Seine Nase war entstellt, als hätte ein Schwert die Hälfte abgeschlagen. Die Augen waren blutunterlaufen. Wenn er sprach, sah man deutlich, dass etliche Zähne fehlten. Dauernd lief Speichel aus den Mundwinkeln und tropfte auf sein Gewand oder den Boden.

Die Entführer schoben ihr Opfer in den Bau und verschwanden schnell mit ihrem Transporter.

Christian erschrak. Hinter ihm fiel die Tür ins Schloss.

Gefangen!

Der Mann blickte ihn finster an. „Ich bin der Kerkermeister und werde Barbarossa genannt. Damit Sie es gleich wissen: Ich bin bewaffnet und ein ausgezeichneter Schütze. Hier kommen Sie nicht raus. Also versuchen Sie es erst gar nicht!"

Daher blieb Christian im Moment keine andere Wahl, als sich mit den Gegebenheiten zu arrangieren und das Gespräch zu suchen.

„Was soll das Ganze?", fragte er unbekümmert. „Ich bin ein harmloser Tourist und einfach so nach Bückeburg gekommen ..."

„Lügen Sie nicht", unterbrach ihn der Mann unwirsch. „Wir wissen genau über Ihren Auftrag Bescheid. Sie sollen uns ausspionieren, um unsere Macht zu zerschlagen. Das wird Ihnen nicht gelingen. Im Gegenteil!"

Nach einer Weile wurde Barbarossa gesprächiger. „Wir haben den Idaturm heimlich übernommen und im Untergrund ausgebaut. Das Fürstenhaus ahnt nichts davon. Schon 1847 waren unsere Leute am Bau beteiligt und haben Hinweise auf die Tredici gegeben. Bis heute sind sie für jeden sichtbar."

Christian blickte ihn erstaunt an. „Was für Hinweise?“

„Symbole, ganz einfach. Aber nur für den zu verstehen, der sie geistig erkennt. Nicht nur optisch.“

„Was denn?“

„Das einzige Fenster im Kastell wird oben von einem Steinbogen gerahmt. Es sind genau 13 Sandsteine. Sie weisen nach Osten. Dem Aufgang der Sonne, der Auferstehung, der Ewigkeit entgegen. Deutlicher hätten unsere Vorväter den Geist der Tredici nicht ausdrücken können.“

„Sicherlich reiner Zufall“, widersprach Christian. Am liebsten hätte er noch viel deutlicher seine Meinung gesagt, aber er zwang sich zur Gelassenheit. Schließlich war er ein Gefangener. Und wenn er hier lebendig rauskommen wollte, musste er höllisch aufpassen und sich nicht provozieren lassen.

Barbarossa öffnete eine gesicherte Tür, die zu einem kleinen Flur führte. Von dort ging es links zum Turm hinauf.

In den Boden gebaut, genau zu Füßen des Turms, befand sich eine eiserne Luke. Neugierig blickte Christian sie an.

Der Mann schien seine Gedanken zu erraten. „Diese Luke lässt sich nur von innen öffnen. Niemand weiß, was sich dahinter verbirgt. Nur der Geheimrat ist in das ewige Geheimnis eingeweiht. Man munkelt, dass sich darunter das Allerheiligste verbirgt.“

Er lachte heiser.

Doch Christian erschauderte.

Auf der anderen Seite des Flurs wand sich eine Treppe aus Sandstein nach unten.

„Hier runter“, befahl Barbarossa.

Christian stieg hinab, den keuchenden Kerkermeister im Nacken. Unten angekommen drängte sich der Mann an ihm vorbei. Nach Einlesen eines Codes und Kontrolle seiner Iris öffnete sich summend eine schwere Sicherheitstür.

Christian blieb verwundert auf der Schwelle stehen. Vor ihm taten sich zwei Räume auf.

In dem einen, nur spärlich beleuchtet, standen reihenweise alte Kisten aus Holz. Dicker Staub lag auf ihnen.

„In diesen Kisten, es sind genau 28 Stück, befindet sich das legendäre Bernsteinzimmer. 1717 schenkte König Friedrich Wilhelm I. es dem Zaren Peter dem Großen in St. Petersburg", erläuterte Barbarossa mit stolzer Stimme. „Seit 1945 gilt es als verschollen. Überall wird es bis heute gesucht, selbst hier im Heiligen Hain wurde eifrig danach gebaggert. Vergeblich, an der falschen Stelle. Diese Idioten. Hier ist es!" Er grunzte vor Vergnügen. „Dieser Schatz ist unsere eiserne Reserve. Ab und zu verkaufen wir mal ein Stück. Neulich in Bremen - damit es nicht auffällt."

Nun ging es in den zweiten Raum, einem hell beleuchteten Kontrollraum. Es war wie in einer anderen Welt. Überall flimmerten Monitore, summten Computer, spuckten Drucker Papierberge aus und blinkten Dioden auf. Datenfluten ergossen sich in die Speichermedien. Etwa ein Dutzend Männer und Frauen waren eifrig bei der Arbeit. Ihre Handys standen kaum still, überall wurde leise gesprochen. Es herrschte Hochbetrieb.

Gerade erhob sich ein Mitarbeiter und schritt zur Tür. Er trug eine etwa ein Meter lange Drohne. Oben vom Idaturm aus würde er sie starten. Sie würde ein genaues Bild der Ereignisse in der Residenzstadt liefern. Rund um die Uhr. Absolut sicher und unauffällig. Die Überwachung war total. Auch Eingriffe in das irdische Geschehen waren ohne Probleme möglich. Die Drohnen waren stets bewaffnet. Ein Knopfdruck genügte. Fast lautlos fanden die kleinen Sprengraketen ihre Ziele.

Barbarossa bot seinem Gefangenen einen Platz auf einer seitlichen Bank an und setzte sich daneben. Er hatte das Bedürfnis zu erklären, ohne gefragt worden zu sein. Dabei sprach er in einer erstaunlichen Offenheit. Wollte er Christian als Agenten für den Geheimbund gewinnen? Oder ihn dazu zwingen? Die Vermutung lag nahe. Sie war, je länger er darüber nachdachte, höchst wahrscheinlich. Der Mann war listiger und dachte strategischer, als er wirkte.

„Unser Ziel ist die Weltherrschaft“, begann er mit leiser Stimme, um die Mitarbeiter nicht zu stören. „Dabei kommt der geistigen Arbeit, der Medienarbeit, die entscheidende Rolle zu. Über verschiedene Datennetze und das Internet bestehen Verbindungen zu den wichtigsten Nachrichtenagenturen, Regierungen, Radio- und Fernsehstationen. Bis hin zu den unzähligen Computern in Büros und Wohnzimmern durch Nutzung der sozialen Netzwerke reicht der Arm der Tredici. Hier sammeln wir Tag und Nacht Nachrichten aus aller Welt und bearbeiteten sie. Dabei werden die Meldungen entweder geringfügig verfälscht weitergegeben oder es werden Gerüchte in die Welt gesetzt, die destabilisierend wirken. Der gezielte Einsatz von Lügen oder Halbwahrheiten hat schon oft Wunder gewirkt. Das bestätigt die Geschichte immer wieder. Wenn unliebsame Politiker nicht durch Wahlen oder einen Putsch beseitigt werden können, vermag manches Gerücht innerhalb kurzer Zeit auch den Stärksten aus der Bahn zu werfen. Unblutig, ohne dass sich jemand die Hände schmutzig machen muss. Das gilt genauso im wirtschaftlichen oder persönlichen Bereich."

Barbarossa holte eine Flasche Mineralwasser, öffnete sie und bot ein Glas seinem Gast an. Christian lehnte ab. Alles war ihm zuwider.

Unbeirrt fuhr der Mann fort. „Als geistige Waffen benutzen wir außerdem die Verleumdung, Fluch, Bann, Demagogie, Erniedrigung, Ignorieren, Isolieren, Schüren von Angst und Schrecken, Drohung, Anklage, Säen von Zweifel, Exorzismus, Suggestion und Hypnose. Also das ganze Programm. Besonders sehen wir unsere Aufgabe darin, jede Form von Aberglauben zu stärken. Dabei spielt die 13 eine entscheidende Rolle. Abhängigkeiten werden konstruiert und suggeriert. Wir verfassen für zahlreiche Zeitschriften und Sender astrologische Horoskope. Systematisch werden Ängste vor dem nahen Weltende und dem Jüngsten Gericht geschürt. Um unsere Vorstellungen unters Volk zu bringen, unterhält der Geheimbund eigene Zeitschriften, TV-Sender und Radiostationen. Schon mal Astro-13-TV geschaut?"

Christian reagierte nicht.

„Seit einigen Jahrhunderten ist Bückeburg der Hauptsitz der Tredici", erklärte er weiter. „Während die Versammlungen mit dem Geheimrat im Schloss stattfinden, ist hier die technische Zentrale für Deutschland. Von dieser Stelle aus überwachen, beeinflussen und steuern wir alles. In alten Zeiten wurden vom Idaturm astronomische Beobachtungen angestellt. Als Sternwarte ragten Fernrohre gen Himmel. Man wollte die Theorien von Kopernikus, Kepler und

Galilei widerlegen. Aber das ist längst vorbei. Heute wenden wir modernste Technik an. Unsere Drohnen über Köln zum Beispiel haben uns genau über Sie informiert. Sie können von Glück sagen, dass wir Sie noch nicht beseitigt haben."

Er lachte schaurig.

„Und warum nicht?" Christian ahnte den Grund. Aber er wollte es genau hören.

„Weil nach unseren Informationen Sie auf der Spur sind, das alte Buchstabenrätsel zu lösen. Das wollen wir rauskriegen. Endlich wissen. Darin wird das Geheimnis, ja, der Schlüssel für die Zukunft liegen. Die Ewigkeit, die Unsterblichkeit!"

„Dieser ganze Überwachungsapparat, die vielen Computer, kriegen die das nicht raus?"

„Seltsamerweise nicht", gestand er. „Wir arbeiten fieberhaft an der Lösung. Doch es scheint sich dabei um eine andere Ebene, Seinsweise, eine andere Geiststruktur zu handeln, die wir mit unserem Willen und den technischen Möglichkeiten nicht erfassen können. Uns sind irgendwo Grenzen gesetzt, wir kommen nicht weiter. Und deshalb brauchen wir Sie. Morgen werden Sie auspacken!"

Plötzlich sah er sie.

Für Bruchteile von Sekunden trafen sich ihre Blicke.

Christian erstarrte.

Das darf doch nicht wahr sein! Sie hier? Ausgerechnet hier?

Es gab keinen Zweifel, kein Versehen, nicht den Hauch einer anderen Möglichkeit. Die Frau am Monitor, hinten auf der rechten Seite, hatte sich wie zufällig umgewandt und ihren Blick erhoben.

Und ihn getroffen. Wie durch einen Pfeil.

Genauso schnell drehte sie sich wieder zurück und starrte auf den Bildschirm. Andrea Weyse, die Witwe des ermordeten Chefs, ließ sich nichts anmerken. Doch in ihrem Inneren tobten die Gedanken und Gefühle.

Über Nacht wurde Christian in einer engen Zelle neben dem Turm eingesperrt. Ein Fenster gab es nicht, nur einen schmalen Luftschlitz. Es war stickig und roch modrig. Von der Decke baumelte eine schwache Glühbirne, die sich nicht ausschalten ließ. Auf dem Steinboden lag eine billige Matratze. Ein Krug mit Wasser stand auf einem wackeligen Tisch, darunter ein Nachttopf. Wie in alten Zeiten. Das war alles.

Erschöpft legte er sich nieder und streckte seine Glieder von sich. Doch er konnte nicht einschlafen. Er fand nicht zur inneren Ruhe. Tausend Gedanken schwirrten ihm durch den Kopf, sein Herz schlug unregelmäßig.

Er lauschte.

Geräusche von unten drangen zu ihm hoch. Undefinierbar.

Die Stunden krochen dahin.

Plötzlich ein Rascheln an der Tür.

Christian erschrak. Er fuhr hoch, hielt die Luft an. Starrte nach vorne.

Leise, wie von Geisterhand bewegt, öffnete sich ganz langsam das schwere Holz.

Eine Gestalt schlüpfte herein und drückte rasch die Tür hinter sich zu.

„Holen Sie mich hier raus“, flüsterte Andrea Weyse. „Alleine schaffe ich es nicht. Sie haben mich vollkommen in der Gewalt.“

Ihre Stimme zitterte, so wie ihr ganzer Körper auch.

Christian schloss sie in seine starken Arme.

Die Nähe tat ihr gut. Sie suchte Geborgenheit und ging zum Du über. „Ich kann dir den einzigen Weg zeigen, um hier herauszukommen. Ohne, dass Barbarossa es merkt. Es ist ein sehr steiler und steiniger Weg. Ein alter Stollen, der zum Hexenteich in den Steinbruch führt."

Er erschauderte. Aber dann nickte er. „Wir werden es versuchen. Auf jeden Fall."

„Nein!", schleuderte sie heraus. „Du musst ihn allein gehen."

„Warum?" Erstaunt blickte er sie an.

„Ich selber kann nicht mitkommen, darf ihn nicht betreten", versuchte sie zu erklären und fuhr sich fahrig durch die Haare. „Weil ich eine Frau bin und ein entsetzlicher Fluch auf diesem Weg liegt ..."

Sie begann zu schluchzen. Immer stärker. Es war, als würden Dämme brechen. In ihren Tränen spiegelte sich ihr ganzes Elend wider.

„Nicht nur der Weg zum Hexenteich ist mit einem Fluch belegt, auch die ganze Geschichte der Familie Weyse", hauchte sie stockend und versuchte sich die Tränen abzuwischen. „Von Anfang an ging nur Unheil davon aus ..."

Sie hielt inne.

Auf einmal wurde sie ganz ruhig.

Ungeahnte Stärke erfüllte sie.

Andrea hob den Blick, strich sich die feuchten Haare aus dem Gesicht und sah Christian fest in die Augen. „Wenn du das Rätsel lösen willst, wenn du den Schlüssel finden willst, wenn du dem Grauen ein Ende bereiten willst – dann befasse dich mit dem größten Statussymbol der Menschheit in den letzten hundert Jahren. Befasse dich mit der Titanic!"

Kräftiges Donnergrollen ließ den Turm erzittern.

Kapitel 10

In den Abgrund der Seele

Eine Tragödie bahnte sich an.

Die Seefahrt war nicht seine Sache. Schon als Kind hatte ihn ein mulmiges Gefühl überkommen, wenn er in ein Boot steigen sollte. Aber das spielte jetzt keine Rolle mehr. Im Gegenteil. Als ob er die Welt und sich selbst besiegen wollte, schritt er an diesem Mittwoch, dem 10. April 1912, mutig die Gangway nach oben. Die Bretter vibrierten unter seinen Stiefeln, zwischen den Ritzen blitzte das bräunliche Hafenwasser. Er schaute nicht hinab. Sein Blick galt vielmehr den gewaltigen Aufbauten. So majestätisch hatte er sich die Titanic nicht vorgestellt.

Oben an der Reling hielt er kurz inne und blickte zurück. Mit ernstem Gesicht suchten seine Augen den Kai ab, auf dem dicht gedrängt Menschen Lasten schleppten, sich verabschiedeten, weinten, riefen, winkten oder angespannt auf das Ablegen warteten. Endlich hatte er den Mann mit dem Zylinder entdeckt. Ihre Blicke trafen sich. Unmerklich nickten sie sich zu. Er wusste, was nun unaufhaltsam seinen Lauf nehmen sollte.

Abrupt wandte sich Arthur Weyse um und strebte dem Oberdeck zu. Seine Kabine war luxuriös ausgestattet. Mit Ornamenten reich verzierte Seidentapeten, schwere Teppiche und bequem gepolsterte Sessel, gruppiert um einen ovalen Tisch, luden zum Wohlfühlen ein. Daneben stand das breite Bett, das von einer dunkelroten Samtdecke überzogen war. Sogar ein eigenes Bad mit warmem Wasser stand ihm zur Verfügung. Nachdem er seinen Koffer ausgepackt hatte, schloss er behutsam die Kabinentür hinter sich zu und schritt aufs Deck.

Gerade wurden die zentnerschweren Taue eingeholt und der Anker gelichtet. Unter ohrenbetäubendem Tuten verließ die Titanic den Hafen von Southampton. Weyses Augen huschten über das Zifferblatt seiner Taschenuhr. Es war genau 13 Uhr.

Zufrieden lehnte er sich an die Reling, steckte sich genüsslich eine Havanna an und blickte hinaus auf die aufgewühlte See. Der Qualm seiner Zigarre schien sich mit dem der Schornsteine zu mischen.

Das Schiff nahm Kurs auf Cherbourg. Gegen Abend kam die französische Küste in Sicht. Weil der Hafen für den Liner zu klein war, musste die Titanic außerhalb der Anlagen vor Anker gehen. Ein Tender der White Star Line war extra dafür bestellt worden, die Passagiere herüberzuholen.

Gespannt musterte Weyse die vielen Menschen, die an Bord gingen. Von seinem Platz aus konnte er sie genau beobachten. Wer war bloß der zweite Mann?

Nach kurzem Aufenthalt wendete das Schiff und steuerte an der englischen Küste entlang Richtung Irland. Langsam brach die Nacht herein. Nachdenklich schlenderte Weyse über das Deck. Aus den Salons drang fröhliche Tanzmusik. Doch seine Gedanken waren ganz woanders.

Es war ein regnerischer Novembertag 1909 gewesen. In einem Nebenraum eines Londoner Clubs trafen sich an diesem Abend dreizehn Männer. Der Rat der Tredici. Mehrmals im Jahr kamen sie zu geheimen Besprechungen zusammen, jeweils in unterschiedlichen Städten und Ländern. Dieses Mal sollte die Versammlung in London stattfinden. Und das aus gutem Grund.

Man kam schnell zur Sache. Der amtierende Geheimrat kramte großformatige Pläne aus seiner Tasche und breitete sie vor den anderen aus. Gespannt blickten die Männer auf fein säuberlich gefertigte Skizzen.

„Meine Herren", begann er mit sonorer Stimme, „die Menschheit steht vor einer entscheidenden Weichenstellung. Es geht ums Überleben - oder den Untergang. Von zuverlässigen Kontaktpersonen ist mir zugetragen worden, dass die Dampfschifffahrtsgesellschaft White Star Line den Bau des größten Schiffes der Welt plant. Es soll alle Rekorde brechen. Ich möchte Ihnen einige Daten anvertrauen, die für sich sprechen. Die Länge wird 269 Meter betragen, bei einer Breite von 28 Metern. Zwischen dem Kiel und der Schornsteinspitze sollen 53 Meter liegen ..."

„Ungeheuerlich. Das ist ja nicht zu fassen", rief jemand dazwischen.

„ ...das Gewicht wird bei 46.328 Bruttoregistertonnen liegen. Die Dampfmaschinen sollen eine Leistung von über 50.000 Pferdestärken entwickeln können und damit eine Geschwindigkeit bis zu 25 Knoten ermöglichen. Das Entscheidende sind nicht diese Zahlen, sondern der Geist, der dahinter steht. Man will nicht nur das gewaltigste Schiff der Welt bauen, sondern es soll allen Mächten trotzen können. Durch einen doppelten Schiffsboden und elektrisch schließbare Schotten soll es unsinkbar sein. Damit wird es das größte bewegliche Objekt, das die Menschheit je gebaut hat. Nicht einmal Gott soll es versenken können!"

„Das ist Gotteslästerung", entrüstete sich ein anderer.

„Hier wird ein teuflischer Plan ausgeheckt, sich über die Naturgewalten und damit über den Schöpfer zu erheben. Jahrtausendelang war der Mensch gezwungen, sich der Natur unterzuordnen. Doch jetzt soll alles anders werden. Der Mensch greift zum Zepter der Macht. Was beim Turmbau zu Babel misslang - nun soll es gelingen. Wenn dieses Denken Schule macht, ist bald nichts mehr unmöglich. Schließlich wird der Mensch versuchen, nach den Sternen zu greifen. Er wird Gott spielen und seine eigene Ordnung aufrichten. Kurzum, er wird nur noch an sich selbst glauben. Es gäbe keine Grenzen mehr."

Der Geheimrat, der anfangs ruhig gesprochen hatte, steigerte seine Stimme immer mehr. Inzwischen hatte er sich erhoben und pochte mit einem Zeigestock auf die Skizzen.

„Was meinen Sie, welchen Namen dieses Schiff tragen soll?", donnerte er.

Niemand wagte einen Vorschlag, alle schauten ihn sprachlos an.

„Es soll Titanic heißen!"

Wild schlugen die Männer mit den Fäusten auf den Tisch.

„Wann soll denn der teuflische Kahn fertig sein?", riefen sie aufgebracht.

„Nicht irgendwann, meine Herren, sondern ganz bewusst im Heiligen Jahr 1912!"

Der Saal tobte. Mit hochroten Köpfen ließen die Männer ihre Wut über diese Lästerung heraus. Sofort waren sie sich darin einig, dass man alles daran setzen musste, dieses Vorhaben untergehen zu lassen.

In dieser Nacht beratschlagten sie lange. Einige schlugen vor, den Bau der Titanic noch auf der Werft in Belfast zu verhindern. Andere waren der Meinung, die Fertigstellung ungehindert zuzulassen, aber bei der ersten Fahrt auf offenem Meer zuzuschlagen. Dieser Plan setzte sich schließlich durch, weil er der grausamste war. Der Verlust von unzähligen Menschenleben wurde beabsichtigt. Entscheidend war, dass das titanische Unternehmen dort untergehen sollte, wo man sich relativ sicher wähnte: Mitten auf dem Atlantik. Nur eine Katastrophe mit gigantischen Ausmaßen würde die Menschheit zum Umdenken zwingen.

Als der Morgen graute, beauftragte man einstimmig Arthur Weyse mit der Durchführung der „Mission Titanic".

Am 31. Mai 1911 - man traute sich nicht, es am 13. Mai zu tun - lief die Titanic vom Stapel. Es hatte gerade zwölf Uhr Mittag geschlagen, nun nahm der Zeiger Kurs auf die 13. Für die wenigen Eingeweihten ein klares Omen.

Nach dem Stapellauf nahmen die Arbeiten an der Innenausstattung etliche Monate in Anspruch. Am 2. April 1912 war die Titanic fertig. Das Schiff bot den Reisenden einen ungewöhnlichen Luxus, wie es ihn vorher noch nie gegeben hatte. Wer die Räumlichkeiten der 1. Klasse betrat, sollte das Gefühl bekommen, sich in einer heilen und unvergänglichen Welt zu befinden. Doch die Stunden des vermeintlichen Paradieses waren gezählt.

Arthur Weyse erreichte die Spitze des Bugs und starrte in die Tiefe. Fein säuberlich teilten sich die Wassermassen, wie ein blankes Schwert pflügte die Titanic durch den Ozean. Lange stand er da und dachte nach. Als er sich umwandte, blieb sein Blick am vorderen Mast mit dem Krähennest hängen. Von dieser Stelle, höher als die Kommandobrücke, hatte man eine weite Sicht voraus. Meistens hockten hier zwei Matrosen, um im Notfall sofort die Brücke vor Hindernissen zu warnen.

Weyse spähte hinauf. Im Augenblick, wie er das in der Dunkelheit erkennen konnte, schien das Nest verwaist zu sein. Schnell sah er sich um. Sollte er?

Niemand war in der Nähe auszumachen. Da hing die Strickleiter. Jetzt oder nie. Die Chance war einmalig.

Er trat näher heran und prüfte das Seil. Noch einmal der Blick zu allen Seiten.

Vorsichtig setzte er den rechten Fuß auf die unterste Sprosse. Sie schwankte bedrohlich. Ein kurzes Zögern – dann kletterte er hoch. Schritt für Schritt zielsicher nach oben. Die Luft schien immer dünner zu werden. Als er das Krähennest erreichte, blickte er kurz nach unten auf das beleuchtete Deck. Das hätte er nicht tun sollen. Ihm wurde schwindelig und übel. Erst jetzt merkte er, wie die Titanic durch die See schaukelte. Bloß nicht die Nerven verlieren!

Nur noch ein Griff, dann war das Fernglas der Wachen entwendet. Eine kleine Tat mit folgenschwerer Wirkung.

Ohne zu zögern, schlang er den Riemen um seinen Hals und trat den Rückweg an. Ruhig bleiben! Keine zwei Sprossen auf einmal nehmen.

Weyse hatte gerade ein Drittel der Strecke hinter sich, als er zu Tode erschrak. Stimmen schallten herauf und er sah, wie eine kleine Gruppe von Passagieren über das Deck schlenderte. Zu seinem Entsetzen blieben sie direkt unter ihm stehen. Die Damen plauderten von Neuigkeiten aus Paris, während sich die Herren über die Sicherheit auf See ausließen. Am liebsten hätte er sich unsichtbar gemacht. Regungslos verharrte er auf seiner Sprosse und hoffte inständig, dass die Leute weitergingen.

Das taten sie nicht.

Plötzlich rief eine der Frauen: „Schaut dort oben, da ist jemand!"

Alle Blicke fuhren hoch und trafen ihn wie Pfeile. Jetzt gab es nur noch die Flucht nach vorn. Betont routiniert kletterte er weiter hinab und sprang galant aufs Deck.

„Ja, meine Herrschaften, die Kontrolle über sämtliche Geräte erfordert manchen Einsatz. Das macht die Titanic schließlich so sicher."

Weltmännisch lächelnd, mit grüßender Verbeugung, entfernte sich Weyse mit zügigen Schritten. Das Fernglas verbarg er unter seinem dunklen Mantel. Hinter einer Ecke zog er es wieder hervor und warf es in hohem Bogen über Bord. Das Aufschlagen auf der aufgewühlten See erfüllte ihn mit großer Befriedigung.

An der Bar trank er noch einen doppelten Whisky, dann suchte er seine Kabine auf und legte sich schlafen.

Am nächsten Morgen erreichte die Titanic die letzte Station, den irischen Hafen von Queenstown. Hier gingen zahlreiche Auswanderer nach Amerika an Bord und verschwanden in den unteren Räumen der 3. Klasse. Weyse beobachtete sie, denn unter ihnen musste sich der dritte Mann befinden.

Nach kurzem Aufenthalt verließ das Schiff mit qualmenden Schornsteinen die südirische Küste, um sich auf den langen Weg über den Atlantik zu machen. Das Ziel hieß New York, die Stadt der Freiheit. Nur Weyse und seine Begleiter wussten den wahren Kurs.

Die See war ruhig und die Titanic kam gut voran. Unter den Passagieren herrschte eine ausgelassene Stimmung, immer wieder wurden die Gläser auf das Wohl dieser Jungfernfahrt erhoben. Die Schiffsküche tat alles, um die Gäste zu verwöhnen. Bruce Ismay, der Direktor der White Star Line, war sichtlich zufrieden. Wenn er im Speisesaal von Tisch zu Tisch ging, schlug ihm viel Lob und Anerkennung entgegen.

Den Tag verbrachte Weyse damit, sich genauer auf dem Dampfer umzusehen. Wie ein Detektiv stieg er treppauf treppab von Deck zu Deck. Auch die Maschinenräume sparte er nicht aus. Hier herrschte eine unerträgliche Hitze und das Dröhnen der Motoren zerriss ihm fast das Trommelfell. Sein größtes Interesse galt der Kommandobrücke und dem Funkraum. Zu beiden war der Zutritt für Passagiere nicht gestattet, doch Weyse gab sich als deutscher Journalist aus und durfte die Räume betreten. Niemand hegte Argwohn. Im Gegenteil. Bereitwillig erklärte man ihm die neusten technischen Geräte zur Navigation und Funkübertragung.

„Schreiben Sie ruhig in aller Ausführlichkeit über diese unsinkbare Welt, über den Meilenstein in der Menschheitsgeschichte“, ermutigte ihn Kapitän Smith und klopfte ihm freundlich auf die Schulter.

Seine stolzen Augen und sein weißer Bart ließen ihn in den Strahlen der Sonne göttlich erscheinen. Er meinte Weyses Gedanken zu erraten, als er hinzufügte: „Der Mensch ist dabei, sich endgültig über die Mächte der Natur zu erheben. Wir brauchen keinen Schöpfer mehr. Die Titanic ist das größte Symbol für die Schaffenskraft des Menschen. Das stolze Werk unserer Hände.“

Nur mit Mühe gelang es Weyse, seine Zunge im Zaum zu halten. Zu gerne hätte er entschieden widersprochen.

Oft blickte er an diesem Tag auf die Uhr. Die Stunden krochen dahin, während der riesige Dampfer immer mehr beschleunigte. In der Nacht um 1 Uhr, so die Verabredung, sollte das erste geheime Treffen an Bord stattfinden. Im Café Parisien auf dem B-Deck würde er die beiden Unbekannten zu Gesicht bekommen.

Bislang hatte Weyse aus Gründen der Sicherheit ausschließlich schriftlichen Kontakt zu den Männern unterhalten. Als er von den Tredici den Auftrag zur Mission Titanic bekam, suchte er intensiv nach geeigneten Fachleuten. Durch Empfehlungen auf höchster Ebene fand er sie endlich: Ein irischer Meeresforscher und ein Arzt aus Italien. Wie Weyse waren sie unter falschen Namen an Bord gegangen. Niemand sollte später anhand der Passagierliste ihre wahre Identität erfahren.

Kurz nach Mitternacht schlenderte Weyse wie zufällig am Parisien vorbei und ließ seinen Blick flüchtig über die Anwesenden schweifen. Eine Gruppe feierte gerade die ersten Minuten eines Geburtstags. In einer anderen Ecke wurde begeistert Bridge gespielt. Vor allem junge Leute trafen sich hier gerne, weil die englischen Korbmöbel, verbunden mit französischem Lebensstil, dem Aufenthalt eine gewisse Leichtigkeit verliehen. Die Bediensteten hatten alle Hände voll damit zu tun, den Wünschen der Gäste nachzukommen.

Halb eins. Er ging an Deck und schnupperte die frische Nachtluft. Unbeirrt zog die Titanic ihre Spur durch den Atlantik.

Viertel vor eins. Zurück zum Parisien. Die Bridgegruppe verließ gerade den Raum, die anderen feierten fröhlich. Keine verdächtige Person war zu erkennen. Auch nicht auf den Gängen.

Fünf vor eins. Langsam beschlich ihn Unruhe. Was ist, wenn die Männer gar nicht an Bord waren? Oder sich nicht zu erkennen gaben?

Weyse setzte sich an einen freien Tisch in der Ecke und bestellte einen starken Kaffee. Dann steckte er sich eine Havanna an. Seine Gedanken folgten den Zigarrenkringeln. Bis sein Blick an einem Mann hängenblieb. Mit hochgeschlagenem Mantelkragen stand dieser in der offenen Tür und schaute sich prüfend um.

Ihre Blicke trafen sich.

Langsam erhob sich Weyse und schritt auf den Fremden zu. Stumm reichte er ihm die Hand. An dem geheimen Zeichen, dem eingezogenen Zeigefinger, erkannte er den Mitstreiter.

„John O'Sally?"

Der Mann nickte.

In diesem Augenblick näherte sich ein anderer; sein feuriger Blick lenkte von seinem mit Narben überzogenen Gesicht ab. Alessandro Cinatti gab sich als der Dritte im Bunde zu erkennen.

„Hier können wir nicht ungestört reden", raunte Weyse. „Ich schlage vor, dass wir uns in meine Kabine zurückziehen."

Die beiden nickten und folgten ihm wortlos.

Sorgfältig verschloss Weyse die Zimmertür und bat die Männer, es sich in den Sesseln bequem zu machen.

„Sie wissen, worum es geht", begann er. „Die Tredici setzen großes Vertrauen in uns, das wir nicht enttäuschen werden. Im Heiligen Jahr 1912 ist es uns eine Ehre, zum Wohl der Menschheit alles Titanische und Satanische auszurotten. Dieses Schiff ist ein Symbol der menschlichen Überheblichkeit und wir werden es dorthin befördern, wo es hingehört: auf den Grund des ewigen Meeres. Diese Chance wird es nie wieder geben. Nur die Versenkung der Titanic auf der Jungfernfahrt wird weltweite Bedeutung erfahren und die Menschheit zum Umdenken zwingen. Der Auftrag der Tredici lautet, allein durch physische und psychische Kräfte dieses Schiff zu beseitigen. Mr. O'Sally, wie weit sind Ihre Pläne gediehen?"

„Es ist alles vorbereitet, Sir. Erlaubt mir, das Sequenz-Prinzip zu erläutern, das ich 1903 nach ausgiebigen Forschungen entdeckt habe: Ein stabiles Kältefeld wird erzeugt, wenn auf dem Nordatlantik ein Dreieck aus 13 Eisbergen geschaffen wird. Verlagert man dieses Kältefeld in eine beliebige Himmelsrichtung, so zieht es andere Eisberge nach sich. Sie folgen dem Gesetz der Kälte-Sequenz. Auf diese Weise ist es möglich, Hunderte von Eisbergen in eine bestimmte Richtung zu lenken. Experimente bei Grönland haben das bestätigt. Seit Anfang des Jahres ist die Dampferflotte der Tredici damit beschäftigt, solch ein Kältefeld zusammenzustellen. Mit riesigen Trossen ist es gelungen. Das Feld befindet sich im Moment etwa 50 Seemeilen südlich der Amerikaroute und zieht unzählige Eisberge und Schollen an. Wir sind stolz darauf, dass es uns bis zu diesem Monat gelungen ist, eine gewaltige Eisbarriere den Dampfern in den Weg zu legen."

„Wie sicher sind Ihre Informationen?"

„Absolut sicher. Ich habe heute im Funkraum die eingehenden Meldungen verfolgt. Bereitwillig erlaubten mir die Funker Phillips und Bride, ihnen über die Schulter zu gucken. Der Äther wimmelt nur so von Warnungen vor Eisbergen. Selbst wenn der Kapitän den Kurs ein Stück nach Süden ändern sollte, würde er dem Eisfeld nicht ausweichen können. Unweigerlich rast die Titanic in ein magisches Feld der Vernichtung. Nur ein Umkehren oder eine gravierende Korrektur könnten die Katastrophe noch verhindern. Aber das wird keiner versuchen. Niemand wird sich eingestehen, einen Kurs korrigieren zu müssen. Smith schon gar nicht. Er setzt auf eine Rekordgeschwindigkeit nach New York. Da bedeutet jede Meile Umweg einen Zeitverlust."

„Das Entscheidende ist, dass die Eiswarnungen nicht ernst genommen werden", ergänzte Cinatti. „Seit geraumer Zeit studiere ich Schriften von Sigmund Freud, der Nervenarzt in Wien ist. Dabei ist mir deutlich geworden, wie fatal die menschliche Seele mit Informationen umgeht. Der unerschütterliche Glaube daran, dass die Titanic wegen ihres doppelten Bodens nicht untergehen kann, verdrängt alle anders lautenden Möglichkeiten. Hier liegt ein Krankheitssymptom vor, eine Form von Technik-Besessenheit. Die Hybris macht zuerst seelisch, dann optisch blind."

Zufrieden rieb sich Arthur Weyse die Hände. „Meine Herren, ich schlage vor, dass wir uns zweimal täglich hier zur Lagebesprechung einfinden. Mittags und um Mitternacht. Mr. O'Sally bitte ich, zu jedem Mal einen aktuellen Bericht über die Fahrtroute, Wetter- und Wasserdaten vorzulegen. Signor Cinatti möge als Seelendoktor seine Fähigkeiten nutzen und ein Bulletin über die psychische Verfassung der maßgeblichen Leute auf der Kommandobrücke erstellen. Ich werde dann entscheiden, wie wir Einfluss nehmen können, was zu tun oder zu lassen ist."

Sie tranken noch ein Glas Rotwein und verabschiedeten sich danach auf eine gute Nacht.

An diesem Morgen ging die Sonne wie ein blutroter Ballon über dem Meer auf. Kaum jemand ahnte etwas von dem sich abzeichnenden Drama an Bord.

Mittags erschien Cinatti nicht in Weyses Kabine. Ungeduldig warteten die anderen. Vergeblich. War ihm etwas zugestoßen? Weyse und O'Sally beschlossen, das Schiff systematisch nach dem Arzt abzusuchen. Sie durchkämmten alle Salons, klopften an unzählige Kabinentüren und fragten die Stewards aus.

Endlich fanden sie ihn. Unten in der 3. Klasse. Volltrunken in den Armen einer jungen Frau. Wütend packten sie ihn, zerrten den willenlosen Körper durch die Gänge, die Treppen hinauf und warfen ihn schließlich auf Weyses Bett.

Es dauerte eine Zeit, bis Cinatti seinen Rausch ausgeschlafen hatte. Seine Bewacher ließen ihn nicht aus den Augen.

„Das können wir nicht machen ...", stieß er plötzlich hervor.

„Was meinen Sie?", fragte Weyse und schaute ihn kritisch an.

„Das können wir nicht machen ... die Titanic in eine Katastrophe zu stürzen ..."

„Halt's Maul!", rief O'Sally verärgert dazwischen.

Weyses Pupillen blitzten gefährlich auf. Er schob den Iren sacht zur Seite und hockte sich vor das Bett. Betont ruhig wiederholte er seine Frage. „Signor Cinatti, wie meinen Sie das, was Sie gerade gesagt haben?"

Mit einem Ruck erhob sich der Angesprochene, sprang auf seine Füße und rempelte Weyse an. Schlagartig war er nüchtern.

„Ich habe ausführlich die Menschen hier an Bord studiert", rief er aufgebracht. „Die Männer, die Frauen, die Kinder mit ihren erwartungsvollen Augen. Die Heizer mit rußbeschmutzten Gesichtern und den stolzen Kapitän ..."

„...und ganz besonders diese Hure aus der 3. Klasse", spottete O'Sally.

„Ich habe mir alles genau angesehen", sprach Cinatti unbeirrt weiter. „Ich bin von Klasse zu Klasse gegangen, von Deck zu Deck, von ganz oben bis ganz unten. Dieses Schiff gaukelt eine sichere und heile Welt vor. Ein Stückchen Paradies. Jeder versucht, seinen Anteil davon zu bekommen. Doch alles ist nur Fassade, Potemkin auf See. Je länger ich mit diesen Menschen unterwegs bin, desto größer erscheint mir die Spannung zwischen Anspruch und Wirklichkeit. Sind die Reisenden nicht in Wahrheit Suchende, Umherirrende, Opfer der Sehnsüchte und Versprechungen? Auf der Flucht vor dem rauhen Leben? Sie schweben gleichsam über das Wasser und wollen ihren ganzen Ballast auf den Meeresgrund versenken. Besonders Ihre Landsleute, O'Sally, die in der Neuen Welt auf eine bessere Zukunft hoffen. Seefahrt hat etwas mit Sehnsucht zu tun. Je mehr ich darüber nachdenke, desto stärker beherrschen mich diese Fragen. Ich habe versucht, sie im Alkohol zu ertränken. Vergeblich. Meine anfängliche Begeisterung für die Tredici ebbt immer mehr ab. Sagen Sie mir, wo ist die Olympic? Als mir der Auftrag erteilt wurde, versprach man, dass sich das Schwesterschiff in unmittelbarer Nähe aufhalten würde, um alle Leute zu retten. Unschuldiges Menschenleben wolle man nicht opfern. Dass ich nicht lache! Funker Bride erklärte mir, dass die Olympic weit über 500 Seemeilen entfernt ist. Und jeder, der zwei Augen hat, kann feststellen, dass hier an Bord viel zu wenige Rettungsboote bereitstehen.

Wir können doch nicht ein Schiff mit über zweitausend Seelen an Bord untergehen lassen, nur weil die White Star Line solch ein wahnsinniges Prestigeobjekt gebaut hat!"

„Hier geht es um *mehr* als um zweitausend Menschen", unterstrich Weyse mit gereizter Stimme. „Wenn niemand gegen den Größenwahn der Menschheit steuert, wird es bald noch viel mehr Opfer geben. Besser ist, dass wir jetzt ein eindeutiges Zeichen zur Umkehr setzen, als dass wir das Schiff der Menschheit einfach irgendwohin treiben lassen. Das wäre in Wahrheit die brutalste Lösung. So dient der Plan der Tredici im Grunde dem Erhalt des Lebens."

„Ohne mich, Sie Zyniker!", rief Cinatti entschieden.

Er riss die Kabinentür auf und donnerte sie hinter sich zu. Seine hastigen Schritte hallten im Flur.

„Diese Hure hat ihm den Kopf verdreht", erklärte O'Sally und rollte die Augen.

„Ihm nach. Sofort!", befahl Weyse und stürzte zur Tür. „Wer weiß, was dieser Verräter noch anstellen wird."

Ohne anzuklopfen stürmte Cinatti auf die Kommandobrücke.

„Ich muss eine dringende Mitteilung machen", sprach er hastig den diensthabenden Offizier an.

„Wie kommen Sie dazu, einfach hier so hereinzuplatzen? Außerdem bin ich für irgendwelche Mitteilungen nicht zuständig. Ich habe Wichtigeres zu tun, als mich mit einem Passagier über seine Probleme zu unterhalten. Bitte verlassen Sie unverzüglich die Brücke."

Der Mann wandte sich wieder den Seekarten zu.

Cinatti ließ sich nicht abwimmeln.

„Hören Sie, es sind Männer an Bord, die die Titanic im Auftrag eines Geheimbundes versenken wollen. Mit Hilfe des Sequenz-Prinzips!"

Der Offizier reagierte nicht. Gelangweilt schritt er zum Schrank und begann Unterlagen zu sortieren.

„Haben Sie nicht gehört, was ich gesagt habe? Ich verlange sofort mit dem Kapitän zu sprechen!" Cinatti war am Ende seiner Geduld.

„Raus hier!", schrie ihn der Mann an und wies streng mit dem Finger zur Tür.

Cinatti trat einen Schritt zurück. „Sie machen einen großen Fehler, Sir. Das ist kein Scherz, sondern tödlicher Ernst. Geben Sie die Warnung umgehend an Kapitän Smith weiter. Die Titanic ist in großer Gefahr!"

Plötzlich fing der Offizier laut an zu lachen. „Sie haben wohl zu tief ins Glas geschaut, mein Freund. Die Titanic ist das sicherste Schiff der Welt. Niemand kann sie versenken. Selbst Gott nicht! Und nun machen Sie, dass Sie hier raus kommen. Sonst lasse ich Sie über Bord werfen. Dann wollen wir mal sehen, wer hier versinkt."

Verzweifelt verließ der Arzt die Brücke. Auf dem Gang sprach er einen Steward an.

Der Mann schüttelte den Kopf und verzog das Gesicht. „Geisteskranke sollten lieber zu Hause auf dem sicheren Festland bleiben."

Erregt lief Cinatti in seine Kabine und kramte Briefpapier hervor. Eilig begann er aufzuschreiben:

„13. April 1912. An den Kapitän der Titanic, Sir Edward Smith. Persönlich. Dringlich.

Ich muss Euch eine äußerst wichtige Mitteilung machen. Die Titanic ist in großer Gefahr. Eine geheime Verschwörung will das Schiff auf dem Atlantik versenken. Ich selbst bin Mitglied der Tredici und weiß, wovon ich spreche. Glaubt mir, die Lage ist sehr ernst! Die Titanic rast in eine Katastrophe, in ein teuflisches Eisfeld ...“

Weiter kam er nicht. Wenige Zentimeter neben seiner Hand, mitten auf das Blatt, sauste ein blitzendes Messer. Er erschrak fast zu Tode und fuhr herum. O'Sally hatte sich mit seinem kräftigen Körper hinter ihm aufgebaut. Sein Blick traf ihn mit abgrundtiefer Verachtung. Der Ire griff nach dem Messer und zog es mit einem Ruck aus der Tischplatte heraus. An seiner Spitze steckte der Brief.

Die Tinte war noch feucht.

„Du hättest besser die Tür hinter dir abschließen sollen“, grinste er, packte den Arzt und warf ihn auf das Bett. Den Rest erledigte Arthur Weyse. Mit blitzenden Augen und gebieterischen Handbewegungen zog er ihn in seinen Bann.

Verzweifelt versuchte Cinatti, sich zu wehren, doch er spürte, wie stark die Übermacht war. Er hatte keine Chance. Es dauerte nicht lange, bis er in tiefe Hypnose fiel.

„Du erbärmlicher Verräter“, zischte Weyse. „Ich befehle dir aufzustehen und langsam die Kabine zu verlassen. Dann gehen wir ganz ruhig und unauffällig nach oben aufs Deck. Wenn ich dreimal mit dem Kopf nicke, wirst du ohne zu zögern über die Reling klettern und dich ins Meer stürzen. Es wird dir ein Vergnügen sein, vom Wasser aus die Titanic vorbeiziehen zu sehen. Viel Freude auf dem Ozean!“

Keine Menschenseele war weit und breit zu entdecken, als sie an der Reling standen. Nur leichter Wind zauste in den Haaren. Zielstrebig glitt die Titanic durch die Fluten.

Schnell sahen sich Weyse und O'Sally noch einmal um. Ihr Opfer stand willenlos neben ihnen und schaute gedankenversunken zum Horizont.

Weyse suchte seinen Blick. Dann nickte er.

Nochmal.

Und ein drittes Mal.

Wie ein tollkühner Junge schwang sich Cinatti auf die Reling und setzte sich darauf. Seine Beine baumelten unbekümmert.

Er schien zu zögern.

Warum springt er nicht?, durchfuhr es O'Sally. „Los, runter!", fauchte er.

Auf einmal waren Stimmen zu hören. Sie kamen näher. Eine Gruppe von Passagieren schlenderte lachend über das Deck. Weyse eilte zu ihnen und fragte sie wild gestikulierend nach der genauen Uhrzeit. Diesen Augenblick nutzte der Ire. Mit einem kräftigen Schlag auf den Rücken stieß er den Verräter in die Tiefe.

Dumpf schlug sein Körper auf der harten Wasserfläche auf. Nur kurz ragten seine Arme ringend gen Himmel. Dann tauchte er ab in die Endlichkeit.

Wie Schneeflocken flatterten die Schnipsel eines Blatt Papiers hinter ihm her.

Lady Thorne stand im Bademantel in ihrer Luxussuite und spähte gelangweilt aus dem Fenster. Plötzlich erschrak sie.

„Ist das nicht ein Mensch?", stammelte sie verwirrt.

Ihr Mann eilte herbei und starrte auf die Wellen. Dann entdeckte auch er den Körper.

„Nein", antwortete er gelassen, „das ist nur eine tote Robbe. So etwas kommt immer wieder vor."

„Darling“, fragte Dorothy unvermittelt und blickte ihren Gatten ängstlich an, „kann das Schiff eigentlich untergehen?“

„Mach dir darüber keine Gedanken. Die Titanic ist unsinkbar. Sie ist der sicherste Dampfer der Welt. Alles ist auf dem höchsten Stand der Technik. Da kann überhaupt nichts passieren, mein Liebes.“

Aufmerksam sucht Kapitän Svensson mit dem Fernglas den Horizont ab.

„Es ist nur eine Frage der Zeit, bis sie auftaucht“, erklärt er gedehnt zum Ersten Offizier. Sein schwedischer Akzent verrät seine Herkunft.

Die Incognita ist am Rande des Eisfelds vor Anker gegangen. Offiziell handelt es sich um ein Postschiff, das unter deutscher Flagge fährt und als Heimathafen Emden angibt.

Es ist windstill, was mitten auf dem Atlantik äußerst selten vorkommt. Luft- und Wassertemperatur liegen knapp unter dem Gefrierpunkt.

Langsam beginnt es zu dämmern, bald wird die Nacht hereinbrechen. Doch alle Lampen an Bord werden dunkel bleiben. Aus Gründen der Sicherheit. Das ist kein Problem, die Besatzung kennt das Schiff wie ihre Westentasche.

Am meisten hat in diesen Stunden Rabenstein zu tun. Er ist Funker und lauscht aufmerksam in den Äther. Mit schneller Hand entschlüsselt er die Funksprüche. Eindringlich versucht die Caronia der Cunard Line zu warnen:

„An den Kapitän der Titanic. Westwärts fahrende Dampfer berichten über Eisberge, Eisschollen und Eisfelder bei 42 Grad nördlicher Breite zwischen 49 und 51 Grad westlicher Länge. Viele Grüße – Kapitän Barr.“

Ähnliche Meldungen werden auch von anderen Schiffen gefunkt. Die letzte Warnung erfolgt am späten Abend vom englischen Frachter Californian der Leyland Line, der von London nach Boston unterwegs ist: *„Wir wurden vom Eis aufgehalten und eingeschlossen."*

„Endlich – da kommt sie. MGY – die Titanic ist da!", ruft Svensson und reicht sein Fernglas an die Männer neben ihm. Ruhig blickt er auf seine Taschenuhr und notiert die Zeit im Protokollbuch: 23.30 Uhr.

Bald ist der Luxusliner auch mit bloßem Auge gut zu erkennen. Aus hunderten Fenstern dringt warmer Schein zu ihnen herüber. Nur die Lichter an den Masten wirken wie warnende Zeigefinger, die zum sternübersäten Himmel weisen. Mit unverminderter Geschwindigkeit und qualmenden Schornsteinen braust die Titanic heran. Nichts auf der Welt scheint sie aufhalten zu können.

„Dass Menschen so blind sein können", haucht Svensson fassungslos in die Nacht. „Die haben doch genügend Warnungen bekommen. Es ist nicht zu fassen!"

„Es wird Zeit, dass wir ihnen die Augen öffnen", ergänzt der Erste Offizier und blickt hämisch in die Runde.

23.40 Uhr. Ein dumpfer Schlag. Ein metallisches Kratzen an der rechten Bordwand. Ein Beben. Dann ein höllisches Krachen. Zentner von Eisbrocken stürzen auf das Steuerborddeck. Ein dreißig Meter hoher Eisberg schleift am Schiff vorbei. Wie ein titanisches Ungeheuer erhebt er sich aus dem Meer. Kalt und tödlich berühren sich Natur und Technik.

Die Begegnung ist nur kurz. Sofort verschwindet der Eisberg wieder in der Dunkelheit. In dieser ewigen Nacht. Nicht ohne eine tiefgreifende Spur zu hinterlassen. Jede Begegnung hinterlässt Spuren.

Hat da jemand die Schiffsglocke angeschlagen? Ein kurzes Totengeläut - ungehört verhallt es.

Eine Zeit lang geschieht nichts.

Dann werden die Motoren gestoppt und die Schotte geschlossen. Der Riese liegt regungslos im Wasser. Er ist tödlich verwundet.

Kaum jemand an Bord ahnt, was wirklich passiert ist, geschweige denn, was alles geschehen wird. Der Eisberg hat sein Opfer gefunden und den Rumpf unterhalb der Wasserlinie auf einer Länge von etlichen Metern aufgeschlitzt. Ungehindert schießt das eiskalte Meerwasser in den Luxusdampfer. In eine Welt, die als unsinkbar gilt.

Zuerst füllen sich die Kesselräume. Um Maschinen, Rohre und Ventile sprudelt das Wasser. Die Arbeiter mit ihren verschwitzten und rußigen Gesichtern sind die ersten, die den Ernst der Lage erkennen und in Panik sich in höhere Etagen retten. Sie ahnen, dass die Schotte die Naturgewalt nicht aufhalten können.

Unaufhaltsam steigt das Wasser. Zentimeter um Zentimeter dringt es in die heile Welt der Technikgläubigkeit vor. Bis in den hintersten Winkel. Es entwickelt sich ein Kampf, bei dem der Verlierer von Anfang an feststeht: Der Mensch und sein selbst geschaffenes Paradies.

Was sich unten abspielt, wird oben an Bord nicht wahrgenommen oder verdrängt. Hier will niemand die grausame Wahrheit wissen, weil es sich in der Scheinwelt gut leben lässt. So amüsieren sich diejenigen, die noch nicht zu Bett gegangen sind, in den Salons. Es werden Karten gespielt, man prostet sich mit erlesenem Rheinwein zu und die Bordkapelle spielt flotte Rhythmen. Nur der Stillstand der Motoren auf offenem Meer ist für aufmerksame Passagiere in dieser Nacht ein Schönheitsfehler. Er passt nicht in die schnelllebige Zeit.

Die Zeichen der nahen Katastrophe mehren sich. Wer vom Promenadendeck die Treppe hinunter zu seinem Schlafgemach steigt, bemerkt, wenn er nicht zu viel getrunken hat, dass sich die Stufen anders gehen als sonst. Flacher. Immer stärker gerät die Titanic aus dem Gleichgewicht. Aus der Balance. Wie eine Verbeugung vor den Mächten der Natur senkt sich das Schiff langsam am Bug.

„Sie haben den ersten Notruf abgesetzt." Rabenstein übergibt dem Kapitän einen Zettel mit dem Funkspruch, den er nach Mitternacht aufgefangen hat: *„MGY funkt CQD ... benötigen sofortige Hilfe ... hatten Kollision mit Eisberg ... wir sinken ..."* [1]

„Los, macht das Rettungsboot klar und rudert hinüber", befiehlt Svensson und weist nach vorne. „Haltet Abstand wegen eines möglichen Sogs und passt auf, dass es nicht gestürmt wird."

Drei Männer springen in das kleine Boot, das schon vor einer halben Stunde zu Wasser gelassen worden war. Die Ruder klatschen auf der Oberfläche. Schnell entfernt es sich von der Incognita und steuert auf die Titanic zu.

Plötzlich zucken die Männer zusammen. Grelles Licht blendet sie. Die Mannschaft der Titanic hat eine Leuchtrakete gezündet, die das sinkende Schiff in gespenstischen Schein taucht. Wie Stoßgebete gen Him-

[1] Anmerkung: CQD: „come quick, danger"; erst später setzt sich international SOS als Notsignal durch. MGY ist das Funkzeichen der Titanic.

mel folgen noch weitere Raketen. Vergeblich. Alle verglühen ohne die erhoffte Wirkung.

Jetzt sind auch Stimmen zu hören. Wild und durcheinander. Die Offiziere schreien verzweifelte Befehle, um der chaotischen Lage Herr zu werden. „Zuerst nur Frauen und Kinder. Alle Männer zurück - nur Frauen und Kinder!"

Langsam werden die ersten Rettungsboote heruntergelassen. Schwerfällig setzen sie auf dem eisigen Wasser auf. Sie wirken neben dem Giganten wie Nussschalen und drohen in seinem Sog mit in die Tiefe gerissen zu werden.

„Lasst uns abwarten und genügend Abstand halten", mahnt der Steuermann und schiebt seine Mütze zurecht. „Haltet nach Boot 13 Ausschau. Dorthin werden sich Weyse, Cinatti und O'Sally gerettet haben."

Sie beobachten, wie sich die Titanic stetig neigt. Plötzlich bricht einer der Schornsteine. In einem Funkenregen donnern Tonnen von Stahl aufs Wasser und begraben Menschen in ihren Schwimmwesten unter sich. Meter um Meter hebt sich das Heck, bis die drei blanken Schiffsschrauben ohnmächtig nach oben weisen. Mit lautem Getöse explodieren die Kessel in den Maschinenräumen.

Da verlöscht die Beleuchtung. Ewige Finsternis breitet sich aus. Unzählige Passagiere, die keinen Platz mehr in den wenigen Rettungsbooten gefunden haben, klammern sich verzweifelt an irgendetwas fest, was den Anschein von Halt erweckt. Aber es gibt keinen mehr. Wer nicht irgendwann Halt macht, verliert ihn.

Immer steiler neigt sich das Schiff, schreiend rutschen die Menschen vom Deck und verschwinden in den Strudeln. Wie ein sterbendes Ungeheuer bäumt sich die

Titanic noch einmal auf. Dann bricht sie auseinander. Es ist 2.19 Uhr am Montag, dem 15. April, im Heiligen Jahr 1912. Die Titanic geht unter. Eine Welt versinkt.

Der Steuermann nickt zufrieden seinen Männern zu. „Und sie sinkt doch!"

Stumm rudern sie zu den Rettungsbooten hinüber. Die entsetzlichen Schreie der Sterbenden nehmen sie gar nicht wahr. Nur ein Ziel treibt sie voran. Das Boot Nummer 13.

Da ist es! Mit schwachen Ruderschlägen bewegt es sich. Zahlreiche Menschen kauern zitternd und vom Schock gezeichnet auf den Planken. Nur ein Mann ist hellwach. Als die Boote aneinander schlagen, erhebt er sich und springt hinüber.

Der Steuermann reicht ihm die Hand.

„Willkommen an Bord", flüstert er lächelnd. Dann verfinstert sich sein Gesicht. „Wo sind die anderen?"

Weyse zuckt bedauernd mit den Schultern. „Beide haben es leider nicht geschafft. Egal – jetzt nehmen wir Kurs auf die Neue Welt!"

New York.

Die Tredici empfangen Arthur Weyse mit stehenden Ovationen.

Stolz berichtet er von der geglückten Mission Titanic. „War das nicht eine Meisterleistung der geheimen Naturgesetze?", fragt er die Anwesenden und blickt sie der Reihe nach an. Dabei hält er inne, um die Spannung zu steigern.

Endlich beantwortet er selbst seine Frage. „Ich kann Ihnen nicht nur berichten, *dass* die Titanic untergegangen ist, sondern auch genau *wo* und *wann*. Dabei ist die Frage nach Ort und Zeit nicht gleichgültig. Im Gegenteil. Es gibt keinen Zufall, kein Schicksal. Vielmehr sind die Gesetze der 13 wirksam gewesen, auch wenn die amerikanischen und britischen Behörden das vehement bestreiten. Die haben nur Angst, dass die Bevölkerung unruhig wird und nach der universellen Wahrheit fragt. Aber nun will ich konkret werden. Der Eisberg rammte die Titanic bei 41° 46′ nördlicher und 50° 14′ westlicher Breite. Nimmt man die höchste Zahl der Koordinaten und zieht davon die zweithöchste ab, also 50 - 46, so ergibt das 4. In gleicher Weise ist von der zweitniedrigsten die niedrigste abzuziehen. 41 - 14 macht 27. Die Quersumme der beiden Ergebnisse ergibt die Heilige 13. Aufgrund der Bewegung des Eisfeldes durch das Sequenz-Prinzip musste die Titanic genau an dieser Position tödlich verwundet werden."

Zustimmendes Gemurmel macht sich im Saal breit. Weyse nutzt die Unterbrechung, um einen Schluck Wein zu trinken, den die Diener zu Beginn der Sitzung serviert hatten.

„Lassen Sie mich noch ein Wort zur Uhrzeit sagen", drängt er schließlich. „Nach meiner Beobachtung, die mir von vielen Zeugen bestätigt wurde, ging die Titanic um 2.19 Uhr unter. Das sind 139 Minuten nach Mitternacht. Auch hier ergibt die Quersumme die Heilige Zahl. Sie sehen also, wie alle Wege zur 13 führen, wie Raum und Zeit durch dieses Gesetz bestimmt werden. Leben und Tod, Glück und Unglück. Nur erkennen die meisten Menschen dieses Prinzip nicht. Sehen wir es daher als unsere Pflicht an, die Ordnung der Tredici in allen Bereichen des Lebens zum weltweiten Heil durchzusetzen."

Aufgrund seiner Verdienste wird Arthur Weyse unter einem Pseudonym zum neuen Geheimrat gewählt. Sein ehrgeiziges Ziel ist die geistige Eroberung von Amerika.

Kapitel 11

Die Finsternis des Mondes

Alles unter Kontrolle?

„Diesen Mann brauchen wir", ordnete der General an und pochte auf die Akte, die vor ihm ausgebreitet auf dem Schreibtisch lag. „Sehen Sie zu, dass er für uns arbeitet. Egal wie."

„Zu Befehl", murmelte Moona Dawn und machte eine leichte Verbeugung. Schnell verließ sie den Raum, nahm den Lift nach unten in die Tiefgarage und stieg in ihren knallgelben Porsche. Langsam fuhr sie zur Sicherheitsschleuse. Die bewaffneten Wärter nickten ihr freundlich zu und öffneten das erste Tor. Automatisch wurde der Wagen auf ein Rollband gezogen und in einen Kontrollraum transportiert. Hier wimmelte es von elektronischen Geräten. Jeder, der das Gelände der Tredici von Ohio verlassen wollte, musste hier durch. Es gab keinen anderen Weg nach draußen.

Moona kannte die Prozedur. Es dauerte exakt 13 Minuten bis alles erfasst war. Dabei ging es nicht nur um die Gegenstände und Dateien, die sie im Wagen bei sich hatte. Viel wichtiger war die Aufzeichnung von ihren Gehirnströmen. Alle augenblicklichen Gedanken wurden lückenlos festgehalten. Vorhaben, Pläne, Fragen, Glaube und Zweifel - nichts blieb verborgen. Leistungsstarke Computer werteten die Daten aus und fällten blitzschnell eine Entscheidung: Grünes Licht für „Die geprüfte Person ist clean und darf das Gelände verlassen." Wenn jedoch das rote Signal für dirty aufleuchtete, bedeutete das höchste Alarmstufe. Dann wurde die Person unverzüglich in Gewahrsam genommen und in angegliederten Räumen stundenlang verhört. Manchmal zogen sich die Untersuchungen tagelang hin. Wenn danach die Detektoren noch zweimal rot anzeigten, gab es keine Chance mehr. Wegen Hochverrats wurde der Ketzer von einem Schnellgericht zum Tod auf dem elektrischen Stuhl verurteilt. Unbemerkt von der Öffentlichkeit wurde das Urteil jeweils eine Stunde nach Mitternacht in einem schalldichten Raum vollstreckt. Die Leiche warf man noch in derselben Nacht in ein nahe gelegenes Wildgehege.

Das grüne Licht leuchtete auf. Moona setzte ihre Sonnenbrille auf und startete den Wagen. Langsam hob sich das schwere Stahltor und gab den Weg nach draußen frei. Noch ein kurzer Blick in den Rückspiegel. Die Wärter grüßten. Schnell war der Gebäudekomplex verschwunden.

Die junge Frau wusste, was sie zu tun hatte.

„Hallo Mike", hauchte Moona verführerisch in den Telefonhörer. „Ich bin gerade beruflich in der Gegend. Wie wär's, können wir uns treffen? So viele Jahre haben wir uns nicht mehr gesehen. Bist du immer noch mit Mary zusammen?"

Mike Leerox war überrascht. Er hatte lange nichts mehr von seiner alten Schulfreundin gehört. Eigentlich hieß sie Elizabeth, aber jeder nannte sie Moona. Wegen ihres mondrunden Gesichts mit der lustigen Stupsnase.

„Okay. Heute habe ich um fünf Feierabend", erklärte er und sein Herz pochte so wie früher, wenn sie zusammen im Park waren. „Komm zu uns, wir wohnen in der Mainroad 169. Mary und die Kinder werden sich freuen. Magst du chinesisch essen? Ich sage dir, Mary kocht fantastisch!"

Nachdem er aufgelegt hatte, beschlich ihn ein ungutes Gefühl. Was führte sie im Schilde? Zu gut kannte er sie, als dass er nicht wusste, wie zielstrebig und berechnend sie war. Es gelang ihr immer wieder, andere für ihre Interessen einzuspannen.

Eine unheilvolle Spannung lag in der Luft.

Als Mike um die Straßenecke zu seinem Haus bog, stutze er. Ein Polizeiwagen stand vor der Gartenpforte und ein Beamter machte sich gerade Notizen.

„Sind Sie Mike Leerox?", sprach er ihn an.

„Ja, ist was passiert?" fragte Mike erschrocken.

Der Polizist wies zur Gartenbank und forderte ihn auf, sich zu setzen. Mike blieb wie angewurzelt stehen und starrte den Mann mit offener Angst an.

„Es tut mir leid, Ihnen mitteilen zu müssen ...", begann der Beamte umständlich und kratzte sich am Kopf. „Ihre Frau ist tödlich verunglückt."

Sein Herz blieb stehen. Es dauerte, bis Mike die Sprache wiederfand.

„Was? Mary ist tot?" Ungläubig schüttelte er den Kopf. „Das kann nicht sein. Sagen Sie mir, dass das nicht wahr ist!"

„Nicht weit von hier, auf abschüssiger Strecke, ist der Wagen in einer Kurve mit voller Wucht gegen einen Baum geprallt. Ihre Frau muss sofort tot gewesen sein. Die Kinder haben nur leichte Verletzungen und wurden zur Beobachtung ins Krankenhaus gebracht. Seltsamerweise gibt es am Unfallort keine Bremsspuren. Wahrscheinlich haben die Bremsen versagt. Wir werden die Sache genau untersuchen. Sie hören wieder von uns." Der Polizist grüßte verlegen, stieg in den Wagen und brauste mit quietschenden Reifen davon.

Wie vom Blitz getroffen stand Mike da. Eine Welt brach zusammen. Noch nie kam er sich so einsam vor wie jetzt. Raum und Zeit lösten sich auf. Erst nach einigen Minuten merkte er sein Zittern. Die Knie, Hände, Lippen. Alles bebte. Eiseskälte kroch in ihm hoch und legte sich um sein Herz. Und irgendwann flossen die Tränen.

„Hallo Mike!", rief plötzlich eine helle Frauenstimme hinter ihm.

Verstört fuhr er herum und blickte Moona mit leeren Pupillen an.

Seit diesem Tag ließ die Frau ihr Opfer nicht mehr aus den Augen.

„Wenn du mich brauchst, sag Bescheid. Ich bin immer für dich da", beschwor sie ihn.

Moona hatte Zeit.

Sie wusste genau, dass er ihr bald wie ein reifer Apfel in die Hände fallen würde.

Eines Tages, es war ein wolkenverhangener Sonntag, brach Mike zusammen. Von Weinkrämpfen erschüttert wälzte er sich auf dem Boden. Die verschreckten Kinder rannten zu den Nachbarn, die den Arzt riefen. Dieser gab Mike eine Beruhigungsspritze und lieferte ihn in die psychiatrische Abteilung des Krankenhauses ein. Dort steckte man ihn in einen Raum mit fünf Irren.

Moona nutzte die Gelegenheit und zog kurzerhand in Mikes Haus ein. Den Kindern zuliebe, wie sie gegenüber den Nachbarn betonte. David und Susan fanden schnell Vertrauen zu dieser Frau, die sich perfekt in die Rolle der neuen Mutter stürzte. Sie kochte, wusch, bügelte, putzte, arbeitete im Garten und kaufte ein. Jeden Morgen brachte sie die Kinder zum Kindergarten und holte sie wieder ab. Keine Arbeit schien ihr zu mühsam zu sein, kein Weg zu weit. Jeden zweiten Tag fuhr sie zur Klinik und besuchte Mike. Dabei merkte sie, welche Fortschritte er machte. Wie er sich immer mehr auf ihren Besuch freute. Sich nach ihr sehnte und körperliche Nähe suchte.

Einmal in der Woche - spät abends, wenn die Kinder sicher schliefen - schrieb Moona einen ausführlichen Lagebericht. Mit einem kleinen Gerät, das in ihrer Handtasche Platz fand, chiffrierte sie den Text und funkte ihn an die Zentrale der Tredici. Hier wurde der Bericht sorgfältig analysiert und in der Datei „Mike Leerox, Mission AP13“ gespeichert. Der General war mit ihrer Arbeit zufrieden.

Bevor Moona zu Bett ging, verbrannte sie jedes Mal ihren Bericht im Kamin. Sie wusste, dass sie keinerlei Risiko eingehen durfte.

An einem Freitagnachmittag wurde Mike Leerox aus der Klinik entlassen. Moona holte ihn mit den Kindern ab und alle fielen sich glücklich in die Arme. Als der Wagen um die Straßenecke bog und Mike vom Beifahrersitz sein Zuhause erblickte, grüßten ihn bunte Fahnen und Lampions.

„Herzlich willkommen daheim!“, rief Moona überschwänglich und steuerte in die Garage. Geheimnisvoll fügte sie hinzu: „Für heute Abend habe ich eine Party arrangiert. Allein dir zu Ehren, Darling.“

„Eine Party? Wen hast du denn eingeladen?“, fragte er verwundert.

Sie lachte nur. „Lass dich überraschen.“

Kurz nach acht trafen die ersten Gäste ein. Moona begrüßte sie stürmisch und stellte sie Mike vor.

„Das sind Larissa und Ben, Alice und George, Carol und John ...“

Bald herrschte ziemliches Gedränge, besonders in der Nähe der Küche. Feurige, exotische Cocktails standen bereit. Begehrt war „Titanic 1912". In je zur Hälfte irischem und englischem Whisky schwamm neben einem Eiswürfel ein schwarzes Schiffchen aus Schokolade.

Doch Mike rührte kein Getränk an.

„Wo sind eigentlich die Millers und Greyhounds, unsere Nachbarn? Wo sind meine Freunde Bill, Eddy und James?", fragte er irritiert.

In seinem eigenen Haus kam er sich auf einmal fremd vor.

Moona schlang ihre Arme um seinen Hals und zog ihn an sich. „Meine Freunde werden auch deine Freunde sein", hauchte sie und küsste ihn zärtlich.

Sie stellte die Musik lauter und forderte zum Tanz auf. Die Gäste feierten fröhlich, immer wieder gab es Hochrufe auf Mikes Rückkehr. Mitternacht war eine Stunde vorüber, als Ben ihn unvermittelt ansprach und in ein ruhigeres Zimmer bugsierte.

„Ich weiß von deinen Sorgen. Komm einfach zu uns!"

Erstaunt blickte Mike ihn an. „Was meinst du damit?"

„Wir sind eine Gruppe von netten Leuten, die anderen in Krisensituationen helfen. Komm mal vorbei. Wir sind wie eine große Familie und treffen uns jede Woche."

Noch einige Zeit redete er auf ihn ein, bis Moona dazwischentrat und lächelnd erklärte: „Lass ihn, Ben. Ich werde schon dafür sorgen, dass er Donnerstag mitkommt."

Das Gebäude an der Straße wirkte wie ein Schandfleck. Zahllose Graffiti überschwemmten die Fassade aus grauem Beton. Dazwischen klebten halb abgerissene Plakate von längst vergangenen Rockkonzerten. Nur dem aufmerksamen Betrachter mochte auffallen, dass das stattliche Haus keinerlei Fenster besaß.

Hand in Hand schritten sie zur breiten Eingangstür. Souverän tippte Moona auf einer Tastatur eine lange Codenummer ein. Summend öffnete sich die Tür, auf der ein großes „J" in blank poliertem Aluminium angebracht war. Nachdem sie eine zweite Tür in gleicher Weise passiert hatten, traten sie in einen vornehmen, lichtdurchfluteten Kuppelsaal, von dem aus viele Räumlichkeiten abzweigten. Ein Mann in Uniform begrüßte sie freundlich, wobei er nur Mike ansah.

„Herzlich willkommen in der Judas-Church of Ohio, Mr. Leerox!"

Die Judas-Church war im Heiligen Jahr 1921 gegründet worden. Kurz vor dem Tod von Papst Benedikt XV. hatte Geheimrat Arthur Weyse bei einem Aufenthalt in Rom eine Vision, die sein Leben veränderte. An einem Donnerstag, eine Stunde nach Mitternacht, erschien ihm der Jünger Judas und beauftragte ihn, eine neue Kirche zu gründen. Die einzig wahre in der Welt. In einer 13-minütigen Offenbarung (er konnte die Zeit deshalb so genau angeben, weil seine Taschenuhr nach der Vision stehengeblieben war und er vorher den Glockenschlag von Santa Maria sopra Minerva gehört hatte) erklärte Judas alle Einzelheiten.

„Ich, Judas Ischarioth, bin der einzig wahre Jünger, weil ich in der Gruppe mit Jesus der dreizehnte war und diese Zahl eine heilige ist. Daher bin ich als höchster Heiliger zu verehren. Aufgrund meiner Initiative wurde Jesus gefangengenommen, verurteilt und gekreuzigt. So habe ich den Heilswillen Gottes durchgesetzt. Da die bislang gepriesenen

christlichen Werte die Welt nicht zum Guten verändert haben, ist es an der Zeit, in allen Lebensbereichen ein neues Verhalten zu praktizieren. Eine entscheidende Bedeutung kommt dabei dem Aberglauben zu, der bereits seit Jahrtausenden in der Seele der Völker lebendig ist. In ihm leuchtet das wahre Licht des göttlichen Weltplans auf. Der Aberglaube ist folglich der eigentliche Glaube. Somit ist alles als heilig anzusehen, was bislang als unrein oder unsittlich galt.

In diesem Heiligen Jahr 1921 soll die einzig wahre Judas-Kirche gegründet werden, die sich auf diese Offenbarung bezieht. Sie hat die Verbreitung des Judas-Kultes und damit die Weltherrschaft zum Ziel. Dieses ist mit dem Geheimbund der Tredici zu verfolgen. Die Jünger des Judas haben sich regelmäßig an einem Donnerstag, dem Tag des Verrats, zu Heiligen Feiern zu versammeln. Dort ist der Aberglaube zu verkündigen und die Weltmission anzustreben. Das Evangeliar des Petrus Ambergus gilt als die entscheidende göttliche Offenbarung. Ihr geheimes Symbol ist allein dort zu finden. Am Ende aller Tage steht die Reise der Gläubigen zum ewigen Himmel, zum Kugelsternhaufen M 13."

Als die Vision beendet war, beherrschte Weyse nur noch ein Gedanke: Wo war das geheimnisvolle Evangeliar zu finden?

„Wenn Ihr alte Schriften der Tredici entdecken wollt, müsst Ihr Rom verlassen", riet ihm ein greiser Priester. „Macht Euch auf den Weg nach Deutschland ins Schaumburger Land. Sucht im alten Schloss der Residenzstadt Bückeburg. Wenn es überhaupt noch Spuren gibt, dann dort."

Unverzüglich reiste Weyse dorthin und quartierte sich unter falschem Namen und mit vorgeschobenen Gründen ein. Die Schlossbewohner hegten keinen Argwohn gegenüber dem Gast, der sich tagsüber unauffällig verhielt. Doch nachts, wenn alle friedlich schliefen, durchkämmte er auf leisen Sohlen jeden Winkel des Gemäuers.

Aber das Original des Evangeliars fand er nicht. Nur etliche Nachdrucke, die er mitnahm.

Noch etwas entdeckte er: einen uralten Schlüssel in der Tür der Schlosskirche. Mit seltsam eingravierten Buchstaben, die er nicht deuten konnte. Heimlich entwendete er ihn für einige Tage und fertigte genaue Zeichnungen an.

Bald verließ er Bückeburg und reiste zurück nach Amerika. In New York gründete er die erste Judas-Church. In Windeseile breitete sich die Bewegung über das ganze Land aus.

Von seinen Zeichnungen ließ er schließlich eine genaue Kopie des Schlüssels herstellen. Danach verbrannte er die Vorlagen.

Der Wärter drückte einen Schalter. Augenblicklich schoben sich Marmorplatten auf dem Boden zur Seite und gaben eine breite Treppe nach unten frei. Sprachlos starrte Mike hinab.

„Bitte folgen Sie mir", forderte der Mann ihn höflich auf und schritt voran.

„In Wirklichkeit gehen wir gar nicht nach unten, Darling", flüsterte Moona ihm zu und nahm seine Hand. „Es ist nur eine Frage der Perspektive. Oft urteilen wir so erbärmlich irdisch. Die Wahrheit ist, dass wir in den Himmel spazieren. Wir sind ihm schon ganz nahe."

Vor ihnen tat sich eine riesige Krypta auf, die ganz mit Aluminium ausgeschlagen war. Von der Decke herab hing ein dreizehnarmiger Leuchter mit dicken Kerzen. Ihr Schein wurde tausendfach von den Wänden reflektiert. Rauchschwaden waberten durch den Raum. Es roch betörend. Etwa hundert Menschen knieten vor einem Altar in der Mitte und murmelten unverständliche Worte. Ein buckliger Greis, in ein silbriges Gewand gehüllt, zelebrierte gestenreich eine Messe. In seinen knöchernen Händen hielt er ein Evangeliar.

„Das ist unser Heiliger Adam", hauchte Moona ehrfurchtsvoll. „Er soll aus Deutschland stammen und unsere Kirche gegründet haben. Viele Legenden ranken sich um seine Person, aber keiner weiß Genaues. Auch nicht, wie alt er wirklich ist. Er selbst schweigt zu jeder Frage, die ihn betrifft."

Mike wusste nicht, wie ihm geschah. Seine Knie wurden auf einmal weich, er sank auf den Boden. In seinen Ohren rauschte es, die Augen waren geblendet. Nur schemenhaft hatte er wahrgenommen, dass vorne auf dem Altar drei schwarze Katzen geopfert wurden. Diener fingen das Blut auf und gossen es in glänzende Kelche.

Er erschrak zu Tode, als plötzlich ein Mann mit solch einem Gefäß vor ihm auftauchte. „Trink aus dem Kelch des Judas!"

„Nein! Niemals!", stammelte er voller Ekel und wandte sich ab. Übelkeit stieg in ihm hoch. Er sprang auf und wollte zum Ausgang eilen. Doch Moona hatte ihn genau beobachtet. Mit festem Griff zog sie ihn zurück, schnell waren andere Diener zur Stelle und halfen ihr. Die Männer zerrten ihn in einen schalldichten Raum. Alle Gegenwehr nützte nichts.

Man schlug ihm mehrmals ins Gesicht und fesselte ihn am Stuhl. Dann setzte man den dampfenden Kelch an seine Lippen.

Ihm wurde speiübel.

Nach weiteren Schlägen kamen sie zur Sache. „Wir haben einen Auftrag für Sie", erklärte eine Frau lächelnd, die sich als Ellen J. vorgestellt hatte.

Mike ahnte Schlimmes.

„Sie arbeiten bei WEYSELUX-US, nicht wahr?"

Eine rhetorische Frage. Alle wussten Bescheid.

„Was machen Sie dort genau?", forschte sie.

„Was soll die Fragerei? Wir arbeiten für die NASA, liefern elektronische Bauteile", antwortete er knapp.

„Fortan werden Sie für uns arbeiten!", befahl Ellen. Ihr Gesichtsausdruck ließ keinen Widerspruch zu.

„Oh nein, das werde ich nicht. Ich werde die Öffentlichkeit über eure Machenschaften informieren. Ich lass euch alle hochgehen", drohte er.

„Sie scheinen nicht zu wissen, dass jeder, der die Wohltaten der Judas-Church genossen hat, auch gewisse Pflichten erfüllen sollte."

„Sparen Sie sich Ihren Sarkasmus. Ich will hier raus!"

„Dann werden wir leider unschöne Konsequenzen ziehen müssen, aber das wollen wir doch nicht, Mr. Leerox, oder?", lächelte Ellen. „Ich bin überzeugt, dass Sie mitmachen werden."

„Niemals!", tobte er und riss an den Fesseln.

In diesem Moment kam Moona herein. Stumm legte sie ein Foto von David und Susan vor ihn auf den Tisch. Es zeigte die beiden in einem spartanisch eingerichteten Raum. Nur an der Holzwand war ein übergroßes „J" zu erkennen.

„Die Kinder sind in unserer Gewalt", erklärte sie ruhig. „Es wird ihnen nichts passieren, wenn du mitmachst." Sie hielt inne und schaute ihn ernst an. „Wenn nicht, dann wird die Sache kein gutes Ende nehmen."

Mike wurde blass, seine Hände taub. Er begann zu zittern.

„Okay", stammelte er nach einer Weile und nickte. Er blickte sie nicht an, sondern starrte auf den harten Betonboden.

Die Fesseln wurden ihm gelöst. Moona setzte sich an den Tisch, während die anderen hinausgingen. Sie wussten, dass diese Frau die Sache fest im Griff hatte. Dennoch standen vor der Tür Wachen bereit.

„Seit Jahren beobachten wir die Aktivitäten der NASA", begann Moona. „Über jedes Projekt sind wir bestens informiert. Wenn nötig, nehmen wir Einfluss auf wichtige Entscheidungen. Wir können nicht alles zulassen, was geplant wird. Es ist nicht gut, dass der Mensch seine Grenzen überschreitet. Wenn er alles in die Tat umsetzt, was möglich ist. Dann vertraut er blind der Technik und glaubt irgendwann nur noch an sich selbst. An seinen eigenen Verstand, seine Tüchtigkeit. Dazu verleitet die Weltraumfahrt besonders. Indem der Mensch seinen Fuß auf den Mond setzt, verlässt er sein eigentliches Lebenszentrum. Er verlässt die Ordnung, von der er herkommt. Er verlässt sich selbst und hinterlässt ein Chaos. Milliarden von Dollar werden nutzlos zum Mond geschossen, während Millionen Arme verhungern."

„Die Landung von Apollo 11 habt ihr doch nicht verhindern können", erwiderte Mike abfällig.

„Wir können nicht *alles* verhindern, aber wir können wirksame Zeichen setzen. Symbole, die jeder Mensch im Tiefsten versteht." Sie hielt inne und blickte ihn mit zusammengekniffenen Augen an. „Es geht um Apollo 13! Nach den bisherigen Erfolgen will die NASA bald wieder zum Mond starten. Und hier beginnt der Frevel. Die NASA tut so, als ob die 13 eine Zahl wie jede andere ist. Sie haben nicht das Gespür, auf Apollo 12 Apollo 14 folgen zu lassen. Im Gegenteil. Sie nehmen die Zahl nicht ernst und tun unsere Einwände als veralteten Aberglauben ab. Noch mehr: Ganz bewusst wollen sie aller Welt beweisen, dass Apollo 13 erfolgreich zum Mond fliegen kann. Sie planen, die 13 zur simplen Glückszahl zu machen. Das ist eine Provokation, die sich nicht nur auf die Nummerierung des Raumschiffs bezieht. Dahinter steht die geistige Haltung, alle Wertvorstellungen und ethischen Prinzipien zu banalisieren. Weißt du, wann das Ding starten soll?"

Er zuckte mit den Schultern.

Ihre Stimme wurde erregter. „Der Start ist für den 11. 4. 70 vorgesehen. Zähle einmal die Ziffern zusammen."

Er zuckte zusammen.

„Nun rate, um wie viel Uhr die Rakete starten soll."

„Um 13 Uhr?", fragte er vorsichtig.

„Ich kann es dir genau sagen. Der Start ist exakt für 13.13 Uhr Ortszeit in Houston geplant. Und am 13. April soll das Raumschiff ins Gravitationsfeld des Mondes eintreten. Du kannst sagen, was du willst, das sind keine Notwendigkeiten. Dahinter steckt Absicht, ein titanischer Plan. Deshalb muss das Projekt scheitern - und das wird es auch. Dafür werden wir sorgen."

Moona kramte aus ihrer Handtasche eine Mondkarte hervor. Energisch faltete sie das Blatt auseinander. „Weißt du, wo die Mondfähre landen soll?"

„Ich glaube, irgendwo im Meer der Stürme."

Sie tippte auf die Karte. „Also, das Ding soll hier im Fra-Mauro Gebiet runtergehen. Sagt dir das was? Die

Gegend ist nach Frater Maurus benannt worden, einem italienischen Mönch, der um 1458 eine kreisförmige Weltkarte von fast zwei Metern zeichnete. Bemerkenswert daran ist, dass zum ersten Mal nicht mehr die Heilige Stadt Jerusalem den Mittelpunkt darstellt, so wie es auf früheren Plänen der Fall war. Die Mitte der religiösen Welt wird von diesem Ketzer an den Rand gedrängt. Das hat fatale Folgen gehabt - bis heute. Mit der Wahl des Landegebietes unterstreicht die NASA dieses Denken. Es geht noch weiter: Wenn man die Fra-Mauro Region in einem größeren Zusammenhang sieht, findet man nördlich davon einen riesigen Krater mit Namen Kopernikus. Ein Stück westlich davon liegt der Krater Kepler. Hier! Diese Namen umschreiben nicht ein x-beliebiges Landegebiet. Sie sind Programm. Ohne Zweifel will die NASA ihre Expedition im Geist von Maurus, Kopernikus und Kepler verstanden wissen."

„Was ist an Kopernikus und Kepler verwerflich? Sie haben herausgefunden, dass die Sonne im Zentrum unseres Planetensystems steht und nicht die Erde. Auch Galilei fällt mir ein, den man wegen seiner Untersuchungen seelisch fertig gemacht hat. Oder glaubt ihr etwa immer noch, dass die Erde in der Mitte steht?"

„Natürlich nicht", lächelte Moona. „Wir akzeptieren die naturwissenschaftlichen Erkenntnisse. Aber ich habe das Gefühl, dass du nicht verstehst, was wir meinen. Es gibt verschiedene Ebenen von Wahrheit, nicht nur eine einzige. Die meisten Menschen denken allein an die naturwissenschaftliche. An das, was man sehen, messen, wiegen, zählen oder sonst berechnen kann. Allerdings gibt es noch andere Wahrheiten über die Welt. Zum Beispiel die religiöse oder die mystische. Hier hat jeder Name und jede Zahl eine Bedeutung.

Wer sie nicht kennt, versteht die Zusammenhänge in unserer Welt nicht. Denn es ist der Geist, der die Welt regiert. Nicht die Materie. Und weil jeder Mensch aus Geist und Leib besteht, wollen wir die geistige Seite im Menschen betonen. Die Judas-Church setzt sich dafür ein, da sie allein dem Menschen helfen wird, sein Leben zu verstehen. Und es zu meistern. Deshalb dürfen wir nicht zulassen, wie entscheidende Symbole der Menschheit entweiht und in den Mondstaub getreten werden. Freilich, die Nummer der Apollokapsel und die Namen der Mondkrater mögen austauschbar wirken. Im Prinzip sind sie es nicht. Die katholische Kirche hat zur Zeit der Gegenreformation, gegen alle Naturwissenschaft *geistig* recht gehabt mit ihrem Festhalten an der Erde als Mitte der Welt. Für diese Wahrheit kämpfen wir bis heute."

Moona erhob sich und schritt im Raum auf und ab. Bis sie direkt vor Mike stehenblieb. „Wir werden Apollo 13 verhindern! Ich bin davon überzeugt, dass es gar nicht schwer sein wird, weil die Zahl aus sich selbst heraus wirkt. Nur ein wenig Hilfestellung wird den Prozess beschleunigen. Und dazu brauchen wir dich."

„Ihr stellt euch das so leicht vor", rief Mike aufgebracht. „Ich kann doch nicht einfach zum Chef der NASA gehen und sagen: ‚Bitte streichen Sie Apollo 13 – meinen Kindern zuliebe.' Er wird mich nur auslachen. Es gibt auch keine Möglichkeit, dass ich unbemerkt bei WEYSELUX-US an einem Bauteil irgendetwas manipuliere. Alles wird nicht nur bei uns durch einen Qualitätskontrolleur peinlich genau getestet, sondern später bei der NASA noch einmal. Alles wird lückenlos protokolliert. Unregelmäßigkeiten oder Mängel fallen dabei sofort auf. Glaub mir, ich kann

Apollo 13 nicht aufhalten. Wer anderes behauptet, lebt hinterm Mond."

„Wir haben bei unseren Recherchen einen Fehler in der Elektronik von Sauerstofftank 2 entdeckt", erklärte sie mit stoischer Ruhe und breitete einen Schaltplan auf dem Tisch aus. „Hier, der Thermostat ist fehlerhaft. Die Voltzahl stimmt nicht. Das fällt bei dem üblichen Testprogramm nicht auf. Überall, wo Menschen an der Arbeit sind, machen sie auch Fehler. Aber im Irrtum von anderen liegt unsere Chance. Nur eine winzige Kleinigkeit fehlt noch. Das Bauteil muss aus dem richtigen Material hergestellt sein. Es muss aus Heiligem Aluminium bestehen. Das ist dein Auftrag, Mike. Sorge dafür."

„Heiliges Aluminium? Das ist doch lächerlich."

„Spotte nicht. Aluminium hat die Ordnungszahl 13. Du weißt es. Das Material und seine metaphysische Bedeutung - daraus ergeben sich ungeahnte Kräfte."

„Thirteen ...
twelve ...
eleven ...
ten ..."

Cape Kennedy, Florida. Es ist der 11. April 1970. Wie gebannt starren unzählige Augen auf die gewaltige Saturn-V-Rakete, die majestätisch an der Startrampe wartet, um in wenigen Sekunden mit einer Apollo-Kapsel abzuheben. Eine seltsame Spannung liegt in der Luft. Es scheint, als ob sich der Countdown mehr und mehr in die Länge zieht, als krieche die Zeit dahin und verliere ihren unbestechlichen Rhythmus. Die Nervosität bei allen Beteiligten steigt ins Unermessliche, auch wenn offiziell Gelassenheit demonstriert wird. Im Kontrollzentrum in Houston laufen die allerletzten Vorbereitungen in routiniertem Umfang. Man gibt sich sicher, dass dieser Flug an die erfolgreichen Vorgängermissionen anknüpfen wird.

Anknüpfen muss.

Und dennoch. Allen Beteuerungen zum Trotz, mit dieser Rakete startet nicht irgendein Weltraumflug, sondern ein ganz besonderer. Es ist allein die Zahl, eine simple Nummerierung, die höchste Brisanz verleiht. Es ist Apollo 13.

Oben in der Kapsel hocken voller Anspannung die drei Astronauten Jim Lovell, Jack Swigert und Fred Haise. Monatelang haben sie sich auf diesen Flug vorbereitet, unermüdlich trainiert und alle Eventualitäten geprobt. Gleich ist es soweit, gleich wird es endlich losgehen. Die Anzeigegeräte im Cockpit signalisieren, dass alle Systeme normal arbeiten. Nichts kann sie mehr aufhalten, gar nichts auf der Welt. Ihr Ziel ist der Mond, genauer das Fra-Mauro-Gebiet. Jenes geheimnisvolle Areal, das in der Nähe der gewaltigen Krater Kopernikus und Kepler liegt.

Die Kameras surren, die Teleobjektive der Fotografen sind längst scharf gestellt. Auf der Tribüne, von der aus der Start in sicherem Abstand verfolgt werden kann, hält es die Zuschauer nicht mehr auf ihren Plätzen. Auch Prominente sind angereist. Stolz erklärt Präsident Nixon dem deutschen Bundeskanzler, der gerade zu Beratungen in den USA weilt, den Aufbau der Rakete mit ihren verschiedenen Stufen. Interessiert folgt Willy Brandt den Ausführungen, hat er doch noch nie einen Apollostart unmittelbar miterleben können. Der Funke der Faszination für das, was Menschen erdacht und erbaut haben, erfasst auch ihn. Ohne Zweifel ist die riesige Rakete mit der Kapsel an der Spitze ein eindrucksvolles Symbol für die Schaffenskraft des Homo sapiens, der im Begriff steht, die Erde zu verlassen und sich den Weltraum untertan zu machen.

Alle starren voller Spannung auf die gewaltigen Triebwerke, die gleich gezündet werden, um die Saturn-V wie auf einem Feuerstrahl davonstürmen zu lassen. Der Countdown läuft.

„Nine ...
eight ...
seven ...
six ..."

Plötzlich werden die Blicke von der Rakete abgelenkt. Eine junge Frau rennt über das Gelände, als würde sie um ihr Leben laufen. Ihre blonden Haare sind zerzaust, ihr buntes Kleid flattert unstet im Wind. Sie schreit, reißt die Arme hoch und steuert direkt auf die startbereite Saturn-V zu.

Die Zuschauer halten die Luft an. Wo kommt diese Person auf einmal her - und was will sie? Kaum jemand hat bemerkt, wie sie sich aus der Menge gelöst und unauffällig alle Sicherheitsabsperrungen überwunden hat. Erst als deutlich wird, dass sie schnurstracks zur Rakete stürmt und immer mehr ins Bild der Kameraleute hineinläuft, werden die Verantwortlichen nervös. Dieser Zwischenfall ist nicht eingeplant, er steht nicht im Drehbuch zu einem Bilderbuchstart. Jene Unbekannte lenkt in ungebührlicher Weise just in diesem entscheidenden Augenblick die Aufmerksamkeit auf sich. Das kann unter keinen Umständen geduldet werden. Deshalb ist keine Zeit zu verlieren, es muss sofort gehandelt werden!

Mit quietschenden Reifen braust der graue Geländewagen des Security Service los, um die Frau einzufangen und von ihrem Kurs abzubringen. Allen Beobachtern stockt der Atem.

„Five ...
four ...
three ...
two ...
one ...
zero – lift off!“

Gelassen schaut der Direktor der NASA in Houston auf seine goldene Armbanduhr. Er ist stolz auf das perfekte Timing. Es ist exakt 13.13 Uhr. Mit ohrenbetäubendem Lärm zünden die Triebwerke und tauchen das Areal in eine riesige Dampfwolke. Es sieht für einen Augenblick so aus, als würde Apollo 13 zögern, den sicheren Erdboden zu verlassen. Als würden unsichtbare Bande die Rakete zurückhalten. Aber dann reißt sie sich los und schießt mit voller Kraft in den Himmel. Jetzt scheint sie nichts mehr aufzuhalten. Der Weg zum Mond ist frei.

Die junge Frau reckt ihre entblößten Arme nach oben. Als hätte sie die Rakete noch festhalten wollen, als stände es ihr zu, über Himmel und Erde zu herrschen. Irgendetwas schreit sie mit letzter Kraft aus ihrer Seele heraus – aber niemand hört sie. Das Donnern der Triebwerke übertönt jeden menschlichen Laut. Jetzt hat allein die Technik das Sagen.

Die Zuschauer wischen sich den kalten Schweiß von der Stirn. Stumm schauen sie auf den Platz, wo gerade noch die Saturn-V stand. Dichter Rauch verleiht dem Gelände eine gespenstische Atmosphäre. Noch können sie nichts sehen. Nur zögernd lichtet sich der Schleier.

Plötzlich ein Aufflackern. Das Kleid der Frau hat Feuer gefangen. In Sekundenschnelle breitet es sich aus. Unaufhaltsam. Wie eine lodernde Fackel bewegt sich die Unbekannte, schlägt um sich, kämpft um ihr Leben. Bis sie schließlich zusammensackt.

Blankes Entsetzen packt die Zuschauer. Völlig hilflos starren sie nach vorne.

Endlich ist der Wagen zur Stelle. Zwei Männer springen heraus, einer hat einen Feuerlöscher zur Hand. Der Schaum sprüht und umhüllt den Körper wie Schnee. Doch die Hilfe kommt zu spät. Bei lebendigem Leib ist die junge Frau verbrannt.

Eine Zeit lang stehen die Männer regungslos da. Sie blicken in das verzerrte Gesicht der Toten. Wie in einem Spiegel entdecken sie Erwartungen und Enttäuschungen, Lebensfreude und Todesangst eng beieinander, während Apollo 13 sich immer weiter von diesem Schauplatz entfernt. Das Glück des Himmels und das Leiden der Welt kristallisieren sich auf jenem Stückchen Erde, auf das in diesem Augenblick durch den Dunst des Rauchs ein schmaler Sonnenstrahl fällt.

Schließlich bückt sich einer der Männer, um den verkohlten Leib zu bergen. Mit kräftigen Händen hebt er die Leiche vom Asphalt und trägt sie zum Wagen. Der andere ist ihm behilflich. Dabei fällt ihm eine Kette auf, die die Tote um den Hals trägt und die das Feuer unbeschadet überstanden hat. An ihr hängt ein rußgeschwärztes Medaillon. Vorsichtig nimmt er es zwischen seine rauen Finger und reibt es blank. Er dreht den Anhänger zur Sonne. Kein Name ist eingraviert, nur ein Symbol: Ein geheimnisvoller Schlüssel.

Mit hoher Geschwindigkeit nähert sich der Rettungswagen. Als der Mann ihn bemerkt, reißt er mit einem Ruck die Kette vom Hals der Leiche. Unauffällig lässt er das Schmuckstück in seine Hosentasche gleiten.

Er nickt seinem Kollegen zu.

„Das Teil behalten wir besser für uns“, sagt er rasch, „sonst ...“

Seine Stimme beginnt auf einmal zu zittern und erstirbt. Das Gesicht ist aschfahl geworden. Abrupt wendet er sich ab und rennt davon. Hinter einem Gebäude wirft er das Medaillon in weitem Bogen von sich.

Unter den Zuschauern auf der Tribüne befindet sich eine Reisegruppe aus Europa. Es sind Physikstudenten, die die einmalige Gelegenheit nutzen, einen Apollostart live mitzuerleben. Sie starren durch ihre Ferngläser oder lassen die Fotoapparate klicken. Alle folgen fasziniert der Bahn der Rakete in den Himmel. Nur Christian Sonnthag blickt unentwegt auf den Boden. Wovon er gerade Augenzeuge gewesen ist, lässt ihn nicht los. Wild pocht sein Herz. Er spürt den grausamen Schmerz, als ob er selbst dort verbrannt wäre. Anfangs wollte er aufspringen und der Frau zu Hilfe eilen. Aber seine Kommilitonen hielten ihn mit aller Macht fest.

„Das ist nur eine Verrückte, der kann man nicht helfen“, erklärten sie abschätzig.

Ohnmächtig hockte er auf seinem Platz und beobachtete mit Entsetzen das weitere Geschehen.

Erst als die Leiche weggeschafft ist und sich die Wagentür wie ein Sargdeckel schließt, steht er verstört auf. Nachdenklich verlässt er die Tribüne und trottet zum Parkplatz zurück, wo der Busfahrer gelangweilt auf die Rückkehr der Studenten wartet.

Immer wieder laufen die Sekunden des Schreckens im Zeitraffer vor seinem Inneren ab und lassen ihn erschaudern. Für einen Moment hat er genau ihr Gesicht gesehen, weit aufgerissene Augen und Totenblässe. Es kam ihm vor, als schaute er in die Tiefen der Hölle, in den Schlund grenzenloser Verzweiflung. Was ist das für eine Frau gewesen? Da fliegen Menschen mit einem Feuerstrahl zum Mond, beobachtet von vielen. Doch im Schatten verglüht eine Unbekannte. Aber das scheint niemanden zu interessieren.

Bevor Christian in den Bus steigt, wendet er sich noch einmal um und blickt verloren zum Himmel. Von Apollo 13 ist nichts mehr zu sehen.

Rasch nähern sich viele dunkle Wolken. Eine Decke der Undurchdringlichkeit, des Schweigens breitet sich aus.

Bald sind alle Studenten eingetroffen und der Bus fährt ruckelnd los. Er zieht eine dicke Staubwolke hinter sich her.

„Schau mal, was ich gerade auf dem Weg gefunden habe“, vermeldet Petra unvermittelt und bläst den Staub beiseite.

Christian greift nach einem kleinen Buch. Es ist säuberlich in einen rot-schwarzen Einband gebunden. Er schlägt eine Seite in der Mitte auf. Unruhig überfliegt er die Zeilen.

Der Inhalt wirkt konfus. Da ist von seltsamen Riten die Rede, von Apolloflügen, Kratern und Kindern. Und zwischen den Zeilen von grenzenloser Angst. Alles mündet in eine Frage, die diese Frau immer wieder stellt: Was passiert, wenn Apollo 13 auf dem Mond landen sollte? Sie selbst gibt die erschütternde Antwort: „Dann bricht die Hölle über die Menschheit herein, das ewige Fegefeuer.“

Christian läuft es eiskalt über den Rücken. Ihm wird bewusst, dass dies ein Tagebuch ist.

Die vertraulichen Notizen von Moona Dawn.

Die Beschleunigung drückt die Astronauten mit voller Wucht in die Sitze. Zehn Minuten nach dem Start zündet die dritte Stufe und beschleunigt Apollo 13 auf 28.000 km/h. Die Männer merken, wie alles in ihrer Nähe an Gewicht verliert. Sie selbst schweben durch ihre kleine Welt. Es ist herrlich, sich frei über der Erde zu bewegen und alles Belastende hinter sich zu lassen. Deutlich sehen sie aus ihrem winzigen Fenster unter sich den blauen Planeten mit den Ozeanen, den Kontinenten und Inseln. Alles sieht so friedlich aus. Nach zweieinhalb Stunden Erdumkreisung werden die Triebwerke erneut gezündet. Die Rakete verlässt die Umlaufbahn und schießt zielsicher Richtung Mond. Während der Heimatplanet langsam immer kleiner wird, nimmt der Mond an Größe zu. Die Astronauten rechnen damit, die knapp 400.000 km dorthin in etwa drei Tagen zu bewältigen.

Alles verläuft planmäßig. Die Techniker an den Bildschirmen der Mission Control in Houston blicken sich zufrieden an. Sie sind davon überzeugt, dass die NASA mit diesem Projekt ihre erfolgreichen Mondflüge fortsetzen wird.

Es ist Montag, der 13. April 1970. Die Astronauten verrichten gerade routinemäßige Arbeiten. Plötzlich hören sie einen lauten Knall.

Die trügerische Ruhe zerreißt. Apollo 13 bebt für einen Augenblick.

Die Männer erschrecken zu Tode und blicken sich entsetzt um. Was ist los? Ist etwas explodiert, ist irgendwo ein Loch? Entweicht auf einmal wertvolle Atemluft in die endlose Leere des Weltraums? Rasen sie in den sicheren Tod?

Auf der Instrumententafel blinken Warnlampen auf. Im Kopfhörer dröhnt ein greller Ton. Alarmstufe 1.

„Houston, wir haben ein Problem", funken sie ratlos zur Erde.

Der Satz kommt einem hilflosen SOS aus den Tiefen des Weltraums gleich.

Die Techniker der Mission Control werden abrupt aus ihrer Routine gerissen. Die Rechner melden einen extremen Druckverlust im Sauerstofftank 2. Die Daten fallen in diesem Bereich auf Null. Es sieht so aus, als gäbe es diesen Tank gar nicht mehr und mit ihm die Hälfte des unersetzlichen Sauerstoffs. Im Zusammenhang damit sinkt auch der Druck auf den Brennstoffzellen. Sie sind mit dem Sauerstofftank verbunden und liefern den elektrischen Strom.

Fieberhaft beschäftigen sich die Techniker damit, auszurechnen, wie viel Strom, Sauerstoff und Wasser noch vorhanden sein müssten. Welche Systeme sofort abzuschalten sind, um Energie zu sparen. So hocken die Männer bald in einer immer kälter werdenden Kapsel. Die Fenster beschlagen, Tropfen perlen von den Armaturen, die Außentemperatur beträgt minus 173 Grad Celsius.

Den Astronauten wird schmerzhaft bewusst, dass sie alle Hoffnungen begraben müssen, den Schaden irgendwie reparieren zu können. Ihre Pläne von der Landung in der Fra-Mauro-Region rücken in astronomische Ferne. Jetzt geht es nur noch um das nackte Überleben. Sie wissen, dass die Rückkehr zur Erde große Gefahren mit sich bringt. Nur ein ganz schmaler Korridor öffnet ihnen den Eintritt in die Atmosphäre.

Die schlimmste Vorstellung ist, dass die Kapsel die Erde verfehlt. Wenn kein Treibstoff mehr da ist, gibt es keine Rettung. Auf ewige Zeiten würde Apollo 13 durchs Weltall rasen – mit drei Toten an Bord. Und mit einer stummen Botschaft, aufgemalt auf die Außenwand, die fremde Intelligenzen niemals würden deuten können. Nach irdischer Lesart die Zahl 13.

Auf jeden Fall: Die NASA muss vor der Weltöffentlichkeit eingestehen, dass das Projekt Apollo 13 gescheitert ist.

Die Spannung steigt ins Unermessliche. Mit zunehmender Geschwindigkeit rast Apollo 13 der Erde entgegen. Die Astronauten haben alle Hände voll damit zu tun, die letzten Vorbereitungen für den Wiedereintritt in die Erdatmosphäre zu treffen. Große Ängste bedrücken sie. Ob der Eintrittswinkel stimmt, ob die Energie ausreichen wird, ob der Hitzeschild der Kapsel unversehrt geblieben ist, um die dreitausend Grad heiße Reibungshitze auszuhalten.

11.53 Uhr. Der Wiedereintritt beginnt. Die Kapsel fliegt mit dem Heck voran, sodass die Astronauten das Gefühl haben, rückwärts in unendliche Tiefe zu stürzen. Sie sind zu völliger Passivität verurteilt, jetzt lässt sich an den Bahndaten nichts mehr ändern. Es wird sich zeigen, ob die nächsten Minuten sie in den Tod oder ins Leben führen werden. Der Wahnsinn beträgt inzwischen 40.000 Stundenkilometer. Der Funkverkehr nach Houston ist abgerissen, die Nabelschnur zur irdischen Welt.

Aus ihrem winzigen Fenster nehmen sie wahr, wie sich durch die Geschwindigkeit die Luft verfärbt. Vom zarten Rosa über grelle Orangetöne bis zum feurigen Rot. Glühende Partikel lösen sich vom Hitzeschild. Die

Männer werden gewaltig in ihre Sitze gedrückt, die Schwerkraft steigt unerträglich an.

Die Minuten vergehen, sie kommen ihnen unendlich vor.

Dann ein kräftiger Ruck.

Die Fallschirme öffnen sich und bremsen ab. Ein Fallen, das langsamer wird. Und endlich ein Aufschlagen auf dem Wasser. Dem Pazifischen Ozean. Banges Warten auf die Suchmannschaft - bis die Luke geöffnet wird.

Willkommen daheim auf der Erde!

Penetrant wird in den Medien die Frage nach der Ursache gestellt. Die NASA beteuert, dass sie eine Kommission einsetzen wird, um den Fehler zu finden. Doch die Stimmen werden lauter, die den wahren Grund längst ausgemacht haben: Es ist ein Frevel gewesen, eine Rakete mit der Nummer 13 zum Mond zu schießen. Das konnte nicht gut gehen.

In einem geräumigen Holzhaus, etliche Meilen abseits der Hauptstraße nach Denver, loderte helles Feuer im Kamin. Wer zum ersten Mal über die Schwelle des Hauses trat, geriet schnell in den Bann von Gemütlichkeit. Es duftete nach Holz und gebackenem Brot. Hier konnte man sich wohlfühlen und von der Hektik des Stadtlebens ausspannen.

Wenn nicht der hohe Zaun gewesen wäre.

Er umgab das Grundstück wie ein eiserner Vorhang. Zahlreiche Strahler und Kameras überwachten jeden Winkel, besonders das Eingangstor. Alle Sicherheitsbedürfnisse schienen hier übertrieben zu sein. Sie ließen jeden Besucher frösteln, bevor er das warme Innere des Hauses erreichen konnte.

Oder war die äußere Erscheinung ein Abbild des Inneren?

David und Susan lagen in einem abgedunkelten Zimmer auf dem Bett und schliefen. Ab und zu wälzte sich der Junge im Traum hin und her, während seine Schwester ganz ruhig dalag. Auf dem Boden stand ein Kassettenrecorder. Die Funktion Repeat war eingeschaltet. Auf dem Tisch neben dem Fenster lag ein Protokollbuch, in dem sorgfältig vermerkt war, wann die Kinder wie lange schliefen.

Ellen J. legte gerade eine andere Kassette ein. Nachdenklich schaute sie zu den Schlafenden hinüber. Alles schien in Ordnung zu sein. Nur zartes Atmen war zu vernehmen.

Start.

Eine knarrende, monotone Stimme erklang und leierte die Glaubenssätze der Judas-Church herunter. Wieder und immer wieder. Die Worte fanden direkten Eingang in die Seelen der beiden.

Wenn die Kinder wach waren, mussten sie in ihrem Zimmer essen, trinken und mit dreizehn Bauklötzen spielen. Von Anfang an sollte sich diese Zahl tief in ihr Bewusstsein einprägen. Fingen sie an zu protestieren, sich zu streiten oder zu weinen - was immer seltener vorkam - war Ellen schnell zur Stelle. Ihr hypnotischer Blick genügte, um sie wieder in langen, tiefen Schlaf fallen zu lassen. Vollkommen machtlos waren sie der Frau ausgeliefert. In Phasen, in denen der Recorder einmal nicht lief, erteilte Ellen ihnen Befehle, die sie im Wachzustand ausführen mussten. Ohne zu wissen warum.

„Wir sind auf dem besten Weg, Menschen nach unseren Vorstellungen zu schaffen", schrieb sie stolz ins Protokollbuch. „So werden wir am wirkungsvollsten die Geschichte der Menschheit beeinflussen. Es ist im

Grunde ganz einfach: Wir nehmen ihren Leib und pflanzen unseren Geist hinein. Eine Saat, die sicher aufgehen wird. Irgendwann werden wir diese Kinder als neue und bessere Geschöpfe auf die Menschheit loslassen. Heil der universellen Judas-Church!"

An dem Tag, als die Fernsehstationen das Ende der Mission 13 verkündeten, brach im Hauptquartier der Tredici lauter Jubel aus. Die Sektkorken knallten. Sogar der General, der sich sonst kühl und distanziert gab, feierte mit. Als die überdimensionale Uhr aus veredeltem Aluminium im Foyer dreizehn schlug, klopfte er leicht angeheitert an sein Glas und bat um Ruhe.

„Liebe Jünger, wir haben einen großartigen Sieg errungen. Apollo 13 ist gescheitert!" Es folgten spöttische Bemerkungen über die NASA und den Wahn der Technokraten. Schließlich schloss er mit einem dreizehnfachen Hoch.

Auf einmal schlugen seine Gesichtszüge in tiefen Ernst um. „Wir wollen in dieser Stunde der mutigen Kämpferin gedenken, die vor den Augen der Weltöffentlichkeit ihr Leben für unsere Ziele geopfert hat."

Ein stummes Nicken ging durch den Raum.

„Ich werde dem Geheimrat vorschlagen, Moona Dawn heilig zu sprechen. Ihre vorbildliche Tat hat in aller Welt Aufmerksamkeit erregt. Sie war eine echte Märtyrerin. Freunde, solche Männer und Frauen brauchen wir. Glaubt mir, es wird nicht mehr lange dauern, dann haben wir alle Macht in den Händen. Den originalen Schlüssel zu Himmel und Hölle werden wir bald besitzen. Wir holen ihn uns einfach!"

Unerwähnt blieb, dass ein kleines Rädchen im großen Getriebe, ein Mitarbeiter eines Zulieferbetriebs der

NASA, mit tiefen Depressionen in eine psychiatrische Anstalt eingeliefert worden war. Fernab von allem Leben, in geistiger Umnachtung, vegetierte Mike Leerox. Wie auf der Rückseite des Mondes.

Kapitel 12

Sakrileg und Sünde

Dramatische Spannung.

Es war am späten Nachmittag, als die letzte Führung im Bückeburger Schloss begann. Unauffällig mischte sich Christian Sonnthag unter eine Sportlergruppe aus dem Rheinland. Er hatte behauptet, Kölner zu sein, und da sich einige Gemeinsamkeiten fanden, nahm ihn die Gruppe fröhlich auf, als gehörte er schon immer dazu. Schnell war man per Du und niemand ahnte, welche Motive dieser Fremde wirklich verfolgte.

Da sah er sie.

Er erstarrte.

Das darf doch nicht wahr sein! Sie hier? Seine Gefühle überschlugen sich. Gibt es so etwas wie Zufall? Eher nicht.

Nur wenige Meter entfernt stand sie und drehte ihm den Rücken zu. Sie unterhielt sich mit einer anderen Frau. Lässig hing ihre modische Handtasche über der Schulter.

Er war sich sicher, sie war es.

Ohne Zweifel. Freilich gab es etliche Frauen, die von hinten so ähnlich aussahen. Aber ihre Haltung, die Bewegung der Hand, mit der sie ihre langen, blonden Haare zurückstrich, waren typisch für Susanne Golldau. Jene beeinflussende Frau, die aus dem Hinterhalt versuchte, die Geschicke von WEYSELUX zu steuern.

Sie musste die Unbekannte sein und bei ihrem Diebstahl des Schlüssels Perücke und Brille getragen haben. Jetzt wähnte sie sich vollkommen sicher.

Was sollte er bloß tun, weg von hier oder auf sie zugehen?

Seine Gedanken rasten.

Die Schlossführerin begann die Eintrittskarten zu kontrollieren. Dann öffnete sie die große Zwischentür vom Foyer zu den fürstlichen Räumlichkeiten und bat die Gruppe, ihr zu folgen. Zuerst ging es die breite, mit Teppichen ausgelegte Treppe hinauf.

Mit jeder Stufe stieg die Spannung.

An den Wänden hingen wertvolle Gemälde, doch Christian achtete nicht auf sie. Die erklärenden Worte der Führerin waren unwichtig. Er konzentrierte sich darauf, Susanne Golldau in einem gewissen Abstand zu folgen. Dabei passte er auf, stets in ihrem Rücken zu bleiben.

Er fürchtete, dass das nicht lange gut gehen würde, und war erstaunt, dass sie sich überhaupt nicht umwandte, wenn die Führerin wegen eines Kunstwerks dazu aufforderte.

Sie erreichten den Großen Festsaal. Die prachtvolle Ausstattung mit dem gewaltigen Deckengemälde, die Leuchter und Säulen beeindruckten die Besucher. Während alle nach oben starrten, taten zwei das nicht. Sie sahen in andere Richtungen.

Die Gruppe verließ gerade den Saal, als das Unausweichliche geschah.

Sie drehte den Kopf.

Ihre Haare flogen zur Seite.

Nur ein kurzes Schauen nach hinten. Das genügte.

Ihre Blicke trafen sich.

In Bruchteilen von Sekunden. Da war nichts mehr aufzuhalten. Nichts mehr zu verbergen. Direkt, schonungslos, offen. Zwei Augenpaare, die mehr als sahen. Die verstanden.

Ihre Miene blieb völlig ausdruckslos. Kein Erstaunen, kein Zucken, gar nichts. Eiskalt. Sie hatte sich vollkommen in der Gewalt. Äußerlich.

Susanne Golldau wandte sich wieder der Gruppe zu und betrachtete scheinbar interessiert die Exponate.

Vielleicht hat sie mich nicht erkannt, durchfuhr es Christian. Oder einfach in Gedanken durch mich hindurch geschaut. Als ob man sieht und doch nicht sieht.

Weiter ging es von Raum zu Raum. Die Ausstattungen und das wertvolle Mobiliar nahm er nicht wahr. Nur diese Frau behielt er im Visier.

Nach dem Goldenen Saal führte der Weg hinaus auf einen offenen Gang, dann die Treppe hinunter direkt in den Innenhof. Zur letzten Station der Führung, dem Höhepunkt.

Die Schlosskirche.

Die Nervosität stieg.

Unruhig flatterten pechschwarze Raben auf und flohen gen Himmel. Schwere Regenwolken zogen heran, kühler Wind pfiff um die Ecken.

Die Führerin zeigte auf das uralte Türschloss der Kirche. Das wahre Alter sei unbekannt, betonte sie. Dann berichtete sie von dem dreisten Diebstahl des Schlüssels, ohne jedoch zu sehr ins Detail zu gehen. Die Besucher hörten aufmerksam zu, einige schüttelten die Köpfe. Alle waren sich einig – das war ein Sakrileg.

Christian blickte verstohlen zu Susanne Golldau hinüber. Mit festem Griff presste sie ihre Handtasche an sich. War dort der Schlüssel verborgen, um den sich alles drehte?

Je länger er darüber nachdachte, desto wahrscheinlicher schien es ihm. Wut packte ihn. Ich werde ihn mir holen und die Verbrecherin stellen, beschloss er entschlossen.

Behutsam löste er sich von den Leuten, mit denen er gerade zusammenstand und steuerte auf sie zu.

Unerwartet stellte sich ihm auf einmal die Schlossführerin in den Weg und öffnete die Kirchentür. Das alte Holz knarrte laut, als wollte es aufschreien. Die Gruppe trat ein und schob Christian gleichsam mit. Ihm gefiel das nicht, weil er nun vor seiner Gegnerin im Gemäuer war. Die Führerin befahl, auf den Bänken Platz zu nehmen. Er setzte sich nach hinten. Von dort hoffte er den Überblick zu behalten.

Das Dunkel der Kirche umfing ihn wie eine Höhle. Nun hieß es besonders wachsam zu sein. Irgendetwas würde passieren, da war er sich sicher. Susanne Golldau saß einige Reihen vor ihm und musterte den Raum. Sie wandte den Kopf zu den großen Fenstern, zur Tür, zur Fürstenloge und zur Kanzelwand. Rechts und links davon hingen zwei lange, blutrote Vorhänge. Was mochte sich dahinter verbergen?

Die Schlossführerin begann ausführlich die goldenen Engelsfiguren und die bunten Wandmalereien zu erklären. Sie erwähnte, dass Graf Ernst im denkwürdigen Jahr 1606 das Gemälde „Das Jüngste Gericht" bei einem Künstler in Auftrag gab, der am Hof von Kaiser Rudolf II. in Prag wirkte. Kurz vor Vollendung des Bildes verstarb Joseph Heintz der Ältere. Sein Werk sollte nicht ins Bückeburger Schloss gelangen, sondern verblieb in Prag. Die Führerin deutete finstere Machenschaften an, ohne genauer zu erklären, was sie meinte. Tatsache sei, dass ausgerechnet 1732 der Ostflügel des Schlosses einem verheerenden Feuer zum Opfer fiel.

Im Geist zählte Christian die jeweiligen Ziffern der Jahreszahlen zusammen und erschauderte.

Dann wies die Frau auf die bestatteten Herzen der fürstlichen Familie hin und berichtete von der Evangelisch-reformierten Kirchengemeinde, die bis heute hier ihre sonntäglichen Gottesdienste hielt. Das Wort braucht einen Ort - und jeder Ort ein Wort.

Christian beobachtete die Frau mit der Handtasche vor ihm genau. Eine unbeschreibliche Spannung lag in der Luft. Wie vor einem Gewitter an einem schwülen Sommertag.

Plötzlich ein dumpfer Schlag.

Ein entsetztes Aufschreien. Die Leute fuhren herum. „Schnell, Hilfe! Hier ist jemand zusammengebrochen."

Eine junge Frau lag kreidebleich auf dem Steinboden. Sie hatte direkt neben Susanne Golldau gesessen. Die energetischen Kräfte des Schlüssels, die mühelos durch die Kleidung gedrungen waren, hatten zuverlässig gewirkt.

Unruhe entstand.

Männer stürzten herbei, hoben die Ohnmächtige hoch und legten sie vorsichtig auf eine Kirchenbank. Andere breiteten ihre Jacken als Unterlage oder Decke aus.

„Ist ein Arzt hier?"

Die Führerin lief nervös mit ihrem Handy nach draußen. Einige folgten ihr.

In diesem Augenblick erlosch die gesamte Beleuchtung.

Schlagartig war es düster. Frauen kreischten auf. Panik breitete sich aus. Rufe gingen hin und her. Keiner hörte mehr auf den anderen. Alle strebten dem einzigen Ausgang zu, der Kirchentür. Es wurde geschubst und gedrängelt. Bloß raus hier!

Ehe sich Christian versah, stand auch er draußen im Innenhof. Unruhig blickte er sich um. Von Susanne Golldau keine Spur. Er wollte in die Kirche zurücklaufen.

Unbedingt, da musste sie noch sein.

Aber zwei kräftige Wachmänner hielten ihn vor der Tür auf. „Zurück! Hier kommt keiner mehr rein."

Christian tobte.

Die Männer blieben eisern.

Das leichte Wehen des roten Vorhangs rechts neben der Kanzelwand bemerkte niemand.

Susanne Golldau wusste, was sie wollte. Sie hatte souverän geplant, spontan gehandelt und dann ihre Chance genutzt. Es gefiel ihr, ihre Macht und Möglichkeiten zu demonstrieren, Panik und Schrecken zu verbreiten. Die enormen Kräfte, die von dem uralten Schlüssel ausgingen, eröffneten ungeahnte Dimensionen. Den Schlüssel zu Menschen, gleichsam die Menschen selbst in der Hand zu haben, war ein unbändiges Gefühl. Alle Fragen nach Sinn oder Unsinn ihrer Taten waren nebensächlich geworden. Nun galt es allein den Rausch der Macht auszukosten. Die Zügel der Geschichte fest in die Hand zu nehmen. Raum und Zeit zu gestalten.

Die Wächter trieben die Besucher an, rasch das Schloss zu verlassen.

Ich lass mich nicht so nahe vor dem Ziel vertreiben, sagte sich Christian. Er schaute sich um. Vom Innenhof führte eine Tür zu den Toiletten. Das einzig mögliche Versteck in dieser Situation.

Er betrat den kleinen, gekachelten Flur. Geradeaus ging es zu den Herren, rechts zu den Damen.

Die Tür zu den Herren war verschlossen. Ungewöhnlich und seltsam!

Es war keine Zeit zu verlieren, also zu den Damen. Leise öffnete er die Tür und schlüpfte in die hinterste Kabine - ohne abzuschließen. Dieses Risiko musste er eingehen. Sonst würde man ihn sicher aufspüren. Eine verschlossene Tür weckte meistens eine gewisse Neugier. Oder einen Verdacht.

Er hockte sich auf den geschlossenen Deckel und lauschte. Im Innenhof herrschte Unruhe, Menschen riefen und liefen hin und her. Dann vernahm er die Sirene des Notarztes oder Krankenwagens. Möglicherweise war auch die Polizei herbeigeeilt.

Auf einmal hörte er deutliche Stimmen. Sie kamen näher. Die Tür zu den Damen wurde aufgerissen.

Nein!

„Irgendwas Ungewöhnliches geht hier vor", sprach die eine mit Hamburger Akzent zur anderen. „Ich hab so ein komisches Gefühl im Bauch. Hier stimmt was nicht." Sie öffnete die erste Klotür und schloss ab.

Christian hielt den Atem an. Das Herz schlug ihm bis zum Hals.

Die andere Frau stolzierte auf und ab. Deutlich war ihr Schatten unter der Tür zu sehen. Sie verweilte, ging zurück.

Schließlich blieb sie vor dem Spiegel stehen, kämmte ihr Haar und wusch sich dann die Hände. „In einem echten Schloss geschehen immer seltsame Dinge", rief sie lachend der anderen zu. „Wer weiß, was um Mitternacht hier los ist. Dann kommt Graf Dracula mit seinen blitzend weißen Zähnen. Huuuh, huuuh ..."

„Hör auf. Gleich krieg ich Angst", kicherte die andere. „Was meinst du, sollen wir uns nicht einfach hier verstecken und bis zwölf warten? Das wäre doch aufregend!"

Sie betätigte die Spülung. Das Wasser rauschte mit Getöse. Christian holte tief Luft.

„Ist noch jemand hier? Wir wollen zumachen", dröhnte eine tiefe Männerstimme von draußen. Der Nachtwächter.

„Wir sind gleich fertig und kommen", riefen die beiden Frauen.

Bald verließen sie den Raum. Das Licht erlosch. Ihre Stimmen und Schritte wurden leiser.

Stille und Dunkelheit umhüllten ihn.

Christian verharrte noch eine Weile. Dann drückte er vorsichtig die Klinke. Erleichtert atmete er auf. Die Ausgangstür war nicht abgeschlossen. Er blinzelte nach draußen. Nur eine schwache Lampe beleuchtete den Innenhof. Sonst war es stockfinster.

Nun hieß es im Versteck zu bleiben und abzuwarten. Irgendetwas würde in dieser Nacht passieren. Schließlich war morgen der Dreizehnte.

Die Turmuhr schlug zwölf Mal. Müde schallte der Klang über die Dächer der Stadt hinaus. Die meisten Bürger waren längst zu Bett gegangen. Auch im Schloss waren die Lichter in den Wohnräumen erloschen. Es schien eine Nacht wie jede andere zu werden, nichts deutete auf etwas Besonderes hin.

Erschöpft rieb sich Christian die Augen, die Anstrengungen der letzten Tage standen ihm ins Gesicht geschrieben.

Was war das?

Ein Rascheln, Schleifen, Schnappen. Dann ein dumpfes Knarren. Die Stille war durchbrochen.

Angespannt spähte er hinüber. Auf einmal war er hellwach. Sein Herz begann zu rasen.

Die schwere Tür der Schlosskirche öffnete sich. Von innen, wie von Geisterhand bewegt. Zentimeter um Zentimeter. Bis sie ganz offen war.

Da stand sie.

Unbeweglich und starr. Nur schemenhaft war ihre Silhouette zu erkennen. Den magischen Schlüssel hielt sie fest in ihrer Rechten.

Sie schien zu prüfen, ob Gefahr drohte. Ihre Augen und Ohren wachten in höchster Alarmbereitschaft. Jetzt wagte sie ein paar Schritte aus der Deckung der Kirche heraus in den Innenhof.

In diesem Augenblick riss kurz die Wolkendecke auf und der bleiche Schein des Mondes berührte ihr Haar. Silberglanz.

Auf einmal kam Bewegung auf. Sie griff in ihr Gewand und holte ein Handy heraus. Ein geflüsterter Wortwechsel, ein Nicken. Von den Nachtwächtern ging keine Gefahr aus. Es konnte losgehen.

Das Tor zum Innenhof wurde geöffnet. Eine Gruppe von dunkel gekleideten Männern kam hervor, schwarze Kapuzen verdeckten ihre Gesichter. In ihrer Mitte drängten sie eine junge Frau mit sich. Sie mochte gerade achtzehn sein, ihr welliges Haar fiel anmutig über die zarten Schultern. Ihr Mund war zugeklebt worden, jeglicher Lärm musste unbedingt vermieden werden. Nur in ihren weit aufgerissenen Augen spiegelte sich unendliche Angst wider.

Susanne Golldau wies ihnen den Weg. So schnell die Leute aufgetaucht waren, so rasch waren sie wieder verschwunden.

Knarrend schloss sich die schwere Kirchentür hinter ihnen.

Jetzt oder nie!

Christian hastete aus seinem Versteck. Hinterher! Mit aller Kraft zog er an der Tür. Sie sprang auf. Die Frau hatte sie nicht richtig verriegelt. Siegesgewiss leichtsinnig. Er schlüpfte ins Dunkel der Schlosskirche. Modrige Luft strömte ihm entgegen. So hatte es während der Führung nicht gerochen. Es kam ihm vor, als würden Jahrhunderte ihn umwehen. Vergangenheit, nichts als Vergangenheit. Und doch war alles ganz gegenwärtig.

Da, der rote Vorhang rechts neben der Kanzelwand. Leicht wehte der Stoff hin und her. Mit pochendem Herzen trat Christian hinzu und schob ihn vorsichtig zur Seite. Direkt unterhalb des ehrwürdigen Grabsteins des Philosophen Thomas Abbt tat sich ein düsterer Schacht auf. Eine steile Wendeltreppe aus Sandstein führte in die Tiefe. Schwacher Fackelschein ließ die Stufen erahnen. Während der Gottesdienste am Sonntag in der Kirche vermutete kaum jemand, was für ein geheimer Zugang sich unter den Holzdielen verbarg. Das Tor zur Unterwelt.

Schritt für Schritt stieg Christian hinab. Die Tiefe zog ihn magisch an.

... Der unterirdische Saal war festlich geschmückt. Erlesene Speisen luden zum genüsslichen Mahl ein. Es duftete nach Braten und Gemüse, nach Früchten und frischem Brot. Würziger Rotwein, der in Fässern an der Seite bereitstand, berauschte mit seinem Aroma. Fackeln an den Wänden tauchten den Raum in feierlichen Schein.

Langsam trafen die ersten Gäste ein. Sie begrüßten einander mit herzlichen Gesten; viele hatten sich seit geraumer Zeit nicht mehr gesehen.

Es war eine Stunde vor Mitternacht.

Endlich erschien der Gastgeber. Er trug ein dickes Buch unter dem Arm. Augenblicklich verstummte das Gemurmel an der Tafel und die Männer lehnten sich zurück. Eine seltsame Stimmung breitete sich aus.

Geheimrat Petrus Amberger trat zu seinem Stuhl an der Stirnseite. „Dieses ist ein historischer Augenblick", begann er mit feierlicher Stimme. Er räusperte sich. Die Spannung stieg.

„Meine werten Freunde! Ich habe euch nicht eingeladen, um nur Galileis Widerruf zu feiern. Vielmehr muss unser Kampf unerbittlich weitergeführt werden. Die Welt braucht eine schlagkräftige Truppe von Auserwählten, die sich nicht scheut, gegen jede Form von Ketzerei und Lüge vorzugehen. Die in der Lage ist, jedes Aufflammen im Keim zu ersticken. Man muss sich wieder auf die Grundwerte von Tradition und Ordnung verlassen können."

Zustimmendes Gemurmel füllte den Raum.

„Ich möchte euch nun eine geheime Botschaft kundtun, eine Offenbarung über das Grundprinzip der Welt. Das, was alles zusammenhält, sind nicht irgendwelche Teilchen oder Metalle, kein Magnetismus oder die Urflut. Einzig eine Zahl, die lediglich aus zwei Ziffern besteht, ist der Schlüssel zum Weltverständnis. Und damit zur Macht."

„13!", schallte es durch den Raum.

„Wir werden uns als Geheimbund 13 ‚Die Tredici' nennen und damit die Erinnerung an dieses denkwürdige Jahr 1633 wachhalten."

Gebannt blickten die Versammelten Amberger an. Sie spürten den historischen Augenblick. Das Gefühl, an einer Weichenstellung der Geschichte mit dabei zu sein.

„Wollt ihr zu den Tredici gehören?", donnerte seine Stimme.

„Ja, wir wollen", hallte es zurück.

„Lasst uns nun zum Schwur schreiten. Löscht alle Fackeln an den Wänden. Nur der dreizehnarmige Leuchter in der Mitte der Tafel soll als Symbol für die Erde brennen. Das ist die ewig gültige Ordnung."

Die Männer erhoben sich. In diesem Augenblick schlug die hohe Turmuhr dreizehn Mal. Wie eine schreiende Warnung dröhnten die Schwingungen hinaus in die Nacht.

Amberger hatte alles sorgfältig vorbereitet.

Es war ein Uhr nach Mitternacht, am 13. November.

Als der letzte Schlag verklungen war, begann er mit feierlicher Stimme vorzusprechen. „Ich schwöre vor dem Allmächtigen, dass ich die Grundlagen der Tredici, dass die Erde die Mitte der Welt darstellt und die 13 eine Heilige Zahl ist, auf der sich alles Leben gründet, glauben, verbreiten und mit meinem Blut verteidigen werde - solange ich lebe."

„Ich schwöre es."

„Ich schwöre es."

„Ich schwöre es."

„Damit ist der Geheimbund der Tredici gegründet!", stellte Amberger mit bewegter Stimme fest. Er spürte, wie die Erde leicht bebte und das Gemäuer wankte.

Seine Stimme brach auf einmal ab. Mit starren Augen klammerte sich der Geheimrat an seinem Evangeliar fest. Dann an der Tischkante, er schwankte, konnte sich plötzlich nicht mehr halten. Er röchelte und sackte vor dem Tisch zusammen. Ein dumpfer Schlag, rücklings lag er auf dem kalten Steinboden. Mit einem Mal wich die Starre aus dem Blick; er verdrehte die Augen, als ob er entrückt wurde.

Aus seinem Gewand glitt ein großer Schlüssel ...

Fassungslos steht Christian da. Was er hier erblickt, übertrifft alle Vorstellungen. Der Saal ist dreizehneckig umgebaut worden und befindet sich genau unter der Schlosskirche. Die Gestaltung des Ganzen spiegelt die mystische Gesinnung wider. Den Aberglauben gegen den Glauben. Misstrauen gegen Vertrauen, Macht gegen Liebe. Dreizehn schlanke Sandsteinsäulen, Sinnbild weiblicher Gestalt, tragen die schwere Gewölbedecke. Die Fackeln an den Wänden werfen gespenstische Schatten, Rauchschwaden wabern durch den Raum. Es ist unerträglich warm. Ein Ort von Mystik und Magie, Rat und Verrat.

Aus dem Schatten einer dunklen Nische beobachtet Christian das Geschehen mit bebendem Herzen. Die junge Frau schreit nicht mehr um Hilfe und sträubt sich auch nicht. Apathisch liegt sie da. Vollkommen nackt und wehrlos. Mit ausgestreckten Armen und gespreizten Schenkeln. Ihr Schoß wirkt wie eine gewaltsam geöffnete Grotte. Man hat sie auf einem runden Tisch mit ledernen Riemen festgebunden.

Die Männer stehen im Kreis und warten auf den Befehl. Sie haben sich schwarze Masken aufgesetzt. Ihre Blicke sind auf die Herrin mit dem magischen Schlüssel gerichtet. Es ist das erste Mal, dass sie ihn hier in der Hand hält. Stolz wie eine Trophäe.

Ja, es ist ein Sakrileg. Seit Menschengedenken hatte der Schlüssel seinen Platz stets in einer Tür gehabt. Der Legende nach ursprünglich im alten Tempel des Königs Salomo. Später brachten Ritter ihn vom Heiligen Land nach Prag, wo er in der blauen Tür von Schloss

Benatek symbolträchtig für eine neue Welt genutzt wurde. Petrus Amberger ließ ihn schließlich in der Schlosskirche zu Bückeburg installieren, um damit seine Macht zu demonstrieren und die der Tredici zu unterstreichen. Der Schlüssel im Schloss – in doppeldeutiger Weise. Wer ihn besitzt, hat alle Macht der Welt. Hat alle Zugänge.

Ein Schlüssel gehört in ein Türschloss, das war bislang ein ungeschriebenes Gesetz, an das sich alle Generationen gehalten haben. Doch diese Frau bricht mit der uralten Tradition. Sie benutzt ihn für ihre Machtgier. Seit dem Tod des letzten Geheimrats unternimmt sie alles, um ihren Führungsanspruch durchzusetzen. Egal wie. Hauptsache, die Welt dreht sich allein um sie.

Die Spannung steigt. Susanne Golldau blickt zur alten Pendeluhr an der Wand. Sichtbar genießt sie ihre Macht. Die Fackeln flackern nervös. Ihr Licht lässt die versammelten Männer größer erscheinen als sie sind. Ein Zerrbild der Wirklichkeit.

Es schlägt dreizehn Mal. Ein Uhr nach Mitternacht. Die Flammen brennen auf einmal ganz ruhig. Alle Anwesenden heben die rechte Hand und streckten den Daumen, den Mittel-, Ring- und den kleinen Finger aus. Jemand stimmt kurz an, dann singen sie ihre Hymne und blicken beschwörend nach vorne. Als der letzte Ton verklungen ist, senken sie ihre Arme. Mit einem Ruck beginnt sich die runde Tischplatte, von einem Motor getrieben, langsam an zu drehen. Das gefesselte Mädchen schließt die Augen und wendet den Kopf zur Seite.

Die Platte dreht und dreht sich. Bis Susanne Golldau sie stoppt.

„Los!“, befiehlt sie und reckt den Schlüssel nach oben. „Der Hieros Gamos kann beginnen.“

Die sogenannte Heilige Hochzeit ist ein uralter Fruchtbarkeitsritus, den schon die Sumerer pflegten. Er wurde in einer kultischen Handlung von der obersten Priesterin und dem König vollzogen. Diese Tradition soll heute Nacht fortgesetzt werden. Die Bewegungen beim Geschlechtsakt, vorwärts und zurück, beschwören dabei Zukunft und Vergangenheit. Den Rhythmus von Werden und Vergehen, den stetigen Wandel der Zeiten in ihrer gegenseitigen Bedingtheit. Das Eine ist niemals ohne das Andere möglich. In diesen subsakralen Räumlichkeiten treffen sich heute Nacht die europäischen Anhänger der Tredici. Hier ist die Elite des Abendlandes beisammen.

Nach strengen Kriterien ist jeder Einzelne ausgewählt worden. Ein lückenlos nachweisbarer Stammbaum bis zum Jahr 1633 ist die erste Voraussetzung. Dabei darf es in der Ahnenreihe keine moralischen Fehltritte gegeben haben, keine Deserteure oder Opportunisten. Je höher der gesellschaftliche Status und je ruhmreicher die Vergangenheit, desto besser.

Die nächste Bedingung ist mit der genetischen Befindlichkeit verbunden. Krankheiten, Anomalien, Behinderungen oder kurze Lebenszeiten der Vorfahren bringen Minuspunkte. Außerdem muss jeder Auserwählte einen außerordentlich hohen Intelligenzquotienten nachweisen und beruflich in einer Topposition stehen. Spitzensportler mit mindestens einer olympischen Medaille, Politiker in staatstragender Funktion, Nobelpreisträger aus allen Bereichen, Wirtschaftsbosse von Großunternehmen, Fachärzte aus Spezialkliniken, weltweit anerkannte Künstler wie Musiker, Maler und

Schriftsteller, auch geistige Kapazitäten wie Theologen und Philosophen - solche Leute werden gesucht. Und gefunden. Die Liste der Willigen ist lang, aber nur dreizehn können zu dem erlauchten Kreis gehören.

Vor einer Berufung durch den Rat der Tredici wird jeder, wenn die oben genannten Kriterien zutreffen, auf Herz und Nieren geprüft und die seelische Belastbarkeit getestet. In geheimen Camps im Amazonasgebiet südlich von Obidos, in der Wüste Sahara bei Um el-Asel und in einer Antarktisstation am 70. Breitengrad werden extreme Lebenssituationen geprobt. Nur wer alle Prüfungen erfolgreich besteht, hat die Chance berufen zu werden. Untereinander dürfen die Mitglieder sich nicht kennen, weder den Nachnamen noch Beruf oder Herkunft. Allein den Vornamen zu wissen ist erlaubt.

Diese Nacht bildet mit dem Hieros Gamos den Höhepunkt. Dafür braucht man junge Frauen. Das ist kein Problem. Verdeckt arbeitende Vermittler erledigen zuverlässig die Auswahl. Monatelang observieren sie ihre Opfer, meistens Studentinnen aus der Oberschicht, aus dem sogenannten guten Haus. Auch bei ihnen wird die Vergangenheit peinlich genau durchleuchtet, bevor man zugreift. Meistens entführt man sie bei Nacht und Nebel, wenn sie ahnungslos vom Kino oder der Disco nach Hause wollen. Hinweise gibt mancher Bus- oder Taxifahrer, wenn er gut bezahlt wird.

Die Mädchen werden gefesselt und verschleppt. In einem nahe gelegenen, unterirdischen Komplex macht man sie mit Hilfe von Hypnose willig. Durch ständige Suggestion harren sie nur auf ein Ziel: Ihren Schoß für die Tredici zu öffnen. Aus ihrem Leib sollen Wesen mit optimalen Voraussetzungen hervorgehen. Die neue

Generation für eine neue Welt. Dafür stehen ein hochmoderner Kreißsaal, Behandlungsräume und Krankenzimmer im Untergrund bereit. Die Hebammen und Ärzte tun alles, um Einfluss auf den Zyklus zu nehmen, damit während der Zusammenkünfte der Tredici genügend Frauen empfängnisbereit zur Verfügung stehen. Wer geschwängert wurde, muss neun Monate in den Krankenzimmern verbringen. Die Sonne sehen sie in dieser endlosen Zeit nie. Dabei können die Schwangeren noch froh sein, dass sie in anderen Umständen sind. Die übrigen Frauen werden gezwungen, bis zum nächsten Treffen zu warten. Manche verbringen bereits Jahre in diesem Gefängnis und werden immer stumpfsinniger. Einige versuchen mit allen Mitteln, Ärzte zu verführen, nur um schwanger zu werden. Ohne Erfolg. Wer hier arbeitet, besitzt keine Gefühle mehr.

Wenn endlich Kinder geboren sind, werden sie nach kurzer Stillzeit den Müttern entzogen. Alles Flehen und Weinen hilft nichts. In eigenen Heimen an geheimen Orten werden sie nach strengen Regeln großgezogen und intensiv auf ihren späteren Dienst für die Tredici vorbereitet. So, wie es damals in der Nähe von Denver geschehen ist. Aus Susan Leerox wurde Susanne Golldau.

Die Zukunft hat bereits begonnen.

Ein hochgewachsener und kräftiger Mann steht direkt vor dem Schoß der Nackten. Seine Erregung ist unübersehbar. Brutal dringt er in sie ein. Bald ist der nächste an der Reihe. Die Männer geraten in Ekstase und feuern sich gegenseitig an. Bis alle sich an ihr vergangen haben und die Scheide des Mädchens überläuft. Da beugt sich Susanne Golldau über die junge

Frau und drückt genüsslich den langen Schlüssel in sie hinein, als wolle sie den Schoß verschließen.

Das Mädchen stöhnt leise auf.

Die Tischplatte beginnt sich wieder zu drehen.

Schneller und schneller.

Die junge Frau schreit auf ... schneller und schneller ... sie verkrampft vor Angst ... schneller und schneller ...

Langsam verliert sie das Bewusstsein ... schneller und schneller ...

Ihr Aussehen verschwimmt ... schneller und schneller ...

Ihr Körper löst sich auf ... schneller und schneller ...

Nur noch Nuancen von Farben ... schneller und schneller ...

Form, Zeit und Raum verflüchtigen sich ... schneller und schneller ...

Bilder entstehen, Gesichter erscheinen ... schneller, immer schneller ... Marilyn Monroe ... Mona Lisa ... Jeanne d'Arc ... Maria Magdalena ... die Königin von Saba ... Eva im Paradies.

Die Welt scheint sich in rasendem Tempo rückwärts zu drehen. Bis sie irgendwann stehenbleibt. Erstarrt. Wie in ewigem Eis.

Die Männer haben die Masken abgenommen. Ihre Gesichter sind wie versteinert. Keinerlei Regung ist erkennbar.

Auf ein Zeichen öffnet sich hinten eine Tür und Männer in weißen Kitteln eilen zur Nackten. Sie lösen ihr die Fesseln, werfen eine blutrote Decke über ihren Leib und tragen sie hinaus. Alles Weitere vollzieht sich nun im Verborgenen.

„Nach diesem Höhepunkt kommen wir nun zum zweiten", triumphiert Susanne Golldau und lässt ihre feurigen Augen durch den Saal blitzen. „Zur Vollstreckung eines Todesurteils!“ Wie ein scharfes Schwert durchschneiden diese Worte die entstandene Stille. Mit erhobenem Haupt und ausgestrecktem Zeigefinger weist sie in den Schatten einer Sandsteinsäule.

In die Männer kehrt Leben zurück. Sie blicken sich verwundert um und entdecken den Eindringling.

Mit dem Rücken zur Wand steht Christian da. Wie gelähmt, mit weit aufgerissenen Augen. Er hat befürchtet, dass er nicht unentdeckt bleiben würde. Dass die Geschichte nicht gut ausgehen wird. Trotzdem war er geblieben. Er konnte nicht anders. Das Geschehen hatte ihn mit aller Macht in den Bann gezogen.

Die Frau nimmt eine Fackel von der Wand und schreitet auf ihn zu. „Du bist in einen Bereich der Welt eingedrungen, für den du keine Eintrittskarte besitzt“, zischt sie. „Du hast versucht, hinter den Vorhang der Weltbühne zu schauen, was nur dem Geheimbund 13, den Tredici zusteht. Hier ist Heiliges Land. Deshalb werden wir nicht zulassen, dass es durch einen Unreinen wie dich beschmutzt wird. Wir werden nicht leichtfertig die Zukunft unserer Welt gefährden. Unsere Pläne und Taten, unser schöpferisches Handeln müssen streng geheim bleiben.“

Sie ringt kurz nach Luft und es scheint, als würde es in ihr kämpfen. Dann verengt sich ihr Blick und sie reckt die Fackel hoch. „Im Namen der Tredici ergeht folgendes Urteil: Christian Sonnthag wird wegen Hochverrats zum Tode verurteilt. Die Todesstrafe ist unverzüglich durch das Schwert des Königs Salomo in Gestalt seines dreizehnzackigen Schlüssels zu vollstrecken.“

Genau so, wie Rainer Weyse umgebracht wurde.

Christian erstarrt, sein Blut gefriert. Das darf doch nicht wahr sein! Hier, mitten in Deutschland, im 21. Jahrhundert. Ist alles nur ein dummer Scherz, ein grausames Spiel? Es kommt ihm vor, als würde in diesem Augenblick die Erde stillstehen. Sich nichts, gar nichts mehr rühren. Selbst die Bewegungen der Atome zum Erliegen kommen.

Auf einmal fangen die Männer wieder an, ihre Hymne zu singen.

Wenn das Lied zu Ende ist, musst du deine letzte Chance nutzen, hämmert er sich ein. Eine Idee beginnt Gestalt anzunehmen. Ihm ist klar, dass er mit Gewalt oder Weglaufen hier nicht herauskommen kann. Zumal auf einmal zwei kräftige Wächter ihn flankieren. Es bleibt nur die Flucht nach vorne. Die Macht des Wortes zu nutzen. Nur sie kann verändern, sonst nichts.

Der letzte Ton ist verklungen.

Jetzt oder nie. Alles oder nichts.

Er tritt aus dem Schatten heraus und fixiert die Männer.

„Hört mir zu!", beginnt er mit kräftiger Stimme. „Ihr wollt einen Menschen verurteilen, der Zeuge eurer Versammlung geworden ist. Einen Fremden, einen Unreinen. Jemand, der für die Tredici eine Gefahr darstellt. Der versuchen könnte, alle Pläne zunichtezumachen oder zu erschweren. Solch einen wollt ihr umbringen. Ja, das ist richtig! Wofür sich eure Väter eingesetzt haben, das dürft ihr um nichts in der Welt preisgeben. Tradition verpflichtet. Es ist eure verdammte Verantwortung, die ihr wahrnehmen müsst. Da gibt es kein Fragen, keinen Zweifel. Wer sich eurer Ordnung widersetzt, muss ausgemerzt werden. Mit

Stumpf und Stiel. Wir brauchen wieder Recht und Ordnung in der Welt. Denn so kann es nicht weitergehen. Jeden Tag sehen wir im Fernsehen, wie verdorben die Menschheit geworden ist, wie sehr die Mitte der Welt verloren geht. Dem dürfen wir nicht tatenlos zusehen. Deshalb brauchen wir die optimale Zeugung, die andere Kreatur, den neuen Menschen. Der Schöpfer hat einen gewaltigen Fehler gemacht, dass er die Fortpflanzung dem Zufall überließ, dass er dem Menschen so viel Freiheit lässt. Nein, wir brauchen Zucht und Ordnung. Regeln, an die sich jeder halten muss. Einen Glauben, der sieht, woran er glaubt. Wir brauchen einen Neuanfang, den Weg zu einem neuen Paradies. Wer sich dem entgegenstellt, hat nichts anderes verdient als den Tod!"

Christian hält kurz inne und mustert sein Publikum. Er nutzt die Pause, um die Spannung zu steigern. Als einer der Männer anhebt, etwas zu erwidern, reckt er seinen Arm empor und bittet mit Nachdruck um Ruhe.

Keiner sagt mehr einen Ton, alle starren ihn sprachlos an.

Er genießt diese Sekunden der Macht. Aber er weiß, dass er noch nicht gewonnen hat. Die Stille kann auch die Ruhe vor dem Sturm bedeuten. Vor seinem nahen Tod.

Endlich spricht er weiter, lauter als vorhin. „Ich will euch meine wahre Identität verraten. Ich bin kein Spion, wie ihr vermutet. Im Gegenteil. Meine Auftraggeber kommen aus dem engsten Umfeld des Heiligen Stuhls. Mehr darf ich nicht verraten. Es ist meine Aufgabe, heimlich eure Treffen zu visitieren. Darüber muss ich einen vertraulichen Bericht verfassen, aus dem hervorgeht, ob jeder von euch der Tradition gemäß handelt."

„Lügner! Das kann jeder behaupten“, ruft Susanne Golldau mit herablassendem Blick dazwischen. Sie glaubt ihm kein Wort.

Instinktiv greift Christian in seine Hosentasche. Seine Finger fühlen etwas Kleines, Rundes. Im Laden des Schlosses hatte er vor der Besichtigung eine Tafel Schokolade gekauft. Nachdem er sie mit Heißhunger gegessen hatte, formte er gedankenversunken das Silberpapier spielerisch zu einer Kugel und hatte diese in seine Tasche gesteckt.

Ist das die einzige und letzte Chance?

Er setzt alles auf diese Karte. Mit ihren eigenen Waffen werde ich sie schlagen, macht er sich Mut. Ruhig holt er die Kugel heraus und streckt sie zwischen Daumen und Zeigefinger seinen Gegnern entgegen.

„Schaut alle her!“, donnert er. „Zwischen meinen Fingern halte ich eine silbrig glänzende Kugel aus der päpstlichen Schatzkammer. Sie ist eine Reliquie aus dem Heiligen Land und stammt aus dem Tempel des Königs Salomo. Dieses wertvolle Stück besteht aus reinem Aluminium. In seiner chemischen Substanz ist es uralt. Etwa viereinhalb Milliarden Jahre, so alt wie die Erde. Auf unserem Planeten ist Aluminium das häufigste Metall, rund acht Prozent der Erdkruste besteht aus seinen Verbindungen. Damit ist diese Kugel in ihrer vollendeten Form ein Symbol für unsere Erde. Für die Welt, in der wir leben. Von Generation zu Generation wird sie als ein heiliges Vermächtnis weitergegeben“, behauptet er und dreht sie geschickt zwischen den Fingern.

Dabei schwenkt er seinen ausgestreckten Arm in großen Bögen immer schneller hin und her. Es ist wie eine Beschwörung. Auf dem Rund spiegeln sich in winziger Form die zuckenden Fackeln wider, und irgendwann scheint es, als ob die Kugel anfangen würde zu glühen. Wie die Sonne. Unweigerlich zieht sie alle Anwesenden in den Bann. Sie übt Macht aus, der sich niemand entziehen kann.

Christian senkt seine Stimme und haucht beschwörend in den Saal. „Noch etwas. Diese Kugel besteht nicht aus irgendeinem x-beliebigen Element, sondern aus Heiligem Metall."

„Das ist nicht wahr! Aluminium ist kein Heiliges Metall", unterbricht Susanne Golldau ihn erneut.

Ihre Stimme ist erregt und die Wangen sind gerötet. Sie ist die Einzige, die mit aller Kraft versucht, sich gegen die drohende Suggestion zu wehren. Die ihre Machtposition behalten will. Die nicht bereit ist, ihren Führungsanspruch aufzugeben. Die die Fackel in der einen, den alten Schlüssel krampfhaft in der anderen Hand hält.

„Schweig, du Närrin!", tadelt Christian sie mit glühenden Augen. „Du scheinst keine Geweihte zu sein. Sonst wüsstest du, dass Aluminium ein Heiliges Metall ist. Und warum ist es heilig?"

Provokativ schleudert er diese Frage in den Raum. Doch keiner ist fähig, etwas zu sagen.

In das Schweigen hinein gibt er selbst die Antwort. „Aluminium hat die Ordnungszahl 13. Genau 13 Elementarteilchen sind es, die um den Atomkern kreisen. Ein Abbild im ganz Kleinen, das sich auf das Große beziehen lässt. Wie sich unsere Erde mit den Planeten um die Sonne dreht, so findet sich prinzipiell im Aluminiumatom unser Sonnensystem en miniature wieder. Daraus resultieren die geheimen Kräfte der Heiligen 13, die die Welt zusammenhalten. Das ist die Wahrheit und nichts als die Wahrheit. Wer sie leugnet, lügt. Und wenn jetzt noch jemand in diesem Saal mein Leben durch das Schwert fordert, der hat es selbst verdient, durchbohrt zu werden. Ich bin höchstpersönlich durch den Besitz dieser Kugel ein Heiliger geworden!“

Er zielt.

Und schleudert sie.

In großem Bogen rast die Kugel durch den Raum. Für Bruchteile von Sekunden scheint es, als würde sie einen glühenden Schweif nach sich ziehen. Wie ein tödlicher Komet.

Susanne Golldau versucht im letzten Augenblick dem Geschoss auszuweichen.

Vergeblich. Die Kugel trifft sie.

Entsetzt schreit sie auf, als würden feurige Partikel ihren Körper zum Schmelzen bringen. Vor Schreck lässt sie die Fackel aus der Hand gleiten.

Dann geht alles sehr schnell.

Die Flammen erfassen den Saum ihres Kleides. Die Frau wirft sich auf den Boden, wälzt sich in Panik und schlägt Arme und Beine wild umher. Ihr Schreien überschlägt sich.

Erst jetzt lösen sich die Männer aus ihrer Starre. Einige reißen die Jacken von den Schultern und schlagen auf die Flammen ein, andere laufen so schnell sie können davon. Das Feuer breitet sich rasend aus. Wie ein Geschwür frisst es sich unaufhaltsam fort. Bald stehen Tische und Bänke in hellen Flammen. Das Inferno ist nicht mehr aufzuhalten. Entsetzt und machtlos erkennen die Männer, wie die Naturgewalt alles von Menschen Geschaffene rachgierig verschlingt. Beißender Qualm erfüllt jeden Winkel. Der prasselnde Lärm und die Hitze sind nicht mehr auszuhalten.

Bloß weg hier!

Christian kann gerade noch erkennen, wie sich Susanne Golldau rußgeschwärzt und mit glühender Kleidung aufrichtet. Mit letzter Kraft stolpert sie zu einer Nische. Dort befindet sich eine schmale Tür. Mit zitternden Händen steckt sie den alten Schlüssel ins Schloss, dreht ihn und öffnet die Tür einen Spalt weit. Die Angeln seufzen.

Auf einmal wankt sie, hustet, ringt nach Luft, versucht sich aufrecht zu halten, torkelt. Die Verbrennungen sind zu stark, ihre Kräfte lassen rapide nach. Ohnmächtig bricht sie zusammen.

Christian hastet herbei. Steigt über ihren glimmenden Körper. Reißt in letzter Sekunde den Schlüssel an sich und zwängt sich durch die enge Tür. Hinein ins unbekannte Dunkel. In den Himmel - oder in die Hölle?

Langsam bewegt sich die Tür zurück.

Dumpf vernimmt er hinter sich das endgültige Zuschlagen. Die Tür ist ins Schloss gefallen. Einen Weg zurück wird es nicht geben.

Tiefschwarze Finsternis umfängt ihn und modrige Luft.

Und es ist still.

Absolut still.

Totenstill.

Kapitel Dreizehn

Entschlossen

Der letzte Akt beginnt.

Was für eine absolute Dunkelheit. Diese bedrückende Enge. Nasskalte, stehende Luft. Hier ist seit Jahrhunderten kein frischer Hauch durchgeweht. Alles ist schrecklich und unheimlich.

Freilich – Christian ist dem Inferno und der drohenden Todesstrafe entronnen. Er lebt. Aber wie?!

Den begehrten, magischen Schlüssel der Schlosskirche umklammert er in seiner Rechten. Er wirkt wie ein Kompass, der zuverlässig den Nordpol anvisiert. Durch seine energetische Kraft leuchtet er schwach und strahlt ein wenig Wärme aus. In dieser unwirklichen Welt der einzige Hoffnungsschimmer.

Am Schlimmsten ist die völlige Ungewissheit, wohin ihn dieser Tunnel führen wird. In Büchern hat er schon oft von uralten Geheimgängen gelesen, die es meistens in jeder Burganlage gibt. Allerdings selbst in so einem Gang zu stecken, das ist etwas ganz anderes. Keine Theorie, sondern brutale Wirklichkeit.

Seine Füße schmerzen, weil unzählige Felsbrocken im Weg liegen. Der Kopf dröhnt, immer wieder stößt er hart an die Decke. Der Gang ist niedrig und macht etliche Biegungen. Dazu kommt, dass der Boden gefährlich rutschig ist, von Wänden und Decke tröpfelt unentwegt Wasser.

Mühsam tastet er sich voran, mit der Hand und der Fußspitze. Die Strecke geht langsam aber stetig bergab. Seiner Orientierung nach Richtung Osten. Die gespenstische Stille wird nur durch sein pochendes Herz und die Schritte übertönt. Der Hauch seines Atems schlägt ihm von den Felswänden entgegen.

Nur widerwillig folgt er dem Weg. Doch es gibt keine andere Möglichkeit. Kein Zurück. Die Eingangstür besitzt auf der Rückseite kein Schlüsselloch. Das ist Absicht. Niemandem soll die Möglichkeit gegeben werden, durch diesen Geheimgang ins Schloss zu gelangen. Dem Freund nicht. Und erst recht nicht dem Feind.

Aufmerksam achtet Christian darauf, ob es irgendwo verborgene Seitenwege gibt. Es gibt sie nicht. Nur eine einzige Richtung ist vorgegeben: Weiter. Nicht nach links. Nicht nach rechts. Nicht zurück. Nur weiter geradeaus.

Seine Angst wird immer stärker, nicht in die Freiheit, sondern in die Hölle zu laufen. In eine Falle zu tappen. Hieß die alte Gastwirtschaft in der Residenzstadt nicht genauso?

Die Symbolik ist unverkennbar.

Was ist das?

Auf einmal hört Christian Stimmen. Leise aus der Ferne und doch ganz nah. Säuselnd.

„... Das ist dein Weg. ... Es gibt keinen anderen. ... Du musst durch die Geschichte hindurch. ... Die Zeit verläuft immer nur in *eine* Richtung, sie lässt sich nicht eine einzige Sekunde zurückdrehen. ... Akzeptiere das endlich. ... Du hast dich für den Weg in die Vergangenheit entschieden. ... Sie wird dich einholen ...“

Gruselig.

Wahrhaftig und widersinnig zugleich.

Dann vernimmt er zarte Töne, Klänge, auf einmal Musik.

Oldies, Schlager, Pop, Jazz ...

Klassik, Chöre, ein ganzes Orchester ...

Schließlich nur noch ein einzelner Flügel.

Zuerst leise und zögerlich, aber dann immer lauter und kräftiger. Mit steigender Dynamik. Ein Wechselbad der Stimmen und Stimmungen. Ein Schauder läuft ihm über den Rücken. Er kennt dieses Stück genau. Die Pathétique von Ludwig van Beethoven. Opus 13. Ausgerechnet die!

Und dann sieht er vor sich einen Schimmer von Licht.

Oder ein Irrlicht?

„... Nur wer die Dunkelheit erfahren hat, wird bereit sein, das Licht schätzen zu lernen ..."

Christian läuft schneller, stolpert über Stock und Stein. Wie ein Tier, das magisch von der Helligkeit angezogen wird. Das nicht prüft, ob das Licht nur Schein ist.

Plötzlich hält er atemlos inne.

Steht da nicht jemand vor ihm? Ein Retter in der Not ... oder ein Gegner, der Tod ...

Seine Sinne spielen verrückt.

„Ich will hier raus!", schreit er verzweifelt und trommelt gegen die kalten Felswände. Bis die Fäuste bluten.

„... Was meinst du mit raus? Wir leben in *einer* Welt – da gibt es kein Drinnen oder Draußen. Du solltest dein primitives Weltbild ändern. Aber darum bist du ja hier ..."

Christian stolpert und taumelt.

Irgendwann fällt er auf den harten, kalten Boden. Er kann nicht mehr. Keinen einzigen Meter. Seine Irrlichter und Stimmen fügen sich ein in wilde Albträume.

Nach unbestimmter Zeit schreckt er hoch.

Was ist das für ein dumpfes Geräusch? Ein schweres Dröhnen, irgendwo in der Tiefe, nähert sich in rasendem Tempo und versetzt alles in Schwingungen. Das darf doch nicht wahr sein!

Es gibt keinen Zweifel, die Erde bebt. Jetzt und genau hier. Jahrhundertelang herrschte Ruhe im Wesertal - und nun das. Es ist nicht zu fassen.

Christian versucht, sich an einem Felsen festzuklammern und merkt, wie alles immer stärker in Bewegung gerät. Er sucht Halt, aber findet keinen. Es ist zum Verzweifeln.

Steine poltern auf den Boden. In Sekundenschnelle füllt sich der Gang mit dichtem Staub. Vor Angst presst er seine Arme über den Kopf und wagt kaum zu atmen. Wie lange er so dasteht, weiß er nicht. Es kommt ihm wie eine halbe Ewigkeit vor.

Auf einmal herrscht Ruhe.

Das Dröhnen ist vorbei. Kein Zittern, kein Beben mehr. Totenstille breitet sich aus. So, als wäre nichts geschehen.

Etwa zur gleichen Zeit unterbrechen die norddeutschen Radio- und Fernsehstationen ihr Programm und berichten live von einem Erdbeben im Bereich des Wesergebirges rund um die Porta Westfalica. Das Epizentrum soll nach Auskunft der Fachleute wenige Kilometer östlich von Bückeburg im Gebirgszug des Harrl gelegen haben. Die Stärke betrug 3,9 auf der Richter-Skala und währte exakt 13 Sekunden.

Ausführlich werden Bewohner in der Gegend interviewt, die von scheppernden Gläsern und gesprungenen Fensterscheiben erzählen. Geologen erklären ausführlich, wie Erdbeben durch tektonische Spannungen in der Erdkruste und im oberen Erdmantel entstehen.

In einem geschichtlichen Rückblick wird auf das verheerende Beben 1755 in Lissabon hingewiesen, bei dem Zehntausende den Tod fanden. Damals empfanden viele die Katastrophe als göttliches Strafgericht und Vorzeichen des nahen Weltuntergangs. Das Erdbeben hatte nicht nur die sichtbare Welt erschüttert, sondern vor allem die Seelen der Überlebenden. Ihr überkommener Glaube an Gott und die Welt geriet ins Wanken.

Dagegen ist das Beben bei Bückeburg harmlos gewesen. Lapidar heißt es, dass es zwar noch in Bielefeld und Hannover spürbar gewesen sei, ohne jedoch nennenswerte Schäden anzurichten.

Von einem umherirrenden Menschen in der Tiefe verliert niemand ein Wort.

Mit Bestürzung stellt Christian fest, dass seine Armbanduhr stehengeblieben ist. Sie tickt nicht mehr. Obwohl er vor wenigen Wochen noch die Batterie hat wechseln lassen. In dieser Unterwelt scheint keine Zeit mehr zu vergehen.

Wieder hört er Stimmen. „... Hier verschmelzen Raum und Zeit miteinander. ... Vergangenheit, Gegenwart und Zukunft lassen sich nicht trennen. ... Alles ist relativ, alles ist in Bewegung. ... Die Gegenwart verwandelt sich ständig in Vergangenheit, Zukunft in Gegenwart. Und umgekehrt. ... Es gibt keine wirkliche Grenze zwischen morgen, jetzt und damals, zwischen dir und mir ...“

Christian hält sich die Ohren zu. „Aufhören, aufhören! Ich will nichts mehr hören ...“

Hunger hat er bislang nicht gespürt. Seine schreckliche Situation überdeckt alles. Nur Trinken, das reicht. Von der Decke tropft es pausenlos.

Der Weg führt stetig bergab.

Auf einmal spürt er, dass er im Wasser steht. Jetzt ist das Vorwärtskommen noch mühsamer. Das Wasser wird tiefer, seine Schuhe sind längst vollgelaufen. Die Kälte lähmt. Seine Zehen spürt er nicht mehr.

„Ich will nicht ertrinken", ruft er heiser ins Nichts.

Das Wasser steigt.

Heftige Regenfälle über Tage hinterlassen hier ihre Spuren. Die Urflut sprudelt und gurgelt, zischt und gluckst aus Steinritzen hervor und erobert alles, was vorher trockener Lebensraum war. Bislang ruhende Quellen erwachen.

Der Weg wird breiter und höher. Bald kann er die Decke mit der Fingerspitze nicht mehr berühren. Langsam watet er voran, eine Hand immer direkt an der Felswand, in der anderen der wertvolle Schlüssel. Bloß nicht die Orientierung verlieren.

Auf einmal stößt er mit dem Fuß gegen etwas, das im Wasser zu schwimmen scheint. Er bückt sich und untersucht das Unbekannte genauer. Es ist ein Brett, erstaunlich breit und lang. In den Ausmaßen vergleichbar mit einer Tür.

Tatsächlich!

Er fühlt die Beschläge. Es kommt ihm wie ein Wunder vor - eine alte Tür hier unten in der Tiefe. Vorsichtig steigt er hinauf und legt sich flach hin. Sie trägt ihn wie ein Floß.

Seine Arche.

Völlig ermattet schläft er irgendwann ein und lässt sich einfach treiben.

Der Strom zieht Christian aus Raum und Zeit hinaus in einen unbekannten Gang.

Allein die Strömung bestimmt den Kurs. Ab und zu schreckt er hoch. Sein Magen knurrt. Schon lange hat er keine feste Nahrung mehr zu sich genommen; er spürt, wie seine Kräfte schwinden. Er weiß, dass man ohne Essen eine Zeit lang überleben kann. Aber Trinken ist nötig. So beugt er sich über den Rand des Holzes und schlürft von dem eiskalten Wasser.

Bedrückend ist die Trostlosigkeit in seiner Situation. Bislang hat er sich nicht vorstellen können, was für ein Gefühl es ist, wenn man vor Hunger stirbt. Jetzt ahnt er, was ihm möglicherweise bevorsteht. Langsam beginnt er, in dem um sein Floß herumschleichenden Tod einen Erlöser zu sehen. Seinen unfreiwilligen Freund.

Bis in die hinterste Zelle seines Körpers friert er. Das Zittern ist zum Dauerzustand geworden. Und die Halluzinationen nehmen erschreckend zu.

Immer mehr schaurige Stimmen hört er, immer grellere Lichter schwirren um seinen Kopf.

Nicht zum Aushalten!

Dennoch bringt er es nicht übers Herz, sich einfach von seiner Tür ins Wasser fallen zu lassen. Zu ertrinken und auf den ewigen Grund zu schweben. So, wie die Titanic versank, will er nicht untergehen.

Die Zeit verrinnt, bald wird die Zeitlosigkeit folgen.

Plötzlich schreckt Christian hoch. Ein alles durchdringendes Schleifen geht ihm durch Mark und Bein. Als hätte man ihn mit bloßem Körper über scharfkantige Steine gezogen. Sein Floß ist auf Fels gelaufen, der Wasserstand ist niedrig.

In den letzten Stunden hatte er aus Schwäche seine Augen geschlossen gehalten, jetzt reißt er sie ängstlich auf. Sie tun weh, denn es ist hell. Licht brennt.

Sein Puls beginnt wieder schneller zu schlagen. Schon nicht mehr für möglich gehaltene Wärme breitet sich im Körper aus. Er spürt, dass alles auf einmal anders ist.

Hier weht ein starker Geist.

Sprachlos blickt er sich um. Vor ihm breitet sich eine riesige Höhle aus, die zu einem Saal aus der Renaissance gestaltet ist. Einer alten Bibliothek. Ein gewaltiger Kronleuchter versucht von der Mitte der Decke herab Behaglichkeit auszustrahlen.

Der Schein trügt.

Es herrscht eine eisige Atmosphäre.

An den Wänden reihen sich hohe Regale, vollgepackt mit dicken, ledergebundenen Bänden. Staunend erhebt sich Christian und tritt näher heran. Sie sind nach Sachgebieten geordnet. Auf der linken Seite stehen theologische Werke und Handschriften von Augustin bis Zwingli. Es folgt eine stattliche Sammlung philosophischer Schriften seit der Antike. Geschichtliche Bücher aus allen Epochen, sowie großformatige Atlanten und Folianten mit Betrachtungen über die Natur schließen sich an. Einen besonderen Platz nehmen auf der rechten Seite astronomische Werke von Ptolemäus bis Tycho Brahe ein. Dazu gesellt sich Spekulatives über Raum und Zeit, Astrologie, Mystik und Magie. Alle Bücher sind säuberlich nach der alphabetischen Reihenfolge ihrer Autoren geordnet. Kleine Schilder an den Regalen erleichtern die Orientierung.

Nur ein Schönheitsfehler trübt den Anblick auf die Weltliteratur: Die untere Regalreihe steht im Wasser. Sacht plätschern kleine Wellen an die ledergebundenen Werke. Die Rücken sind bereits verzogen, die Seiten wellen sich. Es ist ein Jammer!

Auf einmal sieht er ihn.

Anfangs hatte er den wuchtigen Schreibtisch an der Stirnwand gar nicht bemerkt. Zu sehr fesselte ihn der Anblick der vielen Regale. Jetzt bleibt Christian wie versteinert stehen, sein Herzschlag setzt vor Schreck für Augenblicke aus.

Hinter dem Schreibtisch sitzt ein Toter.

Seine wenigen grauen Haare stehen wirr ab, dazu trägt er einen langen, weißen Bart. Mit dürren Armen stützt er sich auf der Tischplatte ab, die mit Büchern und Manuskripten übersät ist. Es sieht so aus, als hätte er gerade noch darin gelesen.

Gruselig!

Ein Schauder läuft Christian eiskalt über den Rücken.

Fassungslos starrt er die Gestalt an.

Schräg hinter ihr erhebt sich eine vergoldete Standuhr mit Kalender. Ein Prager Uhrmacher muss sie gefertigt haben. Sie zeigt den 13. November 1633 an. Die Zeiger verharren auf dreizehn Minuten nach ein Uhr. Dicker Staub liegt auf ihnen. Hier hat sich lange nichts mehr bewegt, die Zeit ist stehengeblieben. Ein Ort der Zeitlosigkeit - schrecklicher Ewigkeit.

Christian schleicht sich näher heran. Nur das Platschen seiner Füße im Wasser ist zu vernehmen.

Eine grausige Stimmung geht von diesem Mann aus. Die Luft ist bleischwer, selbst die Kerzen auf dem Kronleuchter, die sich nicht verzehren, scheinen auf einmal schwächer zu brennen. Fangen die Bücherregale bedrohlich an zu schwanken? Bebt etwa die Erde wieder? Beginnt sich alles zu drehen? Nimmt die Temperatur rapide zu?

Schweißperlen bilden sich auf Christians Stirn.

Er bleibt stehen.

Ein lähmendes Gefühl überfällt seine Glieder. Die Augen zucken, die Ohren werden taub. Penetranter Geruch steigt auf, wie nach Verwesung. Ihm wird übel. Er würgt und presst sich die Hand vor den Mund.

Plötzlich - der Fremde blättert eine Buchseite um. Die Bewegung seiner knöchernen Finger ist deutlich zu sehen. Dann blickt er erstaunt hoch. Wie tausend brennende Pfeile durchbohrt er sein Gegenüber. Der Greis nimmt das Zepter in die Hand.

„Runter mit Euch!“, herrscht er den Eindringling mit krächzender Stimme an und weist unübersehbar mit seinem krummen Zeigefinger auf den Boden.

Augenblicklich fällt Christian nieder. Es ist ihm, als drücken Zentnergewichte die Schultern herunter. Zitternd tauchen seine Knie in das kalte Wasser. Minutenlang verharrt er; sie kommen ihm endlos vor. Er weiß, dies ist nicht ein gespenstischer Albtraum, dieses ist schreckliche Wirklichkeit.

„So ist's recht“, äußert der Alte zufrieden und legt bedächtig sein Buch zur Seite. „Ich heiße Euch in der Höhle der Heiligen Dreizehn willkommen. Hier ist die wahre Mitte, das geheime Zentrum der Welt. Es freut mich, dass Ihr mir den Schlüssel wiederbringt. Ohne ihn wäre ich nicht aufgewacht, ohne ihn kann ich nicht wirklich leben. Irgendwie muss ich ihn damals verloren haben.“

Er streckt seine dürre Hand aus. „Bitte kommt her und gebt ihn mir zurück.“

Christian umklammert den Schlüssel noch fester in seiner Hand. Er spürt die ausstrahlende Wärme. Sein Selbstbewusstsein kehrt wieder zurück. Langsam erhebt er sich aus dem schmutzigen Wasser. Er schämt sich, vor dem Alten auf die Knie gefallen zu sein. Es war eine Handlungsweise, die ihm zutiefst zuwider ist. Aber diese Macht des Greisen hatte ihn kurzzeitig völlig in Beschlag genommen. Von ihm ging ein niederschmetternder Bann aus.

Das ist jetzt vorbei.

Er blickt seinem Gegner scharf in die Augen. „Warum sollte ich Ihnen den Schlüssel geben? Er gehört mir ..."

Der Greis unterbricht ihn. Sein freundlicher Tonfall ändert sich abrupt. „Her damit. Das ist ein Befehl! Ihr sollt Bescheid wissen, dass die Spielregeln klar sind: Ich bin Petrus Amberger, vormals Geheimrat Seiner Kaiserlichen Majestät. Jetzt Geheimrat der Tredici. Dadurch bin ich der Stellvertreter Gottes auf Erden. Alle Päpste sind mir untertan. Nichts, aber auch gar nichts, geschieht ohne meinen Willen." Bedrohlich hebt er die Stimme. „Auch Ihr habt Euch meinem Wort zu beugen. Bis in die letzte Faser Eures Lebens hinein werdet Ihr meine Macht spüren. Und nun will ich den Schlüssel haben. Ihr seid seiner nicht würdig."

Christian schüttelt den Kopf. „Das ist doch lächerlich. Sie haben mir gar nichts zu befehlen. Überhaupt nichts. Die alten Zeiten sind vorüber. Zum Glück aus und vorbei."

„Spottet nicht", gebietet Amberger. „Die Welt besteht aus zwei Teilen, die unlösbar miteinander verbunden sind. Das eine ist der leibliche, das andere der geistige Bereich. Beides zusammen hebt die Zeitlichkeit auf. Deshalb lässt sie sich nicht in Vergangenheit, Gegenwart oder Zukunft aufteilen. Sie ist immer unmittelbare Gegenwart. Alles ist gleichzeitig, alles ist relativ. Ändert endlich Euer einseitiges Weltbild. In dieser Höhle erfahrt Ihr, wie die Zeiten eine Einheit bilden. Das haben wir allein der Heiligen 13 zu verdanken, die in mir und dem Geist der Tredici wirkt."

„Hören Sie mit dem Unsinn auf", widerspricht Christian. „Die 13 ist eine stinknormale Zahl wie alle anderen auch ..."

„Da täuscht Ihr Euch gewaltig. Alle Zahlen haben eine tiefe, metaphysische Bedeutung. Sie beeinflussen das Wesen der Dinge und stellen eine Verbindung zwischen der göttlichen Ordnung und der irdischen Welt her. Jeder Umgang mit ihnen wirkt sich unweigerlich auf die Dinge selbst aus. Damit Ihr das versteht, lasst mich die Bedeutung der 13 erklären. Im Aberglauben der meisten Völker gilt sie als Unglückszahl. Diese Sichtweise rührt daher, dass die Zwölf als vollkommen gilt, während die 13 die Geschlossenheit des Systems durchbricht. So lag angeblich Unheil in der Luft, als Jesus mit seinen Jüngern durchs Heilige Land zog. Es ist ja bekannt, dass Judas als der Dreizehnte unseren Herrn schließlich verraten hat. Nach diesem Verständnis hatte er keine andere Chance, behauptet die gängige christliche Tradition."

Er räuspert sich und zupft an seinem Bart. „Aber eine solche Sichtweise ist grundverkehrt. Die 13 ist in Wirklichkeit die Krone aller Zahlen. Sie ist eine Heilige Zahl, weil sie die schon vollkommene Zwölf übertrumpft. Was wäre passiert, wenn Judas unseren Herrn nicht verraten hätte? Es gäbe kein Kreuz von Golgatha, keine Auferstehung und keine Kirche. Allein der Dreizehnte hat uns das Heil gebracht und im Sinne Gottes gehandelt. Die Gnosis hat diese Bedeutung erkannt, wenn sie vom dreizehnten Äon spricht. Und die jüdische Kabbala beschreibt das Paradies als einen Ort mit dreizehn himmlischen Quellen, dreizehn Toren der Gnade und dreizehn Strömen von Balsam."

Der Greis lächelt und zeigt für einen Augenblick sein schaurig zahnloses Gebiss. „Ein menschliches Leben würde nicht ausreichen, um die Bedeutung der Heiligen 13 auch nur annähernd zu beschreiben. Sie ist nicht nur die Krone aller Zahlen, sie das Grundprinzip des Universums, die Wahrheit schlechthin. Sie ist Gott. Ihr Geist durchdringt die Materie und formt sie. Aus dem Urgrund des Unbewussten steigt sie auf bis zum Bewusstsein des Menschen. Es führt kein Weg an der 13 vorbei. Ich selbst bin sozusagen die Mensch gewordene 13. Ihre Inkarnation. Daher führt kein Weg an mir und dieser Höhle vorbei."

Hämisch grinst er und verzerrt sein Gesicht.

„Ich will ewig unsterblich sein. Dazu brauche ich nur noch Eines: Den alten Schlüssel aus der Bückeburger Schlosskirche, den Schlüssel des Königs Salomo. Das Original. Nur das wird mir Kraft für alle Zeiten verleihen. Ein letztes Mal: Reicht ihn mir. Sofort!"

„Nur wenn Sie mir die Lösung des Buchstabenrätsels verraten", lockt Christian ihn. „Die 37 Zeichen sind hier eingraviert." Er streckt ihm den Schlüssel entgegen. Nur ein Stückchen weit, auf keinen Fall darf der Greis ihn in die Finger bekommen.

Der Alte blickt verdutzt.

Dann kratzt er sich am Schädel. „Was hat denn das Rätsel mit dem Schlüssel zu tun? Das verstehe ich nicht. Damals hatte er keine Gravur. Ich bin mir sicher, da irre ich mich nicht. Die muss ein Ketzer später hinzugefügt haben. Im Übrigen weiß ich die Lösung nicht. Galilei und Kepler wollten nicht gestehen. Die schwächliche Inquisition hat nicht genügend Druck gemacht. Es wird sicher eine geheime Offenbarung sein. Vielleicht ein Zauberspruch. Ich will ihn noch einmal begutachten, lasst ihn mich genauer ansehen."

Listig winkt er Christian heran.

Der bleibt stur auf Abstand stehen. Soll er ihn doch holen.

Mühsam versucht Amberger sich zu erheben, aber er hat nicht die Kraft dazu.

„Wenn Ihr mir den Schlüssel gebt und das Rätsel löst, schenke ich Euch die Freiheit aus dieser Höhle", verspricht er boshaft. „Sonst werdet Ihr hier nie herauskommen."

„Ach ja, ich weiß die Lösung", lügt Christian plötzlich und macht eine kleine Pause um die Wirkung zu steigern. Er will seinen Gegner mit geistigen Mitteln schlagen.

Gierig und angespannt glotzt der Alte ihn an.

Endlich erklärt er weiter. „König Salomo höchstpersönlich hat die Zeichen eingraviert. In hebräischen Lettern. Erst in der Schlosskirche wurden sie abgeschliffen und in lateinische umgewandelt. Der Text lautet ins Deutsche übersetzt:

„AM ANFANG WAR DAS WORT, NICHT IRGENDEINE ZAHL."

„Ihr gemeiner Lügner, Ihr elender Ketzer, das habt Ihr Euch ausgedacht", tobt Amberger außer sich. „Stiftet Ihr etwa eine Verschwörung gegen mich und die Tredici an? Das wird Euch nicht gelingen. Niemals! Galilei wollte Kepler etwas Außergewöhnliches mitteilen. Eine geheime Botschaft, einen Umsturzplan, irgendetwas Verwerfliches, das Tradition und Ordnung zerstören soll. Einen Schlüsselsatz."

Christian lässt sich nicht beirren.

„Das ist die Lösung. 37 Buchstaben lang. Zählen Sie nach. Wenn der Satz auch nicht wörtlich genau übersetzt ist, so ist er es dem Geist nach. Allein das ist entscheidend, oder?"

„Fahrt zur Hölle, Ihr Hurensohn!", krächzt der Greis.

Christian spürt, dass es keinen Zweck hat, mit dem Alten weiter zu streiten. Ich werde diesen Irren umbringen, schwört er sich. Dem schrecklichen Spuk ein Ende bereiten. Diese wahnsinnige Höhle vernichten. Die dunkle Vergangenheit mit ihren Mächten ausradieren. Den Aberglauben, die ganze Scheinwelt und alle Abhängigkeiten, die daraus erwachsen. Die Freiheit der Gegenwart wieder ins Licht rücken. Wenn *ich* das nicht mache, wer soll es dann tun?

Allerdings weiß er auch, dass er auf Ambergers Hilfe angewiesen ist. Wenn es einen Weg aus dem Grauen heraus geben sollte, kann nur er dafür der Schlüssel sein. Es muss doch irgendeinen Ausweg geben.

Er versucht die Rede in eine andere Richtung zu lenken.

„Merken Sie nicht, dass das Wasser unaufhaltsam steigt? Schauen Sie nur die beschädigten Bücher an. Warum tun Sie nichts dagegen, wenn Sie so mächtig sind?"

„Ich selbst habe die Schleusen der Urflut geöffnet", antwortet der Greis böse. „Die zweite Sintflut. Ich spürte die Gefahr, dass die Welt aus den Fugen gerät. Dass eine Verschwörung gegen uns arbeitet. Nur wenn alle untergehen – außer mir und meiner Arche – werden auch die Gegner vernichtet sein. Das hört sich brutal an. Aber es gibt keinen anderen Weg. Nun weiß ich, dass Ihr der Anstifter, der personifizierte Satan höchstpersönlich seid. Ihr habt keine Chance. Ich werde Euch besiegen. Der ewige Wille der Schöpfung wird sich durchsetzen. Hier und heute. Allein durch mich!"

Plötzlich trifft Christian ein kräftiger Schlag von hinten.

Er stolpert nach vorne.

Noch ein Schlag.

Er verliert das Gleichgewicht und stürzt der Länge nach ins Wasser. Bevor die unbekannte Macht seinen Kopf packen und unter Wasser drücken kann, rollt er sich zur Seite und richtet sich blitzschnell auf.

Er traut seinen Augen nicht.

Vor ihm steht eine kräftige, junge Frau. Ihr Blick ist leer. Die Bewegungen wirken mechanisch, ohne Geist. Wie ein kalter Roboter.

„Mach ihn nieder, Liebling. Das ist doch deine Spezialität", befiehlt der Geheimrat und lehnt sich genüsslich im Sessel zurück. „Und dann bringst du mir endlich den begehrten Schlüssel."

Christian merkt wieder die geistige Übermacht.

Er versucht Raum zu gewinnen, läuft zur anderen Seite, rutscht auf dem nassen Boden aus. Mit seiner Rechten klammert er sich gerade noch an das Bord eines Bücherregals.

Das Regal beginnt bedrohlich zu wanken.

Das ist meine Chance. Ich werde Chaos in die angebliche Ordnung bringen!

Ohne zu zögern rüttelt er kräftig am Holz. Bevor die Frau ihn davon abbringen kann, kippt die Bücherwand nach vorne. Zuerst donnern die obersten Bände herab und schlagen ins Wasser. Dann folgen die anderen. Unter gewaltigem Getöse verliert das Regal seine Balance und stürzt mit Wucht zu Boden. Wasser spritzt in alle Richtungen. Papier und Lederrücken fliegen umher, es gluckst und gurgelt.

Christian läuft zum nächsten Regal, im Nacken die Frau, die versucht, sich gegen das Chaos zu stemmen. Er zerrt am Gestell und bringt auch dieses zu Fall. Wie Dominosteine kippen schließlich alle Bücherwände um. Die gesamte Wucht der Weltliteratur stürzt in die Tiefe und begräbt die Frau unter sich. Die ledergebundenen Folianten erweisen sich stärker als sie. Nur eine leicht geöffnete Hand ragt aus dem Tohuwabohu heraus. Als ob sie einen letzten Halt sucht. Vergeblich. Langsam färbt sich das Wasser rot.

Für einen Augenblick hält Christian inne und wischt sich den Schweiß von der Stirn. Er schaut sich um. Die umgestürzte Bibliothek gibt den Blick auf eine Tür in der Wand frei.

Eine blaue Tür.

In voller Panik ist Amberger, der anfangs mit Triumphgefühlen den Kampf aus sicherem Abstand verfolgt hatte, unter die Platte seines Schreibtisches gekrochen, wo ihm das Wasser noch einen kleinen Spielraum lässt. Ängstlich beobachtet er die dramatische Szene. In seinen Gesichtszügen spiegelt sich blankes Entsetzen wider. Seine geliebte Bibliothek, die Wissensquelle des Geheimbundes, versinkt in den schmutzigen Fluten. Unwiederbringlich. Bei jedem einzelnen Regal hofft er, dass es standhaft bleiben und nicht umstürzen möge. Aber jedes Mal wird er enttäuscht. Das grausame Fallen lässt sich nicht aufhalten, auch durch seinen gebannten Blick nicht. Schließlich kippt das letzte Regal mit großem Poltern um. Der Hall wird unerträglich.

Auf einmal breitet sich in der Höhle eine eigenartige Stille aus. Nur noch leichtes Plätschern ist zu vernehmen. Hunderte von Büchern schwappen unruhig hin und her. Bis auch sie in Ruhe erstarren. So wie die tote Sklavin. Regina.

Christian ballt die Fäuste.

Er nähert sich dem Schreibtisch.

Schritt für Schritt bahnt er sich den Weg dorthin.

Keine Sekunde lässt er Amberger aus den Augen.

Voller Hass starrt er ihn an.

Seine Brust ist geschwellt, alle Muskeln aufs Höchste angespannt. Er weiß, dass er den Geheimrat umbringen muss.

Jetzt. Ein für alle Mal.

Diesem Tyrannen muss die Macht genommen werden, und damit dem ganzen Geheimbund mit ihrem Wahnsinn von der Weltherrschaft. Endgültig.

Nun sind die entscheidenden Männer unter sich: der Verfechter der Freiheit und sein Widersacher. Es wird keine Zeugen geben. Die Chance ist einmalig. Nur einer wird gewinnen.

Mit ungeahnter Energie springt Amberger aus seinem Versteck.

Hinter dem Schreibtisch bringt er sich in Position.

Beschwörend hebt er seine knöchernen Finger und fixiert mit stechendem Blick sein Gegenüber.

Er will mich hypnotisieren! Über mich herrschen, meinen freien Willen brechen und mich zu seiner Sklavenfigur degradieren. Schreckliche Bilder steigen in Christian hoch.

Wie wilde Tiere, die einander mustern, um die schwache Stelle des Gegners herauszufinden, stehen sie sich wortlos gegenüber. Christian merkt, wie sich alles in ihm zu drehen beginnt. Zuerst langsam, dann immer schneller. Bleiklumpen heften sich an seine Lider und die Knie fangen an weich zu werden. Nur mit geistiger Macht ist dieser Kampf zu gewinnen, nicht mit Muskelspiel.

Mit äußerster Kraft reißt Christian seinen Kopf aus dem Bannfeld, bückt sich und taucht sein Haupt sekundenschnell ins kalte Wasser. Er schüttelt sich wie ein nasser Hund. Ihm ist klar, dass die nächsten Minuten über Sieger und Verlierer entscheiden werden. Ein Unentschieden wird es nicht geben. Nun ist keine Zeit zu verlieren.

„Amberger, es ist vorbei!", ruft er mit Nachdruck und überspielt sein leichtes Zittern in der Stimme. Mit dem ausgestreckten Schlüssel weist er zum Geheimrat. „Es ist aus und vorbei mit Ihnen. Schauen Sie sich nur die Bücher an, wie sie zu Hunderten hier umher schwimmen und für alle Zeiten verderben. Ihr Wissen – da treibt es und ersäuft. Ihre Tradition – hier geht sie lautlos unter. Und Sie selbst? Ein Relikt von vorgestern sind Sie. Eine Spezies, die längst ausgestorben sein sollte. Nein, hier ist nicht die Mitte der Welt, hier ist der Abort der Geschichte!"

Christian redet sich in Rage. „Und die Tredici? Eine verbrecherische Verschwörung ist das. Nichts anderes. Sie nutzt die Angst und den Aberglauben der Menschen für eigene Macht. Sie macht zu Sklaven, anstatt zu befreien. Sie gibt die Lüge als Wahrheit aus. Sie versucht, die Welt in den Abgrund zu stürzen, anstatt sie zu retten. Und Sie, wer sind Sie überhaupt? Eine elende Kreatur. Nichts weiter. Sie behaupten, Stellvertreter Gottes auf Erden zu sein. Dass ich nicht lache! Das haben sie alle gesagt, die Herren in den goldenen Kirchen und Schlössern. Sie sind nur ein erbärmlicher

Komödiant. Eine tragische Figur. Amberger, welche Rolle spielen Sie? Täuschen Sie sich nicht, der letzte Akt hat begonnen. Gleich fällt der Vorhang der ganzen Geschichte. Gleich ist es vorbei. Sie sind am Ende. Vollkommen allein. Da legt keiner mehr für Sie die Hand ins Feuer. Nur die ewige Verdammnis wartet auf Sie."

Seine Stimme überschlägt sich. Jetzt gibt er alle Höflichkeiten auf. „Ja, ich bin dein Satan und ich werde dich holen, werde dich mit brennendem Schwefel verzehren. Ha, ha! Es wird mir eine große Freude sein, dich in den Höllenqualen schmoren zu sehen. Sie werden gleich beginnen. Deine Uhr ist längst abgelaufen, Amberger. Du hast keine Chance mehr. Im Namen der lächerlichen 13 - es ist vorbei, gleich ist es vollbracht!"

Reglos, mit offenem Mund und gebeugtem Rücken steht der Geheimrat da. Seiner Statur ist die Würde entwichen. Das Gesicht ist fahl und die Arme hängen schlaff am Körper herab. Nur seine Rechte ist krampfhaft zur Faust geballt. Er will sich nicht geschlagen geben.

Plötzlich durchläuft ein Beben seinen Körper. Seine Augäpfel quellen hervor und blicken Christian gefährlich an. Hastig zieht er einen versteckten Hebel. Eine Schrifttafel erscheint an der Wand. Verwundert reibt sich Christian die Augen. In großen Buchstaben ist dort ein Text zu lesen:

„Und frühmorgens kam Jesus wieder zum Tempel, und alles Volk kam zu ihm, und er setzte sich und lehrte sie. Aber die Schriftgelehrten und Pharisäer brachten eine Frau zu ihm, beim Ehebruch ergriffen, und stellten sie in die Mitte und sprachen zu ihm: Meister, diese Frau ist auf frischer Tat

beim Ehebruch ergriffen worden. Mose aber hat uns im Gesetz geboten, solche Frauen zu steinigen. Was sagst du? Das sagten sie aber, ihn zu versuchen, damit sie ihn verklagen könnten. Aber Jesus bückte sich und schrieb mit dem Finger auf die Erde. Als sie nun fortfuhren, ihn zu fragen, richtete er sich auf und sprach zu ihnen: Wer unter euch ohne Sünde ist, der werfe den ersten Stein auf sie. Und er bückte sich wieder und schrieb auf die Erde.

Da trat Judas herzu und fragte: Was schreibst du da? Jesus sah ihn an und sprach: Das sind keine Worte, sondern ein Zeichen der Offenbarung. Sage niemandem davon, denn wer dieses Zeichen deuten kann, wird über Himmel und Hölle herrschen. Da erhob er sich und verwischte mit dem Fuß den Sand. Das Zeichen aber, das Judas gesehen hatte, war ein dreizehnzackiger Schlüssel.“

„Ich selbst bin der auferstandene Judas!“, faucht Amberger. „Mein wahrer Vorname ist nicht Petrus, sondern Judas. Ich bin dazu berufen, über Himmel und Hölle zu herrschen. Allein ich habe das Recht auf die Schlüsselgewalt. Seht doch die Heilige Schrift an der Wand, die Worte aus dem Heiligen Evangeliar ...“

„Du bist ein gotteslästerlicher Lügner!“, unterbricht Christian. „Du hast die Worte aus dem Evangelium des Johannes schamlos gefälscht, um sie für deine grausamen Zwecke zu missbrauchen. Im Originaltext ist überhaupt nicht von Judas die Rede. Auch nicht von einem Schlüssel. Was Jesus auf den Boden geschrieben oder gemalt hat, wird mit keinem einzigen Wort berichtet. Das bleibt ein ewiges Geheimnis. Dagegen hast du eigenmächtig in einen heiligen Text eingegriffen. Außerdem hast du die Legende vom alten Schlüssel umgedichtet. Wenn es König Salomos Schlüssel gegeben hat, besaß er niemals dreizehn Zacken.“

„Habt Erbarmen mit mir", haucht der Geheimrat auf einmal atemlos. „Nicht *ich* bin schuldig, wie Ihr meint, sondern die Verhältnisse. Man hat mich zu dem gemacht, der ich bin. Wie Judas ein Opfer Jesu geworden ist. Er konnte nicht anders handeln. Fremder Wille und Wertvorstellungen haben mich unter Druck gesetzt, Herrschende mich zum Sklaven degradiert und fügsam gemacht. Es tut mir in der Seele leid, was ich bewirkt habe. Glaubt mir, ich bin unschuldig!"

„Heuchler!", ruft Christian erbost. „Jetzt, wo dir das Wasser bis zum Halse steht. Wo du spürst, dass das Ende nahe ist und jemand vor dir steht, der sich nicht einschüchtern lässt, sondern laut und deutlich dem ganzen Wahn der Lüge widerspricht, da wird dir angst und bange. Du versuchst nur deine schäbige Haut zu retten. Was auch immer du vorbringst, du bist schuldig. Ich bin über alles informiert. Wer hat Kepler das Leben so schwer gemacht? Wer hat mit dazu beigetragen, dass Galilei zum Widerruf gezwungen wurde? Wer hat denn die Tredici gegründet und dafür gesorgt, dass sich der Aberglaube wie die Pest verbreitet? Bis auf diesen Tag sind deine Leute rund um den Erdball damit beschäftigt, ernsthafte Wissenschaft zu erschweren, Glaube zu verfälschen und Menschen abhängig zu machen. Sie verteilen die Droge 13 in der Gesellschaft, das Opium fürs Volk. Die Macht dieses Giftes regiert in den Zeitschriften, in Radio- und Fernsehstationen, in Parlamenten und Diktaturen. Die Massen saugen es auf wie leckende Hunde. Sekten und Kulte aller Schattierungen schießen wie Pilze aus dem Boden. Und du behauptest, dafür nicht verantwortlich zu sein? Mitschuld ist auch Schuld. Nein, Amberger, ich lasse mich nicht irre machen. Das Urteil über dein Leben steht geschrieben. Es lautet: Schuldig.

Auch wenn ich selbst nicht ohne Sünde bin, werde ich den ersten Stein auf dich werfen!"

Blitzschnell bückt sich Christian und ergreift einen schweren Folianten. Er holt aus und schleudert ihn mit aller Wucht Amberger an den Kopf.

Der Greis wankt und versucht sich wegzudrehen. Dabei knacken seine Halswirbel wie dürres Holz. Ein Rinnsal von Blut sucht sich einen Weg über seine Schulter und tropft ins Wasser.

Der Alte gibt nicht auf.

Es gelingt ihm, eine kleine Tür des Schreibtisches zu öffnen.

Christian erkennt zuerst gar nicht, was da herauskommt und sich nähert.

Eine Schlange! Mit zischendem Laut, aalglatt, windet sie sich hervor.

Er erstarrt vor Schreck und Ekel.

Das Tier ist über zwei Meter lang. Mit hin und her schnellender Zunge gleitet es in geschmeidigen Bewegungen auf ihn zu. Dabei nimmt es den Weg über die umgestürzten Regale und die zahlreichen Buchrücken, die als Pontonbrücke dienen. Gebannt starrt Christian das Ungeheuer an.

Endlich löst er sich aus seiner Lähmung.

Schritt für Schritt weicht er zurück.

Die Schlange lässt er keine Sekunde aus dem Blick. Nur aus den Augenwinkeln nimmt er Ambergers breites Grinsen wahr.

Die Kobra schickt sich zum Angriff an. Sie richtet ihren vorderen Körper auf und spreizt die Rippen des Halses, der sich zu einem Schild abflacht. In dieser Position kann sie ihr tödliches Gift einige Meter weit spritzen.

Panische Angst überfällt Christian. Es gibt keinen Fluchtweg. Er weiß, dass dies der entscheidende Kampf seines Lebens sein wird. Tausend Gedanken rasen wild durch seinen Kopf.

Die Schlange und Amberger, das passt zusammen. Eine heimliche Allianz von List und Verderben. So ist es schon immer gewesen. In den Mythen der Völker spielt dieses Tier stets eine zwielichtige Rolle. Ambergers Worte und die Gift spuckende Zunge der Kobra, sie sprechen die gleiche Sprache, die seit Jahrtausenden die Verführung zu Lüge, Macht und Unterdrückung bedeutet.

Das Ungeheuer reckt den Hals noch weiter. Gleich wird es vorschnellen.

Christian spürt schon den giftigen Biss, die tödliche Umarmung.

Instinktiv geht er weiter zurück, diesmal jedoch etwas ungelenk. Ohne Absicht verursachen seine Schritte eine starke Welle, sodass die Schlange auf den schwimmenden Reliquien ins Wanken gerät.

Ist das Tier wasserscheu? Es scheint, als zucke es zurück. Aber dann zögert es nicht, sondern sucht sich eine bessere Position, um endlich das Opfer anzugreifen. Es kann sich nur noch um Sekunden handeln. Die Kobra setzt zum Sprung an.

In diesem Augenblick hebt Christian den rechten Arm und streckt ihr kraftvoll den Schlüssel entgegen. Es ist eine machtvolle Geste, ein unmissverständliches Zeichen von Autorität, das keinen Widerspruch duldet.

Die Kobra duckt sich.

Christian lässt seinen Arm sinken.

Sie reckt sich wieder empor.

Sofort streckt er erneut den Arm aus.

Wieder duckt sie sich. Das Spiel wiederholt sich.

Genauso machen es die Schlangenbeschwörer in Indien, wenn sie eine Kobra nach ihrer Flöte tanzen lassen. In Wirklichkeit sind alle Schlangen taub, sodass sie die Flötentöne gar nicht hören. Das, was wie Tanz aussieht, ist allein Ausdruck der Spannung zwischen Angriff und Abwehr. Es wirkt wie ein Todestanz, bei dem die Rollen von Täter und Opfer stetig wechseln. Sieger ist derjenige, der die stärkeren Nerven hat und die Regie fest in der Hand behält. Dann kann er seinen Gegner tanzen lassen.

Christians Arm wird wegen der starken Anspannung immer lahmer. Er wechselt die Seite. Mal links, mal rechts. Die Abstände werden immer kürzer. Er beißt die Zähne zusammen. Ich muss durchhalten, hämmert er sich ein, ich darf nicht aufgeben. Die Kobra wartet nur auf ein Zeichen meiner Schwäche, auf eine tödliche Unsicherheit.

Um Raum zu gewinnen, schiebt er sich langsam zur südlichen Wand hin. Da er rückwärts geht – die Schlange fest im Visier –, merkt er nicht, dass er sich in einem großen Bogen direkt dem Schreibtisch Ambergers nähert.

Seine Angst verengt den Blick.

Plötzlich spürt er einen festen Griff im Nacken. Knorrige Hände drücken ihm mit ungeahnter Kraft die Luft ab.

Christian röchelt und fährt herum.

Er taumelt ein paar Schritte.

Bloß nicht den Schlüssel verlieren!

Schlägt um sich.

Rutscht aus.

Stößt mit dem Kopf gegen hartes Holz. Gegen die alte Prager Uhr.

Staub fliegt auf.

Das Pendel beginnt zu ächzen und holt mit einem Mal aus. Eine erste zögerliche Bewegung nach rechts. Dann nach links. Und wieder rechts, links, rechts, links. Der Schwung reicht. Die ersten Zahnräder quietschen und geben die Drehung an die nächsten weiter. Langsam kommt Leben in das alte Gehäuse. Der große Zeiger wird aus seinem endlosen Schlaf gerissen und ruckt ein Stückchen vorwärts. Bald wird er seinen kleinen Gefährten zwingen, mitzukommen.

Es geht alles viel schneller als erwartet.

Das Pendel beschleunigt, bald kann man nicht mehr ausmachen, ob es sich gerade rechts oder links befindet.

Schneller.

Die Zahnräder beginnen zu rotieren.

Schneller, schneller.

Die Zeiger fangen an zu rasen.

Schneller, immer schneller.

Es gilt, die verflossene Zeit aufzuholen. Die alte Uhr qualmt und zittert. Alle Ewigkeit verfliegt, rasante Zeitlichkeit macht sich breit.

Mit atemberaubendem Tempo altert Amberger, er magert ab bis auf die Knochen und kippt nach vorne auf die Schreibtischplatte. Ein ekliger, süßlicher Geruch breitet sich aus. Im Nu zerfällt sein Körper, das Skelett zerbröselt. Schließlich bleibt nur noch ein Häufchen Staub vom Geheimrat übrig.

Mit sichtbarem Entsetzen verfolgt die Kobra das Geschehen, da auch sie in die Zeitlichkeit gerissen wird. Blitzschnell, als könnte sie damit dem Sog der Vergänglichkeit entgehen, kriecht sie in den Schreibtisch zurück.

Christian zögert keinen Augenblick.

Mit kräftigem Fußtritt drückt er die hölzerne Tür hinter ihr zu. Dann rückt er den schweren Schreibtischstuhl wie einen Grabstein davor. Für alle Zeiten soll das Böse hier eingesperrt bleiben.

Bezwungen.

Erschöpft wischt er sich den Schweiß von der Stirn. Seine Glieder schmerzen, der Kopf dröhnt, alles ist so unwirklich.

Das war zu viel.

Auf einmal überfällt Christian eine Unschlüssigkeit, eine unendliche Lähmung.

Alle Gefühle sind weg.

Wie eine Skulptur steht er da, unfähig zu irgendeiner Regung.

Die Gedanken stocken. Ungeordnet, chaotisch. Bleiben stehen. Verharren.

Nur das Herz donnert.

Minutenlang.

Erst als er merkt, dass das steigende Wasser seinen Leib wie einen tödlichen Panzer zu umschließen droht, geht ein Ruck durch seine starren Glieder. Er ringt nach Atem. Blickt auf, reibt sich die müden Augen und watet zur Felsenwand. Dorthin, wo die Regale standen und sich im grauen Gestein die blaue Tür befindet.

Mit zitternder Hand steckt er den alten Schlüssel ins Schloss.

Dreht ihn.

Sein Herz macht einen Sprung.

Die Tür springt knarrend auf.

Es hört sich an wie schauriges Lachen, das unendlich durch das Echo der Höhle gebrochen wird.

Christian zögert. Tappt er in eine Falle, die letzte Rache Ambergers?

Dennoch zwängt er sich vorsichtig durch die Öffnung und tritt ins Unbekannte.

Wie ein über den Kopf geworfener schwerer Mantel umfängt ihn absolute Finsternis. Den Schlüssel fest in der Hand tastet er sich voran. Er spürt die Enge des Ganges; spürt, wie sein feuchter Atem ihm ins Gesicht schlägt. Die Luft ist modrig und kalt. Abgestanden im Lauf der Jahrhunderte.

Aber der Weg führt aufwärts.

Ich muss hier durch, zwingt er sich. Und er schwört: Wenn ich hier lebendig herauskommen sollte, werde ich kämpfen. Gegen allen Aberglauben, gegen allen Machtmissbrauch, gegen alle Selbstüberheblichkeit des Menschen.

Die grausame Realität ernüchtert ihn.

Immer wieder stößt er sich schmerzhaft am harten Fels. Seine Sinne beginnen wieder verrückt zu spielen, die Grenze zwischen Wirklichkeit und Einbildung verschwimmt. Steht da jemand im Dunkeln mit einem blitzenden Dolch in der Hand und versperrt ihm den Weg? Schlängelt sich etwas um seine Beine, schnellt hoch, um sich immer enger um seinen Hals zu winden? Ist die Kobra ausgebrochen und verfolgt ihn gnadenlos?

Christian gerät ins Stolpern. Hitzewellen überfallen ihn. Seine Arme schmerzen, die Füße sind bleischwer. Die nasse Kleidung belastet und hindert. Vor seinen Augen flimmern grelle Farben.

Allein ein Hauch von Hoffnung treibt ihn voran. Nur noch ein Funke zum Überleben ist da.

Zeit und Raum lösen sich auf ...

Bilder entstehen und vergehen ...

Stimmen erklingen und verstummen ...

Lichter erstrahlen und verlöschen ...

Alles bewegt sich und erstarrt ...

Gehalten werden und fallen ...
Türen sind verschlossen und öffnen sich ...

Plötzlich ändert sich die Luft.
Es wird wärmer.
Christian spürt es sofort.
Im Nu verfliegt alles Fallen durch Raum und Zeit.
Er ist hellwach.
Der Weg führt steil nach oben.
Hier ist kein Wasser mehr.
Es ist trocken, fest und sicher.
Er läuft schneller, hastet, stürzt den steinigen Weg hinauf.
Seine wunden Füße spürt er nicht.
Nur noch vorwärts, die Schrecken der Vergangenheit hinter sich lassen.
Endgültig in die Freiheit.
Für alle Zeit.

Sein Kopf stößt an etwas Hartes.
Eisen.
Eine Luke über ihm.
Der Schlüssel passt.
Er drückt sie auf, mit ganzer Kraft weit nach oben.
Klettert hinaus.
Da sind Stufen in den Stein geschlagen.
Eine Wendeltreppe.
Er steigt sie empor, Stufe um Stufe. Schritt für Schritt.
Eins, zwei, drei ...
Zehn, zwanzig, fünfzig, hundert ...
Einhundertsechsundzwanzig,
einhundertsiebenundzwanzig,
einhundertachtundzwanzig.
Auf einmal schmerzen seine Augen.

Er bleibt stehen.

Milde Nachtluft weht ihm entgegen.

Er blickt nach oben.

Über sich sieht er, erst unscharf, dann immer klarer, unzählige leuchtende Punkte. Das Himmelszelt mit seinen Tausenden von Sternen wölbt sich über ihm. Das Licht der Ewigkeit begrüßt einen einsamen Menschen, der dieses gewaltige Zeichen zum ersten Mal versteht.

Christian Sonnthag ist überwältigt.

Er schluckt.

Endlich schreit er, so laut er kann, alles heraus. Seine ganze Seele frei. Angst, Verzweiflung, Wut und Einsamkeit. Ein Urschrei, der sämtliche Gefühle menschlicher Existenz vereinigt.

Alle Dämme brechen, Tränen rollen.

Und dann - dann schleudert er ihn fort, den alten Schlüssel, hinaus in die Weite der Nacht.

Entschlossen.

Ein grenzenloses Glücksgefühl übermannt ihn.

Sprachlosigkeit.

Unendliche Dankbarkeit.

Benommen senkt er den Blick und faltet die Hände.

Schwache Lichter aus dem Tal senden ihren Schein zu ihm hinauf auf den Idaturm.

Leise schlägt die ferne Turmuhr des Schlosses.

Es ist frühmorgens.

Gleich wird die Sonne ihre ersten, noch kalten Strahlen über das weite Land schicken.

Und vor ihm in der kleinen Stadt beginnt ein neuer Tag.

Am Anfang war das Wort.

Das ist der Schlüssel zum Verstehen der ganzen Geschichte.

Ein warmer Südwind weht vom Himmel – und irgendwo kräht ein Hahn.

Auf den zweiten Blick scheint alles nicht zufällig zu sein.

Doch das ist es.

Bei den meisten historischen Beschreibungen und Daten habe ich versucht, mich so nah wie möglich an den geschichtlichen Fakten zu orientieren. Das schloss dichterische Freiheiten in den Dialogen und Handlungsweisen nicht aus, wo sie für den Duktus des Romans nötig waren.

Den Diebstahl des alten Schlüssels der Tür zur Schlosskirche in Bückeburg hat es vor Jahren tatsächlich gegeben. Allerdings wurde er nach einiger Zeit anonym per Post wieder zurückgeschickt. Die genauen Umstände blieben jedoch ein Rätsel. Heute kann dieser Schlüssel im Schloss besichtigt werden.

Amberger gab es wirklich. Er war ein ehrenwerter Mann und hieß mit Vornamen Paulus. Der Lehre des Kopernikus stand er positiv gegenüber. 1597 reiste er nach Padua und überreichte Galilei das erste Werk Keplers, versehen mit persönlichen Grüßen.

Das erwähnte Buchstabenrätsel, das Galilei 1610 an Kepler sandte, bedeutet:

„ALTISSIMUM PLANETAM TERGEMINUM OBSERVAVI."

Übersetzt heißen die Worte:

„Den obersten Planeten habe ich dreifach beobachtet."

In diesem verschlüsselten Satz wollte Galilei eine wichtige Erkenntnis über den Saturn mitteilen, die er mit Hilfe eines Fernrohrs gewonnen hatte. Die Brisanz lag darin, dass damit ein weiterer Beweis für das neue Weltbild des Kopernikus entdeckt war.

Frei erfunden ist der Geheimbund der Tredici. Es gibt auch keine geheimen Räumlichkeiten wie im Buch dargestellt. Von daher ist im Bückeburger Schloss alles in bester Ordnung.

Alle Personen, außer den historisch gesicherten, sind frei erfunden. Jegliche Ähnlichkeit mit Lebenden oder Verstorbenen ist nicht beabsichtigt und daher rein zufällig. Das gilt auch für Namen oder Orte.

Der Roman ist in vielerlei Hinsicht symbolisch zu verstehen. Hinter der Handlungsebene verbirgt sich eine tiefere Schicht, die entschlüsselt werden will.

Anstelle der im Roman anklingenden theologischen und konfessionellen Differenzen im 16./17. Jahrhundert ist seit einigen Jahrzehnten das ökumenische Gespräch der Kirchen getreten. Ausdrücklich möchte ich mich daher zur Ökumene bekennen.

Und der Hahn, der am Anfang und am Ende der Geschichte aufgeregt kräht? Sicherlich hat es ihn gegeben, und es gibt ihn auch weiterhin, um uns immer wieder entschlossen aufzuwecken.

Folgende Literatur habe ich genutzt und danke dafür ihren Autoren:

Endres, Franz Carl, Das Mysterium der Zahl, 7. Aufl., München 1993.

Gardiner, Robin, Die Titanic-Verschwörung, München 1997.

Hemleben, Johannes, Galileo Galilei, Reinbek 1991.

Hemleben, Johannes, Johannes Kepler, Reinbek 1991.

Kluger, Jeffrey, Apollo 13, München 1995.

Lord, Walter, Die Titanic-Katastrophe, München 1994.

Schreiber, Hermann, Geheimbünde, Augsburg 1993.

Wieden, Helge Bei der, Ein norddeutscher Renaissancefürst, Ernst zu Holstein-Schaumburg; 1569-1622, Bielefeld 1994.

Wiegmann, Wilhelm, Heimatkunde des Fürstentums Schaumburg-Lippe, 2. Aufl., Stadthagen 1912; Reprint Hameln 1990.

Ein besonderer Dank gilt Alexander Fürst zu Schaumburg-Lippe und seinem Haus für die freundliche Unterstützung.

Bückeburg 2015,
Thomas G. Krage